노년! 나는 당당하게 살고 싶다

노년! 나는 당당하게 살고 싶다

초판 1쇄 인쇄   2015년 01월 02일
초판 1쇄 발행   2015년 01월 09일

지은이   홍성열, 손복수
펴낸이   손 형 국
펴낸곳   (주)북랩
편집인   선일영   편집   이소현, 김아름, 이탄석, 김진주
디자인   이현수, 신혜림, 김루리   제작   박기성, 황동현, 구성우
마케팅   김회란, 이희정
출판등록 2004. 12. 1(제2012-000051호)
주소   서울시 금천구 가산디지털 1로 168, 우림라이온스밸리 B동 B113, 114호
홈페이지 www.book.co.kr
전화번호 (02)2026-5777   팩스   (02)2026-5747

ISBN   979-11-5585-415-0 03810(종이책)   979-11-5585-416-7 05810(전자책)

이 도서의 국립중앙도서관 출판예정도서목록(CIP)은 서지정보유통지원시스템 홈페이지(http://seoji.nl.go.kr)와
국가자료공동목록시스템(http://www.nl.go.kr/kolisnet)에서 이용하실 수 있습니다.
(CIP제어번호 : CIP2014037694)

노년!
나는 **당당**하게 살고 싶다

홍성열 · 손복수 지음

혼자 가는 노년의 길은 외롭고 쓸쓸하지만,
같이 살고, 같이 놀며, 같이 공부하며, 같이 가치를 만들어 가는
'노협창초경제'는 노년의 삶을 당당하게 만든다.

노년이거나, 노년을 맞이할 모든 이들에게…
나이 듦에 대한 거의 모든 것이 담겨 있는, 단 하나의 선물!

북랩 book Lab

나이 듦에 대하여

　한국호韓國號를 상징하는 '빨리빨리'라는 단어처럼, 우리는 세계에서 가장 빠른 속도로 고령화의 바다를 통과하고 있다. 한국호는 수천 년 역사 속에서 수없이 많은 역경의 파도를 맞이했지만, 이를 헤쳐 나와 오늘을 이루었다. 그러나 이번에 맞이하게 될 파도는 지금까지 마주한 적이 없던 가장 크고 높은 파도이다. 또한 이 파도는 한 번으로 끝나지 않는다. 시간이 지날수록 파도는 비탈진 언덕을 내려가는 눈덩이처럼 커지면서, 한국호가 나아갈 길목을 가로막고 있다.

　우리가 이 바다를 잘 헤쳐 나갈 수 있을까? 잘 통과한다면 한국호는 새로운 기회를 맞이하고, 한 번 더 도약할 수 있는 계기가 될 수 있다. 그러나 헤쳐 나아가지 못하고 제자리에서 맴돌거나 침몰된다면, 우리가 지나온 기간에 이뤘던 모든 것은 사상누각砂上樓閣이 될 것이다. 또한 그 때부터 암울한 미래가 펼쳐지게 된다. 현재를 살아가고 있는 우리는, 과거로부터 이어진 전통과 문화를 후손들에게 물려주어야 할 책임이 있다. 또한 후손들이 지속 가능한 발전을 할 수 있도록 토대를 만들어줄 의무가 있다.

우리가 맞이하는 노인 사회의 파도는 누가, 어떻게 헤쳐 나가야 할까?

'結者解之 其始者 當任 期終(결자해지 기시자 당임 기종)'이라는 말이 있다. 매듭은 맺은 사람이 풀고, 처음 시작한 사람이 그 끝을 책임져야 한다는 뜻이다. 우리가 맞이하게 될 노인 사회의 매듭은 현재를 살고 있는 모든 사람이 합심해서 풀어야 한다. 그 중에서도 가장 막중한 책임을 져야 할 위치에 있는 사람들은 바로, 1955년에서 1963년 사이에 태어난 베이비부머라고 할 수 있다.

UN이 정한 초 고령사회는 총인구 중 65세 이상 고령자가 20% 이상을 차지하는 국가나 사회를 일컫는다. 즉 인구 5명 중 1명이 노인이 됨을 일컫는 사회 현상으로, 우리나라는 2026년 즈음에 진입하게 된다. 이 시기에 베이비부머의 맏형인 1955년생은 71세, 막내인 1963년생은 63세로 고령화 대열에 본격적으로 접어든다. 베이비부머는 우리나라의 인구 5천만 명 중 695[1]만여 명으로, 약 14.2%를 차지하는 엄청난 인구 집단이다.

이렇게 거대한 인구가 노년의 기나긴 세월을 하릴없이 허비하게 된다면, 우리는 후손에게 불행한 미래를 물려줄 수밖에 없다. 과거의 영광은 희미해지고, 미래의 희망도 물거품이 될 것이다. 또한 한정된 경제적 파이를 서로 많이 차지하기 위해, 조부와 손주가 서로 다툴 수밖에 없다. 그러므로 베이비부머가 정년퇴직이 시작되는 이 시점에, 새로운 생각과 행동으로 사회 경제적으로 유용하고 개인적으로 당당한 노년의 삶을 만들어야 한다.

---

1) 베이비부머의 인구가 712만 명이라는 것은 2010년의 인구주택 조사에서 발표되었던 숫자임.

세계적인 석학인 제레드 다이아몬드(Jared Diamind)가 2013년 문명에 대한 연구의 마지막 편으로 발간한 『어제까지의 세계』에는 '노인이 사회에서 유용한 역할을 할 수 없다면 어떻게 될 것인가?'라는 주제로, 노년의 삶에 대해 주목할 만한 메시지를 던져주고 있다. 과거 인류사에서 사회에 유용한 역할을 하지 못했던 노인들에게 발생했던 삶은 비참하고 끔찍했다. 이동이 잦았던 유목 형 수렵채집 사회와 열악한 자연환경으로 인해, 식량이 충분하지 못했던 일부 부족 사회의 노인들에게 일어났던 암울했던 모습이다.

그 책에는 일부 부족 사회에서 유용성이 없어지고, 부담이 되었던 노인들에게 행해진 사례를 다음 5가지로 정리하고 있다.

첫째, 노인이 죽을 때까지 방치한다.

둘째, 집단이 거주지를 옮길 때, 노인과 병자를 의도적으로 유기한다.

셋째, 노인에게 낭떠러지에서 몸을 던지거나, 전투에서 목숨을 버리는 식으로 자살하도록 유도한다.

넷째, 타인의 도움을 받아 자살한다.

다섯째, 노인의 협조나 동의를 받지 않고, 폭력적으로 살해한다.

역사 이전, 사회에 유용하지 못했던 노인들에게 가해진 모습들은 오늘날 우리 주변에서도 발생하고 있다. 노인을 방치하거나 유기하는 행위도 종종 일어나고 있으며, 노인 자살률은 OECD국가 중 가장 높다. 다행스럽게도 타인에 의한 살해는 오늘날 법치국가에서 거의 사라진 현상이다. 그러나 향후 하릴없이 세월만 보내는 노인들이 급격하게 늘어난다면 어떻게 될까? 유용성이 떨어지는 사람들은 증가하고, 사회적으로 많은 문제들이 발생하며, 국가 재정에는 엄청난 부담으로 다가온다.

이러한 상황을 단기간에 해결하기 위해 선택할 수 있는 수단은 무엇일까? 기우에 불과할지 모르지만, 전쟁이나 사회 혼란과 같은 극단적인 선택이 될 수도 있다. 역사 속에서 나타난 사실을 비추어볼 때, 전쟁이나 사회 혼란으로 가장 심각한 피해를 받았던 사람들은 노인과 어린아이였기 때문이다. 유용성이 없어진 노인들의 부양이 후손의 희생을 전제로 진행된다면, 이와 같이 불행한 일이 일어나지 않을 것이라는 보장도 없다. 그래서 이 책은 다가오는 노인 사회에 대비해, **'우리가 노년을 어떻게 준비하고 살아가야, 후손의 희생을 담보하지 않고 지속 가능한 사회를 만들 수 있을 것인가?'**에 대한 해결책을 제시하기 위한 하나의 시도이다.

"생각이 바뀌면 행동이 바뀌고, 행동이 바뀌면 습관이 바뀌고, 습관이 바뀌면 운명이 바뀐다."라고 한다. 현재 우리가 가진 노년에 대한 생각을 바꾸지 않는다면, 우리가 당면하게 될 문제의 해결은 어려울 수밖에 없다. 눈앞에 닥친 노인 사회라는 현상에 대해, 문제의식을 갖고 새로운 안목으로 살펴야 한다. 이를 통해 우리에게는 문제 해결의 동기가 생기고, 행동할 수 있는 에너지가 창출된다. 더 나아가 이 에너지가 지속적으로 분출되어 우리의 몸에 체득되어야 한다. 몸에 체득된 행동은 습관이 되고, 이러한 습관이 모인다면, 우리는 다가오는 미래의 운명을 바꿀 수 있게 될 것이다.

오늘날의 노인 문제는 개인이 모든 것을 책임져야 하는 자유 시장경제의 단점이 노출되면서, 더욱 심화되고 있다. 산업혁명 이후 자본주의 시장경제는 지금 우리가 누리고 있는 고도의 문명을 이룩하게 한 원동력이었다. 그러나 오늘날 신자유주의 시장경제는 적자생존의 밀림이 되었다. 일부 소수의 사람들이 모든 것을 독식하고, 대부분의 사람들은 갈수록 빈곤해지고 있다. 이러한 상황이 계속된다면, 그 결과는 극단적인 양극화로 발전하게 될 것이고, 우리 사회에 분열의 단초를 제공할 것이다. 또한 노인 사회에서, 많은 사람들은 절망과 고달픈 희생을 담보로 생활할 수밖에 없다.

　그렇다면 어떻게 이 상황을 헤쳐 나갈 수 있을까? 파편화된 개인의 힘은 아주 미약하다. 그러나 작은 개인들이 하나하나 모이면 엄청난 힘을 발휘할 수 있다. 이것이 바로 '협동協同'이다. 협동은 인류가 지구라는 행성에서 만물의 영장이 될 수 있었던 원동력이었다. 그러나 산업 사회를 거치면서, 나와 내 가족만을 중심으로 하는 이기적인 개인주의가 만연하게 되면서, 협동의 정신은 아주 미약해졌다. 아니, 사라진 힘이 되었다.

　우리 민족은 오랫동안 농경 사회에서 공동체를 형성하고 살아왔다. 특히 혈연과 지연의 고리는 아주 강했다. 뿌리 깊이 새겨진 이러한 성향은 오늘날 우리가 사용하는 언어에 깊숙이 담겨 있다. 그 대표적인 표현이 '우리'라는 말이다. 내 가족보다는 '우리 가족', 내 나라보다는 '우리나라'라고 부른다. 즉 우리라는 말은 한국인에게 체화된 용어이자, 공동체 의식을 보여주는 가장 대표적인 단어인 셈이다. 이제 노인 사회의 파도가 다가오는 이 시점에서, 우리가 근저에 지니고 있었던 협동의 전통을 되살려야 한다. 특히 노년에는 다른 사람과 같이 살아가는 것이 더욱 필요하다. 그래서 노년의 협동을 본서에서는 '노협老協'이라 칭하고, 그것을 노년을 살아가는 삶의 기본적인 기반으로 삼는다.

또한 노협과 더불어 새로움을 만드는 '**창조성**創造性'이 필요하다. '일정 나이가 되면 정년퇴직을 한다'는 말은, 현존하는 경제 시스템에서 노년에도 같은 직장에서 계속 일을 하는 것을 부담으로 여기고 있음을 극명하게 보여주는 증거이다. 그러나 수명 100세 시대에서, 이제 인생의 반환점을 지나가고 있는데, 정년퇴직으로 경제 활동을 멈추는 것은 너무 이르다. 계속 일을 해야 한다. 노년에도 일을 할 수 있기 위해서는 지금까지 닦아온 경험과 경륜을 이용하고, 혼자가 아닌 여럿의 집단 지성을 통해 새로운 업業을 창조해야 한다. 그래서 노년의 긴 시간을 본인이 원하는 일과 휴식을 통해 재미있고 보람차게 만들며, 스스로의 자아실현을 이루어가야 한다.

결론적으로, 이 책은 노인 사회의 베이비부머가 당당한 노년의 삶을 살아가기 위한 해결책으로 '노협창조경제老協創造經濟'를 제시하고 있다. 이를 만들어내는 것은 결코 쉬운 일은 아니다. 그러나 우리의 삶에서 새롭게 주어진 노년이라는 긴 시간에 대해, 새로운 정체성으로 무장하고 혼자가 아닌 여럿의 힘을 모은다면, 노인 사회의 바다를 헤쳐 나갈 새로운 항로를 개척할 수 있을 것이다.

이 책은 5부로 구성되어 있다.

1부에서는, 다가오는 노인 사회가 초래하는 나이 듦의 위기와 암울한 미래상을 그려보았다. 노인 사회는 우리에게 많은 문제들을 안겨줄 것이다. 또한 어느 때보다, 노년의 유용성은 인생 후반기의 사회 경제적 지위를 가늠하는 척도가 될 것이다. 또한 은퇴, 연금, 정년퇴직이 어떠한 경로를 거쳐 오늘날에 이르게 되었는지 알아볼 것이다.

2부에서는, 역사 속에 나타났던 노년의 사회적 위상을 살펴볼 것이다. 나이 듦에 대한 고민은 오늘날에만 존재하는 것이 아니다. 시대별 또는 지역적으로 노년에 대한 시각은 다양했다. 또한 개인들이 맞이했던 노화에 따른 신체적, 정신적 고민도 존재했으며, 그에 따른 사회적 입지도 상이했다. 과거는 현재를 통해 미래를 만든다고 한다. 과거의 노년이 가졌던 사회적 위상을 살펴봄으로써, 현재와 미래에 고령화로 인해 발생할 수 있는 여러 문제를 해결할 수 있는 교훈을 얻을 수 있을 것이다.

3부에서는, 현재 진행되고 있는 열악한 노년의 삶이라는 운명을 바꾸기 위해 스스로에 대한 생각, 즉 노년의 정체성을 새롭게 확립하기 위해 어떻게 할 것인가를 정리했다. 전통 사회와 오늘날의 변화된 환경에서 갖게 될 노년의 정체성은 달라져야 한다. 그러나 아직까지 당당한 노년으로 만들 수 있는 노년의 정체성이 명확하게 정립되지 않고 있으며, 혼란스러운 상황이다. 그래서 바람직한 노년의 정체성은 무엇인가에 대해 살펴볼 것이다. 노년의 정체성이 제대로 정립된다면, 이를 바탕으로 새로운 시대에 알맞은 노년의 행동을 창출할 수 있을 것이다.

4부에서는, 3부에서 이야기했던 노년의 새로운 정체성을 통해, 우리가 가졌으면 하는 나이 듦의 생각과 행동들을 살펴본다. 생각이 바뀌면 행동이 바뀌어야 한다. 그러나 구체적인 방법이나 지침이 없다면 단발로 끝나버릴 수 있다. 그래서 노년의 삶을 당당하게 꾸며줄 사람들과 관계, 노년의 시간 활용, 여가 그리고 일에 대해 알아본다.

5부에서는, 베이비부머는 누구인가?와 노인 사회의 해결책으로 제시되는 노협창조경제를 실행하는 방법들을 찾아볼 것이다. 현재 노인들이 처한 환경은 극히 열악하다. 이를 벗어나기 위해서는 창의적인 방법으로 새로운 경제 활동을 시도해야 한다. 그에 대한 방법으로 제시되는 것이 바로 노협창조경제이다. 이를 통해, 도시에서, 농촌에서 살아갈 바람직한 노년의 삶을 살아갈 방법들을 찾아볼 것이다.

이 책에서 제시하는 노년의 솔루션이 다가오는 노인 사회의 쓰나미를 헤쳐 나가는 완벽한 해결책은 아니다. 다만 본서에서 주장하는 이 솔루션이, 우리가 노인 사회의 바다를 항해하는 데 필요한 조그마한 이정표 里程標가 될 수 있기를 바란다.

감사합니다.
2015년! 당당한 나이 듦이 시작되길 바라며…

CONTENTS

_____

2) 혈연血緣, 지연地緣, 학연學緣, 사연事緣, 오연娛緣, 여연餘緣을 통칭하는 말.

1부

부

나이 듦의 '문제 제기' 편

2033년 1월 어느 날, 살을 에는 듯한 바람을 동반한 혹한의 날씨에도 불구하고, 세종시의 정부 청사 정문에는 나이 지긋한 노인 수백 명이 피켓을 들고 모여 있습니다. 확성기를 통해 노인들의 외침이 사방으로 울려 퍼집니다.

"배고파서 못 살겠다. 최저 생계비에도 미치지 못하는 기초연금을 증액하라!"
"피땀 흘려 적립했던 국민연금의 인상률을 올려달라!"
"의료비의 정부 지원을 높이고, 개인 분담금을 낮춰라!"
"장기요양 보험의 수가를 낮춰라!"

또한 새해 벽두부터 뉴스를 통해 들려오는 아나운서의 목소리는 우울한 소식들을 전하고 있습니다. 늙어가는 한국호韓國號는 이제, 과거의 영광은 덧없이 사라지고, 고령의 쓰나미를 맞이해 침몰하고 있습니다. 2033년 현재, 우리나라의 총인구는 5,216만 명입니다. 1950년대 이후 꾸준히 증가해왔던 인구가 올해를 기점으로 줄어들 것으로 예상되고 있습니다. 이 중 65세 이상의 고령인구는 현재 1,390만 명으로, 총인구에서 26.7%를 차지하고 있습니다. 즉 인구 4명 중에 1명 이상이 노인인 셈입니다.

65세 이상 인구를 부양하는 생산가능 인구(15~64세 인구) 비율인 노인 부양비는, 생산가능 인구 100명당 43.8명으로, 2.5명이 노인 1명을 부양해야 합니다. 또한 0~14세 인구 대비 고령인구를 나타내는 노령화 지수는 215명으로, 유소년 인구 1명당 노인은 2.15명이 되었습니다. 이제 한국호의 총인구는 줄고 있으나 노인들은 더욱 늘어나고 있어, 생산가능

인구가 가져야 할 부담은 갈수록 더 높아지고 있습니다.

국내총생산(GDP)에서 차지하는 노인복지 관련 지출은 해가 갈수록 크게 증가하고 있습니다. 3대 공적 연금인 공무원연금, 사학 연금, 군인 연금의 재원은 바닥이 나, 올해도 작년에 비해 세수에서 지출하는 지원금은 더 커졌습니다. 또한 그 액수도 매년 기하급수적으로 늘고 있는 실정입니다. 국회는 매년 물가 상승률에 연동되고 있는 국민연금 지급금의 인상률을 아직까지 결정 내리지 못하고, 갑론을박으로 시간을 보내고 있습니다. 가장 큰 이유는 내년에 있을 지방선거를 의식해, 노인들이 가지게 될 표심의 눈치를 보아야 하기 때문입니다. 그래서 이번 회기에서도 쉽게 결론 내리지 못할 것으로 예상되고 있습니다.

또한 건강보험의 적자도 눈덩이처럼 늘어나고 있습니다. 그럼에도 불구하고, 올해 보건복지부가 발표한 보험 수가의 인상분과 지원 금액이 너무 적다고 병원과 약국은 동맹 파업을 예고하고 있습니다.

한편, 정치적으로 거대한 세력이 되어버린 노인들은 지난 12월에 실시한 22대 대통령 선거에서 거대한 압력단체로 작용했습니다. 이번 선거에서 어느 때보다 투표율이 높았던 노인들은 후보자의 당락에 가장 큰 영향을 끼친 것으로 나타났습니다. 노인층의 표심은 '고령자의 생활 보장', '의료비 지원', '고령자의 처우 개선'에 있었습니다. 그래서 대통령 선거 후보자들은 과거의 어떤 선거보다 노인복지 관련 공약을 선정하는 데 힘을 쏟았고, 후보 간의 눈치도 어느 때보다 심했다고 전문가들은 이야기합니다. 하지만 새로 출범하는 정부의 대통령 인수위원회는 표심을 잡기 위해 내걸었던 선거 공약을 실행하기 위한 재원 마련에, 무척 고심하고 있는 것으로 보입니다.

부동산 뉴스입니다. 1990년대 서울 인구를 분산시키기 위해, 서울에서 가까운 지역에 건설한 5대 신도시를 돌아보았습니다. 초기에는 서울에서 가까운 살기 좋은 도시로 인기가 있었고, 젊은 사람들도 많이 살아 주택 가격도 상당했습니다. 그러나 시간이 지나면서 일부 아파트는 재건축이나 리모델링으로 새롭게 단장했지만, 대부분 아파트는 적잖은 비용 부담으로 그대로 노후화되었습니다. 그래서 거대한 신도시는 이제 고요한 적막만이 흐르는 도시로 바뀌었습니다.

곳곳의 아스팔트는 패어 있고, 벌써 40년을 넘겨 곳곳에 페인트가 벗겨지고 금이 그대로 노출된 아파트의 흉물스런 모습이 도로 주변으로 보이고 있습니다. 수돗물은 수도관이 오래되어 녹물이 나오고 있다고 합니다. 아파트의 노화로 안전 문제가 불거지자 젊은 사람들은 떠났고, 놀이터에서 뛰어놀던 아이들의 웃음소리는 사라졌습니다. 놀이터에는 잡초들만 우거지고, 녹슨 시소는 흉물로 남아 있습니다. 간간이 보이는 노인들만이 힘없이 벤치에 앉아 있습니다.

이민국(현, 출입국 외국인 정책본부)은 늘어나는 젊은이의 해외이민 신청으로 몸살을 앓고 있습니다. 경제 활동의 주력인 젊은이들은 열심히 일해 급여가 올라가도, 생활이 별로 달라지지 않는다고 불만을 토로하고 있습니다. 왜냐하면 세금과 국민연금, 의료보험료 등의 간접조세가 총소득에서 차지하는 비중이 크고 무거워, 젊은 가계에 상당한 부담이 되기 때문입니다. 또한 남은 소득에서 자녀의 교육비와 생활비 등을 지출하고 나면, 저축할 여력은 거의 없게 된다고 합니다. 이러한 현실에서 젊은이들의 근로 의욕은 점점 낮아지고 있으며, 차라리 해외로 나가서 살겠다는 사람들이 늘고 있는 것으로 보입니다.

　이상은 2033년 1월의 어느 날 아침 뉴스를 상상해 본 것이다. 미래의 그날에 이런 뉴스가 귀에 들려온다면, 노년이 되어버린 우리의 삶은 어떻게 되어 있을까? 오늘을 살면서 미래를 예단한다는 것은 쉽지 않다. 현대 경영학의 구루(Guru)가 된, 피터 드러커(Peter Ferdinand Drucker, 1909~2005) 교수는 미래를 예측할 때 가장 유용한 수단이 인구 통계라고 했다.[3] 미래에 예측되는 인구 구조는 시간이 지나면, 당연히 현재가 된다. 현재의 진행 상황으로 보아 미래의 그날이 오늘이 되었을 때, 위에서 살펴본 장면은 우리의 모습이 될 가능성이 아주 높다. 또한 내가 정부 청사 앞에서 피켓을 들고 있는 당사자일 수도 있다.

---

3) 일명 '드러커 식 미래 예측'이라 불리는 그의 미래 예측은 현재 존재하는 것 중에서 미래에도 존재할 것을 찾아 미래를 예측하는 것으로, '인구 통계는 미래와 관련된 것 가운데 가장 정확히 예측할 수 있는 것'이라고 했다.

1장 나이 듦의 위기와 유용성

너무 많아지는 노인들

2010년을 기점으로, 우리나라 베이비부머의 맏형인 1955년생은 일반 기업의 정년인 55세가 되었고, 정년퇴직이 시작되었다. 막내인 1963년생의 정년은 2018년이다. 그래서 2010년부터 2018년까지, 취업했던 베이비부머 549만 명 중, 셀러리맨인 약 310만 명(연평균인원 약 34만 명)에서 상당수가 연속하여 정년퇴직하게 된다. 우리나라 역사상 전에 없었던, 대규모의 인구 집단이 직장에서 집으로 돌아가는 초유의 사태가 벌어진 것이다. 이들의 퇴직으로 우리의 정치·경제·사회·문화 등 모든 영역에서 엄청난 변화가 초래될 것으로 예상된다. 또한 베이비부머를 잇는 다음 연령대의 인구는 변화를 더욱 확장시키게 될 것이다.

[표1] Cohort별 인구 분포(내국인을 중심으로)[4]

단위(만, %)

구 분	인 원	총인구 대비 비중	연 평균 인원	비 고
65세 이상 인구 1945년 이전 출생	542.5	11.3	-	
1946~1954년생	428.6	8.9	47.6(9년)	
베이비부머 (1955~1963년생)	**695.0**	**14.5**	**77.2(9년)**	
1964~1967년생	310.5	6.5	77.6(4년)	
2차 베이비부머 (1968~1974년생)	596.3	12.4	85.2(7년)	
1975~1978년생	288.0	6.0	72.0(4년)	
에코 베이비부머 (1979~1985년생)	510.1	10.6	72.9(7년)	

※ 1. 통계청의 인구주택 총 조사(2010년)를 재구성한 자료임.
　 2. 인구주택 총 조사의 내국인 인구이므로, 주민등록상의 인구와 차이가 있음.
　 3. 65세 이상의 연도별 평균 인원은 100세 이상까지 포함되어 있어 유의미하지 않아서 생략함.

〈표1〉 'Cohort별 인구 분포'에 나타난 결과를 정리하면 다음과 같다. 베이비부머의 연 평균 인원은 77.2만 명이고, 다음을 잇는 1964~1967년생은 77.6만 명으로, 약 4천 명이 많다. 또한 2차 베이비부머는 연 평균 85만 2천 명으로, 약 8만 명이 더 많다. 이 숫자로 보면, 2차 베이비부머가 정년퇴직하는 2029년까지, 매년 퇴직하는 사람들은 더욱 늘어난다고 보아야 한다.

---

4) 베이비부머의 숫자가 712만 명으로 나오는 통계가 있으나, 이 숫자는 외국인을 포함한 주민등록상의 인구수이며, 2014년 통계청의 추계 인구수는 684.9천 명이다.

또한, 이 표는 향후 고령화 문제가 더욱 확대됨을 극명하게 보여주고 있다. 2010년부터 시작되는 베이비부머의 퇴직도 문제지만, 인구 구조에서 보다시피 이것으로 끝나는 것이 아니다. 뒤를 이어 연 평균 인원이 70만 명 이상으로, 1975~1978년생인 에코 베이비부머가 잇따르기 때문이다. 에코 베이비부머의 막내인 1985년생이 정년을 맞이하는 2040년까지, 매년 수십만 명의 봉급생활자들이 정년에 도달하게 된다.[5] 2014년 15~64세의 고용률은 약 65%로, 연령별 평균 50만 명 이상의 봉급생활자가 있다. 이 인원 전부가 정년퇴직하는 것은 아니겠지만, 2013년에 출생한 신생아 43.7만 명과 비교하면 엄청난 인원이다. 또한 앞으로 출산율이 어떻게 변할지 모르지만, 현재의 출생 인구보다 훨씬 많은 인구가 매년 노인이 되는 것이다.

∷ 노인 사회[6]의 고민

인구 구조에서 노인 비중은 점점 가파르게 상승하고 있으며, 고령화는 오늘도 현재 진행 중이다. 2030년이 넘어가면, 인구 4명 중 1명이 65세 이상의 노인인 '노인 사회老人時代'가 된다. 다가오는 노인 사회가 초래할 문제에 대해 미리 그리고 충분히 준비하지 않는다면, 미래에 직면하게 될 불행한 일들은 일개 개인에게만 해당되지 않게 될 것이다. 이것은 국가와 민족의 명운이 걸린 중차대한 문제가 된다.

---

5) 고령자 고용촉진법에 의하면, 2016년부터 300인 이상 기업에서는 정년퇴직 연령이 60세로 연장되고 있으나, 법이 바뀌었다고 모두가 계속 고용되는 것은 아니다. 오늘날에도 일반 기업에서 명예퇴직과 같은 수단을 통해 정년 이전에 퇴직시키고 있어, 일단 만 55세에 도달하는 사람들을 기준으로 정리한다.

6) UN에서는 65세 이상 인구가 15% 이상인 사회나 국가를 초 고령사회로 칭하고 있으나, 이를 넘어서는 고령 인구의 비율을 지칭한 말은 없다. 그래서 노인 인구의 비중이 20%를 넘어가는 사회를 이 책에서는 '노인 사회'라고 정의한다.

노인 사회에 대비해 준비할 수 있는 시기는 현재진행형이지만, 대비하고 있는 우리의 모습은 아주 미흡하다. 이제부터라도 제대로 된 준비를 하지 않는다면, 우리의 미래는 심대한 타격을 받을 수밖에 없다. 그 이유는 현재 노인들뿐만 아니라 예비 노인인 베이비부머, 이를 따르는 다음 세대 모두에게 해당되기 때문이다. 이 난관의 돌파는 개인 혼자 해결할 수 없다. 모두가 발 벗고 나서야 한다. 또한 고령화로 발생하는 문제들을 한꺼번에 해결할 수 있는 방법은 없다. 이를 해결하기 위해 통찰력을 발휘하고, 인내를 가지고 슬기롭게 풀어야 한다.

과거 역사에서 위기는 무수히 반복되었고, 우리는 이를 극복하면서 오늘에 이르렀다. 이제 우리는 앞으로 다가오는 노인 사회의 불편한 진실에 대해 제대로 알아야 한다. 그래서 노인 사회에 대한 사람들의 생각을 바꾸어야 하고, 도출된 솔루션(solution)에 대해 사회적 합의를 이루고, 행동으로 나아가야 한다.

나이 듦에 나타난 위기

우리나라는 경로효친敬老孝親과 장유유서長幼有序의 전통을 오랫동안 보존해왔고, 대대로 이러한 교육이 지속되었다. 노인들이 오랜 세월 체득한 경험이나 연륜은 젊은이들이 배우고 따라야 할 지혜로 보았으며, '**어르신**'이라고 우러러 불렀다. 어르신이라는 말은 노인을 신神과 같은 반열로 본, 극존칭의 표현이다.

그러나 어느 순간부터 노인에 대한 호칭으로 '늙은이', '노친네'와 같이 비하卑下된 용어로 부르기 시작했다. 공경의 대상이었던 어르신이 이제 나락7)那落으로 떨어져버린 것이다. 물론 노인을 공경했던 과거의 전통이 완전히 사라진 것은 아니겠지만, 전체적으로 과거에 비해 크게 약화된 것은 분명하다. 이는 우리가 농경 사회에서 산업 사회를 거쳐 정보화 사회로 지나오면서, 노인에 대한 젊은 사람들의 인식이 크게 달라졌음을 보여주고 있다.

우리는 몇 세부터 노인이라고 생각할까? 과거에는 통념상 60세를 기준으로, 이 나이를 넘어가는 사람을 노인이라고 인정했다. 그래서 1갑자, 즉 60년이 지나면 새로운 갑甲이 온다고 해서 회갑잔치를 했고, 이는 일종의 노인이 되는 통과 의례로 볼 수 있었다. 오늘날은 전 세계가 65세를 기준으로 고령자, 즉 노인으로 분류하고 있다. 이렇게 65세가 기준이 된 것은 1956년 UN의 보고서에서 선진국의 고령화 기준을 65세 이상으

---

7) 벗어나기 어려운 절망적인 상황.

로 본 데서 기인한다. 즉 65세 이상 인구가 7% 이상인 경우를 '고령화 사회'라고 부른 것이다.

우리나라 법률과 제도에서는 노인으로 인식되어 혜택을 받을 수 있는 나이가 각각 다르게 정해져 있다. 고령자 고용촉진법은 55세를 고령자[8]로 규정하고 있다. 국민연금법에서 노령연금은 60세부터 수령할 수 있다.[9] 기초노령연금과 경로 연금, 장기요양보험 대상, 노인 돌봄 종합 서비스 사업[10], 국민 임대 우선 공급대상 등의 대상이 될 수 있는 나이는 65세이다. 또한 이 나이는 지하철을 공짜로 탈 수 있는 '지공파'[11]의 출발이고, 노약자석에 앉아도 다른 사람의 눈총에서 어느 정도 자유스럽다.

:: 노인 사회! 노년의 삶

[그림1] 국가별 고령화 속도 추이 전망

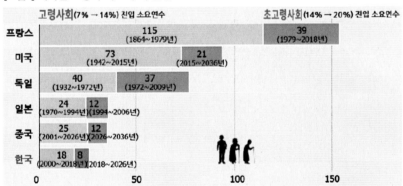

자료: 삼성경제연구소, 고령화에 따른 '3S' 현상 진단, 2011. 8.

---

8) 고령자 고용촉진법에서 준 고령자는 50~55세임.

9) 국민연금법에서 특수 직종은 55세부터 노령연금을 수급하고 있다. 또한 국민연금의 지급 연령은 현재 60세이나, 연령별로 점차 65세로 연장되고 있다.

10) 65세 이상의 노인 중 일상생활이 어려운 분들에게 지원하는 가사활동 지원.

11) 지하철을 공짜로 타는 65세 이상의 사람을 칭하는 신조어. [참조] Naver 국어사전.

법률과 제도상으로 고령자의 기준 나이가 약간 다르다 할지라도, 상기 〈그림1〉 '국가별 고령화 속도 추이 전망'을 보면, 우리나라는 세계에서 유래 없이 가장 빠른 속도로 고령화가 진행되고 있다. 서구에 비해 거의 3~7배, 일본이나 중국에 비해서도 1.5배 이상 빠르다.

이렇게 급격하게 진행되는 고령화의 물결 속에서, 도시화와 산업화에 따른 자녀들의 이동으로 노인들만의 가족이 늘고 있고, 이혼·독신·사별 등으로 1~2인의 소인 가족도 증가하고 있다. 또한 여성의 교육 수준 향상과 노혼 및 자녀의 감소로, 미혼 및 기혼 여성의 경제활동 참가율도 가파르게 증가되었다. 이러한 사실들은 서로 중첩되면서, 전통 사회에서 가졌던 가족 내 노인 부양을 급격히 축소시키고 있다. 이제 거동이 불편해진 노인은 요양원에서 죽을 때만 기다리는 것이 당연시되고 있다.

과거의 노인들은 활동기에 쌓았던 경험이나 연륜들로 인해 젊은 사람에게 존중을 받았다. 사회 전반적인 인식도 연장자에 대한 예우를 가지고 있었다. 그러나 급격하게 변화하는 사회 환경 속에서 노인들의 생활 경쟁력은 약화되었고, 현실에 적응하기에도 쉽지 않아졌다. 또한 많은 노인들이 경제적으로 자립하지 못하고, 외부의 지원에 의해 살아가고 있다.

∷ Why! 위태로운 노년인가?

현재 하릴없이 지내는 노인들이 많아지고 있으며, 더불어 노년의 사회적 위상은 급격히 쇠락하고 있다. 현실에서 노년의 삶이 아주 팍팍해지고, 노인에 대한 사회적 인식이 크게 바뀌게 된 이유를 다음과 같이 정리할 수 있다.

첫째, 노인들의 수가 과거에 비해 엄청나게 많아졌다. 1960년대까지만 해도 평균수명은 55세 전후였다. 그래서 만 60세 환갑을 맞는 것은 오복五福 중의 하나로, 모두가 축하하는 행사였다. 그러나 의료기술의 발달과 충분한 영양을 섭취하는 식생활의 개선 등은 사람들의 수명을 꾸준히 증가시켰고, 매년 노인의 수는 급격히 늘어났다.

2012년 3월, 통계청이 발표한 우리나라의 평균수명은 81.4세(남 77.95세, 여 84.64세)다. 이제 누구나 큰 사고나 치명적인 질병이 없다면, 80세는 기본으로 살 수 있게 되었다. 1965년의 평균수명인 56.7세에 비추어 보면, 47년 동안 24.7세 증가했다. 이를 산술적으로 나누면, 매년 '0.5세' 정도가 늘어난 셈이다. 이러한 수명 증가 덕분에, 우리는 세계에서 고령화가 가장 빠르게 진행하는 나라가 된 것이다. '인간사人間事에서 희소稀少하면 귀貴한 대접을 받다가, 많아지면 천賤하게 된다.' 이와 같은 표현은 이제 노인의 처지를 두고 하는 말이 되었다.

둘째, 노년의 경제 준비를 충분히 하지 못해, 자손이나 사회에 짐이 되는 노인들이 많아졌다. 1997년 외환위기와 2008년 금융위기를 지나면서, 노인들의 개인 자산은 상당한 타격을 받았다. 또한 많은 노인들이 수입도 거의 없는 상황에서, 자녀에게 학자금과 결혼비용 및 사업자금 등을 지원했다. 그 결과, 이제 남아 있는 재산도 많지 않고, 다시 벌충할 곳도 마땅치 않다. 그래서 빈곤해진 노인들은 생활비를 자녀나 친지로부터 지원받거나, 정부나 공공단체 또는 복지단체를 통해 최저의 급부를 제공받게 된다. 이도 없는 노인들은 폐지 등을 주워 생활비를 충당하고 있다. 이와 같은 노년의 경제적 어려움은 인간관계를 위축되게 만들고, 소외받는 신세로 전락시키고 있다.

　자본주의 사회에서 돈은 사람들의 관계를 윤택하게 하는 윤활유 역할을 한다. 그래서 인간관계에서 남이 소주라도 한잔 사면, 막걸리라도 대접해야 따돌림을 받지 않는다. 손주들도 용돈이라도 주어야 자주 찾아온다. 노년에 자손이나 주변 사람들과 관계를 유지하기 위해서, 어느 정도의 자금은 반드시 필요하다. 하지만 그렇지 못한 노인들이 적지 않다. 경제적으로 부족한 자금을 보충하기 위해서는 일을 통한 새로운 수입원이 필요하다. 그러나 현재 노인의 취업은 아주 힘든 상황이다. 2000년 이후 통계청이 발표한 65세 이상 노인들의 경제 활동 추이를 보아도, 취업 고령자의 비율은 30%가 되지 않는다. 이 취업도 극히 일부를 제외하고, 대부분이 열악한 직업 환경에서 박봉을 받고 있다.

　셋째, 노인의 수가 많아짐에 따라 존경할 만한 행위를 하지 못하고, 사회적으로 물의를 일으키는 노인들도 많아졌다. 노년의 소일거리가 충분하지 못해, 하릴없이 공원이나 도시 근교에서 하루하루 보내게 된다. 그러다 보니, 술에 취해 분쟁을 낳는 노인들도 적지 않다. 사람마다 백인백색百人百色이겠지만, 어르신으로서 체통을 지키지 못하는 행동이 외부에 자주 나타나면서, 존경의 대상으로 생각했던 의식이 약해지고 있다. 또한 일부 노인에게 발생하는 현상으로, 시류에 역행하는 이상 행동들이 매스컴에 자주 노출되면서, 사람들의 눈살을 찌푸리게 한다. 이와 같은 행동은 노인에 대한 사회적 인상을 왜곡시키면서, 낡고 고리타분하고 부담스런 존재라는 인식을 더욱 부풀린다.

넷째, 우리 사회가 지식 정보화 사회로 진행됨에 따라, 노인들이 평생 살아오면서 가졌던 경륜이나 지식이 현실과 괴리가 생겼고, 실용성이 떨어졌다. 혹 있다손 치더라도, 활용의 폭이 아주 적어졌다. 또한 급변하는 사회 환경에서 새로운 지식이나 기술을 습득하는 것이 쉽지 않고, 새로 나온 기계를 이용하거나 적응하기도 어렵다. 그래서 과거의 경제 체제 아래서 노인들이 지녔던 지식이나 경험들은 구식이 되었고, 대부분 새로운 기계나 신기술로 대체되어 활용할 기회가 사라졌다. 그렇다 보니 노인들이 할 수 있는 일은 기계는 할 수 없으나, 사람이면 누구나 가능한 서비스 직종의 단순 업무에 그친다. 이 직종은 저임금을 줘도 별 무리가 없으며, 언제든지 해고가 가능하다. 근래에는 정부에서 고령자의 취업을 위해 종종 시행하는 공공근로 등이 있으나, 그나마도 거의 일회적이고 노인들에게 충분히 알려지지도 않는다.

다섯째, 사회적 가치관의 변화이다. 산업 사회를 거치며 우리는 서구의 문물만 받아들인 것이 아니라, 문화적인 양식까지 받아들이게 되었다. 서구에서 유래한 개인주의와 합리주의가 득세하면서, 공동체 의식은 줄고 타인에 대한 배려는 실종되고 있다. 또한 산업화와 도시화로 인해, 대가족은 뿔뿔이 흩어져 핵가족으로 변모되면서, 전통적인 가족의 연결고리가 아주 얇아졌다. 옛말에 '눈에서 멀어지면, 마음에서 멀어진다.'라는 말이 있다. 부모 형제 자식이 한 지붕 아래서 옹기종기 살 때는 대가족과 어른들이 자녀보다 우선순위였다. 그러나 눈에서 멀어진 현재, 노부모를 돌보는 자녀들은 줄고, 가까이 있는 배우자와 자녀가 가장 먼저 챙겨야 하는 사람이 되었다.

마지막은 노인들의 심리적인 고통이다. 젊은 시절에는 신기술을 빠르게 습득하고, 변화에 능동적으로 참여하며, 새로운 환경에 쉽게 적응할 수 있었다. 그러나 세월의 갑옷을 입게 되면서, 변화를 쉽게 따라가기 힘들게 되었다. 육체적인 움직임은 둔해지고, 기억력은 감퇴되었으며, 심리적으로 변화에 대해 거부감이 생기게 된다. 노화가 진행될수록 행동반경은 좁아지고, 만나는 사람들도 줄어들며, 신체 기능도 떨어진다. 그래서 노인들은 더욱 심리적으로 위축되고 민감해지며, 쉽게 피로감을 갖게 된다. 더 나아가 '이렇게 살아 무엇 하나!' 라는 자살 충동으로 이어지기도 한다.

통계청에 따르면, 2011년 발생했던 15,000명의 자살자 중 65세 이상 노인의 자살자 수는 4,406명으로, 전체에서 27%를 차지했다. 10만 명당 65세 이상 노인의 자살자 수는 81.7명으로, 2009년에 조사된 OECD국가 중 미국 14.5명, 일본 17.9명과 비교하면, 4~5배 이상 높다. 또한 노인 자살자 수는 2001년 1,448명에서 2011년 4,406명으로, 10년 만에 거의 3배로 가파르게 상승하고 있다.

이외에도 나이 듦의 위기는 더욱 다양할 것이다. 현실에서 일어나는 나이 듦의 위기를 헤쳐 나가기 위해 개인의 준비는 당연히 필요하다. 그렇지만 더 중요한 것은 사회 전체적으로 나이 듦에 대한 인식을 바꾸고, 그 위기에 따른 대책을 강구하는 사회적인 합의가 필요하다. 나이 듦의 위기를 단순히 개인의 문제로만 본다면, 사회가 안아야 할 부담은 갈수록 커지게 된다. 그리고 노년이 되는 대부분 사람들의 삶은 고통으로 점철될 수밖에 없다.

나이 듦의 위상을 결정하는 '유용성'

세계적인 석학 제러드 다이아몬드가 쓴 『어제까지의 세계』에는, 소속 집단이 노인들을 계속 돌보거나 부양을 포기하는 이유의 상당 부분을 노인의 '**유용성**有用性'에서 찾고 있다. 노인이 소속 집단에 도움이 되는가, 아니면 짐이 되는가에 따라 노인들의 처우가 달라진다는 것이다. 그렇다면 오늘의 노인들은 어느 정도의 유용성을 가지고 있을까?

그 책에는 전통 사회에서 노인이 유용성을 보여주는 사례로 3가지를 소개하고 있다. 첫째, 자식에게 의존하지 않고 자기 몫의 식량을 스스로 채취한다. 둘째, 자식들이 사용할 수 있는 연장, 무기, 바구니, 항아리, 직물 등의 물건을 만든다. 셋째, 의학, 종교, 여흥, 정치와 같이 나이를 먹을수록 능력이 커지는 분야에 종사한다. 이러한 유용성이 있었을 때, 소속 집단은 노인을 계속 돌볼 수 있는 명분을 주었다고 설명하고 있다. 또한 집단 전체 구성원들에게 노인들이 가지는 주요한 유용성 중 하나는 노인의 기억이었다. 기록할 수단이 없었던 역사 이전의 사회에서, 노인의 기억은 집단의 백과사전이자 도서관이었다. 또한 과거에 유용했던 경험이나 사건의 기억은 집단 전체의 위기 상황에서 빛을 발했다.

반대로, 유용성이 떨어지는 노인들의 처우와 관련해 주목할 만한 내용이 나온다. 노인이 집단 전체의 안전에 중대한 위협이 되고 장애가 된다면, 젊은 세대는 노인들을 방치하거나 유기하고, 혹은 자살을 유도하거나 죽인다는 것이다. 거주지를 자주 옮겨야 하는 유목형 수렵채집 사회에서는 이동하기 전에 약간의 음식을 주면서, 노인을 유기한다. 또한 자연환경의 악화로 주기적인 식량 기근이 닥치고, 그 시기를 견디기에 충분한 잉여 식량이 없는 집단에서도 노인들을 죽이거나 유기한다. 즉 부족에게 위기가 닥치거나 부족민의 생존에 어려움에 봉착하게 되면, 사회에서 가장 덜 소중한, 혹은 비생산적인 구성원인 노인들을 단념하는 것이다.

현재 도시에서 폐지를 줍는 노인들은 봉양할 자식이 없어서 그 일을 하는 것일까? 이분들 중 상당수는 부양할 수 있는 장성한 자식이 있다. 그래서 기초생활 보호 대상자의 요건이 되지 않아, 국가로부터 지원도 받지 못한다. 더 나아가 장성한 자식들이 걸림돌이 되어, 무료 급식마저도 제외되는 안타까운 상황도 발생하고 있다. 현대판 노인 방치인 것이다. 간간이 뉴스에서는 부모가 자녀와 같이 해외여행을 떠났다가, 한 번도 가보지 못한 생면부지生面不知의 지역에 유기되는 내용도 종종 들려오곤 한다. 또한 우리나라는 OECD 국가 중 가장 높은 노인 자살률을 기록하고 있지 않은가?

∷ 노마지지老馬之智

과거에 사람들이 생계를 위해 가장 많이 종사했던 직업은 농업이었다. 농사짓는 일은 평생에 걸쳐서 할 수 있는 일인 데다, 세월이 지남에 따라 경험이 쌓이는 업業이다. 이러한 노인들의 체험된 지식은 가뭄이나 홍수로 인해, 기근이 일어나거나 농사일에 갑작스런 위기가 발생하면, 지역 주민들의 위기를 벗어나게 만들어주는 감로수였다. 때로는 마을에서 일어나는 소소한 분쟁에 대해서는 중재자로서, 집안의 대소사에 대해서는 상담자로서 역할을 했다. 그래서 장수하는 노인은 인간이 가지는 오복五福 중의 하나로 모든 사람이 축하할 일이었고, 그 지역민이 살아가는 삶의 정도를 보여주는 지표였다. 또한 오랜 세월을 살아온 노인들의 경륜과 지혜는 중요한 자산이었다.

그러나 농경 사회와 산업 사회를 지나 지식정보화사회로 진행되면서, 사회는 아주 복잡해졌다. 살아가면서 필요한 지식은 엄청나게 많아졌고, 새로운 기술을 통한 문명이기는 하루하루 눈에 띄게 발전하고 있다. 이러한 시대에 노인들이 가지는 유용성은 어디에서 찾을 것이며, 젊은 사람들과의 공존공영을 어떻게 모색할 수 있을 것인가?

노마지지老馬之智라는 고사성어가 있다. 『한비자』의 '세림稅林' 상편에 나오는 말이다. 춘추시대 제나라 환공이 어느 해 봄, 재상宰相 관중과 대부大夫 습붕을 거느리고 고죽국孤竹國 정벌에 나섰다. 전쟁은 길어져 그해 겨울에야 끝났다. 혹한 속에서, 일찍 귀국하기 위해 지름길을 찾다가 길을 잃고 말았다. 전군이 방향 감각을 상실하여 진퇴양난의 불안에 떨게 되자, 관중이 늙은 말 한 마리를 풀게 했다. 그러자 늙은 말은 본능적으로 길을 찾아냈고, 얼마 지나지 않아 큰길이 나타났다.

다시 산길을 행군하다가, 이번엔 식수가 떨어져 병사들이 갈증에 시달리게 되었다. 이번엔 습붕이 개미집을 찾도록 했다. 개미는 여름엔 산 북쪽에 집을 짓지만, 겨울엔 산 남쪽의 양지바른 곳에 집을 짓는다. 개미집의 습성을 감안할 때, 개미집이 있으면 그 땅속 일곱 자 밑에는 물이 있는 법이라고 했다. 그래서 군사들은 개미집을 찾아, 그곳을 파냈다. 그러자 샘물이 솟아났다. 이와 같이 살아 있는 모든 존재는 생존의 이유가

있고, 각각이 세상에 도움을 주는 유용성을 가지고 있다.[12]

노인들은 노마지지老馬之智의 지혜를 가지고 있는 사람들이다. 현재의 노인들이 누구인가? 20세기 초부터 시작된 일제의 수탈과 1950년의 전쟁은 이 땅을 황폐화시켰다. 살아남은 사람들은 굶주림과 절망에 몸부림쳤다. 현재의 노인들은 세계에서 가장 피폐된 환경에서, 현재 세계 12위의 경제 대국의 기틀을 만들어낸 사람들이다. 이분들이 있었기에 오늘날 우리가 있다. 이분들이 이제 나이가 들어 노인이 되었다. '이제 노인이 되었으니 그냥 물러나 그냥 쉬세요!'라고 하는 것은 국가 경제적으로 큰 손실일 수밖에 없다. 이분들의 노마지지를 활용할 수 있는 방법은 어디에 있을 것인가?

노년에 대한 고민은 오늘날의 문제만은 아니었다. 비록 대규모 인구 집단의 고령화는 아니었지만, 선인先人들도 노인이 되었고, 정신적·신체적 노화로 고통 받았으며, 고독감과 무력감에 무수히 고민해온 문제였다. 지금과 많이 다른 시대 환경에서 선인들은 노년에 대해 어떻게 생각하고, 무엇을 고민했으며, 어디서 삶을 살았는가? 그에 관한 노년의 역사는 다음 편에서 이어진다.

---

12) 김봉국, 『승자의 안목』, 센츄리원, 2013, p298

2장

노년의 인류에게 나타난 새로운 제도
(은퇴, 연금, 정년퇴직)

은퇴는 언제, 어떻게 시작했는가?

역사상 오늘날과 같은 대규모 인구 집단의 은퇴가 있었는가? 이 물음의 답은 '없었다'이다. 그러나 과거에도 일부 소규모 사람들이 오늘날의 은퇴와 비슷하게 현역에서 물러나 은둔하는 사례는 적지 않았다.

동양에서 나타나는 대부분의 노년은 세속에서 물러나 사유의 존재로서, 드러나지 않음을 목적으로 했다. 또한 절대왕정 하에서 정쟁에서 패배해, 본의 아니게 물러난 경우도 있었다. 그런가 하면 충효의 유학 사상에 근거하여, 사라진 왕조에 대한 절개를 지키기 위해 은거하는 경우도 있었다. 대표적으로 중국에서는 위魏 진晉 교체기에 부패한 정치권력에 등을 돌리고 은거한 죽림칠현竹林七賢이 있다. 우리나라에는 고려에서 조선으로 왕권이 바뀌면서, 두문불출杜門不出이라는 고사성어의 주인공이 된 두문동杜門洞의 고려 유신 72인[13]이 있다.

---

13) 현재 위치는 경기도 개풍군 광덕면 광덕산의 서쪽 골짜기에 있음. 조선왕조는 두문동을 포위하고, 고려 충신 72명을 불살라 죽였다고 전해진다. 이러한 일이 알려지면서 집 밖으로 나가지 않는 것을 두문불출杜門不出이라고 한다는 고사성어가 전해짐.

서구에서 은퇴라는 형태의 삶은 6세기경에 역사상 처음으로 나타난다. 중세 시대의 노인들은 사회적 지위가 아주 열악했다. 그래서 일부 부유하거나 사회의 지배계급에 있었던 사람들은 노인에 대한 세상의 멸시를 피하고자 노력했다. 그래서 노년을 편안하게 보내면서 사후의 구원을 보장받기 위한 방편으로 수도원으로 '은거隱居'했다. 사회적으로 노인들의 이미지가 워낙 부정적으로 각인되었기 때문에, 나이 듦에 따라 이제는 활동을 중지하고, 세상과 단절하는 숨은 은둔자가 된 것이다. 수도원으로 은퇴는 8~9세기에 더욱 확대된다. 여러 대수도원에서는 노인에게 숙식을 제공하는 장소를 따로 마련했다. 그래서 은거하는 노인은 수도원에 기부를 하고, 수도원은 재정에 도움을 받는 형태로 정착된다.

중세 대부분은 노인들에게 암울한 암흑의 시기였다고 할 수 있다. 그러나 1348년 유럽에 흑사병[14]이 창궐한 후에는, 역설적으로 노인들의 사회적 지위가 상승하게 된다. 흑사병의 치사율은 아주 높아서, 유럽 인구의 약 1/3 정도가 사망하게 된다. 이로 인해 일시적인 연령층의 불균형이 초래되었고, 1350년경에는 노인층의 비율이 크게 올라간다.[15] 그 이유는 흑사병이 주로 어린 아이와 젊은이에게 치명적인 데 반해, 노인들은 그다지 피해를 받지 않았기 때문이다.

프랑스의 국왕 장 3세는 1351년 스타 기사단을 만들 때, 늙은 기사들을 위한 양로원을 건립했다. 이 양로원은 퇴역 군인들을 위한 최초의 상

---

14) 흑사병이 1348년 제노바에 상륙한 후, 유래가 없는 인구통계학적 재앙이 발생한다.
15) 조루주 미누아, 『노년의 역사』, 옮긴이 박규현·김소라, 아모르문디, 2010.5, p.380

이군인 병원이라고 할 수 있다. 여기에는 기사당 2명의 하인이 있었고, 늙은 기사들은 하인의 도움을 받으며 생활할 수 있었다. 이러한 양로원은 조금씩 확산되었고, 경제적으로 성공한 상인이나 장인들도 노년의 생활을 보장받기 위해 양로원을 만들게 된다. 노인들의 사회적 지위가 조금씩 상승하게 되면서, 일부 부유층 노인들은 수도원이 아닌 양로원에서 노년을 살아가게 된다. 그러나 양로원의 수는 극히 적은 데다, 현재와 비교하면 시설이나 환경이 아주 조악했다.[16]

:: 현대 은퇴의 시작

현대의 은퇴가 시작된 것은 18세기에 시작된 산업혁명에서 기인한다. 산업혁명으로 인해, 공장에는 일할 수 있는 노동자들이 많이 필요해진다. 그래서 산업화된 도시는 1차 산업에 종사하던 사람들을 공장으로 불러들인다. 초기에는 공장 노동자의 생활이 워낙 열악했기 때문에, 퇴직이나 은퇴라는 개념이 없었고, 건강이 허락하는 한 일을 했다. 그러나 19세기 말이 되면서 투표를 통해 정치인을 뽑는 선거제도가 확산되었고, 표를 의식한 선거 출마자들은 노동자들의 노후 생활에 관심이 높아진다. 그 결과로 나타난 것이 은퇴라는 개념이다.

한편, 고용주에게 고령 노동자의 은퇴는 저렴한 인건비와 가혹한 노동 환경에 불만이었던 노동자들의 불만을 잠재우기 위한, 고육책苦肉策이라고도 할 수 있었다. 은퇴라는 개념은 노동자들에게, 젊은 시절에는 노동의 고단함에 치여 살지만, 일정 연령에 도달하면 연금이 지급되어 어느

---

16) 앞의 책, p.440

정도 안락한 생활을 할 수 있다는 희망을 심어줄 수 있었다. 즉 노동자들의 불만을 어느 정도 잠재울 수 있는 수단으로 사용된 것이다. 이러한 상황이 조금씩 중첩되면서, 노년의 삶을 연금에 의존하면서 소일한다는, 현재의 은퇴로 확립된다. 이것이 우리가 알고 있는 은퇴라는 용어의 출발이다.

나이 들면 노동 현장을 떠나, 편안히 쉬면서 생활할 수 있는 기간을 가질 수 있다는 현대적인 개념의 은퇴가, 인류 역사에 나타난 기간은 150년도 되지 않는다.[17] 이러한 은퇴가 전 세계로 본격적으로 확산된 것은 2차 세계대전이 지나면서다. 1950~1960년대 서구 사회에 은퇴와 연금 제도가 본격적으로 도입되었고, 1980년대에는 전 세계로 확산되었다. 이제 60세 또는 65세가 되면, 연금 수급을 통해 노년을 살아가는 것이 새로운 노년의 삶으로 정착되었다. 그리고 그것은 대부분의 사람들이 바라보는 삶의 지표가 되었다.

우리나라에는 언제 현대의 은퇴가 도입되었을까? 1980년대 후반 국민연금이 만들어졌고, 보험회사는 개인연금 보험을 적극적으로 판매하기 시작한다. 노년의 경제생활을 위해 군인연금, 공무원연금, 사학연금 등은 이미 존재했고, 기업체는 퇴직금을 지급했지만, 본격적으로 노년의 삶이 세간에서 관심을 끌게 된 것은 1990년대부터라고 할 수 있다. 그러므로 우리가 은퇴라는 삶을 현실에서 느끼게 된 것은 30년도 되지 않는 짧은 시간이라고 할 수 있다.

---

17) 미치앤서니, 『은퇴혁명』, 청년정신, 2004, p.51~53

1960년대부터 시작된 경제개발의 성과로, 우리나라는 농업 사회를 탈피해 본격적인 산업 사회로 진입하게 된다. 산업화의 진전으로, 도시에는 농경 사회와 다른 방법으로 수입을 통해 생활하는 노동자가 급증한다. 산업사회는 인적자원의 수요공급이 원활히 순환되는 고용 구조를 유지해야 한다. 이를 위해서는 고령 근로자의 퇴직이 용이하고, 계속해서 충분한 일자리가 젊은 사람에게 제공되어야 한다. 그래서 정부와 기업은 고령 노동자가 퇴직선택이 용이하도록, 경제 활동기에 모아놓은 재산과 연금으로 휴양지에서 꿈같이 멋진 노년의 생활을 영위하는 모습을 매스컴이나 신문을 통해 계속 노출시킨다.

이러한 노후 생활의 모습을 사람들에게 지속적으로 주입한 결과, 이제 노년은 일하지 않고 편하게 쉬는 기간으로 인식하게 되었다. 경제 활동기에 마음껏 누리지 못했던 골프와 같은 취미 생활을 한다거나, 해변가에서 석양을 보면서 샴페인을 즐기는 것이 정년을 맞이하는 근로자가 바라는 노후 생활로 자리 잡게 된 것이다. 그러나 그림 같은 해변에서 낙조를 즐기며 지내는 노후 생활이 유유자적하고, 여유로우며, 행복하기만 할까? 이런 생활은 이루기도 어렵거니와, 매일 계속된다면 오래지 않아 저세상에서 빨리 오라고 부를 것이다. 열심히 일하다가 잠깐의 휴식을 위한 그림으로는 좋지만, 현실에서 이러한 은퇴 생활은 없다고 생각해야 한다. 이러한 은퇴의 꿈은 우리에게 미몽迷夢을 꾸게 하고 있다. 즉 우리는 은퇴라는 몸에 맞지 않는 옷을 입으면서, 그 옷을 꼭 입는 것이 노년의 삶으로 당연하다는 생각을 갖게 되었다. 또한 이제 모두가 그 옷을 입으려 하는 미혹된 고민을 갖게 된 것이다.

노년의 월급이 만들어지기까지…

은퇴隱退의 의미는 '직임에서 물러나거나, 세속의 일에서 손을 떼고 한가히 삶'이라는 뜻을 가지고 있다. 이것은 과거 농경 사회에서 먹고 사는 것이 그다지 문제가 되지 않았던, 사회의 상류층이었던 양반들이나 누릴 수 있었던 삶이었다. 양반과 상민으로 나뉜 신분 사회에서, 젊은 시절에는 관료나 호족으로 살다가, 나이 들어 속세를 떠나 숲에 묻혀 조용히 살아가는 삶이라고 할 수 있다. 이런 생활은 일상이 단조롭고 한가하며, 사회 변화 속도가 아주 느렸던 세상에서나 가능할 것이다.

오늘날과 같이 삶에 필요한 정보가 폭주하고, 사회 변화의 속도가 엄청나게 빠르며, 라이프 스타일(Life Style)이 급변하는 사회에서 가능할까? 절로 들어가 스님이 되거나, 궁벽한 산골로 들어가 조용히 은거한다고 해도 쉽지 않을 것이다. 물론 이러한 삶을 선호하는 사람들도 일부 있을 수 있다. 그러나 대부분의 사람들이 선택하는 삶은 아니다.

사람들은 살아오면서 학창 생활이나 직장 생활을 통해, 주변 사람들과 지속적인 사회적 관계를 맺어왔다. 또한 교통수단과 통신기술의 발달로 인해, 개인 간의 관계 거리는 아주 가까워졌다. 그래서 사람들은 나이가 들어도, 그동안 알고 지낸 지인들과 지속적인 사회적 관계를 유지하고, 하고 싶은 일도 하면서, 경제적으로나 심리적으로 안온한 삶을 살아가고자 한다.

현대의 은퇴는 산업화가 일찍이 시작된 서구에서 먼저 사람들에게 인식되었다. 서구에서 은퇴(Retirement)는 노령연금 또는 국민연금과 아주 밀접한 관계가 있다. 직장 생활에서 정년퇴직하고 **'연금을 받게 되는 시점'**이 대부분 은퇴가 시작되기 때문이다. 이러한 개념이 국내에 들어와서 오역되어 정착된 용어가 은퇴라고 할 수 있다.

:: 연금의 출발

은퇴의 시발점인 노령연금이라는 제도를 세계에서 가장 먼저 시작했던 나라는 독일이다. 1889년 독일의 수상 비스마르크는 고령의 노동자들을 현직에서 물러나게 하기 위한 방법으로, 연금 제도를 고안했다. 이 당시 연금 지급 시기는 기독교 성경에 나오는 인간의 수명을 참고로 70세로 정했다. 그러나 이 당시의 평균수명은 46세밖에 되지 않아, 연금을 받아 노년을 생활할 수 있었던 사람은 거의 없었다. 그래서 연금의 지급 시기를 약간 완화하여 65세로 줄였지만, 연금을 받는 이는, 극히 소수였다. 노령연금의 출발은 사람들이 평균수명을 살고도, 20년 이상을 더 살아야만 받을 수 있는 거의 유명무실한 제도였던 셈이다. 또한 죽을 때까지 일해야 한다는 뜻도 내포되어 있었다.

노령연금은 시간이 지나면서 여러 나라로 확산되었다. 1892년에는 덴마크에서 60세 이상의 극빈층, 특히 여성을 위한 연금 제도가 시작되었다. 1898년에는 뉴질랜드에서 65세 이상 노인에게 연금이 지급되기 시작했고, 1908년에는 오스트레일리아, 영국으로 확산되었다. 영국의 초기 연금 지급 연령은 70세였으나, 1927년에는 65세로 변경되었고, 1940년에는 여성을 대상으로 60세로 변경된다. 캐나다는 1927년에 시작되었다.

1935년, 미국은 노령연금을 지급하는 사회보장법을 시행하게 된다. 이 법은 역사상 처음으로, 국가가 일정 연령을 넘은 근로자에게 연금 받을 자격을 보장한 법이다. 이 시기에 많은 노인들은 대공황의 여파로 빈곤에 시달렸고, 가족이 없는 남성 고령자는 빈민 수용소나 그와 비슷한 장소에서 삶을 마치는 경우가 많았다. 그래서 노령연금을 도입하게 되는데, 독일의 연금에서 많은 부분을 본떠 만들었다.

미국은 노령연금의 연금 지급 시기를 초기에는 65세[18]로 정했다. 그 당시 미국인의 평균수명은 63세였다. 독일보다 연금을 받을 수 있는 사람들은 더 많아졌으나, 그때까지 살아남은 일부 노인들만 혜택을 볼 수 있었다. 지급되는 연금 액수도 아주 적어, 간신히 먹고 사는 정도였다. 오늘날과 비슷한 법과 제도를 통해 노년의 수입을 보장했던 미국의 노령연금도, 근로자가 거의 죽을 때까지 일하다가, 남은 생의 짧은 기간에 아주 적은 액수를 연금으로 받았던 제도였다.

1950년대를 지나면서, 노년에 필요한 자금을 더 확보하기 위해 연금 제도는 하나하나 개선된다. 그래서 개인들은 노후 생활비를 국민연금에 기업 연금, 개인연금을 더한 '3층 보장'을 완성하게 된다. 이런 연금 구조는 서구 사회에 점차 퍼졌고, 20세기를 지나며 전 세계로 널리 확산되었다. 오늘날 근로자들은 3층의 연금 수급을 통해 경제적인 노후를 준비하는 시대가 되었다.

---

18) 1961년부터는 62세로 낮춰짐.

노동자의 탄생과 퇴직

영어로 퇴직을 의미하는 'to retire'는 19세기 초만 해도 '공적 관심으로부터 물러남'을 의미했다. 하지만 20세기 후반에는 '더 이상 적극적 근무의 자질이 없다'라는 뜻으로 해석되고 있다.[19]

산업혁명 이전에는 사람들의 경제 활동이 극히 단순했다. 대부분의 사람들은 생계형 농업에 종사했고, 일부는 가내 수공업의 형태로 생활에 필요한 물건을 생산했다. 농경지는 주거지와 가까운 지역이었고, 주로 사람과 가축의 힘을 이용해 농산물을 생산했다. 수공예품은 주로 휴경기를 통해 가내 수공업으로 생산되었다. 그래서 산업혁명 이전의 노동 현장은 직장과 주거지가 가까운 곳에 위치한 직주 근접職住近接이거나, 직장과 주거지가 같은 곳인 직주 일치職住一致였다고 볼 수 있다.

15세기 대항해 시대를 지나면서 상업이 발달하고 교역량이 늘게 된다. 일부 지역에서는 교역에 필요한 상품들을 집중적으로 생산하기 위해 가내공업 촌락이 탄생하게 된다. 가내공업 촌락은 좀 더 집약된 수공업 제품을 생산하기 위해, 원산업화[20]를 통해 수공예품을 생산하게 된다. 이 당시에도 직장과 주거지가 가까운 직주 근접이 기본적인 생활상이었다.

---

19) 프랑크 쉬르마허, 『고령사회 2018, 다가올 미래에 대비하라』, 옮김 장혜경, 나무생각, 2005년, p.142
20) 상인이 원거리 시장에 판매할 완제품의 생산을 위해 원료를 지방의 가내공업 촌락에 먼저 빌려주고 생산을 의뢰하는 방식.

:: 노동자의 출발

18세기에 시작된 산업혁명은 공장이라는 새로운 작업 공간을 만들게 된다. 기계를 이용해 제품을 만드는 세계 최초의 공장은 영국에서 처음으로 등장했다. 이 공장은 1771년 이발사 출신 리처드 아크라이트(Richard Arkwright, 1732~1792년)의 발명품으로, 수력을 이용해 방적기를 돌려 실을 만드는 공장이었다. 이 공장이라는 작업 공간은 지금까지 존재하지 않았던 새로운 사회 구성원을 탄생시키게 되는데, 이것이 바로 노동자의 출발이다. 또한 아크라이트는 이 공장에서 일하는 노동자의 노동력을 더 많이 활용하기 위해, 공장 주변에 주거지를 만들었다. 그래서 노동자들의 노동 시간은 길어졌고, 점점 더 주변의 유휴 노동력을 공장으로 끌어당기게 된다.[21]

공장이라는 작업장이 생기면서, 종업원들은 공장에서 출퇴근을 하게 되었고, 이때부터 본격적으로 주거지와 직장이 이원화된다. 공장의 확대는 사람들을 농촌에서 도시로 끌어오는 구심점이 되었다. 이제 지금까지 없었던 새로운 인구 집단인 노동자라는 직업군職業群이 생기게 된다. 노동자들이 늘어나면서, 인류의 생활 구조는 급격히 변하게 된다. 산업화된 도시는 농촌 사람을 도시로 끌어당기는 역할을 하였고, 도시화를 진척시켰다. 산업화된 도시의 확대는 노동자의 수를 더욱 증가시켰다. 거기에 자본주의의 발달은 산업화된 도시와 노동자를 더욱 확대 생산하는 순환 고리를 만들게 된다.

---

21) 데틀레프 귀르틀러, 『이야기로 읽는 부의 세계사』, 옮김 장혜경, 웅진 지식하우스, 2005, p.199~200

:: 정년퇴직

20세기 초, 기술 발달과 자본 투입으로 공장에는 다루기 쉽고, 현대화된 각종 새로운 기계가 도입된다. 또한 분업을 통해 노동자의 업무는 단순화된다. 이는 숙련되지 않은 노동자라도 단기간의 교육을 통해 일할 수 있는 작업 환경으로 연결된다. 그래서 고용주들은 인건비를 줄이기 위해 새로운 방법을 고안하게 되는데, 이것이 바로 '**정년퇴직**'이다.

그 당시 근로자의 임금은 직무 능력에 관계없이, 연령과 근속 연수에 따라 급여와 직위가 올라가는 연공서열을 바탕으로 책정되었다. 고용주의 입장에서 연공서열의 급여 체계는 상당히 불만스러운 제도였다. 근무 연수가 오래된 노동자들은 기계화된 공장의 조립 라인에서, 갓 입사한 신입 노동자와 똑같은 일을 하면서, 훨씬 많은 급여를 받아가기 때문이다. 그래서 고용주는 인건비를 줄이기 위한 방법으로, 정년퇴직이라는 제도를 도입하게 된다.

그 당시 정년퇴직에 대한 인식을 바꾸는 데 일조한 사람은 '**연령차별주의**(Ageism)'의 씨앗을 뿌린 윌리엄 오슬러 박사이다. 그는 저명한 내과 의사로, 1905년 존스 홉킨스 대학에서 '40세 이상의 사람들은 사회의 진보를 이루는 데 무익한 존재'라는 내용으로 연설을 했다. 특히 고령 노동자의 사회적 무용성을 피력했다. 60세가 넘어가는 사람은 완전히 무용지물이며, 융통성이 없는 정신 자세 때문에 오히려 사회에 부담이 된다는 것이다. 이러한 고령 노동자에 대한 연령 차별적인 연설은 고용주가 고령 노동자의 퇴직을 통해 인건비를 절감하고, 젊은 사람들의 사회적 실업 문제를 해결하는 데 이용된다.

또한 정년퇴직 제도가 정착하는 데 크게 일조한 집단 중의 하나는, 역설적이게도 노동자들의 권익 신장을 담당해야 하는 '**노동조합**'이었다. 이 당시는 실업자가 너무 많아, 노동조합은 생존을 위해 몸부림쳤다. 또한 파업할 권리를 갖기 위해 투쟁하고 있었다. 그래서 노동조합의 지도자들은 고령 근로자들을 퇴직시키면, 조합원들에게 더 많은 일자리를 제공할 수 있고, 노동자의 고용 안전성을 제공할 수 있다는 생각으로, 정년퇴직이라는 아이디어를 수용하게 된다.

고용주의 인건비 절감, 사회적인 인식의 변화, 노동조합의 협조라는 3박자는 고령 근로자의 정년퇴직이 필요하다는 주장에 더욱 힘이 실어졌고, 고령 노동자의 은퇴 분위기가 무르익어간다. 그러나 고령 노동자의 퇴직으로 인해 발생하는 자금 압박으로, 연금 제도의 도입은 더디게 진행되었다.[22]

그러나 1920년대 말에 발생한 대공황은 이러한 상황을 일시에 바꿔 버린다. 미국은 대공황의 여파로 청년 실업이 급증한다. 일자리가 절대적으로 부족한 상황에서 노인들의 2/3는 일자리도 없고, 따라서 수입도 거의 없게 되면서, 빈곤층으로 전락한다. 1933년 미국의 대통령이 된 루즈벨트는 뉴딜(New Deal) 정책을 통해 일자리를 만들기 위한 여러 프로그램을 진행한다. 또한 1935년에는 빈곤한 고령자들의 생활을 보장하기 위해 '**사회보장법**'을 만든다.

사회보장법은 사람들에게 일과 은퇴에 대한 생각을 바꾸게 하는 변곡

---

22) 미치 앤서니, 『마침표 없는 인생』, 이주형 옮김, 청년정신, 2007. 4, p.48~49

점이 된다. 이 법의 탄생으로, 고령 노동자는 노동 시장을 떠날 수 있는 명분을 가질 수 있게 되었다. 또 기업은 인사 적체 해소로 젊은이와 저임금 노동자에게 일자리가 생겼고, 침체되었던 경제는 비로소 회복되기 시작한다. 이러한 일련의 과정을 통해 정년퇴직은 사회적으로 인정되었고, 제도적인 입법을 통해 자리 잡게 되었다.

∷ 기업연금의 출발

노령연금은 2차 세계대전을 통해 거의 모든 산업으로 확대된다. 이 시기에 미흡했던 사회보장 제도와 은퇴자들의 빈궁한 삶은 연금 제도의 적용 대상과 연금 지급 범위를 확대시킨다. 거기에는 건강 및 사고 보험과 장애인 복지비용도 포함된다. 또한 노인 빈곤 문제의 해결책으로 물가상승률에 따른 연간 생계비의 상향 조정 등도 잇따른다.[23]

노동자들에게 정년퇴직 후에 받게 되는 노령연금의 부족분을 채울 수 있는 새로운 방법이 나타나게 되는데, 그것은 바로 **기업연금**이다. 기업연금은 미국에서 정착된 제도로, 최초는 1875년 아메리칸 익스프레스 사의 '기업연금 플랜'이다. 기업연금의 확산은 2차 세계대전을 지나면서다. 전시 경제 일환으로 정부가 노동자의 임금을 동결시키자, 많은 기업들은 임금 인상을 대신해 근로자의 불만을 완화시키기 위한 방법으로 기업연금을 도입한다. 기업연금은 2차 세계대전 이후, 강력한 노조 활동으로 미국의 노동자들에게 널리 확산된다. 이후 기업연금은 전 세계의 노동자에게 확대되었고, 근로자의 일정한 권리로서 인정받게 된다.

---

23) 앞의 책, p.53

정년퇴직이 초기의 부정적인 이미지를 벗고, 현재와 같은 귀족적인 은퇴형태로 자리 잡는 데 지대한 역할을 한 조직은 금융 회사라고 할 수 있다. 1950년대가 지나면서 사회적 제도적으로 정년퇴직 제도가 정착되었고, 사람들은 정년퇴직 이후의 생활에 관심이 커진다. 퇴직자들이 점점 많아지자, 보험회사를 중심으로 하는 금융 회사들은, 노동자들은 정년퇴직 이후를 대비한 경제적 준비가 꼭 필요하고, 이를 금융 상품으로 준비해야 한다는 새로운 마케팅 전략을 실행한다. 정년퇴직 이후의 노동자의 삶을 금융상품 판매의 기회로 생각한 것이다.

노년이야말로 아름답고 최고의 날이며, 귀족적인 여가를 즐길 수 있는 시기이다. 노년을 위해 충분한 자금을 준비하는 것은 노후 준비를 위한 최우선 과제다. 또한 노동자들에게 금융권의 수많은 광고와 언론의 지속적인 세뇌를 통해, 안락한 노년을 위한 경제적 준비의 필요성을 지속적으로 노출시키고, 뇌리에 심어 준다. 특히 그 당시 노인들의 불행한 삶을 보아왔던 중·장년층에게 귀족적인 은퇴에 대한 메시지가 지속적으로 전달된다. 그래서 점점 정년퇴직 후의 삶은 일하지 않고 여가 생활을 즐기는 것이라는 관념이 자리 잡게 되었고, 이것이 당연한 노년의 생활상으로 정착되었다.

이제 은퇴라는 옷을 입은 노년의 삶은 당연시되고, 많은 사람들이 은퇴 대열에 참가하고 있다. 사람들은 은퇴를 불가피한 선택으로 생각한다. 1960년대 이후 미국의 안정된 경제성장으로 국민의 복지 제도는 점점 더 확충된다. 여기에 미국의 정년퇴직 근로자들에게 몇 가지 행운이 따른다. 미국의 베이비부머가 경제 활동에 참여하면서 연금을 지급할 수 있는 충분한 재원을 공급하였고, 예상치 않았던 주택 가격 상승으로 은퇴노인들이 실제로 안락한 노후 생활을 할 수 있도록 해주었다. 일련의 은퇴에 대한 호의적인 환경은 고령 근로자들이 더 이상 노년의 일자리에 대한 미련을 갖지 않도록 만들게 된다. 또한 어느 직장에서도 정년퇴직 연령이 지난 노동자는 환영받지 못하는 존재가 되어버린다.[24]

팍스 아메리카(Pax America) 시대를 열었던 미국 노동자의 은퇴는, 전 세계 노동자에게 은퇴 이후 노년의 안락한 삶을 향유하는 꿈을 안겨주었다. 그러나 미국의 달콤한 노년의 삶은 미국 경제가 가장 안정적으로 성장했던 1960~1980년에 잠깐 있었던 특별한 경우라고 할 수 있다. 1980년대 이후 미국 경제가 불황과 저성장으로 고착된 후, 미국에서도 고령 노동자의 퇴직에 대해 진지한 고민들이 시작되고 있다. 그러나 현재 우리가 생각하는 은퇴는 미국에서 20년의 짧은 시간 동안 행운의 은퇴자들이 누렸던 생활을 바람직한 노년의 삶이라고 오해하고 있다. 즉 그들이 누렸던 것과 같은 노년을 우리가 앞으로 만끽해야 할 생활로 잘못 생각하고 있는 것이다.

---

24) 앞의 책, p.55

장년에서 노년으로 가는 문 '정년퇴직'

정년퇴직이란 조직 구성원이 일정 연령에 도달하거나, 장기간 근속하거나, 일정 기간 동안 승진하지 못하고 동일 계급에 머물 경우, 직장에서 물러나는 제도이다. 조직의 신진대사를 촉진하고 능률성을 확보하기 위해 자동적으로 퇴직하는 것이다. 정년퇴직은 미리 정해진 일정 연령에 도달해 퇴직하는 '연령정년', 조직에서 일정한 근무 기간이 지나면 퇴직하는 '근속정년', 일정 기간 승진하지 못하고 동일 계급에 머물 경우 퇴직하는 '계급정년'으로 구분할 수 있다.[25)]

어느 사회나 경제적으로 충분한 부를 축적한 사람들은 정년퇴직 시기를 스스로 결정할 수 있다. 그러나 대부분의 사람들은 정년 시기를 마음대로 정할 수 없다. 또한 가난한 사람은 스스로를 부양하기 위해, 연령에 상관없이 일을 할 수 있을 때까지 일해야 한다. 경제 활동기와 달리, 노년에는 나이가 많아질수록 임금은 점점 더 줄고, 더 열악한 환경에서 일을 하게 된다. 가난한 노인은 더 이상 일할 수 없을 만큼 건강이 악화되었을 때, 어쩔 수 없이 노동 시장에서 물러나게 되므로, 실질적으로 정년퇴직은 없다고 볼 수있다.

∷ 우리나라의 정년퇴직

IMF 경제위기 이전까지, 우리나라는 정년과 관련된 내용이 사회적인 이슈로 그다지 떠오르지 않았다. 성장 경제에서 기업들은 주로 젊은 사

---

25) [출처] 『행정학사전』, 이종수, 대영문화사, 2009. 1

람들을 고용했고, 기업내에서 정년에 도달하는 사람도 별로 없었기 때문이다. 그래서 정년퇴직은 주로 공무원, 교직원, 군인들을 중심으로 나타났고, 노년의 수입원으로 연금도 지급되었다. 그래서 이들과 관련된 연금은 공무원연금(1960년), 사학연금(1975년), 군인연금(1960년 공무원연금에 포함되어 실시, 1963년 독립)으로, 정년퇴직 후의 생활을 보장받을 수 있는 제도가 일찍이 시작되었다.

일반 기업은 퇴직하는 인원이 그다지 많지 않았으나, 다양한 기준을 통해 정년퇴직 제도를 운영했다. 그래서 대부분의 회사에서는 근로자가 정년퇴직하면 퇴직금을 지급했다. 이러한 퇴직금제도는 2005년 근로자퇴직급여보장법이 시행되어 퇴직금을 회사 외부에 적립하게 되었고, 금융회사의 근로자들부터 퇴직연금으로 전환하고 있다,

우리나라에서 정년퇴직에 관련된 법률로는, 1991년에 고령자가 고용 시장에서 정상적인 취업을 못하는 특별 보호 대상자임을 인정하는 '고령자고용촉진법'이 시행되었다. 이 법은 '정년을 60세 이상이 되도록 노력한다'라고 규정하고 있다. 그러나 1990년대 중 후반 경기 악화로 기업의 경제 활동이 주춤하게 되자, 1997년 3월 근로기준법을 통해 기업들은 정리해고와 같은 고용 조정을 추진할 수 있게 된다.

IMF라는 경제 환란을 지나면서, 우리나라의 고용 구조는 급격하게 변하게 된다. 국제통화기금(IMF)은 자금 지원의 대가로, 고용 부분에서 인수합병 관련 정리해고와 노동 시장에서 유연성을 확보하는 관련 정책의 시행을 우리에게 요구했다. 그래서 정부에서는 교원의 정년을 65세에서

61세로 낮추고, 민간 기업도 정년을 55세보다 낮추려고 했다.[26)]

　고용 시장에서 노동조합의 힘이 줄고, 기업이 종업원을 경영상의 이유로 해고할 수 있는 제도들이 도입되면서, 많은 노동자들이 실업자로 전락하게 된다. 그래서 고용 시장에서 '평생 직장'이라는 말은 점점 사라지고, 급여도 호봉이나 연공서열 대신 연봉제로 바뀌어간다. 근로자들의 신분은 정리해고를 통해 정규직 근로자의 수는 줄게 되고, 비정규직 근로자는 급격히 늘어나게 된다.

[그림2] 300인 이상 대규모 사업장 정년

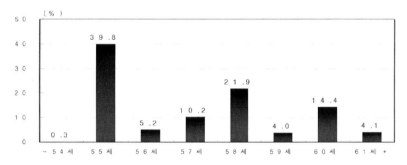

자료: 노동부, 고령자 고용 현황 및 정년 제도 조사 결과('09.6.)

　이러한 일련의 과정을 거치면서, 민간 기업에서 정년을 맞이하는 근로자의 수는 손에 꼽을 정도로 적어 졌다. 정년퇴직이라는 제도는 거의 유명무실한 제도가 된 것이다. 이제 근로자의 고용 안전성은 줄었고, 기업은 상시 명예퇴직제를 통해, 고연령(40대에서 50대 초반)의 노동자들을 집으로 돌아가게끔 유도 또는 강제하고 있다. 현재 우리나라의 기업에서 규

---

26) [출처] 『한국민족문화대백과』

정된 정년은 평균적으로 57.14세이나, 실제 퇴직하는 연령은 53세이다. 대부분의 근로자들은 법으로 정해진 정년마저 채우지 못하고 퇴직하고 있는 것이다.

이에 비해, 유럽 국가의 정년은 65세, 퇴직 연령은 61.8세로 나타난다. 우리나라의 근로자는 유럽에 비해, 경제 활동기의 주된 직장에서 약 8~9년 정도 빠르게 정년퇴직을 하고 있는 셈이다. 우리나라가 유럽의 여러 나라에 비해 정년이 빠르게 나타나는 이유는, 우리 경제 체제가 효율과 이익 중심의 신자유주의 기업 경영으로 변화하면서, 더욱 심화되었기 때문이다.

:: 기업과 정년퇴직

기업이 고령 노동자를 퇴출시키려는 이유는 다음과 같이 설명될 수 있다. 고용주의 입장에서 연공서열에 의해 승진과 급여가 올라가는 구조는 기업이 순항하고 있을 때, 인력을 일사분란—事紛亂하게 운용하기에 가장 좋은 조직 형태이다. 특히 우리나라는 장유유서長幼有序의 전통이 살아 있어, 자연스럽게 연공서열에 의해 조직은 쉽게 자리 잡게 되고, 조직원 간의 불협화음도 적다. 근로자의 입장에서도 연공서열의 급여 체제는 환영받는다. 생계를 책임져야 하는 가장은 나이가 들수록 생활비, 자녀의 교육비, 주거비 등으로 지출되는 비용이 많아지게 된다. 그래서 연공서열에 따른 임금 및 지위의 상승은 자연스럽게 수입과 지출의 균형을 가져다줄 수 있기 때문이다.

그러나 경제 환경의 변화로 기업의 운영이 어려움에 처하면 달라진다. 기업은 지출되는 비용을 줄이기 위해 긴축 재정으로 바꾸고, 그 중 고정 비용을 줄일 수 있는 방법을 찾게 된다. 가장 빠른 방법은 연공서열에 의해 고임금을 받는 고령의 근로자들을 퇴직시키는 것이다. 기업에서 지출되는 비용 중 가장 부담되는 것이 인건비인 데다, 가시효과도 크기 때문이다.

이와 같은 일은 근로자의 권익을 대변할 노동조합의 세가 줄고, 기업이 이익 중심의 경영 체제로 변화되면서, 더욱 심화된다. 그래서 2000년대 이후 금융업계에서 나타난 명예퇴직이나 구조 조정의 대상이 고령 근로자를 중심으로 진행된 것이다. 이러한 고용 구조 하에서, 회사가 정한 정년퇴직 연령에 퇴직할 수 있는 노동자들은 극소수일 수밖에 없다. 대부분 조기퇴직을 하거나, 어느 날 갑자기 책상이 사라지고, '오늘부터 출근 안 하셔도 됩니다. 집에서 편안하게 쉬십시오.'라는 문자 메시지가 전송된다.

:: 정년퇴직 제도의 변화

고령 인구의 증가는 우리나라뿐만 아니라, OECD 국가 및 경제적인 부를 어느 정도 이룬 나라들에서 나타나는 공통된 사항이다. 고령자의 수가 인구 비중에서 크게 늘고 있는 상황에서, 국가의 미래는 '고령 인구의 노동력을 어떻게 활용할 것인가?'라는 명제에 커다란 영향을 받게 된다. 그래서 주요 선진국들은 '연령차별금지법'을 통해 정년제를 금지하거나 폐지하고 있다. 정년퇴직을 허용하는 경우에도 일정한 연령을 지나야 가능하도록 변경하고 있다. 또한 퇴직을 연장하기 위해 노령연금의 지급 연령을 연장하고 있으며, 조기퇴직을 줄이기 위해 보험 기여기간 등을 제한하고 있다.

[표2] 조기퇴직 축소와 퇴직 연장을 장려하는 각국의 연금 개혁

국 가	개혁 내용
미 국	– 완전노령연금 개시 연령을 67세로 연장 – 정년 이후 노동에 따른 노령연금 급여 인상 – 연령을 이유로 한 차별 금지로 강제 퇴직은 원칙적 금지
일 본	– 2013년까지 급여 개시 연령을 65세로 연장 – 65세 의무고용
호 주	– 연금 연령 이후에도 일하는 고령자에 대한 면세 보너스 – 여성의 정년을 65세로 연장, – 노령 퇴직수당 인출을 60세 이후로 인상
독 일	– 조기퇴직을 위한 최소 기여기간을 제한 – 실업을 위한 조기연금 폐지, – 급여 축소
프랑스	– 완전노령연금을 위한 연금 기여기간을 37.5년에서 40년으로 연장 – 고령 근로자를 해고하는 기업주에게 비용 부담 증가
이탈리아	– 보험 잔여기간에 따른 누진 적용 -2008년부터 근속연금 폐지 – 조기퇴직을 위한 보험 기여기간을 2008년부터 40년으로 연장 – 5년 정년 연장(남성 65세, 여성 60세)
스웨덴	– 보험 기여기간에 따른 누진 적용 – 67세까지 노동 시장에 잔류하도록 허용
영 국	– 장애 연금에 대한 접근 제한 – 여성의 퇴직 연령을 남성과 동일하도록 연장

자료: 『고령화 정책의 우선순위 분석』. 최숙희. 삼성경제연구소. 2008. 2.

미국은 1986년에 연령차별금지법을 제정하고, 그 후 개정으로 연령을 이유로 한 강제 퇴직은 아예 폐지했다. 이에 따라 2009년 미국 노동자의 공식적인 은퇴 연령은 65.8세가 되었다. 완전노령연금의 개시 연령은 67세로 연장되었으며, 정년 이후 근로 시에는 연금 급여를 인상해주고 있다.

일본은 1994년 60세 정년을 의무화했다. 2006년에는 고령자 고용안정법이 개정되어 60세였던 정년이 연도별로 연장되었고, 2013년에는 65세가 되도록 정했다. 기업은 정년제를 폐지하거나 정년을 65세까지 연장

또는 재고용하는 것 중에서 하나를 선택하도록 의무화했다. 2013년 4월에는 정년을 60세에서 65세로 하는 고령자 고용안정법을 본격적으로 시행하고 있다.

영국은 종전에 65세 이상 정년을 허용했으나, 2011년 10월에 정년제를 폐지했다. 현재 영국의 은퇴에 대한 슬로건은 'Save More, Work Longer, Retire Later'이다. 프랑스는 정년 연령을 상향하고 있는데, 2003년에는 65세로, 2009년에는 70세로 연장했다. 독일은 정년 연령을 단계적으로 상향 조정하고 있으며, 실업을 위한 조기 연금을 폐지했다.

우리나라도 고령자의 노동을 연장하기 위해 2008년 고령자 고용촉진법을 '고용상 연령차별 금지 및 고령자 고용촉진에 관한 법률'로 개정 보완했다. '국가공무원법'과 '지방공무원법'을 개정하여 6급 이하 공무원의 정년을 기존 57세에서 60세로 연장했다. 또한 정부는 노동 인구의 고령화에 대비하여 기업의 정년을 연장할 것을 권장했다. 2013년 5월에는 '고용상 연령차별 금지 및 고령자 고용촉진에 관한 법률'을 개정하여, 권고 사항으로 있던 60세 정년을 의무 조항으로 바꾸었다. 2016년부터 공기업, 공공기관, 지방 공기업, 상시 근로자 300명 이상인 사업장에 적용하며, 국가 및 지방자치 단체, 상시 근로자 300인 미만 사업장은 2017년부터 적용된다. 또한 60세에 도달하지 않은 근로자를 특별한 사유 없이 해고할 경우, 부당해고로 간주하고, 사업주는 처벌받게 된다.

이와 같이 세계 각국은 정년을 연장하거나 정년퇴직 제도를 폐지하는 방향으로 나아가고 있다. 각 나라들은 노인 인구가 급증하면서, 미래에 닥치게 될 심각한 경제적인 부담과 일이 없는 다수의 고령자에 의해 발생할 사회적인 문제에 대해 진지하게 대처하고 있는 것이다. 세계 각국이 이를 해결할 최우선의 방법으로 선택하고 있는 것은 노인들이 현장에서 계속 일을 하면서 수입을 확보할 수 있도록 근로 기간을 연장하는 것이다. 그렇게 함으로써 미래에 지급해야 할 연금 급여의 부담을 덜고, 사회 비용을 줄이고자 제반 정책을 집중하고 있다.

다가오는 노인 사회에 대한 우리의 대처 방법도 특별한 사항이 있을 수 없다. 베이비부머의 퇴직이 시작되는 이 시점에 가장 먼저 할 일은 우리가 가지고 있는 은퇴에 대한 환상부터 바꾸는 것이다. 또한 제도적인 보완과 더불어 고령자 취업이 바늘귀보다 좁아진 현실에서, 어떻게 계속 일을 할 것인가에 대한 개개인의 노력과 사회적 합의가 필요하다.

2부

나이 듦의 '역사' 편

1960년대 우리나라는 유교적 전통이 살아 있던 농경 사회라고 할 수 있으며, 가족 구성은 대부분 대가족이었다. 그래서 제사 때 직계·방계 가족이 한자리에 모여 제례를 지냈고, 추석이나 설 같은 명절에는 일가 친척이 모여 차례를 지냈다. 그래서 노인을 공경하고 웃어른을 높이 모시는 것이 당연한 사회적 분위기로 정착되어 있었다. 또한 우리가 기억하는 어린 시절의 조부모는 부모보다 큰 어른이었다. 그분들을 통해 경험한 내리사랑의 따스했던 기억들도 있을 것이다.

노년의 위상은 시대와 지역 그리고 개인의 신분 및 지위에 따라 다양하게 나타난다. 동양과 서양은 노인이 되었을 때, 사회에서 대우 받는 지위에는 상당한 차이가 있었다. 동양의 3국[27]은 2천 년 전 춘추전국 시대의 제자백가諸子百家 중 유가의 사상을 국가의 주된 통치 이념으로 삼았고, 그로 인해 유학 사상이 사회 전체에 뿌리 깊게 자리잡았다. 그래서 모든 사회적 규범이나 인간관계의 기본은 유학을 따랐다. 국가는 주도적으로 충효 사상을 전파했고, 이를 기반으로 절대 왕권을 유지했다. 그래서 동양에서 노인의 위상은 어느 정도 높은 수준으로 일정하게 유지되었다고 볼 수 있다. 그러나 서양에서는 노년의 위상이 시대별, 지역별, 개인별로 다양하게 나타난다. 그래서 '나이 듦의 역사 편'에서는 서양의 각 시대별로 나타난 노년의 지위 및 위상에 대해 중점적으로 알아볼 것이다.

이 편에서 소개되는 서양의 시대구분에 따른 노인의 위상에서 주의할 점은, 한 시대를 하나의 잣대로 인식하는 것은 커다란 오류에 빠질 수

---

27) 우리나라, 중국, 일본을 일컬음.

있다는 점이다. 노년의 역사에 나타난 위상이 그 시대의 모든 노인에게 적용되는 것은 아니기 때문이다. 노년의 위상은 빈부와 계급에 따라, 성별에 따라, 도시와 농촌의 주거 지역에 따라 차이가 컸다. 또한 오늘날과 마찬가지로 개인의 경제적 지위, 건강, 사회 적응 능력에 따라서도 많이 달랐다. 즉 개인의 지위와 능력에 따라 사회적 위상은 크게 다를 수 있었다는 것이다. 그래서 여기서 구분하는 노년의 위상은, 단지 그 시대의 전반적인 흐름이었다는 것으로 인식하고 접근해야 한다. 또한 과거 노인들의 생활이나 사회적 지위는 일반적인 생각과는 달리, 아주 다른 상황에 처한 경우도 많았다. 이에 대해 조루주 미누아는 『노년의 역사』에서 다음과 같이 정리하고 있다.

첫째, 과거의 노인들의 수는 아주 적어 희귀했다고 생각되던 통념과는 달리, 희소한 존재가 아니었다. 오늘날에 비해 평균수명은 상당히 짧았지만, 영유아기의 열악한 생존 환경을 벗어나 20세까지 산다면, 기대수명은 상당히 늘어난다. 그래서 일부 지역에서는 60세가 넘는 고령자가 전체 인구의 10퍼센트에 달하는 경우도 있었다.

둘째, 전통 사회에서 노인들의 사회적 지위가 상당히 높아, 가정과 사회에서 존경과 권위의 대상이었다는 것도 사실이 아닌 경우가 많았다. 노인들이 존경의 대상이 아닌, 조롱거리가 되거나 굴욕과 냉대를 받았던 경우도 많았다. 또한 과거 노인들도 노년에 대한 걱정과 두려움으로 많은 고민을 했다.

셋째, 농경 사회의 모든 노인이 대가족제도 속에서, 가족의 존중과 배려로 행복하고 낭만적인 노년을 보낼 수 있었던 것은 아니다. 유럽의 경우, 노인을 중심으로 기혼 자녀들과 여러 세대가 함께 생활하는 가족 구성이 일반적이지 않았다. 일부 지역에서는 독립적인 핵가족이 지배적인 경우도 많았다.

넷째, 과거의 노인들도 수동적이고 의존적인 존재이기보다는, 능동적이고 활동적으로 노후 생활을 영위하려고 했다. 즉 가족과 사회에서 나름대로 적극적인 기능과 역할을 수행하려고 했으며, 남에게 기대기보다 가능한 한 스스로 자기 삶을 꾸리려 했다. 그래서 기혼 자녀와 같이 사는 대신 독립적인 주거를 선택했고, 경제적으로 독립하려 했으며, 일도 할 수 있는 한 계속 했다.[28]

우리가 노년의 역사에서 배울 수 있는 점은 상당하다. 노년의 문제가 오늘의 문제만이 아닌, 선인들이 수없이 고민해온 인간의 숙명이기 때문이다. 우리가 통념적으로 막연하게 잘못 알고 있었던 노년의 진실을 알게 됨에 따라, 현재 우리에게 다가오고 있는 노인 사회에서 나타날 문제의 해결책에 조금씩 다가갈 수 있는 단초를 얻을 수 있을 것이다.

---

28) 조르주 미누아, 『노년의 역사』, 옮긴이 박규현·김소라, 아모르문디, 2010. 5

3장 나이 듦과 역사

나이 듦의 역사를 왜 알아야 하는가?

'하늘 아래 새로운 것은 없다.'라는 말이 있다. 현재 다가오는 인간 사회의 문제에 대해, 최초로 우리만이 그러한 환경에 직면했다고 생각하는 것은 오만일 수 있다. 인간의 활동은 주어진 자연환경에 따라 다양하게 발전해왔으며, 오늘날 인간의 기술은 전에 없이 발달하게 되었다. 하지만 이를 이용하여 살아가는 것은 사람이고, 사람은 과거와 그다지 달라진 것이 거의 없다. 그래서 시대에 따라 나타나는 사람의 행동은 주어진 환경에 차이가 있을 뿐, 과거 인간 사회에서 일어났던 사건의 범주를 크게 벗어나지 않게 된다.

오늘의 사실이나 문제는 과거가 현재를 통해 나타난 결과이며, 미래로 가는 통로이다. 우리가 역사를 알고자 하는 이유는 과거 인간 사회에서 벌어졌던 일들을 살펴봄으로써, 오늘날 인간 사회에서 벌어지고 있는 일들을 제대로 이해하고, 과거를 반면교사로 삼아 다가오는 인간과 사회에서 발생하는 문제를 극복하기 위해서이다.

나이 듦에 대한 과거의 정보는 그다지 많지 않다. 특히 역사 시대 이전의 나이 듦에 대해 알려진 사실은, 극히 적다. 또한 역사 시대에도 살았던 지역, 정치적인 형태, 사회문화적인 환경에 따라 나이 듦의 사회적 지위는 다르게 나타났다. 그래서 각각의 특수성을 가진 노년을 시대에 따라 단순히 구분하는 것은 너무 단편적일 수 있다.

그러나 여기서 얻고자 하는 지혜는 과거의 노인들이 현재의 노인들과 얼마나 다르게 살았는가를 알고자 하는 것이 아니다. 사람들이 나이 듦에 대해 어떻게 인식하고, 노년에 대해 어떤 가치와 의미를 부여했는가를 알고자 하는 것이다. 또한 과거의 다양했던 노년의 삶을 살펴봄으로써, 오늘날 우리 시대에 다가오는 나이 듦에 대한 위기를 성찰하고 통찰을 얻기 위해서이다. 더 나아가 과거와 현재의 유사점과 차이점을 살펴 이를 통해 교훈을 얻고, 미래에 발생할 시행착오를 줄이기 위해서이다.

오늘날의 노인 문제와 고령화의 위기에 대해, 사람들은 그것이 우리 세대 또는 우리 시대에만 존재한 것으로 오해할 수 있다. 또한 과거 노년의 사회적 위상에 대해 잘못 알고 있는 부분도 적지 않다. 즉 과거의 노인은 희귀한 존재였으며, 가부장으로서 권위를 가지고 있었고, 사람들로부터 존경을 받았을 것이다. 또한 그들이 축적했던 경험과 지식을 통해 공동체 생활에서 권위를 누렸으며, 가부장적 가족 구조와 긴밀한 친족 관계에서 노년의 지위를 보장받았다고 생각하는 것이다. 반면에 현재의 노인은 가족과 사회에서 소외와 차별의 대상이 되고, 가난, 질병, 외로움, 역할 상실로 인해 우울하게 생활하는 존재로 인식하는 것이다.

그러나 이는 정확한 사실이 아니다. 노인 문제는 우리 시대만이 아니라 과거에도 존재했다. 단지 오늘과 같이 심각하지 않았을 뿐이다. 인간과 자연 사이에서 발생하는 문제는 문명이기의 도움을 받을 수 있으나, 인간들 사이에서 발생하는 문제는 기술 발전을 통해 해결할 수 있는 것이 아니다. 노인 사회에서 발생할 수 있는 문제에 대한 해답은 과거에 있을 수도 있다. 혹은 과거에 있었던 사실들을 토양으로 삼아 새롭게 풀어야 할 숙제일지 모른다. 그러므로 노인 사회의 솔루션은 과거 인간들 사이에 발생했던 노년의 역사를 살펴봄으로써, 조금이나마 문제 해결의 실마리를 찾을 수 있을 것이다.

오늘날 사람들이 삶의 문제에 직면하게 될 때, 가장 필요한 공부라고 생각하는 학문은 '**인문학**人文學'이다. 인문학은 지나온 인간들이 가졌던 삶에 대한 철학과 세상을 보는 통찰력을 기르기에 가장 좋은 공부이기 때문이다. 우리가 노년의 역사에서 알고자 하는 것은 인문학에서 얻고자 하는 것과 일맥상통한다.

역사 이전에 나타난 노년

선사 시대의 노인들이 어떠한 삶을 살았는지 명확하게 전해오지 않는다. 단지, 그 당시 유적이나 유물 및 남아 있는 유골을 통해 짐작할 수 있을 뿐이다. 인류학이나 고고학에 나타난 사실을 보면, 대부분 사람들이 60세를 넘기지 못했고, 극소수의 사람만이 노인이 되는 경험을 했다. 삶과 죽음을 당연한 사실로 받아들였고, 나이 듦에 따라 나타나는 노화에 대한 생각도 그다지 크지 않았던 것으로 보인다.

신석기 시대의 사람들은 점차 정착 생활을 하게 되었다. 조금씩 식량과 안전 문제가 개선되면서 더 많은 사람들이 좀 더 오래 살게 되었지만, 노인의 수는 여전히 적었을 것으로 추측된다. 프랑스의 인류학자인 앙리 발루아(Henri Victor Vallois, 1899~1981)가 선사 시대 유물 187개를 조사한 결과, 3명만이 50세 이상까지 산 것으로 나타났다. 이런 결과는 노인들에게 희소성을 부여했고, 부족에서 중요한 사람으로 인정받을 수 있게 했을 것이다. 또한 오래 산다는 것을 자연적이지 않은 경이로운 현상으로 생각했을 것이다. 오랜 삶은 초자연적인 보호를 받았다는 증거이며, 신성한 조상들이 현실 세계에 참여한 증표였을 것이다. 그래서 나이 든 사람은 이승과 저승을 잇는 최고의 매개자로서 대우받았고, 신성을 소유한 것으로 인식되었을 것이다.[29]

---

29) 조루주 미누아, 『노년의 역사』, 박규현·김소라 옮김, 아모르문디, 2010. 5, p.46~48

∷ 선사 시대, 노년의 위상

선사 시대 노인들의 삶에 대한 실마리는 다른 연구에서 나타났다. 바로 20세기에도 오지에서 수렵과 채집을 하고 있는 원시 사회를 살펴보면서다. 이들을 통해, 선사 시대에 살았던 노인의 사회적 위상을 어느 정도 재구성해봄으로써, 실상을 파악할 수 있게 되었다. 이들 연구 결과를 보면, 원시 사회에서 주어진 자연 환경과 생활양식 그리고 문화의 전체적 구조에 따라, 노인의 사회적 위치는 부족마다 아주 다양하게 나타난다. 그래서 노인들의 사회적 위상을 한마디로 설명한다면, '**모호성**模糊性'이라고 할 수 있다.

모호성은 정확하게 정의하기가 애매모호하다는 것으로, 노인들은 처한 상황에 따라 이럴 수도 있고 저럴 수도 있어, 명확하게 정의하기 어렵다는 것이다. 지나온 삶에서 갖게 된 지혜와 허약함, 경험과 노쇠, 위엄과 고통 등 노년이 가지는 상반된 성향은 각기 다른 형태로 나타났다. 그래서 노인은 공경의 대상이 되기도 하지만 멸시당할 수도 있으며, 추앙받기도 하고 죽임을 당하기도 한다. 그래서 노년의 모호성이 노인들의 사회적 지위를 결정하게 되는데, 이는 2가지 방향으로 나타난다.

먼저, 소속된 부족 내에서 긍정적인 대우를 받는 것이다. 장수로 얻은 초자연적인 위엄과 후광에 둘러싸여, 다른 이들에게 찬양을 받고 존경의 대상이 되는 것이다. 이들은 순수한 구전문화 사회로, 노인들의 경험과 지식이 필요했다. 특히 종교 분야에서 중요한 역할을 하는 경우가 많았다. 또한 노인은 집단의 성공을 나타내는 증거가 되었다. 조르주 콩소

미나스(Georges Condominas)[30]는 『서남아시아』에서 이렇게 말한다.

"노년의 특권은 모든 분야에서 발견된다. 존경받은 노인은 많은 혜택을 누린다. 사람들은 그가 모든 차원의 만족을 얻기 위해 남의 힘을 이용하는 것을 당연하게 생각한다.

- (중략) -

노인이 이처럼 세심한 배려에 둘러싸여 있는 것은 나약한 존재를 보호할 의무 때문이 아니라, 그토록 혜택을 받고 있는 사람 주변에서 행복이 발산되고 자라나기 때문이다. 노년에 이른다는 것은 행복을 누리는 것으로 간주되며, 노인이 많은 자손을 거느렸을 경우에는 더욱 그러하다. 그러한 사람은 충족된 사람이다. 그들은 우리처럼 노인을 떼어놓거나 양로원으로 멀리 보낼 수 없다. 노인은 자손들과 함께 있다. 왜냐하면 노인은 그 집단의 성공을 나타내는 증거이기 때문이다."

또한 루이 뱅상토마(Louis-Vincent Thomas)[31]는 아프리카의 22개 부족을 관찰한 연구에서 노인들의 특권에 대해, 다음과 같이 밝히고 있다.

"경험, 유연성, 능변, 지식, 현명함 같은 것들은 아프리카 흑인들이 노인 등에 생각하는 이상적인 상像을 정당화한다. 그리고 이것은 세계 어디서나 그렇듯 치매에 걸리고, 이기적이고, 폭군적이거나 괴팍한 노인들이 실재함에도 그러하다. 노인들은 집단의 기억이자, 그 기억을 계승하는 지

---

30) 재인용, 위의 책, p.42.

31) 재인용, 앞의 책, P.42

속성의 상징인 것이다. 그러므로 노인들의 권력을 잘 견뎌내기 위해, 또 그들을 존중하면서 자신들의 가치도 높이기 위해, 부족은 주저 없이 노인들을 이상화한다. 그들은 노인들 없이 아무것도 할 수 없으므로 노인들에게 온갖 장점을 부여하는 것이다. 그리고 노인들의 무력함을 명상에 몰입한 상태와 혼동한다."

두 번째는 정반대로 노인들이 부정적인 대우를 받는 경우다. 노인들의 생존이 집단 전체의 안전에 중대한 위협이 되는 경우, 노인들을 유기, 방임하거나 심지어 자살 또는 타살까지 하게 된다. 거주지를 자주 옮겨야 하는 유목형 수렵채집 사회나 열악한 자연 환경으로 인해, 노인들이 집단에게 짐으로 작용하는 경우에 이 같은 현상은 주로 나타난다. 짐을 나르는 가축이 없는 유목민은 모든 짐을 등에 지고 이동해야 한다. 그러면 아기와 무기, 연장, 이동 중에 필요한 물과 식량까지 짊어져야 한다. 이러한 상황에서 병자나 노인은 무리 전체가 이동하는 데 방해가 된다. 또한 북극이나 사막에 사는 집단은 심각한 식량 기근이 닥치고, 이 시기를 견뎌낼 식량이 부족한 경우가 발생한다. 이런 경우 집단의 선택은 가장 덜 소중한 구성원, 혹은 가장 덜 생산적인 구성원을 단념해야 한다. 그렇지 않으면 모두의 생존이 위험에 빠지게 되기 때문이다.[32]

그렇다면 노인을 방치, 유기 혹은 살해하는 사례는 어떤 형태로 나타났을까? 북극과 같은 혹독한 자연 환경에서 사는 경우, 부족민의 협의를 통해 노인에게 먹을 것을 주지 않아 굶어 죽거나 얼어 죽었다. 또는 자리

---

32) 재레드. 다이아몬드, 『어제까지의 세계』, 강주헌 옮김, 김영사, 2013, p.318

에서 일어나 목숨이 다할 때까지 걷는 자살을 강요받기도 했다. 이동이 잦았던 투르크 몽골족들은 내다버리거나 질식사를 시키기도 했다.

여기서 유념해야 할 점은 모든 유목민과 열악한 환경에서 거주하는 모든 사회가 노인을 포기하는 것은 아니다. 혹독한 기후에 살고 있더라도, 그 집단이 갖는 문화적 성향에 따라 노인 개개인에 대한 대우는 다르게 나타났다. 또한 자녀를 포함한 가까운 친척들이 그 노인에게 얼마나 의존하고 정성껏 돌보느냐에 따라 달라졌다. 이렇듯 선사 시대 노인의 위상을 한마디로 결정할 수 없다. 자연적인 환경에 따라 식량과 음식의 확보가 큰 영향을 미쳤고, 공동체가 가진 경제적 수준에 영향을 받기도 하였다. 그러나 가난하고 빈곤한 사회일지라도, 그 사회가 가지는 문화적 가치관에 따라 노인들의 사회적 위상은 어느 정도 결정되었다고 볼 수 있다.

:: 문자의 발명과 노년의 위상

사람들이 집단을 이루고 사회 유형이 점점 복잡해지면서, 노인들의 사회적 위상에 영향을 미치는 결정적인 요소가 나타나게 된다. 그것은 바로 **문자의 발명과 책의 보급**'이다. 더 많은 사람들이 모여 살고 더 많은 관계가 맺어지면서, 의사소통과 교역의 필요성이 증가되었고, 이를 보존할 새로운 수단이 필요해진다. 이러한 수단은 문자와 책의 발명으로 나타난다. 문자가 없다면, 조상이 가졌던 지혜와 어려운 시기를 넘길 수 있었던 경험들은 단지 구술과 기억에 의지해야 한다. 그러나 문자가 발명됨으로써, 먼저 살았던 사람들의 경험과 지혜를 가죽이나 점토판에 기록할 수 있고, 이를 후대에 물려줄 수 있게 되었다. 지식과 기술을 후손에게 전할 수 있는 수단이 발달하면 발달할수록, 노인들의 경험과 지혜는 부인 될 가능성이 높아지게 된다.

문자와 책을 통해 전통적 유산이 과거에서 현재로 이전 가능해지면서, 선사 시대는 끝이 난다. 이제 유적을 통한 상상이나 원시 사회에서 간접적인 실체를 통한 연구 결과가 아닌, 문자와 책으로 남겨진 역사 시대에 나타난 노인들에게 눈을 돌려보자.

4장　동양에서 나타난 나이 듦

한자의 효孝라는 글자는 아들이 늙은 부모를 업고 있는 모습이다. 유교는 한자 문화권에 있는 여러 나라에 사회적 가치관의 형성과 문화에 커다란 영향을 주었다. 유교를 통해 나타난 노인의 사회적 위상은 노인을 존중하는 가장 강력한 형태라고 볼 수 있다. 그래서 우리나라를 비롯한 중국, 일본 등은 부모에게 효도하고 노인을 공경하는 유교의 전통이 가장 잘 나타나는 지역이라고 할 수 있다. 유교를 통치 이념으로 삼았던 국가들은 효를 바탕으로 충忠을 만드는 '**이효작충**移孝作忠'이라는 개념을 만들었고, 이를 통해 나라를 다스렸다. 이 내용은 『논어論語』에 잘 나타나 있다.

"젊은이는 집에 들어서는 효孝하고, 나가서는 제悌해야 하며, 부모에게 효순孝順하고, 형兄을 공경하는 것을 학업의 으뜸으로 삼았다. 또한 부모에게 효순하며, 형제에 우애로운 것을 정사政社에 반영시키는 것이야말로 바로 정치하는 것이다." 이는 효를 통해 가정 윤리와 국가 정치를 통일적으로 이해하려는 유가의 사상을 보여준다. [33]

---

33) 김해영, 『철학자, 정조의 효치를 분석하다』, 안티쿠스, 2012. 11, p.6

:: 노인의 한자와 지팡이

노인을 공경하는 마음은 여러 한자로 나타나기도 난다.

老(늙은이 노) 70세 이상의 노인

耆(늙은이 기) 60~70세 이상의 노인

耄(늙은이 모) 70~80세 이상의 노인

耉(늙은이 구) 늙은이의 검은 얼굴, 검버섯 난 얼굴

耊(늙은이 질) 70~80세가 됨

考(상고할 고) 오래 살다

나이 듦을 표현하는 다양한 글자가 있다는 것도 노인의 사회적 위상을 간접적으로 확인할 수 있는 부분이다. 위에서 나타난 노인과 관련된 글자들은 모두 오래 사는 60세 이상의 늙은이를 상징한다. 노老라는 글자는 모毛+인人+비匕가 합쳐진 글자이다. 비匕라는 글자는 인人을 뒤집은 것으로, 늙어서 허리가 굽고 머리가 세어 모양이 변함을 뜻한다. 즉 늙어서 머리털이 변한 사람이라는 뜻으로, 70세 이상의 늙은이라는 뜻을 나타내는 상형문자象形文字[34]이다. 또한 노老와 효孝와 고考는 서로 통용되던 글자였고, 갑골문에서 노老자는 노인이 지팡이를 짚고 있는 형상을 하고 있다.[35]

중국에서 지팡이는 노인의 사회적 위상을 보여주는 상징적인 의미로,

---

34) 회의문자會意文字로 보는 견해도 있음, [출처] 『네이버 한자사전』
35) 위의 책, p.34

노인에 대한 공경을 표시한다. 지팡이를 통해 노인을 우대하는 모습을 『예기禮記』에서 다음과 같이 적고 있다. "나이 50에는 집에서 지팡이를 하고, 60에는 마을에서 지팡이를 하며, 70에는 나라에서 지팡이를 하고, 80에는 조정에서 지팡이를 하며, 90에는 천자가 물을 게 있으며 그 집을 방문하면서 예물을 지참한다."[36]

유교를 사회 유지의 근간으로 삼았던 국가들은, 강력한 왕권 아래 가부장적인 가족제도가 중심이 되며, 최고 연장자에게 권위가 집중되게 된다. 가부장적인 가족은 수평적, 수직적으로 확대된 대가족으로 이루어진다. 수평적인 확대는 가장家長과 부인, 가장의 결혼하지 않은 형제자매를 포함한다. 수직적인 확대는 가장과 부인, 그들의 자녀들, 결혼한 자녀의 자식들까지 확대된다. 그래서 이들 모두는 한 가족이라는 울타리를 구성한다. 이와 같이 확대된 가족은 하나의 정치, 경제, 사회, 문화적 단위로 존재하며, 구성원 모두가 일상의 삶에서 공동체를 이루어 살아가게 된다.

가부장적 가족제도에서 가부장은 주로 노인이었고, 이러한 제도 하에 가족 내에서 노인을 공경하는 것은 당연했다. 노인은 자식들과 같은 집에 살았고, 보유한 재산에 대한 권리를 죽을 때까지 거의 소유했다. 결론적으로 정리한다면, 유교적 전통을 가지고 있던 동양에서 노인들은 경제적·육체적·심리적으로 어느 정도 안정된 삶을 누리며 살았다고 볼 수 있다.

---

36) 앞의 책, p.34

국가통치 이념 속에 나타난 유교의 위상

춘추전국 시대의 공자孔子를 시조로 하는 유교는 진秦나라의 분서갱유焚書坑儒로 인해 일시적으로 위축되었으나, 한漢나라가 건국되면서 완전히 국가 통치의 기본 이념으로 자리 잡는다. 한나라는 효孝를 치국 강령治國綱領으로 삼았으며, 여기서 이효작충移孝作忠이라는 논리가 형성된다. 효를 통해 충을 만드는 통치 이념이 만들어진 것이다.

한무제는 "백가百家를 퇴출시키고 유가儒家를 높여야 한다."라는 동중서董仲舒[37]의 천인삼책天人三策 건의를 받아들여, 유교를 치국 이념으로 삼았다. 태자 및 여러 왕에 대한 교육에서 『효경孝經』을 필수 교과서로 삼았으며, 효孝 사상을 고양시키고 사회적 약자를 보호하기 위해 상벌 제도를 도입했다. 효자나 효녀에 대해서는 상을 내리고, 불효한 자에게는 벌을 내려 백성들이 효를 실천하도록 한 것이다.

위진남북조 시대에는 유가의 정치적 지위가 침체되었지만, 각 왕조들은 『효경孝經』을 중시했다. 당(唐)대 이후에는 다시 유교가 통치 이념으로 계승되었고, 효와 관련된 표창과 형벌을 명문화했다. 효자에게 재물을 하사한다거나, 해당 마을에 정문旌門, 비석, 사당 등을 세워서 선양했다. 해당자는 요역徭役을 면제해주고 벼슬을 내리기도 했다. 또한 관원 중에 효행이 있으면, 시호에 '효孝'자를 추가할 수 있도록 했다. 효와 관련된 교육을 전국적으로 실시했고, 조정과 각급 행정 단위에서 존로尊老 또

---

37) 중국 전한 중기의 대표적 유학자로, 한무제가 유교를 국교화하는 데 큰 영향을 미침.

는 양로養老 행사를 거행했다.[38]

:: 우리나라의 유교

우리나라에 유교가 전래된 것에 대해서는 정확하게 알려진 바가 없다. 그러나 BC 3세기경부터 위만조선과 한사군을 통해 조금씩 전래된 것으로 추정된다. 유입 시기를 아무리 늦게 잡아도, 고구려 소수림왕 2년(372년)에 설립된 대학의 시기보다 빠르다고 할 수 있다. 고구려 정사에는 유교를 활용했던 사항에 대해서 자세히 알려지지 않고 있다. 그러나 사서의 편찬 기록과 교육 제도의 정립, 유교 경전의 이해와 활용 등의 사례를 보면, 유교를 국가 이념과 체계를 정립하는 데 활용했음을 알 수 있다. 백제는 유교의 영향을 받아 국가의 금령과 법제를 뚜렷하게 했고, 정부 조직, 행정관서 및 행정 구역을 정했다. 또한 사서 편찬과 학술 사상에도 영향을 받았다.

신라는 삼국 중 중국과 교류가 가장 늦어, 율령 반포와 국사 편찬 및 대학 설립이 가장 늦게 나타난다. 그러나 신라는 발전하면서 국가 체제의 확립에 유교를 활용했다. 진흥왕 시절에 세운 진흥왕순수비에 새겨진 문자나 형상을 보면, 유교의 사상이 잘 나타나 있다. 또한 화랑도의 정신이나 교육 방법은 유교와 아주 밀접하다. 신문왕 2년(682년)에 만들어진 국학國學은 유학의 경전을 연구하고 가르쳤으며, 관리를 양성하여 통일 신라의 지배 체제를 완성했다. 국학을 통하여 탄생한 유학자들은 강수,

---

38) 앞의 책, p.52~54

최치원 등이 있다.

고려 시대의 유학은 태조 왕건이 후인에게 전했던 '훈요 10조訓要十條'를 통해, 후대 임금의 국가 통치에 커다란 영향을 미쳤다. '훈요 10조'는 부처의 힘과 도교적 풍수설을 원용하는 종교적 기반 위에 국풍을 세울 것을 당부했으나, 정치적 이념은 유교에서 구했다. 훈요 10조의 주요 내용을 보면 다음과 같다.

① 국가의 대업이 제불諸佛의 호위와 지덕知德에 힘입었으니, 불교를 잘 위할 것

② 사사寺社의 쟁탈 남조濫造를 금할 것

③ 왕위 계승은 적자적손嫡子嫡孫을 원칙으로 하되, 장자가 불초不肖할 때는 인망이 있는 자가 대통을 이을 것

④ 거란과 같은 야만국의 풍속을 배격할 것

⑤ 서경西京을 중시할 것

⑥ 연등회燃燈會 팔관회八關會 등의 행사를 소홀히 다루지 말 것

⑦ 왕이 된 자는 공평하게 일을 처리하여 민심을 얻을 것

⑧ 차현車峴 이남의 공주강외公主江外는 산형지세山形地勢가 배역背逆하니, 그 지방의 사람을 등용하지 말 것

⑨ 백관의 기록을 공평히 정해줄 것

⑩ 널리 경사經史를 보아 지금을 경계할 것.[39] 이 중 3, 4, 7, 9, 10조는 유교 사상과 관련된 항목이라고 할 수 있다.

---

39) 앞의 책, p.52~54

고려 전기는 유교의 진흥기로 볼 수 있다. 유교적 문치주의는 4대 광종과 6대 성종 때 크게 발전했다. 최승로의 '시무 28조'에는 "불교는 수신修身의 근본이요 내생來生의 자資이며, 유교는 치국治國의 근본이요 현세의 무務이다."라고 했다. 이는 유교를 기반으로 통치 이념을 정립한 것이다. 고려 말의 유교는 침체되고 퇴락했으나, 고려 말 원나라로부터 주자학이 보급되어, 충효를 바탕으로 하는 유가의 사상이 더욱 널리 알려지게 된다.

조선은 성리학을 국가 이념으로 삼아, 유교 국가의 면모를 갖춘 나라이다. 조선 전기에는 성리학을 기반으로 유교의 이념에 입각해 법전을 편찬했다. 성균관과 향교를 건립했고, 이를 정신적인 구심점으로 삼아 인재를 양성했다. 세종은 유교 사상을 기반으로 학술 문화를 크게 융성하게 했다. 1420년에 왕립 연구소인 집현전을 설치해, 인재를 등용하고 수많은 서적을 간행했다. 세조는 세종을 계승해 유교에 관한 중요한 치적을 많이 남겼다. 성종은 세조 때 시작하여 완성된 『경국대전』과 최초의 통사通史인 『동국통감』(1484년)을 편찬했다. 성균관에 도서관인 존경각尊經閣을 건립하고, 성균관의 재정을 충당하기 위해 양현고養現庫의 재산을 충원했다. 또 향교의 지원을 확대하고, 세조 때 없어진 집현전을 대신할 수 있도록 홍문관을 개편했다. 그리하여 『동국여지승람』, 『악학궤범』, 『국조오례의』, 『삼국사절요』, 『동문선』 등을 찬술하는 등, 건국 이래 문화 전통을 집대성했다.

조선 중기에는 이황, 이이 같은 걸출한 유학자들이 배출되었다. 또 실학사상이 대두되었으며, 양명학이 전래되었다. 조선 후기는 외부로부터 새로운 문물이 유입되고, 정치 문화적으로 변화와 충격을 받은 시대였다. 영조는 탕평책을 써서 당쟁을 완화시켰고, 정조는 규장각을 세워 당색과 계층에 상관없이 학자들을 유입하여 국정과 학술 문화를 발달시켰다. 이 시기에는 실사구시實事求是의 학풍이 일어나, 영조 때는 이익의 성호학파가, 정조 때에는 북학파가 형성되었다.[40]

이와 같이 우리나라는 3국 시대 이래, 유교를 통치 기반으로 삼아 국정을 운영했다. 고려, 조선을 지나면서 유교는 더욱 확대되었다. 조선 시대에는 지나치게 유교의 원칙에 입각한 사회 규범으로 인해 여러 폐해까지 나타난다. 결론적으로 유교는 2천 년 이상 한반도에 깊게 뿌리 내렸고, 오늘날에도 우리 사회의 가치관에 큰 영향을 미치고 있다.

---

40) [출처] 한국 민족문화 대백과, 한국학 중앙연구원, '유학儒學'에서 발췌 및 정리.

역사 속에 나타난 우리의 노년

우리나라에서 대대로 생계를 위해 가장 많이 선택한 직종은 주로 농업이었다.[41] 농사를 짓는 일은 평생에 걸쳐서 할 수 있는 일이고, 세월이 지남에 따라 여러 경험이 쌓인다. 노인이 가진 그러한 경험은 농사를 짓는 중에 홍수와 가뭄 같은 위기가 발생하면, 그 시기를 벗어나는 데 큰 도움이 된다. 이 당시의 농업은 우마牛馬를 이용하는 것을 제외하고, 대부분 사람이 담당했다. 농사에는 많은 노동력을 필요로 하기 때문에, 노동력을 공급할 수 있기 위해 다산多産을 적극 장려했다. 그래서 가임可任할 수 있는 여성의 출산율이 높았고, 자녀수는 적지 않았다. 또한 한 집에 3대가 사는 대가족이 사회 전반에서 가장 일반화된 가족 구성이었다. 이러한 사회환경에서, 노인은 한 지붕 아래에서 자손들과 같이 살면서 존경과 봉양을 받을 수 있게 된다.

우리의 조상 숭배나 효孝 의식은 오랜 세월 유교의 영향을 받아 중국에서 유입된 것으로 생각할 수 있다. 그러나 자생적으로 한민족에게 고유의 전통이 있었다고 보인다. 한민족이 거주했던 발해 연안 지역과 한반도의 고인돌은 약 2만 9천여 기로, 전 세계 고인돌 5만 기의 50% 이상을 차지한다. 지석묘가 많이 발견되었다는 것은 고대로부터 조상을 숭배하는 전통이 있어왔음을 보여주는 증거다. 조상 숭배가 중시되었다는 것은 부모에게 효도하고, 노인을 공경했음을 간접적으로 보여준다. 우리 민족에게 노인의 사회적 지위는 선사시대에도 상당했음을 어느 정도 짐작

---

41) 물론 산업의 발달에 따른 다른 직업을 선택할 여지도 없었다.

할 수 있다.

:: 과거 우리 역사속의 노인들

우리나라에는 노인을 공경했던 수많은 역사적 기록이 많이 남아 있다. 다음의 내용은 이를 간추린 것이다. 『삼국사기三國史記』 '신라 본기新羅本紀'에는 다음과 같이 기록되어 있다. "우리나라에 현묘한 도가 있으니 이를 풍류라 부른다. 그 교의 기원은 선사先史에 자세히 실려 있다. -(중략)- 또한 들어와 가정에서는 효도를 다하고, 나아가 나라에서는 충성을 다하는 것은 공자의 뜻이다."

6세기경 승려인 원광법사가 제시한 '세속오계世俗五戒'에는 부모에 대한 자식의 도덕적 의무를 효라고 표현한 '사친이효事親以孝'의 개념이 들어 있다. 이는 유교가 들어오기 전부터 이미, 노인을 공경하는 사회 분위기가 있었다는 것과 노인의 사회적 위상이 낮지 않았음을 짐작할 수 있게 한다. 『문헌비고文獻備考』 [42)]에는 고구려의 유리왕(琉璃王, 재위 BC 19~AD 18)이 늙은 홀아비와 과부, 자식이 없는 노인, 스스로 생계를 꾸려나갈 수 없는 노인들에게 생활에 필요한 물자를 하사해주었다는 내용이 있다. 백제의 비류왕比流王, 재위 304~344)도 불우한 노인들을 대상으로 구빈 정책을 실시한 것으로 전해진다. 신라의 눌지왕(訥祗王, 재위 417~457)은 해마다 전국 각지의 무의탁 노인들을 불러 모아, 남당南堂의 뜰에서 거대한

---

42) 상고 시대로부터 한말에 이르기까지 문물제도를 총망라하여 분류 정리한 책. 증보문헌비고라고도 한다. 1782년 정조 때, 동국문헌비고의 오류를 바로잡고, 누락된 것을 채워 증보하여 만든 146권의 책.

양로연을 베풀었다고 한다.

고려 시대 태조 왕건(王建, 재위 918~943)은 부모에게 효도하고, 나라 일에 충실하며, 어른을 공경하고, 형제간에 우애를 돈독히 하는 것을 강조했다. 건국 초기부터 효치孝治를 기본 이념으로 삼아 통치했으며[43], 60세 이상의 노인들을 부양하거나 80세 이상의 부모가 있는 자녀는 군역을 면제했다. 또한 70세에 치사致仕[44]함을 예로 하는 제도가 있었고, 군왕이 직접 경로 정신을 실천하여 노인을 존경하는 기풍을 조성했다.

조선 시대에는 유교 사상을 통해, 앞선 시대보다 더욱 노인을 공경하고 우대하는 여러 제도와 시책을 두었다. 태조 3년에는 기로소耆老所를 설치하고, 이듬해에는 진제소賑濟所를 설치했다. 또한 경로 사상이 나타난 '대명률大明律'을 이두문으로 축조, 번해하여 반포했다. 세종 13년에는 『삼강행실도三綱行實圖』를 편찬하여 충효 사상을 고취시켰다. 또한 기로사耆老社를 두어 문관 정2품 이상의 70세 이상의 노인을 입사하도록 하여, 매년 봄과 가을에 국왕과 연宴을 가졌다.

세종 이래로 100세 이상의 노인에게는 연초에 쌀을 주었고, 매월 술과 고기도 주었다. 90세 이상의 노인에게는 매년 술과 고기 및 작酌[45]을 주고, 80세 이상의 노인에게는 지방관으로 하여금 향응하게 했다. 숙종 이래 경로敬老를 위하여 노년의 관민 남녀에게 노인직老人職을 두었고, 위계

---

43) 김해영, 『철학자, 정조의 효치를 분석하다』, 안티쿠스, 2012.11, p.58~60
44) 관리가 70세가 되면 벼슬을 사양하고 물러나던 제도
45) 술잔의 일종

를 주어 영칭_{永稱}46)하게 했다. 또한 이미 계급이 있는 자는 무조건 한 계급 특진시켰다. 그리고 사형 또는 도류형_{徒流形}47) 대상자라도 노부모 또는 조부모를 부양할 자가 없을 경우, 감형 또는 환형_{換刑}48)의 처분으로 봉양하게 했다.49)

:: 회갑연, 회혼례, 회방연

조선 시대에는 전통적으로 나이 듦을 기념하는 특별한 행사가 있었는데, 회갑연_{回甲宴}, 회혼례_{回婚禮}, 회방연_{回榜宴}이 그것이다. '회_回'라는 말은 '돌아왔다'는 뜻이다. 태어났던 간지가 돌아옴을 뜻하는 숫자는 '60'이다. 간지_{干支}는 천간_{天干}과 지지_{地支}의 준말이다. 천간은 갑_甲·을_乙·병_丙·정_丁·무_戊·기_己·경_庚·신_辛·임_壬·계_癸이며, 지지는 자_子·축_丑·인_寅·묘_卯·진_辰·사_巳·오_午·미_未·신_申·유_酉·술_戌·해_亥이다. 이러한 천간과 지지를 배합하면, 갑자_{甲子}·을축_{乙丑}·병오_{丙午}로 시작하여, 마지막 60번째 계해_{癸亥}를 지나, 다시 갑자부터 시작하게 된다. 그래서 나오는 숫자가 60이다.

회갑_{回甲}은 환갑_{還甲}, 주갑_{周甲}, 화갑_{華甲}이라고도 한다. 회갑이라는 말은 '갑으로 돌아왔다'는 뜻으로, 즉 자신이 태어난 간지인 61번째 생일을 기념하는 풍습이다. 대부분의 사람들이 60세를 넘기기 어려웠기 때문에, 60세를 넘기면 장수했음을 축하하고 기념했다. 이를 축하하는 잔치가 바로 **'회갑연_{回甲宴}'**이다. 한 사람이 60년을 사는 것도 드문 일이지만, 부부

---

46) 이름을 높인 말

47) 도형_{徒刑}과 유형_{流刑}을 아우르는 말. 도형은 죄인을 곤장과 징역으로 다스리는 형벌을, 유형은 귀향을 보내던 형벌을 뜻한다.

48) 일정한 형의 집행 대신에 다른 형을 집행함.

49) [출처] 한국민족문화대백과, 한국학중앙연구원

의 연을 맺어 60년을 같이 산다는 것은 더욱 드문 일이었다. 그래서 부부가 결혼한 지 60년을 넘게 같이 살아온 것을 축하한 것이 '**회혼례**回婚禮'다. 회혼례는 회근回졸이라고도 하는데, 이때는 결혼한 때가 다시 돌아왔다고 해서 신혼의 예를 베풀었다. 서양에서도 이를 축하하는 풍습이 있는데, 이를 다이아몬드 웨딩 또는 금강혼식金剛婚式이라고 부른다. '**회방연**回榜宴'은 생원·진사시나 문과 등의 과거에 급제한 지, 60년이 지난 후에 열리는 잔치이다. 회갑연이 61세, 회혼례가 보통 80대에 했다면, 회방연은 문과 급제의 나이가 보통 30대 후반이었으므로, 거의 90대에나 가능했다고 볼 수 있다.[50)]

오래 사는 것(長壽)은 부유함〔富〕, 몸이 건강하여 마음이 편안함〔康寧〕, 도덕 지키기를 낙으로 삼음〔攸好德〕, 제 명대로 살다가 편안하게 죽음〔考終命〕과 함께 인간이 누릴 수 있는 5가지의 복, 즉 오복五福 중의 하나이다. 이처럼 우리의 전통에 오래 살아야만 맞을 수 있는 회갑연, 회혼례, 회방연과 같은 잔치가 있었다는 사실은, 노인의 사회적 위상이 어떠했는지를 보여주는 직접적인 사례라고 할 수 있을 것이다.

---

50) 허인욱, 『옛 그림 속 양반의 한평생』, 돌베게, 2010. 9, p.201~223

고려장은 있었는가?

고려장은 과거에 늙고 쇠약한 부모를 산에 버렸다는 장례 풍습으로, 일부 지역의 설화에서 전해지고 있다. 또한 오늘날에는 늙고 쇠약한 부모를 낯선 곳에 유기하는 행위를 지칭하는 용어로 사용되고 있다. 그러나 고려장이 우리 민족에게 있었다는 것은 사실무근事實無根이다. 또한 고려라는 명칭 때문에 고려 시대에 있었던 장례 풍습으로 인식되고 있지만, 이러한 풍습이 있었다는 역사적 자료와 고고학적인 증거는 전혀 없다.

고려 시대에는 조부모나 부모가 살아 있는데, 그 자손들이 호적과 재산을 달리하여 공양하지 않거나, 부모나 남편이 죽었다는 소식을 듣고도 슬퍼하지 않고 잡된 놀이를 하는 자를 법으로 엄격히 처벌했다. 장례 풍습은 불교식 의례를 근간으로 했다. 국가에서는 상복 착용 기간을 오복五服 제도로 법제화할 정도로 유교 의례도 중시했다. 화장과 매장이 일반적이었으나, 가난한 사람들은 풍장을 하는 경우도 있었다.

고려장과 관련된 이야기는 '기로전설耆老傳說'이라는 설화에 나온다. 70살 된 늙은 아버지를 풍습대로 아들이 지게에 지고 산중에 버리고 돌아오려는데, 함께 갔던 손자가 나중에 아버지가 늙으면 지고 온다고, 그 지게를 다시 가져오려 한다. 이에 아들은 아버지를 다시 집으로 모셔 지성으로 봉양했다. 이후에는 이러한 풍습이 없어졌다고 하는 내용이다. 이와 관련된 이야기는 우리나라뿐만 아니라, 세계 곳곳에서 나타난다. 설화가 전래되는 과정에서, 마치 이러한 풍습이 실존했던 것처럼 여기게 된 것으로 보인다. 그리고 일제강점기를 거치면서 고려장이라는 명칭으로 굳어진 것으로 추정된다.

고려장이라는 명칭은 20세기 초까지 노부모를 유기하는 풍습보다는, 연고를 확인할 수 없는 고분을 이르는 말로 일반적으로 사용되었다. 이는 고려총·고려산·고려곡·고려분이라고도 했다.

:: 왜곡된 고려장

현재와 같은 의미로 고려장이라는 용어가 처음 사용된 것은 미국의 윌리엄 그리피스(William Eliot Griffis)의 『은자의 나라 한국(Corea's The hermit Nation)』이라는 책에서이다. 이 책은 그리피스가 일본에 머무르면서, 1882년에 발간했다. 이 책에는 한국의 고대 사회에서 노인을 산 채로 묻어버리는 고려장과 해신에게 사람을 제물로 바치는 인제人祭가 성행했다고 서술되어 있다. 하지만 그리피스는 역사학자가 아니라 자연과학을 전공한 학자로서, 도쿄 가이세이 학교東京開成學校에서 강의를 한 사람이다. 또한 일본이 주체가 되어 조선에서 미신과 전제 왕권을 몰아내, 서구 문명과 기독교를 도입해야 한다고 주장한 인물이다. 그는 한 번도 한국을 방문하지 않았으며, 일본의 자료에 의존해 한국의 역사와 풍습을 기록했다. 그가 한국에 대해 제대로 알지 못한 채, 편견에 기초하여 왜곡했다고 볼 수밖에 없다.

일제강점기 때 기로설화는 각종 설화집과 동화책에 소개되면서, 고려장이라는 풍습이 사실인 양 다루어진다. 1919년 미와다 다마키가 펴낸 『전설의 조선』, 1924~1926년 조선총독부와 나카무라 료헤이가 쓴 『조선 동화집』에 이 설화들이 수록되었다. 또한 우리나라 사람들도 점차

이를 받아들여, 1948년 이병도의 『조선 시대관』, 1963년 김기영의 '고려장'이라는 영화를 통해 인식이 확산된다.[51]

MBC 방송국의 '신비한 TV 서프라이즈'의 익스트림 서프라임 II에서, 고려장에 대해 다음과 같은 내용이 방송되었다. 최인학 인하대 명예교수는 "고려장이 우리나라의 무덤을 도굴하기 위한 일본의 꼼수에서 나타난 말"이라고 주장한다. 일본인들은 우리나라 문화재를 강탈하기 위해 어떠한 행위도 서슴지 않았다. 우리의 장례 문화가 조상들의 무덤에 순장하는 풍습임을 알고 있었던 그들은, 무덤 속 물건을 강탈하기 위해 무덤을 파려고 했다. 그러나 우리 민족에게 무덤을 파헤치는 것은 인륜지대사人倫之大事를 벗어난 패륜적인 행위여서, 조선인을 통해 무덤 속의 문화재를 발굴하는 것이 쉽지 않았다. 그래서 고려장이라는 풍습이 있었다고 조장했다는 것이다. "너희 나라에는 고려장이라는 풍습이 있었고, 이는 부모를 산 채로 묻는 못된 풍습이었다. 여기 묻힌 사람은 바로 자기 부모를 생매장한 놈이다. 그러니 이 무덤을 파헤쳐도 된다."라고 조선인을 설득하기 위해 만들어진 말이라는 것이다.

그 당시 『대한매일신보』에는 "서도에서 온 사람들의 말을 들은즉, 근일에 일인日人들이 고려장을 파고 사기를 내어가는 고로, 온전한 고총古塚이 없다."라는 기사가 보도되었다. 이 기사를 보더라도 이러한 사실을 뒷받침한다. 그러므로 고려장이라는 것은 일본인들이 무덤을 쉽게 파헤치기 위해 만든 이름으로, 고분을 도굴하기 위해 일부러 퍼뜨린 것이라

---

51) [출처] 두산백과, '고려장' 참조.

고 볼 수 있다.

　지금까지 우리는 고려장을 우리 역사 속에 있었던 풍습으로 알아왔다. 이를 통해 '효孝'를 가르치는 교육 수단으로 사용해오기도 했다. 그러나 고려장은 역사적으로나 고고학적으로 전혀 증거가 없는 허위이다. 이러한 사실을 제대로 알고, 오늘날 노인들을 비하하거나 유기하는 못된 행위로 나타난 것을 '고려장'이라고 부르는 것은 맞지 않다. 또한 이러한 내용으로 고려장이라는 단어를 오용하는 것은 아주 잘못된 일이다.

5장 서양에 나타난 나이 듦

생물학적으로 사람들은 태어나면서부터 늙어가기 시작하지만, 그 진행 속도는 천차만별이다. 사회적 상황, 생활양식, 문화적 환경에 따라 인간의 신체적 변화는 빠르게 또는 더디게 진행되며, 다양한 나이의 사람들을 노년으로 접어들게 한다. 노년은 아직 도달하지 않은 중장년에게 알지 못하는 두려운 미래다. 또한 노인들은 편안하고 안락한 노후 생활을 보내지 못해 두려움에 떨고 있다.

전술한 것처럼, 동양에서는 효를 중시한 유교 사상이 왕권을 유지하기 위한 통치 이념으로 활용되었다. 그래서 노인들은 전쟁이나 전란 등으로 인한 사회 전체적인 위기 상황을 제외하면, 거의 대부분 안정적으로 뭇사람들의 공경을 받았다고 볼 수 있다. 그러나 서양에서 노인의 위상은 지역적 또는 시대적으로 다양하게 나타난다. 노년이 신의 축복이었을 때도 있었고, 멸시와 경멸의 대상이었을 때도 있었다. 또한 개인적인 신분이나 부의 크기 등에 따라, 나이 듦의 위상은 다양하게 나타났다. 즉 사회적으로 노인들이 추함, 멸시, 경멸의 대상이었다 하더라도, 개인적인 신분이나 직위 등에 의해 존경받거나 공경의 대상이었던 노인은 항상 존재했고, 그 반대의 경우도 많았다.

동일한 시대를 살았던 노인들 중에 일부는 존경과 우대를 받고, 다른 쪽은 경멸과 멸시의 대상이었다 하더라도, 그 시대 사람들이 공통적으로 느끼는 노인에 대한 사회적인 가치관이 있었다. 서양의 노년사老年史는 시대별로 대표적인 사회 전체적인 인식이 있었고, 각각 다른 특징을 가지고 있다. 그에 따라 노년의 삶은 아주 다양하게 나타난다.

이 장에서 기술하는 서양에서의 나이 듦에 대한 사회적 위상은 그 시기에 나타났던 노년의 대표적인 위상을 연대표를 따라 정리한 것이다. 여기에는 그 시대 노년의 사회적 위상을 정한 이유가 분명하게 나타날 때도 있고, 명확하지 않거나 모호한 부분도 있다. 그러나 막연하게 그랬을 것이라는 추측보다는, 어느 정도 문자와 글로 나타난 노년의 역사를 볼 필요가 있다. 그것을 보노라면, 노년의 사회적 위상을 이루는 몇 가지 원인을 추론할 수 있다. 그 원인들은 우리가 현실에서 직면하고 있거나 앞으로 만나게 될 노인 사회에서, 노년의 사회적 위상을 바르게 세우기 위해 필요한 역사적 고찰이다. 또한 중세 시대의 암울했던 노년의 역사는 노인들이 왜 그렇게 비참하고 힘들게 살아야 했는지에 대해, 우리에게 시사하는 점이 적지 않을 것이다.

역사는 끊임없이 변해왔고 또 변해갈 것이다. 그러한 변화는 인간 세상에 항상 긍정적이거나 부정적인 결과로 나타나고 나타날 것이다. 그리고 그것을 기술한 것이 역사가 될 것이다. 역사를 알고 배우면, 현생을 살아가는 우리의 삶을 이해할 수 있는 기반이 되어준다. 또 그것은 미래를 준비하고 계획하며 살아가야 할 이정표를 제시해줄 것이다. 이 장에 나타난 노년의 역사적 사실들은 조르주 미누아의 『노년의 역사』[52], 슐람미스 샤하르 외 6인이 지은 『노년의 역사』[53], 시몬 드 보부아르의 『노년』[54]을 참고로 하여, 시대적인 구분에 따라 정리한 것임을 미리 밝힌다.

52) 「부제: 고대에서 르네상스까지 서양 역사에 나타난 노년」, 박규현·김소라 옮김, 아모르문디, 2010.5
53) 「부제: 고정 관념과 편견을 걷어낸 노년의 초상」, 팻 테인 엮음, 안병직 옮김, 글항아리, 2012. 10
54) 「부제: 나이 듦의 의미와 그 위대함」, 홍상희·박혜영 옮김, 책세상, 2002. 7

역사 속으로 진입한 노인들

역사 속에 최초로 등장하는 노인에 대한 이야기는 약 4,500년 전으로 거슬러 올라간다. 그 주인공은 이집트의 율법학자 프타호테프[55]로, 노쇠의 비극을 한탄했다. 그가 말한 신체적 노화로 인해 겪게 되는 노인의 고뇌는 오늘날에도 음미할 만하다.

"노인의 종말은 비참하구나! 노인은 하루가 다르게 쇠약해진다. 시력은 나빠지고, 귀는 먹고, 힘은 약해지고, 마음은 쉴 곳이 없다. 입은 조용해져 한마디도 하지 않는다. 지적 능력은 떨어져 오늘과 어제 일을 기억하지 못하게 된다. 온 뼈마디가 아프다. 예전에 기꺼이 했던 일을 힘들이지 않고는 할 수가 없으며, 미각도 사라진다. 노쇠는 인간을 괴롭히는 불행 중 가장 참혹한 것이다."[56]

역사 초기 시대에 노인의 삶에 대해 알려진 내용은 그다지 많지 않다. 단지 신화나 설화를 통해 정리된, 극히 단편적인 조각들에 의해 노인들의 삶에 대해 알 수 있을 뿐이다. 신화 속에 나타난 노인들은 과장되고 신격화되는 경우가 많다. 특히 수명은 엄청나게 길어서, 현실에서 생각할 수 없을 만큼 긴 세월을 살았던 것으로 묘사된다.

---

55) 기원전 2450년경 제5왕조의 파라오 이세시의 재상.
56) 재인용, 조루주 미누아, 『노년의 역사』, 박규현·김소라 옮김, 아모르문디, 2010. 5, p.56

[표3] 수메르 왕의 수명[57]

왕 이름	통치 기간	왕 이름	통치 기간
알룰림	28,800년	두무지	36,000년
알라가르	36,000년	엔시파지안나	28,800년
엔멘루안나	43,200년	멘멘두르안나	21,000년
엔멘갈안나	28,800년	우바르투투	18,600년

우리 민족의 시조로 삼고 있는 단군왕검은 1908년을 살았던 것으로 『삼국유사』는 기술하고 있다. 이것도 오늘날에 비하면 엄청나게 오래 산 것이다. 그런데 위의 〈표3〉에 나타난 수메르 왕들의 수명은 이보다 훨씬 더 길었던 것으로 나온다. 현재 이라크 지방에 있었던 수메르 문명[58](BC 5000~BC 2600년)에 대해서 알려진 내용이 많지 않으나, 전해오는 문헌에 의하면, 노인들의 사회적 위상이 그다지 나쁘지 않았다고 할 수 있다.

"늙은 여자는 말하지 않는다, 나는 늙은 여자라고. 늙은 남자는 말하지 않는다, 나는 늙은 남자라고."[59] 이는 노인들이 존재하지 않은, 또는 노인들이 있어도 그다지 차별되지 않았음을 표현한 것이라고 볼 수 있다. 그래서 이 시대의 노인들은 신체적으로 노쇠하고 약하다는 이유로, 그다지 차별받지 않았을 것이다. 또한 '나는 늙지 않았다!'라고 노년의 정체성에 대해 직접적으로 이야기할 수 있었다는 것은 노년의 삶이 소속 집단에서

---

57) 재인용, 위의 책 p.60
58) 바빌로니아 남부, 유프라테스 강과 티그리스 강 사이에 오리엔트 세계 최고의 문명을 만든 민족 또는 문명.
59) 재인용, 위의 책, p.61

젊은 사람에게 동등하거나, 그 이상의 위상이었음을 말해 준다.

대단히 종교적이었던 고대 사회에서 장수長壽는 신의 돌봄으로 긴 삶을 살게 되었음을 의미했다. 그래서 70~80세까지 장수한다는 것은 신의 관여와 보호가 있어야만 가능한 축복으로 여겨졌다. 또한 정의로운 사람에게 주어지는 신의 보상이라고 생각되었다. 그래서 노인들은 종교적으로, 이승과 저승의 영역을 연결하는 사람으로 초자연적인 주술 같은 부분에서 확고한 지위를 가졌다.

정치적으로 노인은 오랜 인생에서 갖게 된 경험과 지혜를 기반으로, 고대 사회에서 족장이나 가장으로서의 역할을 했다. 초승달 지대의 군주국가에는 원로들의 의회가 보편적으로 나타나고 있다. 사법적인 분야에도 노인은 중심이 되었다. 페르시아에서 왕실 재판관은 노인이었고, 종신직이었다. 또한 함무라비 법전에서 백발의 남자는 시부(sibu), 즉 증언자로 개입했다.

종합적으로 보면, 고대 사회의 노인의 위상이 어떠했는지 확실하지는 않다. 그러나 단편적이나마 사료를 종합하면, 노인들은 상당히 명예로운 지위에 있었다고 볼 수 있다. 또한 노인들에 대한 풍자도 없었고, 노인들의 수가 적은 만큼 어느 정도 명예를 누렸다. 글이나 문자가 충분히 전파되지 않은 상황에서 그들은 살아 있는 법전이었고, 경험은 우대되었다. 그래서 고대의 노인들은 노화로 인한 고통에도 불구하고, 젊은이에게 존경의 대상으로서 상대적으로 나쁘지 않은 생활을 한 것으로 보인다.

성경 속의 노인들 '헤브라이즘 시대'

구약성서에는 대홍수를 기준으로 인간의 수명이 상당히 다르게 나타난다. 대홍수 이전에 나오는 아담은 930세, 셋은 912세, 에노스는 905세, 므두셀라는 969세, 그리고 노아는 950세까지 살았다. 대홍수 이후에는 수명이 줄어, 노아의 아들 셈은 600년, 아르박삿은 438년, 셀라는 433년, 아브라함은 175년, 야곱은 147년, 요셉은 110년을 살았다. 이와 같이 인간의 수명이 현재와 가까울수록 크게 달라진 것은 신화 시대 조상의 신성함을 강조하기 위한 것으로 볼 수 있다.[60]

또한 헤브라이즘 세계에서 노인들의 위상은 바빌론의 추방 시대(BC 587~538년) 이전과 이후로 크게 달라진다. 바빌론의 추방 이전은 부족 시대, 판관 시대, 왕정 시대로 나누어볼 수 있다. 부족 시대의 노인들은 부족에서 가장 커다란 역할을 맡았고, 사람들은 그들을 당연히 대표자로 여겼다. 원로들은 신의 영혼을 받들고, 신성한 천직을 수행하며, 민족을 안내하는 역할을 맡았다. 또한 재판을 담당하고, 족장 곁에서 자문회의를 주관했다.

판관 시대[61]에도 원로들의 역할은 아주 강력했다. 원로들은 임시적인 족장인 판관을 호출하고 퇴출시키기도 했다. 원로들은 족장 곁에서 자문회의를 이루고, 부족 내에서 형성된 권력으로 족장을 자문하면서 견제

---

60) 조루주 미누아, 『노년의 역사』, 박규현·김소라 옮김, 아모르문디, 2010. 5, p74~100
61) 구약에서는 판관 시대, 개신교에서는 사사 시대라고 함. 가나안에 정착한 이후 12부족의 느슨한 연맹체로 이루어졌고, 이 시기의 지도자를 판관이라고 함.

하는 역할까지 했다.

왕정 시대는 사울, 다윗, 솔로몬으로 이어지는 단일 왕국 시대(BC 11세기말~10세기말)와 이스라엘 왕국[62]과 유다 왕국[63]으로 분열된 시기로 나눌 수 있다. 이 시기의 노인은 주로 조언자로서의 역할을 했다. 왕은 원로들에게 공손한 태도를 보였고, 그들의 권한을 존중했다. 이처럼 바빌론 추방 시대 이전에는 사람이 늙는다는 것이 그리 나쁘지 않았다. 사람들로부터 존경을 받았고, 섬김을 받았으며, 종교적인 위엄을 지녔다고 볼 수 있다.

:: 추락하는 헤브라이즘의 노인

바빌론으로부터 추방 이후, 노인들의 역할은 점차 쇠퇴하게 된다. 원로라는 용어도 더 이상 노인들의 회합이 아니라, 충분히 건장하여 나라의 수호와 번영 및 발전에 적극적으로 참여할 수 있는 성인들의 모임이라는 의미로 대체된다. 이것은 노인이 신성함을 잃고 평범한 존재가 되었음을 의미한다.

원시부족 사회에서 왕정으로, 또 이를 이어 복잡하고 조직화된 국가로의 이행은 부족 생활에 있었던 대가족을 점진적으로 해체시켰다. 그로인해, 노인에게 안정적이었던 위치와 위엄은 점차 사라지고 만다. 특히 기원전 4세기 헬레니즘의 영향으로, 노인은 이제 늙고 병들고 왜소하며

---

62) BC 721년 앗시리아에 의해 멸망.
63) BC 586년 바빌론에 의해 멸망.

죽음을 기다리는 사람이라는 인식으로 변화된다. 또한 예전의 위엄을 높여주었던 노인의 긴 수명은 그가 잘못을 저지를 때, 유죄를 증폭시키는 역할을 하기도 했다.

글과 문자를 통한 책의 역할이 증가하고 제도가 정착됨에 따라, 노인은 안내자 혹은 살아 있는 전통으로서의 위치에서 조금씩 물러난다. 그리고 점차 고통스러운 그늘 속으로 들어가게 된다. 또한 사회는 노인들을 어둠 속으로 은폐시킨다. 결국 바빌론 추방 이후 노인들은 인간 사회에서 위엄을 상실하고, 단지 지혜와 신의 영혼을 구현하는 상징으로 나타난다.

위로 올라가는 노인들 '고대 그리스'

그리스의 도시국가들은 젊음의 아름다움을 찬양하고 추구했다. 그래서 이 시대의 노인들은 우울한 노년을 보내게 된다. 그리스 신화에서는 신들도 노인을 좋아하지 않는 것으로 나타나며, 나이 듦은 제거의 대상이 된다. 그리스 신화에서 우라노스는 아들 크로노스에게 거세去勢되었고, 크로노스는 아들 제우스에 의해 지하세계 타르타로스에 가둬 진다. 이는 세대 간의 다툼에서, 시간의 흐름은 불가피하게 젊은 사람들이 이길 수밖에 없음을 상징적으로 보여준다. 그래서 젊은이의 승리는 바로, 최고의 행복이자 영원한 젊음으로 나타난다.

고대 그리스는 노인을 신의 저주라고 거부하고 비웃었다. 나이 많은 지도자들은 아주 드물게 신뢰받았다. 노인에게 조언을 구해도 언제나 그대로 따르지 않았다. 그리스 문화는 노인들의 추함, 고통스러움, 사회에 의한 멸시 등을 끊임없이 반복했다. 시인들은 노년기에 대한 부정적인 생각을 노래했고, 희극은 노년의 우스꽝스러움을 수 세기에 걸쳐 이야기했다. 음탕한 노인, 술에 취한 노인, 인색한 노인, 사랑에 빠진 노파, 뚜쟁이 노파 등으로 노인은 조롱의 대상이었다. 또한 세대 간 갈등으로, 나이가 들어 늙은 부모는 자녀에게 학대를 당하기도 했다.

:: 플라톤과 아리스토텔레스가 본 노년

그리스의 많은 철학자들은 노인들의 운명에 많은 관심을 가졌고, 노년의 불행과 모순성에 대해 고민했다. 그 중 노인의 사회적 위상에 커다란 영향을 미쳤던 2명의 철학자가 있었다. 그들은 바로 플라톤과 아리스토텔레스이다.

플라톤은 부유한 상인 케팔로스[64]를 모범적인 노인상으로 여겼다. 또한 이상적인 정치 형태는 노인 정치라고 피력했다. 이상적인 사회에서 명령하는 사람은 가장 연로한 사람들이고, 명령받는 사람들은 젊은이들이어야 했다. 왜냐하면 노인들은 육체적 감각의 쇠퇴로 인해, 욕망이나 정념의 예속 상태로부터 벗어날 수 있다고 생각했기 때문이다.

"아이들은 부모에게 절대적으로 복종하고 공경을 표해야 하고, 노인들은 젊은이에게 모범이 되어야 하며, 나이에 따라 부여된 권력을 분류한다. 60세 이상의 노인들이 연회를 주재하며, 만일 어떤 사람이 부모를 버리면 그는 법률이 수호하는 3명의 최고령 노인이나 결혼을 관장하는 세 명의 최고령 노파에게 고발되고, 그들이 처벌을 가한다. 또 부모에게 함부로 하는 자는 101명의 최고령 시민들로 구성된 재판소에서 처벌을 받는다. 행정관들로 이루어진 정부의 관리자들은 핵심적인 역할을 담당하는데, 이들은 필히 50세에서 75세의 사람들이어야 한다. 곤란한 모든 경우에는 법률 수호자 중 가장 연로한 이들에게 자문을 구해야 한다. 이 상상의 도시에서는 40대 이후에야 술에 취할 수 있으며, 이는 노년의 불행을 완화해준다."[65] 라고 했다.

또한 30명의 노인이 왕의 권력과 균형을 이루는 스파르타의 정치 구조

---

64) 페이라이에우스 출신의 부유한 상인
65) 조루주 미누아, 『노년의 역사』, 박규현·김소라 옮김, 아모르문디, 2010. 5, p.128~129

에 대해서도 찬사를 보냈다. 스파르타는 그리스 도시국가 중, 노인이 차지하는 사회적 위상이 다른 도시국가와는 아주 예외적으로 다른 국가였다. 이 도시국가는 노인들에게 특권적인 위상을 부여했다. 최소 60세 이상의 시민들 가운데 환호 소리로 선출된 30명의 노인으로 구성된 장로회의(게루시아, gerousia)는 모든 정책, 특히 외교 정책을 이끌었다. 그들은 민회에 제출한 법률안 준비, 심지어 민회의 결정을 무시할 수 있었다. 또한 최고 권위의 범죄 재판관으로, 시민권을 박탈하고 사형 선고를 내릴 수 있었다. 심지어 왕까지도 소환하여 심판을 받게 할 수 있었다. 이렇게 스파르타에서 노인의 위상이 높았던 것은 전쟁이 많아 노인들은 희소성을 가질 수 있었던 데다, 전쟁에서 살아남게 된 영광에 대한 경의의 표현이었다고 볼 수 있다.[66]

그러나 아리스토텔레스는 노인들에 대해 결코 우호적이지 않았다. 그는 『니코마코스 윤리학』에서, "노인들은 모든 악을 대변하는 존재이며, 탐욕스럽고, 순수한 우정을 모른다. 그리고 자기의 이기적인 욕심을 채우는 것을 생각하는 존재이다. 노년의 지혜와 정치적인 능력은 보증되지 않고, 노인들의 경험조차도 긍정적인 요소가 되지 않는다. 나이로 인해 둔감해진 정신 속에 축적된 오류들의 집합일 뿐이다."라고 노인들을 폄하했다. 또 그는 "신체와 영혼의 결합에 근거하여, 한쪽의 노쇠함은 다른 쪽의 노쇠함을 부른다. 인간은 50세에 능력이 최대치에 이르고, 이후에는 쇠퇴한다. 권력은 노인들에게 맡겨질 것이 아니라, 젊고 힘센 이들에

---

66) 위의 책, p.136~137

게 속해야 하며, 노인들은 사제 기능만 담당해야 한다."라고 주장했다.[67]

이처럼 플라톤과 아리스토텔레스는 노인이 사회에서 갖는 존재성에 대해 아주 상반되는 주장을 했다. 그것은 그만큼 이 시대가 갖는 노인들의 특수성에 대해 수없이 많은 고민을 했음을 반증한다. 노인들의 사회적 위상에 대해 한쪽에서는 노년을 존중하려 했고, 한쪽에서는 폄하했다. 이것으로 볼 때, 노년의 정체성이 혼란스러웠던 시기라고도 볼 수 있다.

그리스의 유명한 철학자들의 사망 연령을 보면, 소크라테스는 60세, 플라톤은 81세, 아리스토텔레스는 63세이다. 속설에 따르면, 케오스의 주민들은 60세에 자살하는 관습이 있었다고 한다. 그리스 역사가이자 소크라테스의 제자였던 크세노폰은 소크라테스가 죽음을 받아들인 이유 중 하나가, 죽음이 노년의 신체적 장애와 비참함으로부터 해방시켜 줄 것으로 믿었기 때문이었다고 한다. 이와 같이 고대 그리스 세계는 지역에 따라서는 존중을 받기도 하였으나, 전체적으로 보면 우울한 노년으로 대표되는 시대였다. 그러나 빈곤한 노인들을 돌보는 자선기관을 처음으로 세우기도 했다.[68]

:: 헬레니즘 시대의 노인

그리스 시대를 잇는 헬레니즘 시대는 노인들의 사회적 위상이 어느 정도 회복되었다고 볼 수 있다. 이 시대는 정복을 통해 국제적이고 개방적

---

67) 위의 책, p.130
68) 위의 책, p.135

인 사회였다. 그래서 나이와 인종에 대한 편견이 주류를 이루지 못했다. 오직 개인의 성공에 따른 차별만이 존재했다고 보인다. 그래서 노인에 대한 약간의 아량과 더불어 무관심이 나타난다.

마케도니아의 알렉산더 대왕은 인간의 유용성과 가치만을 고려했다. 그래서 이 시기에 필요로 하는 사람은 나이에 관계없이 군주에 대해 충성하는 사람이었다. 유용성과 가치를 인정받은 노인들은 조언자로서 일정한 자리가 허락되었다. 그로 인해 뛰어난 역할을 했던 노인들도 적지 않았다. 이 시기의 노인은 시민권을 되찾게 되었으며, 그렇게 무시당하지도 않았다. 또한 노인을 금기로 표현하지 않았으며, 있는 그대로를 보여주려고 했다. 결론적으로 헬레니즘 시대의 노인들의 사회적 위상은 중립적이었다고 할 수 있다.[69]

---

69) 앞의 책, p.140~142

아래로 향하는 노인들 '로마 제국'

로마 시대에는 노인의 사회적 위상이 공화국 시기와 제국으로 발전한 시기로 각각 다르게 나타난다. 초기 공화국의 로마법은 가장家長인 노인에게 절대적인 특권을 부여했다. 그래서 이 시기는 노인들의 황금기라고 할 수 있다. 그러나 제국으로 발전하면서 노인들의 위상이 급격하게 추락하고 만다.

BC 4세기부터 진행된 부족(Gens)의 점진적인 붕괴로 인해, 구성원 간의 자연적인 관계는 점차 사라지고, 법적 관계로 맺어지는 독립적인 가족이 형성된다. 그리고 권력은 오직 남자들 사이에서 이동하는 부계 혈족 관계로 굳어진다. 가족의 구성은 자주권자와 타주권자로 나뉘어졌다. '**자주권자**'는 어떠한 사적인 힘의 영향을 받지 않은 가부장이자 절대적인 우두머리였다. 그러나 '**타주권자**'는 스스로 책임이 없으며, 타인과 계약을 행할 수 없는 나머지 가족이었다.

정치적으로 원로원은 노인들의 차지였다. 씨족의 대표자와 전직 행정관도 모두 노인이었다. 자주권자인 가장은 노예에 대해서 당연히 주인의 권한을 가졌고, 타주권자에 대해서도 소유의 권한을 가졌다. 또한 자녀에게는 아버지로서, 배우자에게는 남편으로서 권한을 가졌으며, 그 힘의 한계가 없었다. 또한 평생 그 권력을 향유할 수 있었다. 자주권자인 가부장은 나이가 들수록 소유하는 재산과 가족들이 늘어난다. 그에 상응해 권력도 증가했고, 죽을 때까지 권력을 누릴 수 있었다. 그러나 타주권자인 아들은 나이가 어느 정도 들어도 늙은 아버지에게 계속 복종해야 했다. 이러한 가족 관계에서, 아들의 초조함과 불안은 시간이 지날수록 커지고, 이는 점차 세대 간의 갈등으로 나타나게 된다.

:: 쇠락하는 로마의 노인들

제정 시대에 접어들면서 노인들의 사회적 위상은 조금씩 쇠퇴한다. 가부장인 노인에게 있었던 절대적 특권이 점차 약해졌기 때문이다. 2세기 이후에는 가부장인 노인이 있어도, 자식이 있는 아들은 가족 구성원의 생계에 대한 책임을 갖게 된다. 그래서 아들은 개인적으로 재산을 소유할 수 있게 되고 계약도 가능해진다. 또한 행정관에게 아버지의 권력 남용에 대해 불평을 고하고, 법에 호소할 수도 있게 된다.

가부장인 늙은 아버지가 가졌던 자식의 생사에 관한 권리는 엄격히 통제된다. 만일 아버지가 이유 없이 자식을 벌할 경우, 자식을 독립시켜주어야 했다. 또한 자식을 저당물로 보내거나 결혼을 강요하지 못하게 된다. 동로마 제국에서는 아들이 어머니에게 물려받은 재산이 있는 경우, 가족의 재산과 별개로 인정되고 스스로 독립이 가능했다. 또한 대부분의 사법적인 행위를 할 수 있게 되었다.

로마 제국이 되면서, 강력했던 노인의 절대적 권위는 시간이 지날수록 점차 줄어든다. 또한 도덕적인 권위는 있을지라도, 이를 행사할 수 있는 법적인 근거는 사라진다. 정치적으로도 노인의 위상은 절대적인 위치에서 점차 축소된다. 공화국에서 100명으로 시작된 원로원 의원들은 제국에서 300명까지 증가된다. 이들은 씨족의 대표자와 행정관의 위치에 있었는데, 모두 나이 든 노인들이었다. 만약 국가가 중대한 위기 상황에 직면하면 중요한 권력을 나이 든 노인들에게 위임했고, 몇몇 노인들은 오랫동안 그 지위를 유지했다. 그러나 제정기에 들어서면서 원로들의 권력은 점점 약해진다. 이제 노인들은 제도적으로 로마를 이끌 수 없게 되었고, 정치적으로도 특출한 노인을 제외하고는 힘이 약화된다.

:: 키케로의 『노년에 관하여』

로마 시대의 대표적인 문인이자 정치가이며 철학자인 키케로(Marcus Tullius Cicero, BC 106~43)가 쓴 『노년에 관하여(De senectute)』라는 책은 대화체로 꾸며져 있다. 이 책은 노인이 정치 영역에서 활동하는 이점에 대해 서술했다.[70] 거기에 나오는 '노년은 왜 불행한가?'에 대한 그의 통찰은 오늘날에도 음미할 만하다. "노년은 우리를 활동할 수 없게 만들고, 노년은 우리의 신체를 허약하게 한다. 노년에는 즐거움이 없으며, 노년은 죽음과 멀리 떨어져 있지 않다."[71]라는 생각에 대해, 그는 다음과 같이 반론을 펴고 있다.

즉, 육체적으로 약해졌다고 해서 노인이 할 수 있는 일은 없는가?에 대해, 노인은 사려 깊음, 영향력, 판단력에 의해 큰일을 이뤄낼 수 있다. 또한 즐거움에 대해서도, 노인은 쾌락이나 욕념에 대해 자유로움이 장점이며, 죽음이 멀지 않은 노년의 결실은 지금까지 이루어 놓은 기억을 저장하고 물려주는 것이라고 반박하고 있다.

---

70) 앞의 책, p.159~219
71) 슐람미스 샤하르 외 6인, 『노년의 역사』, 안병직 옮김, 글항아리, 2012. 10, p.112

노년의 역사에서 특이한 점은, 그리스 시대와 로마 시대에 있어서 노인의 위상은 서로 반대 방향으로 진행되었다는 점이다. 고대 그리스는 초기에 노인이 추함, 경멸, 고통스러운 대상이었으나, 후기 헬레니즘 시대에는 어느 정도 복권되었다. 반면에, 로마는 초기 공화정 때는 노인들에게 절대적인 지위와 권한이 있었다. 그러나 제정 시대로 접어들면서 과도한 권력의 집중과 남용으로 평판을 잃게 된다. 이와 같이 고대 국가에서 노년의 사회적 위상이 다르게 나타난 것은 단순한 이유가 아니라, 그 시대에 있었던 복잡한 여러 원인이 중첩되면서 만들어진 결과이다. 또한 시간이 지남에 따라 노인의 위상이 달라지는 것은 시대를 지배하는 가치관과 제도, 환경 등이 달라졌기 때문이다.

이를 자세히 알기 위해서는, 고대 그리스와 로마 시대에 노인이 처했던 정치·경제·사회·문화 그리고 사람들의 가치관과 종교적인 배경 등을 종합적으로 살펴보아야 한다. 그럴 때, 노인의 위상이 시간의 흐름에 따라 달라지는 원인에 대해 어느 정도 알 수 있고, 오늘날 노인의 사회적 위상을 신장시키는 데 일조할 수 있을 것이다.

암흑 속의 노인들 - 중세의 초기와 중기(5~13세기)

중세 초기는 노인들에게 역사시대 최악의 암흑기라고 볼 수 있다. 4세기에 그리스도교는 로마 제국에서 국교로 공인되었다. 이 당시 그리스도교의 구제원에서는 노인과 거지, 불구자, 병자들을 따로 구분하지 않았다. 노인은 단지 약한 사람에 속할 뿐이었다. 노인들의 추함만이 관심이었고, 그 추함은 죄의 결과라고 생각했다. 즉 노인을 죄악의 이미지로 판단한 것이다.

노인이 이런 우울한 이미지를 갖게 된 데는 다음의 사실이 기여한 바가 컸다. 이 시기에는 켈트족, 게르만족, 스칸디나비아 민족 등이 역사에 등장하게 된다. 그리스도교는 이들이 개종하는 조건으로 '부모에게 복종할 것인가? 아니면 신에게 복종할 것인가?'라는 양자택일의 선택을 하게 한다. 그래서 이민족의 많은 젊은이들은 로마에 편입되기 위해, 부모를 배역背逆하고 그리스도교로 개종한다. 그 후 부모에게 복종하지 않고, 그리스도교로 개종하는 것이 하나의 의무로 간주되었다. 따라서 부모였던 노인의 이미지는 당연히 추락할 수밖에 없었다.

5~10세기에 살았던 노인의 운명은 무척이나 잔혹했다. 하나의 사례를 든다면, 서고트족에서 65세 이상 노인이 살해당한 경우, 배상금은 10세 이하인 아이와 같은 금액이었다. 즉 서고트족에서 노인은 아이처럼 힘없고 쓸모없는 대상으로 취급된 것이다. 그러나 이 시기의 노인 중에서도 사회적 위상이 높았던 특수 집단이 있었다. 그들은 종교인들이었다. 주교와 수도사들은 높은 수준의 생활과 균형 잡힌 식사를 했다. 전염병이

나 기근의 영향도 거의 받지 않아, 고령까지 생존할 수 있었다. 이 시기에 수도원은 노인들에게 유일하게 평화로운 안식처였으며, 대량학살로부터 상대적으로 안전한 장소였다. 또한 성직자들은 금욕적인 생활로 건강했는데, 이들의 장수는 덕스러운 삶과 신의 보상으로 생각되었다.

이런 수도원의 특성을 이용해, 최초로 세속을 떠나 은둔(隱遁)하는 사람이 나타났다. 교황 아가페투스 1세의 친구 카시오도루스(480~575년)는 서양의 역사 속에서 알려진 첫 번째 은퇴자라고 할 수 있다. 6세기경부터 부유한 노인들은 세상의 멸시를 피하고 구원을 보장받을 수 있는 방법으로, 스스로 세상과 단절하면서 수도원으로 은둔했다. 수도원은 노인들의 은신처이자 격리 장소가 되었다. 이러한 수도원의 역할은 양로원의 먼 시초가 된다. 이것이 바로 서양 역사에 나타나는 최초의 은퇴이다.

이는 세대 간의 분리이며, 세상살이와 단절된 노년의 특수성으로 나타난다. 노년의 특수성을 인식한 부유한 노인들은 활동을 중지하고, 세상과 단절하며, 수도원으로 들어간다. 노인은 이제 온전한 이 세상 사람이 아니고, 그렇다고 저 세상 사람도 아니다. 노인의 운명은 구원의 확보를 위한 삶과 죽음의 대기실이라는 멍에가 씌워진 것이다. 8~9세기에는 수도원으로 은둔하는 것이 더욱 확대된다. 대수도원에서는 노인들을 위해 숙소를 마련하여 은둔를 독려했고, 은둔하는 노인은 노년의 생활을 보장받기 위해 수도원에 많은 재산을 기부하게 된다.

:: 십자군 원정과 노인
십자군 원정이 있었던 11~13세기, 노인의 사회적 지위는 앞선 시대보다 상대적으로 약간 나아진다. 그러나 빈곤과 가혹한 시대의 연장이라고 볼 수 있다. 노년의 개별적인 특수성은 거의 없었고, 노인들의 미덕이나 악덕은 그들이 살아온 인생의 결과물로 보았다. 어떤 이들은 노인에 대해 "늙은이가 바보가 되었고 기억이 가물거리고 변해버려서, 익히 알고 있는 것에 대해서도 오락가락한다."라고 했다. 회의에서 노인의 의견을 서슴지 않고 끊어버릴 정도로, 노인들은 젊은이들에게 멸시를 당했다. 특히 늙은 여성에 대한 혐오증은 아주 커서, 마녀재판 같은 형태로 나타나기도 했다.

그러나 성직자들의 특권은 계속된다. 수도사들은 어렸을 때의 이름과 더불어 가족, 부모, 이전의 모든 것이 사라진다. 마치 세상에 태어나자마자, 그가 속했던 모든 것이 사라진 것과 같은 삶을 살아간다. 그래서 수도사는 개인이 아닌, 공동체로서 표현된다. 이들은 태어나지도 않았고, 죽지도 않으며, 영원히 존속한다. 이런 환경에서, 수도원에는 늙은 사제들을 위한 양로원이 등장한다. 1251년 마르비스의 발테리우스 주교와 같은 이들은 양로원에서 삶을 마감한다.

이 시기 노인들의 기대수명은 상당히 높았다고 할 수 있다. 1276~1300년에 러셀이 조사했던 잉글랜드의 인구 통계를 보면, 1,000명의 아이 중 650명은 20세를 넘겼고, 381명은 40세를 넘겼다. 144명은 60세를 넘겼으며, 이 중 56%인 80명은 64세 이상을 살았다. 이 시기의 노인 중에는, 특별히 부와 명예를 갖게 되는 사람들이 나타나게 된다. 바로 상인들이다. 상인의 절정기는 일정 이상의 경력이 쌓이고 사람들과의 관계가 다양해지면서 나타나는데, 그 시기는 젊었을 때가 아니라 어느 정도 나이가 들어야 가능해진다. 도시가 발전하고 교역과 금융업이 발달함에 따라, 노인들 중에 일부는 삶에서 쌓아온 경험과 인맥을 이용해 커다란 부와 명예를 얻게 된다.[72]

---

72) 조르주 미누아, 『노년의 역사』, 박규현·김소라 옮김, 아모르 문디, 2010. 5, p.220~377

흑사병의 발현으로 보는 노인의 사회적 위상
- 중세 후기(14~16세기)

14~16세기는 노인들에게 역설과 극단, 불균형과 모순의 시대라고 할 수 있다. 이 시기에 노인의 역할이 강화되는 특별한 계기가 나타난다. 그 것은 바로 유럽 전체 인구의 1/3 이상을 사망하게 했던 **'흑사병'**의 창궐이다. 1348년 이탈리아의 제노바에 처음 상륙한 이 질병은 서양 세계에 일찍이 없었던, 인구 통계학적으로 엄청난 재앙을 끼친다. 또한 정치·경제·사회·문화·환경 등 인간과 관련된 거의 모든 분야에 커다란 영향을 미친다. 흑사병이 1450년까지 이어지면서 어떤 마을은 폐허가 되었고, 어떤 지역은 사람이 살지 않는 황폐한 상태로 되돌려진다. 또한 도시에서는 폭동과 전쟁 상태가 지속되었고, 흉년과 기근은 계속된다. 서양 문명에서 가장 참혹했던 암흑 시기가 도래된다.

흑사병이 노인의 사회적 위상을 높여주게 된 이유는 다음과 같다. 이 질병으로 인해 어린 아이와 젊은이의 치사율은 높았으나, 노인들에게 미치는 영향은 그다지 크지 않았기 때문이다. 오히려 노인의 기대수명을 증가시키는 역할을 했다. 한 통계를 보면, 흑사병으로 인한 400명의 사망자 중 노인들은 12명 이하로, 사망률이 3%에 미치지 못한 것으로 나타난다. 그 결과, 1350년대부터 연령층 간의 일시적인 불균형을 초래하게 된다. 즉 노인층의 비율이 상당히 증가한 것이다. 또한 생존자들의 가족 집단은 확대되고, 공동체를 형성하는 가족으로 재편된다. 노인은 이 공동체의 우두머리로 종종 선출된다. 또한 이 시기는 상공업이 발달되는 시기였다. 수공예품을 생산하는 장인 세계에서 고령의 장인은 숙련된 기술을 가지고 있었고, 가장 나이 많은 노인이 기술을 전수하는 역할을 했다. 그래서 장인의 세계에서 고령의 장인이 차지하는 사회적 위상은 상당히 높았다.

노인의 늘어난 수명과 젊은이의 취약함으로 인해, 노인은 성직과 공직, 노동조합 등에서 주도권을 가지게 되었고, 부와 권력도 집중되었다. 그래서 종종 젊은이들과 세대 간의 갈등이 나타나고, 노인 정치의 영향으로 노인에 대해 좋지 않은 감정들이 다시 일어나기도 한다. 이 시기에 부와 실권을 가졌던 노인들은 노년의 생활을 보장할 수 있는 모임 등을 만드는데, 이는 양로원과 요양원으로 발전한다.

:: 르네상스의 노인들

16세기는 르네상스가 시작되던 때이다. 이 시기는 젊음과 생의 충만함 그리고 새로움과 아름다움을 찬미하는 시대이다. 젊음의 찬미는 노인에 대한 혐오로 나타나고, 노인에 대한 비관주의와 적대감이 다시 발생한다. 때로는 노인에 대한 폭력적인 공격도 나타난다. 노년은 악이고 병이며, 죽음을 준비하는 우울한 시간이 다시 시작된 것이다. 시몬 드 보봐르는 이 시기의 노년에 대해 다음과 같이 표현했다. "모든 사회는 살고자, 살아남고자 한다. 그래서 젊음의 상상력을 예찬하며, 노년의 쇠약함과 불모성[73]을 두려워한다."

이 시기는 노인을 비난하고 저주하면서도, 한편으로는 중요한 책임 있는 자리는 노인이 차지했다. 군주와 재상, 군인, 외교관, 상인, 성직자의

---

73) 불임, 생식 불능.

다수를 노인이 차지했고, 그들에게 최고의 영예를 부여했다. 이 당시 사조思潮였던 인문주의자에게 노화는 궁극적인 적이며, 혐오스러우면서도 흥미로운 대상이었다. 그 중에서 특히 늙은 여성에 대해서는 극단적인 비판을 했다. 에라무라스는 『바보예찬』에서 이렇게 말하고 있다.

"그러나 정말 재미있는 것은 저승에서 막 돌아온 송장 같은 할머니가 '인생은 아름다워!'를 끊임없이 연발하고 다니는 것이다. 이런 할머니들은 암캐처럼 뜨끈뜨끈하고, 그리스인들이 흔히 쓰는 말로 염소 냄새가 난다. 그녀들은 아주 비싼 값에 젊은이를 유혹하고, 쉴새없이 화장을 하고, 손에 늘 거울을 들고 있으며, 은밀한 곳의 털을 뽑고, 시들어 물렁물렁해진 젖가슴을 꺼내 보이고, 한숨 섞인 떨리는 목소리로 사그라져가는 욕망을 일깨우려 한다. 처녀들 틈에 끼어 술을 마시고, 춤추려 하고, 연애편지를 쓰기도 한다. 사람들은 그런 할머니를 보고 비웃으며 다시 없는 미친년이라고 말한다."[74]

1천 년 이상의 중세 시대는 노인에게 극히 폐쇄적이었다. 노년의 삶은 가혹한 생활의 연속이었다. 평민과 농노의 세계에서 노년의 삶은 거의 상상할 수 없었고, 일부 귀족이나 성직자 계층에서 노년의 시기가 나타날 뿐이었다. 노년의 사회적 위상은 인류 역사상 최악이라고 할 수 있었다. 흑사병으로 인해 잠깐 동안 약간의 회복이 있었으나, 다시 노인들의 사회적 위상은 최악으로 떨어진다. 그러나 상공업의 발달과 르네상스의 시작은 서양의 역사에 새로운 변화의 물결을 불러온다. 또한 이

---

74) 재인용, 에라무라스, 『바보예찬』, 문경자 옮김, 랜덤하우스 중앙, 2006, p.81

시기에 오늘날의 은퇴와 관련된 중요한 제도가 나타난다. 그것은 플랑드르지방의 몇몇 도시에서 살았던 사람들에 의해 나타난 '종신 연금'이다. 이 종신 연금은 17세기에 톤틴식 연금으로 연결되며, 이후 더욱 확대되면서 본격적으로 발달한다.[75]

---

75) 조루주 미누아, 『노년의 역사』, 박규현·김소라 옮김, 아모르 문디, 2010. 5, p.378~536

개인주의와 합리주의로 무장한 시민사회의 노인들
- 근대의 초기와 중기(17~18세기)

17세기 유럽은 수많은 나라로 나뉘어 있었고, 각 나라마다 정치, 사회, 종교적 구성이 달랐다. 사람들은 귀족과 평민으로 구분되었고, 신분에 따른 정체성도 달랐다. 또한 사람들이 사는 지역에 따라 기후, 식량, 음식도 각각 달라, 노인의 사회적 지위를 일률적으로 판단하기에 어려움이 있다. 60세 이상의 노인 인구가 전체 인구에서 차지하는 비중은 상당히 높아, 노인이 희소성으로 가질 수 있던 가치가 상당히 축소된다. 또한 경제발전으로 전보다 식생활이 향상되었고, 빈곤층의 어머니와 어린아이의 생존율은 증가했다.

이 시대에 들어오면서, 노인에 대한 시각은 현대와 거의 비슷해진다. 외관이나 행동에 따라 늙었을 뿐, 여전히 활력과 생산성의 시간이 될 수 있다고 생각하게 된 것이다. 또한 이 시대는 시각 중심의 사회로, 입는 것과 타는 것이 일상의 권위로 표현되었다. 그래서 부富의 과시가 현실에서 권력과 동일선상으로 보이게 된다. 종교개혁에서 나타난 노인의 위상은 기독교의 종파에 관계없이 존중되었다. 부모에 대한 존경과 성부에 대한 존경이 시각적으로 결합되었다. 연로한 기독교인들은 부富나 사회적 지위와 상관없이 존경을 받았다.

그러나 늙은 여성의 사회적 지위는 남성들보다 훨씬 제한적이고, 부정적이었다. 또 도덕적·사회적·종교적으로도 대단히 저평가되었다. 고령의 여성은 폐경과 폐경의 신체적 증상, 부적절한 식사, 그리고 궁핍한 생활

수준으로 인해, 남성보다 이른 나이에 '늙은이'가 되었다. 또한 폐경기의 여성은 생리혈의 종결과 함께 유독한 피를 몸에서 더 이상 방출하지 않게 되면서 체액의 위험한 불균형 상태에 접어들고, 생리혈이 방출되지 않아 유독한 물질이 몸에 쌓이면서 치명적인 독물이 된다고 보았다. 그래서 나이 든 여성은 50세 전후의 수다쟁이와 같은 아주 부정적인 이미지로 그려진다.

귀족이나 부자 노인은 재산이나 권력을 양도할 시기를 선택할 수 있었다. 부유한 노인들은 단백질이 풍부한 식사, 안락한 주거 생활, 낮은 육체적 노동 강도 덕분에, 가난한 노인들보다 약 10년 정도 노화가 늦게 진행되었다. 특히 직업에 따라 개인의 신체적 노화 정도는 다르게 나타나, 뱃사람이나 광부는 일찍 늙어 빨리 죽고, 전문 직업인이나 종교인들은 천천히 늙고 오래 살았다.

결론적으로, 17세기의 노인은 오늘날의 노인과 비슷한 고민들을 가지고 있었다. 노인은 건강, 재정, 가계의 독립성을 상실할까봐 염려했다. 또한 친구나 가족에게 부담이 될까 걱정했다. 노인의 가장 큰 관심은 죽음과 자신의 정신 상태였다. 노화에 따른 육체와 정신적 쇠퇴에 직면하여, 타인으로부터 존경과 어렵게 획득한 명성을 유지하고, 의미 있는 생활 등을 통해 개인으로서 자존심을 지키는 것이었다. 이 시기 노인들이 추구했던 이미지는 활동과 이해관계, 필요와 관심, 쾌락과 일이라는 충만하고 역동적인 영역을 포괄하는 것이었다.

∷ 근대의 노인

18세기는 혁명과 반혁명 속에서 근대적인 정치 문화가 출현하는 '**이성**理 **性의 시대**'다. 이 시기에 나타난 노인의 위상은 종교에서 세속으로, 은둔에 서 은퇴로, 조롱의 문학에서 공경의 문학으로 이행된다. 지역이나 국가별 로 상당한 다양성은 있으나, 전체적으로 노인의 이미지는 많이 부드러워졌 다고 볼 수 있다. 이 시기에 60세 이상 노인의 인구 비중은 약 6~10% 정도 를 차지했다. 이는 유아의 기대수명이 증가하고, 성인의 평균 사망 연령이 높아졌기 때문이다.

이 시기에 확대된 도시화와 원산업화[76]는 이른 나이의 결혼과 부모의 울타리에서 벗어난 독립 가구를 크게 확대시켰다. 모든 연령층에 개인주 의가 확대되면서 자율은 보편적인 목표가 되었다. 그리고 은퇴할 수 있 을 만큼 부를 소유했던 사람들을 제외하고, 대부분의 노인들은 계속 경 제 활동에 참여했다. 그래서 보살핌이 필요한 노인은 매우 늙고, 쇠약하 고, 가난한 사람이었다. 가족 제도는 지역별로 상이해서 노인의 위상도 각각 다르게 나타났다. 북서 유럽은 핵가족의 전통이 있었고, 관습과 법 률에 따라 연로한 부모와 동거하는 자녀에게 생전상속은퇴 제도가 있었 다. 동남부의 유럽은 복합적인 가족의 성격이 강하여, 늙은 부모와 기혼 자녀가 동거했다.

프랑스는 노인들을 건국의 형제로 대우했다. 혁명기에는 사회복지에

---

76) 상인이 원거리 시장에 판매할 완제품의 생산을 위해 원료를 지방의 가내공업 촌락에 먼저 빌려주고 생산을 의뢰하는 방식.

대한 입법이 있어 노인의 명예를 크게 신장시켰다. 이는 마을, 읍, 도시에서 지방 노인들을 위한 축제로 연결된다. 혁명의 결과로 국가 관료제가 강화되었고, 노년의 생활보장에 대한 근대 입법이 있었으나, 실현되지 못했다. 그러나 이 법은 연금을 지급하는 근대적 사회보장의 모델을 제시했다는 의의를 지니고 있다. 또한 조부모는 자녀가 낳은 아이를 돌보는 역할을 했다. 이 당시 프랑스의 독신 여성들은 긍정적인 노년을 즐길 수 있는 가장 좋은 지위였다.

미국은 노인을 건국의 아버지로 형상화했으며, 나이가 들어도 권력을 거의 잃지 않았다. 영국(잉글랜드)에서는 구 구빈법舊 救貧法이 시행되었다. 노인에게 연금을 주었고, 아직 노쇠하지 않은 사람에게도 이따금 현금과 현물을 제공했다. 지역사회는 늙고 가난하여 생계를 유지할 수 없는 사람에게 경제적 도움을 베풀어야 한다는 사회문화적 원칙이 형성되었다. 그래서 노인들에 대해 가족뿐만 아니라 지역 공동체에서 경제적 보조가 이루어졌다. 또한 노인들도 자율에 대한 책임감이 커서, 만년의 독립을 이상적으로 생각했다.

영국(잉글랜드), 프랑스, 독일어권에는 노년의 경제적 준비를 위해, 보다 근대적인 방안으로 공적 연금이 출현했다. 그러나 이 연금은 극히 소수에게 지급되었을 뿐, 사회 전체를 대상으로 하지는 못했다. 이 당시 대표적으로 연금을 받았던 사람들은 잉글랜드의 세관원과 프랑스의 징세 청부업자들이었다.[77]

---

77) 슐람미스 샤하르 외 6인, 『노년의 역사』, 안병직 옮김, 글항아리, 2012. 10, p.184~327

산업혁명으로 나타나는 새로운 노인(19세기)

산업혁명으로 인한 산업화, 도시화, 인구 증가는 인간의 삶을 엄청나게 변화시켰다. 특히 교통 환경의 개선은 인구의 이동과 물품의 교역을 증대시켰고, 사람들의 사고를 크게 확장시켰다. 노동 시장에는 전문 직업화 현상이 나타났으며, 기계화를 통해 프롤레타리화와 노동의 탈숙련화라는 변화도 가져왔다. 산업화와 도시화는 가족 구조에 커다란 변화를 가져왔다. 가정과 직장이 분리되었고, 개인주의의 확대는 핵가족화를 가속시켰다. 그러나 일부 도시는 주택 부족과 높은 주거 비용으로 인해, 여러 세대가 함께 거주하는 경우도 있었다.

도시에서 공장 임금 노동자의 증가는 자녀를 부모의 통제에서 벗어나게 해주었다. 산업화된 도시에서 살아가는 공장노동자의 생활환경은 그리 좋지 않았다. 노동자는 소득을 임금에 의존하기 때문에, 공장 노동의 규율에 순응해야 했다. 또한 경기 변동으로 인해 해고되어 소득을 상실하거나, 질병으로 인해 건강 상태가 나빠진 노동자도 나타났다. 도시 노인은 취업이 가장 중요한 삶의 요소로 부각되었다. 그래서 움직일 수 있는 한, 계속 일을 해야 했다. 노인들은 주로 농업, 어업 등의 자영업과 광업, 농업 서비스업, 의류업 등에 종사했다. 그러나 근무 환경은 아주 열악하고, 임금은 형편없이 낮았다.

⁝⁝ 노인과 부富

자본주의가 발달함에 따라, 이제 사람들의 성공은 재산의 크기로 측정되었다. 노년의 삶은 부의 축적을 통해 물질적으로 안락한 은퇴가 가능해졌다. 개인의 물질적 지위, 신체의 건강, 정신적 재능, 대인관계 형성 능력에 따라 노인의 사회적 위상이 달라졌다. 그러나 부유한 노인이라도 사회적 지위와 역할에 대한 불안을 모두 없앨 수는 없었다. 또한 노인이 부담이 된다는 사회적인 인식 또한 완전히 사라지지 않았다. 그래서 노인의 사회적 지위는 국가나 지역의 경제적, 사회적 현실에 따라 다양하게 나타난다. 노인들은 불안정한 경제생활의 해결과 독립 선호로, 근로수입의 중요성은 더욱 커지게 된다.

경제적으로 능력이 떨어지는 노인의 구호 활동은 각각의 나라별로 어느 정도 실행되었다. 그러나 자선 규모는 적었고, 지방마다 다른 데다 비전문적이었다. 또한 수혜 대상이 자의적이어서, 일부 노인들만이 예측할 수 없는 최소한의 수입을 받았다. 각 국가별로 행해진 노인을 위한 자선이나 구호 활동을 보면 다음과 같다.

네덜란드의 암스테르담은 노인에게 활발한 자선을 했다. 노인을 구빈 시설에 수용하지 않고 구제하는 원외구호 방식을 취했다. 미국은 남북전쟁 전후로 달라진다. 남북전쟁 이전에는 극히 제한적으로 이루어졌으나 이후에는 향상되었으며, 사설 양로원도 설립되었다. 영국은 구빈원의 기부금이 인구 증가를 따르지 못해, 노인을 위한 자선이나 구호 활동이 줄었다. 1901년 구빈원에서는 75세 이상 남성의 10%, 여성은 6%가 생활했다. 프로이센은 1846~1913년에 시설 수용이 6배 이상 증가했다. 하지만 쇠약자나 만성 질환자는 순위에서 밀려나고, 치유 가능한 사람을 우선적으로 수용했다.

지역적으로, 이 시기의 노인이 생활하기에는 도시보다 농촌이 먹고 살기에 용이했다고 할 수 있다. 농촌은 산업혁명의 영향이 상대적으로 적었고, 노인들이 기존의 공동체에서 함께 사는 비중이 높았기 때문이다. 유럽에서는 복합 가족의 비율이 떨어지나, 남부 프랑스, 북부 이탈리아, 헝가리, 오스트리아 일부는 복합성이 확대된다. 그래서 이 지역에는 한 지붕 아래 여러 세대가 동거하는 가족 제도가 발달했다.

　이 시기에 프로이센에서는 노년의 삶에 커다란 영향을 미치게 되는 제도가 도입된다. 그것은 바로 1854년에 설립된 광부들을 위한 선구적인 노령연금이다. 이 연금 제도는 다른 직종으로 확산되고, 노동자에 대한 노년의 삶을 위한 사회보장 급부를 제공하게 된다. 그러나 이 당시 노령연금은 아주 소액인 데다 70세 이상만 혜택을 볼 수 있었다. 미국에서도 남북전쟁 이후, 퇴직연금과 상조협회가 판매하는 노령연금이 등장한다. 하지만 극히 일부의 사람들만 혜택을 볼 수 있었다.[78]

---

78) 앞의 책, p.330~398

인류에게 정착된 새로운 나이 듦(20세기)

20세기에 접어들면서, 소득·식사·위생 등의 생활수준 향상, 의학 지식과 기술의 발달은 사람들의 수명을 크게 증가시켰다. 그래서 노년의 나이 듦이 역사상 처음으로 인생에서 일정한 기간을 가진, 인생의 정상적인 과정으로 정착된다. 그래서 나이 듦을 기술하는 새로운 단어가 등장하는데, 바로 '**제3연령기**(The 3rd Age)'라는 용어다. 이 말은 늘어난 수명에 따른 건강한 노년의 새로운 삶의 기간을 칭하는 말로 널리 사용된다. 사람의 인생을 어린 시절과 청년 시절의 제1연령기(The 1st Age), 원숙한 중·장년의 제2연령기(The 2nd Age), 활동적인 노년의 시기인 제3연령기, 그리고 인생의 마지막 시기인 제4연령기(The 4th Age)로 나누어보는 것이다.

이 당시 서구의 몇몇 국가들에서는 어린 아이가 줄고, 노인은 많아져 인구가 줄어들 것을 두려워했다. 인구의 고령화는 국가의 쇠락을 상징한다고 생각했기 때문에 다산을 장려했다. 독일의 나치는 모성을 애국주의의 발로로 여겨, 많은 자녀를 출산한 어머니에게는 보너스를 주고 시상을 했다. 반면, 독신은 징벌 과세를 했다. 프랑스는 '오늘 어린이가 없다면, 내일의 프랑스도 없다'며 출산을 강조했다. 이러한 모습은 제2차 세계대전 이후 출산율이 올라가면서 사라졌다가, 20세기 말에 다시 나타난다.

∷ 연금과 노인

유럽의 거의 모든 국가에서 노인의 상당수는 여성이었다. 노인 증가는 노화에 관련된 질병, 즉 알츠하이머 같은 질환의 발병률을 높인다. 가난한 노인은 스스로를 부양하기 위해 건강이 허락하는 한, 일을 했다. 그럼에도 불구하고 대부분의 노인은 수입이 점차 줄고, 하는 일도 점점 더 열악한 환경으로 추락한다. 어느 국가나 공공 지원은 최소였으며, 지원을 받는 것은 노인에게 일종의 낙인으로 작용했다.

20세기에는 노령연금이 본격적으로 나타났다. 노령연금은 노인의 사회적 지위 하락을 최소화하고, 빈곤한 처지에 있는 노인의 삶을 끌어올리기 위한 목적으로 계획되었다. 또한 자녀가 나이 든 부모를 부양하는 데 도움을 주거나, 개인 저축을 대체해 노년의 경제적 수입을 어느 정도 확보할 수 있도록 하기 위해서였다. 노령연금의 발달에 따라, 노인의 이미지는 유급 노동에서 자발적이거나 비자발적으로 은퇴하는 사람으로 인식이 바뀌어간다. 노령연금이 전 세계적으로 확산되면서, 연금을 지급받는 시기가 되면, 그때부터 '노인'이라는 인식을 갖게 되었다. 유럽을 중심으로 하는 자본주의 사회에서는 1920~1930년 사이에 기업 연금과 개인 연금이 확산되었다. 이제 60~65세의 일부 화이트칼라 노동자들은 퇴직을 하고, 노년의 생활을 시작하는 사람들이 조금씩 늘어난다.

사회주의 국가인 소련은 이데올로기적으로 노동자와 노동의 가치 창출을 중시하고, 경제 확대를 위해 최대 고용을 필요로 했다. 그래서 나이가 들어도 일을 계속하도록 하는 강력한 동기를 국가가 주도적으로 부여했고, 노동자가 가진 노동력을 오랫동안 활용하고자 했다. 1930년대부터 연금 생활자인 노년은 존경받는 신분이었다. 의존보다는 연륜과 연장자로서 어느 정도 특권이 부여된 것이다. 노인은 늙어서도 일을 계속하도록 계획되었고, 익숙한 일에 부적합해지면 좀 더 쉬운 일로 전환했다.

그러나 초기 사회주의 체제 내에서, 노인들은 자본주의 체제에서보다 더 높은 비율로 현업에 종사했으나, 생활 조건은 열악한 경우가 더 많았다.

:: 2차 세계대전 이후의 노인들

2차 세계대전이 끝나고, 1950년대부터 개선된 국민연금이 서구 자본주의 국가에 본격적으로 도입된다. 60세 이상 또는 65세 은퇴가 대다수의 사람들에게 다가오게 된 것이다. 일부 ILO(국제노동기구)와 같은 조직에서는 조기 정년이 억제되어야 한다는 주장도 간혹 있었다. 이는 프랑스처럼 전쟁 이전에 낮은 출산율로 인해, 젊은 노동자의 수가 감소했던 나라에서 나타났다. 또한 전후 빠르게 성장하는 국제 경제상황 하에서, 고령의 노동자들도 일을 계속해야 한다는 의미로 받아들여졌다.

고용주는 전통적이고 단순한 직업을 제외하고, 고령 노동자의 가치를 그다지 신뢰하지 않았다. 오히려 저효율·고비용의 고령 노동자를 집으로 보내는 것이 이익이었다. 시간이 갈수록 발달하는 기술로 인해, 여성이나 이주 노동자를 고용하고, 젊은 노동자에게 일을 시키는 것이 인건비 절감에 훨씬 도움이 되었기 때문이다. 그래서 과거보다 더 건강해진 노동자들에게 일정나이가 되면, 퇴직해서 집으로 돌아가라고 한 것이 '정년퇴직'이다. 1980년대에 이르면, 일부 노동자들은 정년보다 이른 나이에 노동 시장을 떠난다. 1990년대에 이르면, 노동시장에서 떠나는 노동자의 비중은 더욱 커진다. 그래서 약 1/3 이상이 60세 이전에 임금 노동에서 떠나게 된다. 이제 사람들은 60세나 65세의 은퇴를 당연시하고 있으며, 일반적인 것으로 받아들이게 된다.

고령의 노동자가 일터를 떠나면, 그들의 경험과 신뢰는 사라진다. 이제 늘어나는 연금 비용으로 인해, 정부와 기업은 노인들에게 연금 지급을 위해 필요한 금액을 지불할 젊은 노동자의 감소를 우려하게 된다. 그래서 20세기 말로 접어들면서, 정부와 고용주들은 연금을 줄이기 위해 다양한 시도를 한다. 국가마다 차이가 있지만, 많은 나라에서 연금이 삭감되었고, 또 삭감을 준비하고 있다. 노인들은 이제 노년에 지급받는 연금의 수급 안정성에 대해 일말의 두려움이 생기고 있는 상황이다.[79]

79) 앞의 책, p.400~459

나이 듦의 역사가 보여준 길

지금까지 살펴보았던, 서양의 역사에서 나타난 노인들의 사회적 위상은 우리들에게 시사하는 바가 아주 많다. 시대에 나타난 노인의 위상에 대한 사실들을 종합하면, 다음과 같이 요약할 수 있다.

첫째, 서양의 역사에서 나타난 노인의 위상은 시대 구분에 따라 완벽히 결정되는 것은 아니다. 개인별 또는 지역에 따라 일시적으로 대우를 받았으나, 노인에 대한 전반적인 감정은 대체적으로 비관주의와 적대감이었다. 또한 언제 어디서나 늙음보다 젊음이 선호되었다. 노인들은 젊음을 그리워했고, 젊은이는 노년이 다가오는 것을 두려워했다.

둘째, 노인이 세상에서 인정받기 위해서는 완벽한 지혜, 절제된 금욕, 미덕의 모범, 관조된 평온함을 보여야 했다. 그럴 경우 백발의 경험이 풍부하고 존경스러운 현자로 대우받지만, 그렇지 않을 경우에는 망령 난 늙은 백치로서 젊은이에게 조롱받는 놀림감이 되었다.

셋째, 노인들은 육체적 허약함으로 인해, 치안이 미비했던 약육강식의 혼란한 사회에서 최악의 상황을 맞이했다. 반대로, 국가와 법률이 권한을 가지고 있고 질서가 강화된 조직적인 사회에서 노인은 약자로서 보호받을 수 있었다.

넷째, 노인의 긴 삶에서 비롯되는 지식과 경험이 공동체에 얼마나 이익을 줄 수 있을까? 하는 유용성은 노년의 지위에 큰 영향을 미쳤다. 구전과 관습에 의존하는 문명에서는 세대 간의 연결고리이자 집단 기억의 전수자로서, 노인들에게 호의적이었다. 그러나 관습에 대한 지식을 무용한 것으로 만드는 문자와 문서 기록, 성문법의 발달은 노인의 위상을 낮추었다.

다섯째, 노인들은 가난하기보다는 부유할 때, 언제나 더 나은 노년을 보낼 수 있었다. 가난한 노인들은 타인에게 전적으로 의존하게 되는데, 이때 바랄 수 있는 것은 외부의 자선밖에 없었다.

여섯째. 일부 특권층을 제외하고, 역사적으로 은퇴의 개념은 존재하지 않았다. 대부분의 노인은 계속해서 직업에 종사했다. 일하는 노인은 성인 집단의 일부로 대우받고, 그렇지 않은 노인은 노쇠로 인해 더 이상 일할 수 없는 허약한 사람 또는 병자로 분류되었다.

일곱째, 노인들의 삶은 안정적인 시기보다, 변화가 많은 과도기에 유리한 경우도 있었다. 격변하는 시기에 모든 연령의 사람들은 불안정한 삶으로 인해 고통을 받는다. 그러나 그 시기는 안정적인 사회에서 벌어지는 특정한 편견과 경직된 사회 구조에서 벗어나, 다양한 인재들에게 개방되었다. 차이를 더 많이 수용했으며, 미적 · 사회적 금기로부터 어느 정도 해방되었다.

여덟째, 노인들의 신체적 외양의 변화를 그릴 때, 사실적인 육체의 아름다움을 강조하는 사회에서는 노인들을 비하하는 경향이 있다. 그러나 추상적이고 상징적인 미적 이상을 바라는 사회는 노인에 대한 반감이 덜했다.

아홉째, 혼인 관계가 성립하고, 새로운 세대의 출현으로 일가친척의 수가 증가되는 확대 가족과 가부장적 가족에서 노인의 위상은 상당했다. 그러나 가족 집단이 해체되어 부부 가족이 우세한 경우, 상대적으로 노인들을 돌보지 않는 경향이 있었다.[80]

∷ 역사와 노인

노년의 동서양사에서 있었던 노인들의 삶을 오늘날과 비교해 살펴보았을 때, 오늘을 살아가는 노인들의 사회적 위상은 어떻게 변화될 것인가? 결론적으로 말하면, 그다지 밝은 편이 아니다. 오히려 아주 우울한 상황이다.

역사 이전 시대에 노인의 사회적 위상을 결정했던 희소성은 사라졌다. 노인의 유용성은 나날이 발전하는 새로운 지식과 기술로 인해, 수십 년 동안 삶의 기반이었던 지식과 기술을 퇴색시켜버렸다. 동양에서 수천 년 동안 노인에게 안정적인 삶의 기반을 제공했던 통치 철학이자 삶의 기반이었던 유교적 전통은 거의 사라지고, 서양에서 흘러온 개인주의와 합리주의가 그것을 대체하며 우리 사회에 정착되었다.

사회적인 흐름은 젊음을 미화하며 상품화하고 있다. 세월에 따른 노화는 성형을 통해 회피해야 하고, 때에 따라서는 고쳐야 되는 질병으로 인식하고 있다. 거기에 가족 내에서 노인을 부양했던 전통적인 대가족은 사라지고, 핵가족을 넘어 소인 가족이 대세가 되어간다. 역사적으로 노

---

80) 조루주 미누아, 『노년의 역사』, 박규현·김소라 옮김, 아모르 문디, 2010. 5, p.537~543

인의 위상을 지지했던 사회적 시스템이나 가치관들은 서서히 무너져, 이젠 과거의 흔적으로 남겨지고 있다.

이러한 상황에서 노년의 위상을 온전히 보전하고, 나아가 젊음과 늙음으로 편 가르지 않고 서로 공존하면서 살아갈 수 있는 사회를 만들기 위해 어떻게 해야 할 것인가? 노년이 다가오면 나이 듦의 정체성을 깨달아 스스로의 자존을 세우며, 한편으로는 사회에 유용성을 제공하면서, 다른 세대에게 걸림돌이 되지 않도록 노력하는 수밖에 없다. 이는 개인의 문제일 뿐만 아니라, 노년에 있거나 노년을 맞이할 모든 사람의 문제이다. 이를 해결할 수 있는 길을 안내할 노년의 생각을 바꾸는 기반, 즉 정체성을 찾아 다음 장으로 이어진다.

3부

부

나이 듦의 새로운 '생각' 편

20세기 초, 우리는 모든 것을 빼앗긴 상태로 출발했으나, 오늘날에는 세계가 놀랄 만한 경제 성장을 이루었다. 경제력이 커지고 나라의 위상이 높아지면서, 이제 세계 어디를 가도 '코리아'라는 말이 부끄럽지 않을 만큼 많은 것을 이룬 것이다. 그것은 1960년대부터 시작된 '잘살아보세'라는 꿈을 이루기 위해 힘썼던, 많은 사람들의 피와 땀으로 이루어진 결과물이라고 할 수 있다.

　그러나 너무 빠른 시간에 발전이 이루어지다 보니, 과거 발전의 원동력이었던 것이 이제 우리의 발목을 잡고 있다. 내가 잘살기 위해 주변을 돌아보지 않고 뛰어오다 보니, 공동사회에서 협동이나 사회적인 배려는 사라지고, 일등주의라는 인식이 사람들의 마음속에 자리 잡았다. 남과 같이 살아가는 사회를 만들어가기보다, 나와 내 가족을 중심으로 한 소가족의 배타적인 안위와 개인주의가 우리의 생활에 자리 잡게 된 것이다.

　이러한 사회 현실에서 노인들은 어떻게 살아가고 있을까? 재산을 충분히 가지고 있는 노인들은 쉬면서 손주나 손녀를 보며 소일하지만, 대부분의 노인들에게 노년의 삶은 무력하고, 회고적이며, 숨만 쉬는 세월이 되고 있다. 1997년 외환위기와 2008년의 금융위기는 현재의 노인들에게 경제적으로 상당한 타격을 주었다. 갑작스러운 자산 가격의 폭락과 유동성의 위기는 그동안 부동산을 중심으로 자산을 키워온 이들에게 적지 않은 충격을 가한 것이다. 경제적으로 재기할 수 있는 기회도 거의 없었다. 그나마 있던 자산도 경제적 위기에 처한 자녀에게 지원되었다. 일자리도 없고 연금과 같은 수입도 준비되지 않은 상황에서, 그나마 있던 약간의 재산마저도 줄어든 것이다. 이제는 힘도 없고 재산도 없어, 길거리로 내몰리고 있다. 그 결과, 한국은 OECD 국가 중에서 65세 이상 노인 가구의 빈곤 비중이 67.3%(2011년 보건복지부 통계)로 가장 높다.

현재의 노인들이 열심히 살지 않아서일까? 이분들은 어느 세대보다도 열심히 살았고, 현재 발전한 대한민국의 토대를 닦은 사람들이다. 젊은 시절에는 탄광에서 석탄 가루로 호흡하고, 다른 나라의 전쟁에 참전했다. 또 중동의 뙤약볕 아래서 땀흘리며, 경제발전의 기틀을 마련했다. 그래서 그 당시 연평균 경제성장률 10%를 넘나들게 했던, 고속 성장의 주역이었다. 그러나 흘러가는 세월은 막을 수 없고, 오는 주름은 피할 수 없다. 그랬던 분들이 이제 노년의 세월을 맞이한 것이다.

그러면 그분들은 오늘날 도시에서 어떤 일을 하고 있을까? 대부분 노인들이 하는 일은 거의 없다. 즉, 일명 '흰 손(백수)'이다. 간혹 직업에 종사하고 있어도, 경비나 청소 용역과 같이 불안정한 일자리에서 저임금을 받으며 생활한다. 아파트 경비라도 한다면 그나마 나은 자리다. 가장 많이 하는 일은 대도시의 거리 곳곳에서 볼 수 있는 폐지나 고철을 줍는 일이다. 현재 정확하게 통계로 나타나지 않지만, 도시에서 약 250만 명 정도가 이 일에 종사하는 것으로 매스컴은 전한다. 농촌의 노인들은 어떤가? 농촌의 노인은 도시의 노인보다 조금은 더 나은 생활을 하는 것으로 나타난다. 주변에 농지나 텃밭이 있어 일할 곳이 있고, 하는 일이 있으며, 이를 통한 어느 정도의 수입을 가질 수 있기 때문이다. 그러나 현재의 농촌은 대부분 노인들만이 외롭게 저무는 들판을 지키고 있다.

이분들의 뒤를 잇는 베이비부머가 이제 고령화의 길로 접어들고 있다. 베이비부머는 한 반에 60~70명이 함께 수업 받던 어린 시절의 콩나물 교실, 어느 때보다 치열했던 대학입시, 주택 부족으로 인해 사글셋방에서 집 없는 설움으로 시작한 신혼 생활 등, 어려서부터 치열한 생활환경 속에서 살아 왔다. 성공만이 살 길이라는 경쟁에 내몰렸던 세대가 이제 노년으로 접어들고 있는 것이다. 베이비부머의 퇴직이 시작됨에 따라, 대한민국은 모든 분야에서 서서히, 그리고 끊임없는 변화가 시작되고 있다.

다가오는 노인 사회를 국가와 사회 그리고 개인 모두가 커다란 위기라고 이야기하고 있다. 베이비부머의 이마에는 노년의 고민으로 주름살만 늘어간다. 이 모든 것의 출발은 베이비부머가 거대한 인구 집단이기 때문이다. 이들이 노년으로 살게 될 수십 년의 세월을, 사회에 유용성이 없고 비생산적으로 시간을 허비하며 다음 세대가 가꾸고 만들어야 할 자원을 소진한다면, 어떻게 될까? 우리의 희망이 없어지고, 미래는 아주 위태로울 수밖에 없게 된다. 이런 상황에서 베이비부머의 어깨에 걸린 책임은 무겁다. 이제 몸과 마음을 가다듬고 새롭게 시작해야 한다. 노인 사회의 파도가 바로 목전에 다다른 상황에서, 베이비부머를 중심으로 노년을 새롭게 인식하고, 행동을 바꾸는 변화가 시작되어야 한다.

6장 나이 듦과 정체성

동서양에서 나타난 노년의 정체성

"노년에는 스스로 싸우고, 권리를 지키며, 누구든 의지하려 하지 않고, 마지막 숨을 거둘 때까지 스스로를 통제하려 할 때만 존중을 받을 것이다." 이것은 로마 시대의 철학자 키케로가 『노년에 관하여』에서 노인의 정체성을 표현하며 남긴 말이다.

유교를 신봉했던 동양 3국에서 나이 듦의 이정표는 동양의 성인 공자의 나이 듦이다. 즉, 공자의 나이 듦을 닮고자 하는 것이다. 공자의 언행을 기록한 『논어論語』의 '위정' 편爲政篇에는 공자가 살아가면서 가졌던 나이별 정체성에 대한 글귀가 있다.

子曰 吾 十有五而志于學하고, 三十而立하고, 四十而不惑하고, 五十而知天命하고, 六十而耳順하고, 七十而從心所欲하여, 不踰矩니라. (자왈 오 십유오이지우학하고, 삼십이립하고, 사십이불혹하고, 오십이지천명하고, 육십이이순하고, 칠십이종심소욕하여, 불유구니라.)

공자는 15세에 학문에 뜻을 두었고, 30세에 스스로 자립할 수 있었으며, 40세에는 마음에 미혹됨이 없었다. 50세에는 하늘이 준 천명을 알았고, 60세에는 생각하는 것이 원만하여 어떤 일을 들으면 곧 이해가 되었으며, 70세에는 마음의 움직임대로 따라도 법도에 어긋남이 없었다. 이 구절은 우리나라를 비롯한 극동의 3국에서, 과거에서 현재를 살아가는 사람들까지, 개인이 가장 닮기 바라는 삶일 것이다. 성인이라고 불리는 공자의 인생이 개인들의 나이 듦에 대한 삶의 이정표가 된 것이다. 그래서 공자가 행했던 나이별 미션을 삶의 정체성으로 삼아, 오늘도 고민하는 중년이나 장년이 적지 않다.

:: 서양에서의 생애 구분

서양에서 나타난 사람의 생애는 나이에 따라 여러 단계로 나누고, 그 시기를 각각 해석하는 방향으로 진행되었다. 그리스의 철학자 피타고라스는 노화가 50세부터 시작된다고 했다. 또한 그는 인생을 4계절로 보았다. 즉 0~20세의 유년기(봄), 20~40세의 청소년기(여름), 40~60세의 청년기(가을)[81], 60~80세의 노년기(겨울)로 나누었다.[82]

5세기 초, 성 아우구스티누스는 천지창조의 7일을 따라 인생을 7시기로, 세계를 7지역으로 나누었다. 이는 다시 5단계로 축소되어 요람기, 유년기, 청년기, 장년기, 노년기로 구분된다. 여기서 특이한 점은 노년을 60~120세의 긴 기간으로 보고, 오직 노년만이 다른 시기들을 합친 것만큼 긴 시기로 정리했다는 점이다.[83]

---

81) 현재 생각하는 Life cycle과 다르게 청년기에서 노년기를 연결시킨 점은 특이한 사항임.
82) 조루주 미누아, 『노년의 역사』, 박규현·김소라 옮김, 아모르 문디, 2010. 5, p.123
83) 위의 책, p.224

7세기 초, 세비야의 이스소루스는 『Etymologiae 5권』에서 인생을 6 단계로 나누었다. 0~7세의 유년기, 7~14세의 소년기, 14~28세의 청년기, 28~50세의 중년기, 50~70세의 장년기, 70세 이후의 노년기이다.[84]

중세 중기, 노바라의 필리푸스는 1265년경 『인간의 4시기에 관하여 (des quatre tenz d'aage d'ome)』에서 인생은 20년씩 4시기로 이루어졌고, 인간은 60세에 노년기로 진입하며, 80세에 인생의 끝에 이른다고 했다.[85], 또한 바르톨로 마이우스는 『사물의 성질에 관하여』에서 인생을 일곱 행성에 상응하는 7시기로 나누었다. 0~7세의 유아기, 7~14세의 푸페리티아(Pueritia, 소년기), 14~28세의 청년기(혹은 21세, 30세, 35세로도 봄), 29~45세의 중년기(혹은 50세로도 봄), 45~60세의 세넥테(Senecte, 장년기)로 품성과 태도에 무거움이 깃든 시기, 60~70세의 노년기, 70세 이후는 세니에스(Senies)로, 노인 자신이 나왔던 한줌의 흙으로 돌아갈 때까지 기침과 가래 오물로 가득 차 있는 시기[86]로 나누었다.

르네상스 시대를 지나 종교개혁이 시작된 17세기에는 인생을 3, 4, 7, 10, 12단계로 나누었다. 그 중 10단계의 인생 구분은 10대 어린아이, 20대 청년, 30대 성년, 40대 안정의 추구, 50대 정착과 풍요, 60대 은퇴의 시기, 70대 영혼 수련, 80대 세상의 놀림감, 90대 어린아이의 웃음거리, 100세 주여! 불쌍히 여기소서[87]이다. 이와 같은 10단계의 인생 구분은 여러

---

84) 조루주 미누아, 『노년의 역사』, 박규현·김소라 옮김, 아모르 문디, p.224

85) 위의 책, p.299

86) 위의 책, p.295~297

87) 슐람미스 샤하르 외 6인, 『노년의 역사』, 안병직 옮김, 글항아리, 2012, 10, p.194

그림으로 표현되어 아직도 남아 있다.

동양과 서양에서 나이 듦을 보는 시각은 상당히 다르게 나타난다. 동양은 인생을 연령에 따라 주어진 미션을 수행하는 주관적인 관점으로 보았다. 반면에 서양은 인생을 시기별로 구분하여, 그 시기에 나타나는 노화의 모습을 외부에 나타난 양태로 관찰하였다. 그래서 동양의 노년은 자신의 정체성을 유지하고 스스로를 갈고 닦는 모습으로 발현되었고, 시대가 변해도 노년의 위상은 어느 정도 안정적으로 유지되는 역할을 했다. 그러나 서양은 세월에 따라 달라지는 노년의 모습을 피상적으로 파악하는 경향이 컸다. 그래서 외부로 나타나는 환경변화에 따라, 노년의 정체성이 크게 영향을 받았다고 볼 수 있다.

:: 새로운 노년의 정체성을 만들기 위해…

20세기를 지나면서, 노인의 수는 역사적으로 가장 많아졌다. 이제 노인들은 민주주의 정치 제도와 자본주의 경제체제 하에서, 남은 생애에 대해 스스로 의사 결정을 할 수 있게 되었다. 특히 정치적으로 거대한 힘으로 작용하게 된 노인들의 의사 결정은 후손의 희생을 담보로, 노년의 경제 문제를 해결하려는 방향으로 진행되고 있다. 그러나 미래 세대의 희생을 통해 노년의 생활을 해결하는 방법은 머지않아 커다란 암초에 부딪힐 것이다. 인구 구조에 나타나는 후손의 수가 미래 노인의 수보다 적어지는 결과를 보여주고 있기 때문이다. 이러한 결과를 미연에 막기 위해, 미래의 노인들은 소일하는 노년과 다른 삶을 개척해야 한다. 이를 위해, 인생에서 새롭게 다가온 20~40년의 시간에 대한 심오한 고찰과 이 시간을 살아가기 위한 새로운 정체성을 확립해야 한다.

심리학자 에릭 에릭슨(Erik Erikson)은 '**정체성**正體性'을 '상당 기간 비교적 일관되게 유지되는 고유한 실체로서의 자기에 대한 경험'이라고 정의하고 있다. 이는 자신의 내부에서 일관성을 유지하는 것과 다른 사람과 어떤 본질적인 특성을 지속적으로 공유하는 것을 의미한다. 인간의 삶을 변화시키는 출발점은 스스로 누구인지를 정의하는 정체성을 인식하는 것이다. 과거 노인들이 가졌던 노년의 정체성은 일률적으로 단정하기는 어렵다. 또한 그 시대를 관통했던 정체성이 명확하게 이것이라고 정의하기에도 어려움이 있다.

과거에 있었던 노년의 삶이 그 소속된 조직사회에서 존경받았다면, 노년의 정체성은 뚜렷하게 나타나고 확대되었을 것이다. 만일 그렇지 않았다면, 현실도피와 대인관계 단절을 통해 개인의 자존을 지키는 방향으로 진행되었을 것이다. 그러므로 전통사회의 노년의 정체성은 그 당시에 누렸던 노년의 사회적 위상을 살펴봄으로써, 그 단초를 얻을 수 있다. 그리고 우리가 새로운 노년의 삶에서 정의하고자 하는 노년의 정체성은 과거와 전혀 다른 환경에서 정립해야 한다. 왜냐하면 인간의 수명연장에 의해, 인류에게 처음으로 나타난 대규모의 건강한 젊은 노인들의 정체성을 확립해야 하기 때문이다. 이제 21세기의 인간들에게 주어진 시간인 건강한 노년에 대한 정체성을 새롭게 확립하고, 세대 간의 공존과 노년의 참된 삶을 만들기 위해 지금부터 여행을 떠나보자.

전통적인 나이 듦의 정체성

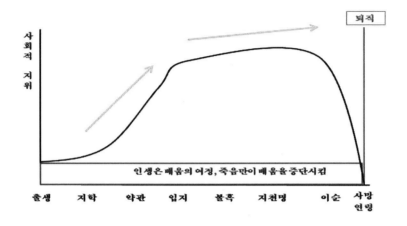

[그림3] 동양의 유교 전통 하에서의 인생 단계

우리는 전통적으로 노인을 공경해왔다. 노인들은 늙어서 죽을 때까지 자녀의 부양을 받으며 자존심을 지킬 수 있었고, 어느 정도 사회적 지위를 유지할 수 있었다. 그럴 수 있었던 배경은 유학을 기반으로 하는 사회적 가치관, 가부장적인 대가족 제도, 재산권의 생전 보유 등이 서로 상호작용하면서 이루어진 결과이다. 위의 〈그림3〉 '동양의 유교 전통 하에서의 인생 단계'에서 보이는 노년의 사회적 위상은, 나이가 들어서도 높았고, 죽음 이후에도 3년 상과 매년의 제사를 통해, 후손들의 기억에서 떠나지 않았다.

그러나 우리가 짚고 넘어가야 할 부분 중에 하나는, 전통적인 사회에서 모든 노인이 안정적이고 존경받는 삶을 영위한 것은 아니었다는 점이다. 세습되는 신분 사회에서 사회를 구성하는 사람들의 대부분은 평민이 었다. 평민은 사회의 최하층 신분인 노비는 아니지만, 양반에 비해 충분한 영양과 의료 혜택을 받지 못했다. 이러한 환경에서 조기에 사망할 확률이 높았고, 거의 노인이라는 문턱을 넘지 못했다. 설혹 장수했다 하더라도 그다지 많지 않았다. 그래서 전통 사회에서 노년을 경험할 수 있었던 사람들 대부분은 사회 지도층인 양반이었다고 보아도, 크게 벗어나지 않을 것이다.

우리가 전통 사회에서 노년의 사회적 지위를 조명하는 것은, 대상이 되는 노인들이 어떤 삶을 살았는가를 알아보기 위한 것이다. 그래서 전통적인 노인의 위상은 사회 지배층으로 오래 살 수 있었던 양반 중심으로 보아도 큰 무리는 없을 것이다. 또한 소수의 장수했던 평민도 신분 사회의 굴레가 있어 모든 사람에게 우대받았다고 할 수 없다. 하지만 가족 내에서 차지한 위상은 사회 전체적인 가치관을 형성했던 유교의 영향을 받아, 나쁘지 않은 지위를 유지했다고 보아도 무리가 아닐 것이다.

∷ 유학에 기반을 둔 사회적 가치관

우리나라를 비롯한 중국이나 일본은 유학을 통치 철학으로 국가를 운영하려고 했다. 이를 위해, 각각의 왕조들은 유학의 기본 강령인 삼강三綱과 인간 사이에 기본적으로 지켜야 할 윤리 사상인 오륜五倫을 통치 기반으로 삼았다. 삼강은 유교의 기본적인 도덕 사상으로, 그 내용은 아래와 같다.

군위신강君爲臣綱, 임금과 신하 사이에는 지켜야 할 도리가 있어야 한다.
부위자강父爲子綱, 부모와 자녀 사이에는 지켜야 할 도리가 있어야 한다.

부위부강夫爲婦綱, 부부 사이에는 지켜야 할 도리가 있어야 한다.

다른 한편에서는, 상호간에 지켜야 할 '도리'가 아닌 '모범'으로 해석하기도 한다. 그래서 임금은 신하에게, 아버지는 아들에게, 남편은 아내에게 기강의 모범을 보여야 한다는 것으로 해석할 수 있다. 이 모두는 윗사람이 아랫사람에게 규율과 법도를 지킴에 있어, 모범을 보여야 한다는 것을 보여준다.

오륜은 유교 사상에서 5가지 인륜人倫이다. 이는 임금과 신하, 부모와 자녀, 부부, 어른과 아이, 친구 간에 지켜야 할 사회적 덕목을 강조한 것이다

군신유의君臣有義, 임금과 신하 사이에는 의리가 있어야 한다.
부자유친父子有親, 부모와 자식 사이에는 친함이 있어야 한다.
부부유별夫婦有別, 부부 사이에는 분별이 있어야 한다.
장유유서長幼有序, 어른과 아기 사이에는 순서가 있어야 한다.
붕우유신朋友有信, 친구 사이에는 신뢰가 있어야 한다.

노년의 사회적 지위와 관련한 항목들을 보면, 3강에서는 **'부위자강'**이고, 5륜에서는 **'부자유친'**과 **'장유유서'**이다. 이를 통해 가정에서는 부모에 대한 도리를, 사회에서는 노인에 대한 공경을, 국가에는 충성이라는 사회적 가치관을 완성하게 된다. 그래서 유교는 국가의 통치 기반으로 사회의 질서 유지 그리고 가정에서는 기본 윤리관으로 자리 잡는다. 이러한 유교가 가진 성격은 동양에서 노인의 사회적 위상을 형성하는 데, 커다란 영향을 미쳤다. 이로 말미암아 노인은 사회적 존엄성은 물론, 개

인적인 자존감도 존중받는 기반이 형성된 것이다.

:: 가부장적인 대가족 제도

농자천하지대본農者天下之大本은 농업이 천하의 사람들이 살아가는 큰 근본이라는 말이다. 농사는 사람들이 살아가는 데 가장 중요한 요소 중, 식食을 만드는 행위이다. 역사적으로 인류는 농업 혁명을 통해 정착 생활을 시작했다. 세계 4대 문명의 발상지는 모두 농사짓기 편리하고, 수확량이 많은 강가에서 시작되었다. 인류가 살아오면서 농사를 짓는 일은 가장 소중하고 귀중한 자산이었고 볼 수 있다.

기계화되지 않은 상태에서, 농사를 짓기 위해 가장 필요한 에너지는 사람의 노동력이었다. 그래서 역사에 나타난 국가의 힘은 얼마나 많은 노동력을 동원할 수 있는가와 일맥상통했다. 또한 인류사는 노동력을 어떻게 확보해왔는가의 기록이라고도 할 수 있다. 그래서 역사 속의 국가들은 노동력을 충당하기 위해 전쟁과 약탈을 통해 노예를 만들거나, 자국민의 출산을 적극 장려했다.

우리나라같이 외부에서 노동력을 유입할 수 없었던 사회에서 노동력을 확보할 수 있는 방법은 자녀를 많이 출산하고, 대가족 제도와 같은 혈연을 통한 가족 제도를 유지하는 것이었다. 그래서 우리나라의 가족 제도는 가장을 중심으로 하는 대가족 제도로 정착되었다. 또한 교통이 발달하지 않고, 타 지역민들과 인적 교류가 그리 크지 않았던 사회에서는 자녀가 결혼하고 분가하더라도, 그다지 먼 지역에 정착하지 않는다. 그래서 살고 있던 지역이나 언제든지 교통할 수 있는 근거리 지역에 자리를 잡게 된다. 한 지역에 자손이 번창하고 모여 살게 되면, 그 마을은 집성촌集姓村으로 발전하게 된다.

또한 농업 사회는 혼자 하는 일도 있지만, 대부분의 큰일은 주변에 사는 사람들과 품앗이와 같은 협동을 통해 이루어진다. 또한 한 지역에서 대가족을 이루고 오랫동안 터를 닦고 살게 되면, 그 지역 내에서 사는 사람들은 거의 친인척이나 가까운 사이가 될 수밖에 없다. 그래서 어느 한 집의 애경사愛敬事가 발생할 경우 순식간에 이웃에 전파되고, 더 나아가 옆집의 숟가락 젓가락 숫자까지도 알게 되는 것이다.

혈연 중심의 대가족 제도에서, 가부장이었던 노인은 집안의 중심이 되고, 의사 결정이 필요한 경우에는 주도적인 역할을 하게 된다. 또한 집을 나서면, 대부분의 사람들이 일가친척이거나 수십 년간 알고 지내는 지인들이다. 그래서 전통적인 사회에서 노인은 집안에서 혈연으로 맺어진 자손의 봉양을 받았다. 그리고 지역 사회에서도 개인적인 큰 허물이 없다면, 어른으로 우대받으면서 죽을 때까지 안정적인 삶을 영위할 수 있었다.

:: 재산권의 평생 보유

농경 사회는 변화가 많지 않은 사회 구조이다. 특히 우리나라같이 강력한 왕권 하에서는 한번 개인의 사회적 지위나 경제적인 위치가 정해지면, 쉽게 변하지 않게 된다. 또한 사회 변화도 아주 느리고, 개인이 평생 살아가는 공간도 아주 좁다. 그래서 사회 전체적으로 커다란 변화가 일어날 가능성은 크지 않다. 이러한 사회 구조 하에서, 재산의 소유권은 대부분 가장 연장자인 노인에게 있었다. 또한 노인은 대부분 사망할 때까지 재산권을 소유했다. 이러한 재산권은 자식들이 가족의 울타리에서 떠나지 않게 하고, 죽을 때까지 자신을 돌보게 하는 힘의 원천으로 작용한다.[88]

이러한 시스템에서는 자녀들이 독립하기 전까지 무보수로 일하는 노동력이 된다. 결혼해서 독립한다고 해도, 가장인 노인에게 경제생활을 많이 의존하게 된다. 또한 자녀는 본인의 가족을 부양할 독립적인 수단이 거의 없기 때문에, 부모로부터 일정 부분 원조 받아야 한다. 자녀가 받는 이러한 경제적인 속박은 자녀로 하여금 부모에게 당연히 순종하게 하고, 언제든지 부모의 안위를 돌볼 수 있는 가까운 지역에 살게 만든다. 그리고 가장의 사망으로 상속이 개시되어도, 조선 후기 이후에는 장자長子 중심으로 대부분의 상속이 이루어졌다. 그러면 장자는 그 집안의 가장이 되고, 집안의 대소사를 관장하며, 제사를 주재하고, 친족의 중심에서 삶을 꾸려갈 수 있게 되었다.

전통 사회에서 노인들의 사회적 위상을 결정하는 요인들은 이외에도 다양할 수 있다. 그러나 유학을 기반으로 하는 전통적인 가치관, 농경 사회의 가부장을 중심으로 하는 대가족 제도, 노인을 중심으로 하는 재산권의 보유는 노인들이 노년의 삶을 결정하는 데 있어, 큰 역할을 하였다. 이로 인해 노인은 지역사회와 가정에서 주도적인 위치를 점할 수 있었다. 그래서 전통 사회에서 노인이 가지는 사회적 위치를 오늘날과 비교해보면, 존경과 공경의 대상으로 상당한 수준의 생활을 영위했다고 볼 수 있다.

---

88) 물론 전통 사회에서 노인의 사회적 지위를 유지하기 위해, 경제적인 강제를 통해 자녀나 후손들이 노인을 봉양한 것은 아니었다. 단지 그럴 만한 권한이 있었다는 것이다.

7장 오늘의 나이 듦

현재 진행되는 나이 듦의 사회적 지위는?

[그림4] 오늘의 나이 듦

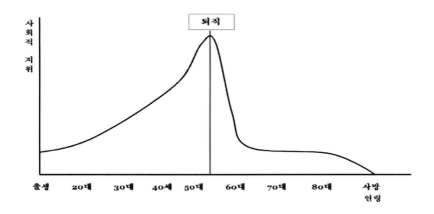

　전통 사회에서 노인들은 사회 전반적으로 공경의 대상이며, 가족 내에서 가부장의 위치에서 늙어갈 수 있었음을 앞 장에서 살펴보았다. 그러나 오늘날의 노인들은 과거의 조상들과 전혀 다른 삶의 환경에 처해 있다. 전통적인 사회적 가치관은 점점 희미해지고, 서구의 개인주의와 합리주의가 우리 사회를 지배하게 되었다. 자녀들은 교육과 일자리를 찾아 도시로 이동했고, 가족 구조는 대가족에서 핵가족으로 변화되었다. 식생활의 개선과 의료 기술의 발달로 수명은 획기적으로 연장되었고, 노인의

수는 급격하게 증가되었다. 이와 같은 도시화, 산업화, 가족 구성의 변화, 수명 연장과 같은 변화의 물결은 전통 사회와 현재 노인들의 사회적 지위를 극명하게 다른 처지로 만들었다.

오늘날 나이 듦에 있어서 사회적 위상의 분수령分水嶺은 정년퇴직이다. 정년퇴직 이전까지, 대부분의 사람들은 나이가 들어감에 따라 직급이 올라가고, 책임의 범위도 넓어진다. 또한 활동 범위도 넓어져, 인간관계의 폭도 커진다. 경제적인 부분에서도 연공서열에 따라 급여가 오르고, 씀씀이도 커지게 된다.

그러나 정년퇴직을 하고 나면, 삶의 환경이 급격하게 변한다. 생활 반경이 좁아지고, 심리적으로 위축된다. 또한 사회적인 관계망도 급격히 좁아지며, 수입은 적어져 씀씀이도 줄어든다. 고령의 나이일지라도, 홀로 움직일 수 있을 정도로 건강해 계속 경제활동을 할 수 있다면, 어느 정도나마 사회적 지위는 계속 유지될 수 있다. 그러나 대부분의 사람들은 시간이 지나면 지날수록 곤궁해지고, 사회적 지위는 하락한다.

노인은 신체의 노화나 질병으로 움직임이 둔해지면, 스스로 스트레스를 느끼고, 가족들도 조금씩 부담스럽게 생각하기 시작한다. 아직까지 우리 사회는 신체적으로 불편한 노인을 돌보고, 경제적으로 부양하며, 끝까지 자식으로서 도리를 다하려는 사람들이 적지 않다. 그러나 차츰 노부모를 모시려는 자식들은 줄고 있고, 거동이 불편한 노인을 집에서 모시기보다는 점점 더 요양원에서 돌보는 경우가 많아지고 있다. 이러한 일들이 조금씩 가족 내에서 확대되고 사회적으로 당연한 것으로 인식되고 있어, 노인이 가족 내에서 가졌던 위상은 더욱 추락하고 있다.

인생의 4가지 괴로움 '가난, 질병, 고독, 역할 상실'

노년의 삶이 과거와 많이 달라진 상황에서, 대부분의 노인들은 변화하는 사회에 충분히 적응하지 못하고 있다. 세상의 가장자리에서 과거의 화려했던 추억을 회상하며, 불확실한 미래에 대한 고민으로 하루하루 보내고 있다. 현대 노인들의 삶이 팍팍해지고, 사회에 일정 부분 부담이 되며, 심리적으로 고통을 받는 원인들은 다양할 것이다. 그 중에서도 오늘날 노인에게 가장 고통을 주는 것은 무엇일까? 이를 크게 분류하면, '가난' '질병' '고독' '역할 상실'이라는 노년의 4고^苦이다.

첫째. 현재의 노인들에게 노년의 삶을 살아가는 데 가장 큰 고통을 주는 결정적인 원인은 '가난'이다. 자본주의 사회에서는 모든 가치의 척도가 경제력이다. 오늘날에도 경제력이 있는 노년은 윤택하고 편안한 노후 생활을 꿈꿀 수 있으나, 가난한 노인들의 생활상은 아주 비참하다. 현재의 노인들 중, 1960년대 이후에 있었던 경제 성장의 과실을 충분히 활용한 사람도 적지 않다. 그러나 대부분의 노인들은 노년에 필요한 경제적인 준비를 충분히 하지 못했다.

현재 노인의 평균 자녀 수는 5.5명[89]이다. 전통 사회에서의 생애 경험을 통해 자녀들이 크면, 그 자녀가 본인의 노후 생활을 보장해주는 보험이라고 생각했다. 그래서 많은 자녀를 가졌고, 자녀의 교육과 결혼에 들어가는 비용의 전부 또는 일부를 지원하게 된다. 이로 인해, 노년으로 접

---

89) 1960년대 가임 여성 1인당 출산 인원이다.

어들었을 때는 경제 활동기에 축적했던 재산의 대부분을 소진하게 된다. 일부 자산이 남아 있더라도, 계속되는 경제 위기로 인해 노인들의 자산은 점점 더 축소되었다. 현 경제 사회 구조 하에서는 자녀들이 경제활동을 하고 있어도, 대부분 본인 가족을 부양하기에도 벅찬 상황이다. 일부를 제외하고는, 부모를 부양할 정도의 수입이나 충분한 재원을 확보하기 어렵다. 그래서 현재 노인이 자녀를 키우면서 바랐던 부모 봉양은 바라기도 어렵고, 경우에 따라서는 오히려 부모가 자녀를 도와주어야 하는 형편이다.

둘째, 현재 노인들의 생활에서 개인적으로 가장 힘든 부분을 꼽으라면, '질병'이다. 현재 노인은 일제 강점기 때 태어났고, 어린 시절 대부분을 일제 식민지 치하에서 자라났다. 또한 해방 전후의 어지러운 사회 환경은 충분한 교육을 받을 수 있는 상황이 아니었다. 그래서 젊은 시절에 주로 했던 일은 육체노동이었고, 이를 통해 가정을 꾸리고 의식주를 해결했다. 어린 시절 충분한 영양을 섭취하지 못했고, 살아가면서 지속되었던 육체노동은 나이가 많아지면서 여러 가지 불편한 신체 증상으로 나타난다.

사람은 몸이 아프면 마음도 아프고, 마음이 아프면 약해지고 짜증이 날 수밖에 없다. 본인은 신체의 고통으로 괴롭고, 주변에 있는 사람들도 스트레스를 받을 수밖에 없다. 또한 혼자 이동하기 어려운 와병臥病 상태가 되면 살아가는 재미도 크게 줄고, 가족에게 부담이 되면서 죽을 날만 기다리는 처량한 신세가 된다.

셋째. 혼자서 살 수 없는 인간이기에, 노인이 되면 어쩔 수 없이 파고드는 감정이 '고독'이다. 사람이 외로움을 느낀다는 것은 마음속에 생기는 희로애락의 감정을 같이 느껴줄 사람이 없거나, 있어도 가까운 곳에 있지 않다는 것과 일맥상통한다. 사람에게 자연적으로 생성되는 감정을 교류할 수 있는 가장 가까운 사람은 가족이다. 그러나 나이 들면서 자녀는 독립하고 평생의 단짝이었던 배우자가 사망하면, 홀로 남게 된다. 또한 사회에서 맺은 인연은 점점 멀어지고, 불행한 독거노인은 고독사를 하기도 한다.

[그림5] 독거노인의 현황과 추정치

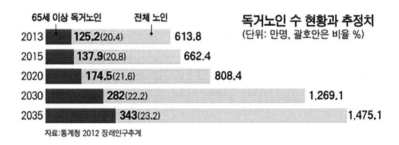

자료:통계청 2012 장래인구추계

통계청의 〈그림5〉 '독거노인의 현황과 추정치에 따르면, 2013년 현재 독거노인의 수는 전체 노인 613만 명 중 약 125만 명이다. 전체 노인의 20.4%로, 5명 중에 1명이 혼자 살고 있다. 독거노인의 장래 인구 추계를 보면, 2020년에 174만 5천 명(21.6%), 2030년에는 282만 명(22.2%), 2035년에는 343만 명(23.2%)으로 급증할 것으로 예측하고 있다.

넷째, 사람이 살아가며 있어야 할 위치에서 제 역할을 할 수 있을 때, 개인의 삶은 의미를 갖게 된다. 역할은 크게 국가나 사회 조직원으로서 역할과 개인이 가지는 역할, 2가지로 볼 수 있다. 대한민국 국민은 태어나면서 국민으로서 해야 할 역할을 부여받는다. 국민의 4대 의무인 국방, 근로, 교육, 납세의 의무다. 그래서 어린 시절에는 교육을 받아야 하고, 일정 연령이 되면 국방의 의무를 수행하고, 직업을 갖고 수입의 일정 부분을 세금으로 납부한다. 대한민국 국민이라면 이러한 의무를 당연히 수행해야 하고, 이를 수행함에 따라 권리가 발생한다.

노인이 되어 더 이상 일을 하지 않는다면, 4대 의무로부터 거의 벗어났다고 볼 수 있다. 그러면 평생토록 국민의 의무를 수행하고 이제 노인이 되었는데, 국민의 권리는 어디서 찾을 수 있을까? 몇몇 외국에서는 사회권의 발달과 노인들의 집단적인 권리 확보를 위한 움직임이 있어서, 어느 정도 노인의 권익을 찾을 수 있다. 그러나 우리나라는 갑작스럽게 고령화가 진행되고 있어, 이를 이룰 수 있는 충분한 시간과 경험이 거의 없었다. 그래서 정부가 시행하는 노인들의 복지 관련 지원들은 우선순위에서 뒤로 밀려나고 있으며, OECD 국가 중 노인의 생활환경은 최하위를 차지하고 있다. 단지 선거철에만 노인복지 관련 공약이 봇물을 이루며 단골 이슈가 될 뿐, 후속 대책은 이 핑계 저 핑계로 흐지부지되고 만다.

결혼하여 가족을 이루었다면, 개인의 역할은 한 가족의 가장, 한 사람의 배우자, 자녀들의 부모로서의 역할이다. 노인이 되면 개인의 역할에서도 어느 정도 벗어나게 된다. 자녀는 독립하여 배우자와 단둘이 살게 되고, 특별한 직장이 없다면 가장의 역할도 허울만 남는다. 단지 이름만 가장이고, 하는 역할이 없는 허수아비가 되어간다. 연극배우가 연극에서 역할이 없어지면, 짐을 싸서 집으로 돌아가면 된다. 그러나 개인의 인생에서 역할이 없어진다면, 짐을 싸서 어디로 갈까?

이외에도 오늘날 노인들이 갖게 되는 고민들은 많이 있다. 그러나 노년의 생활을 가장 괴롭히는 것을 찾는다면, 위에서 정리한 4가지로 압축될 것이다. 노년의 4고는 일정 나이 이상에서 발생하는 것이 아니라, 좀 더 이른 나이에서 발생할 수도 있고, 어떤 이는 평생 발생하지 않을 수도 있다. 그러나 대부분의 노인들은 노년의 4고가 하나 또는 둘 이상 중첩되면서, 사회적 지위는 점점 더 낮아지고, 몸과 마음의 고통은 갈수록 심해진다.

이러한 상황에서, 현대의 노인들은 어떤 정체성을 가지고 있을까? 갑자기 행운이 주어지면, 사람들은 어떻게 해야 할지 갈피를 못 잡게 된다. 보통 사람이 갑자기 로또 당첨이 되면, 갑자기 찾아온 부를 지키지 못하는 경우가 다반사다. 그래서 몇 년이 지나면, 행운의 재산을 지키지 못하고 쇄락한 모습으로 뉴스의 한 꼭지를 차지하는 경우가 적지 않다. 이같이 현재의 노인들 중 상당수는 갑자기 찾아온 수명 연장의 축복을 제대로 활용하지 못하고, 세월만 보내는 게 대부분이다. 그냥 제자리에 선 채, 일정 시간이 지나 몸과 마음이 허물어지면서 찾아오는 죽음이라는 초대장을 기다리고 있는지도 모른다.

8장 노년의 정체성을 만드는 새로운 시각

50세 이전과 이후로 나누는 '인생 이모작'

[그림6] 인생 이모작으로 보는 나이 듦

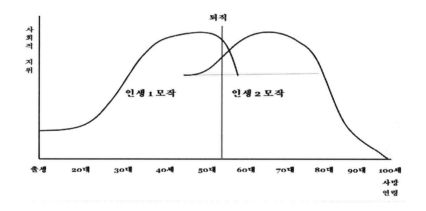

'인생 이모작'은 인생 100세 시대를 맞이하여 인생을 두 시기로 나누어 삶을 고찰하는 방법이다. 서울시는 2012년에 서울인생이모작지원센터[90]를 만들어 운영하고 있다. 인생이모작지원센터는 시니어를 위한 복합 교육정보 일자리 문화를 위한 공간으로서, 노년층을 중심으로 은퇴 후 인

---

90) 자세한 내용은 서울 인생 이모작 지원센터 홈페이지(http://seoulsenior.or.kr/front/about/about.asp) 참조.

생 설계와 사회 참여를 지원하는 허브 조직이다. 그래서 우리에게 인생 이모작이라는 용어는 상당히 친숙하게 들린다. 우리나라에서 이 용어는 2005년 서울대 최재천 교수가 쓴 『당신의 인생을 이모작하라』(부제 '생물학자가 진단하는 2020년 초 고령사회')라는 책에서 소개되면서, 그 쓰임이 본격화되었다. 이 책에서 인생 이모작은 번식기(Reproductive Period)와 번식 후기(post- Reproductive Period)로, 인생을 50년씩 둘로 나누어 살 것을 제안하고 있다.

인생 이모작은 여성들이 나이 듦에 따라 나타나는 완경完經[91] 시기와 완경 이후의 삶이 완전히 달라지는 것에서 출발한다. 여성의 완경은 생리와 출산의 고통에서 벗어나는 신체적 정신적 자각이며, 인생을 다시 시작할 수 있는 계기가 될 수 있는 시점이다. 즉 여성은 결혼과 더불어 출산의 고통을 감당하고, 그 이후에는 자녀를 양육하기 위해 젊은 시절에 지녔던 꿈을 잊어버린다. 그러나 완경 이후는 젊은 시절의 꿈을 실현할 수 있는 새로운 인생의 황금기로 만들 수 있는 시기가 될 수 있다는 것이다. 그래서 인생 이모작은 생물학적 나이(Biological Age)의 자연적인 구분인 번식기 50년과 번식 후기 50년을 똑같이 동등하게 보는, 새로운 인생에 대한 관점이다.

인생 이모작은 제1인생과 제2인생을 철저하게 분리하여 살자고 한다. 인생 1모작은 결혼하고 자녀를 낳고 기르는 것으로, 보통 50세가 되면

---

[91] 폐경이란 용어는 남성 중심적인 관점에서 나온 것으로서, 여성의 가장 큰일은 애를 낳아 키우는 것이라는 시각에서 만들어진 단어이다. 여성의 가장 중요한 임무인 가임 기간이 끝났으므로 여성으로서 폐기되었다는 부정적인 의미를 담고 있다. 그래서 근래에는 폐경이 아니라, 여성으로서 임무가 완성되었다는 의미로 완경이라는 용어를 사용하는 빈도가 커지고 있다.

어느 정도 부모로서 책임이 완수된다. 인생 2모작은 인생 1모작의 직업에서 물러나 자식을 품에서 떠나보낸 다음, 본인이 하고 싶은 일 또는 할 만한 직업에 뛰어들어 은퇴는 하지 말자고 하는 것이다. 이 책은 다음과 같은 4가지 결론으로 마치는데, 음미할 만하다.

"첫째, 고령화의 직접적인 원인을 낮은 출산율이 제공하고 있는 것은 사실이지만, 무조건 출산율을 높이는 것이 최선의 방책인지는 진지하게 고민해봐야 한다. 지구촌 전체를 생각하면, 저 출산은 사실 반가운 현상일 수 있다. 외국인들에게 문호를 개방하여 노동력을 확보하는 방안을 제일 먼저 검토해야 한다.

둘째, 이 땅의 젊은이들로 하여금, 일찍 결혼하여 자식을 낳아 기를 수 있도록 양육 환경을 획기적으로 개선해야 한다. 생색만 내는 수준이 아니라, 대규모 국토개발 사업 수준의 예산을 투자하여, 지금과 비교도 되지 않는 수준의 보육 시설과 교육 환경을 마련해야 한다.

셋째, 인생을 번식기와 번식 후기의 두 시기로 나눈다. 번식기, 즉 인생 1모작에는 보다 확실한 복지 혜택이 제공될 수 있도록 임금 체계나 기업 구조를 변혁해야 한다. 여러 가지 이유로 국가의 보호를 받아야 할 사람들을 제외하고, 인생 2모작을 사는 사람들도 기본적으로 모두 직업을 갖고 일하며 살 수 있는 사회 구조를 갖춰야 한다.

넷째, 국가와 사회가 가령 재정적으로 바람직한 고령화 대비책을 마련한다 하더라도, 건강 문제는 여전히 남는다는 사실을 주목해야 한다. 고령사회에 대한 준비가 완벽하게 마련된다 하더라도, '나의 건강'이 확보되지 않으면 아무 의미가 없다. 국가는 국민 전체의 건강을 위한 체계적인 대책을 마련하고, 개인은 사회 전체의 행복을 위해 자신의 건강을 돌봐야 한다."[92]

∷ 서양의 인생 이모작

서양에서도 인생을 2개의 부분으로 나누고, 두 번째 다가오는 삶의 시기를 살아가는 사람들의 정체성과 생활의 원칙에 대해 많은 이야기들을 하고 있다. 대표적으로 하버드 경영대학원의 쇼쉐너 주버프(Shoshana Zudoff)의 『신新 성인기(The New Adulthood)』와 마크 프리드만(Freedman, Mark)의 『앙코르 커리어(Encore Career)』[93]가 있다.

쇼쉐너 주버프는 인생을 전반부와 후반기로 나눈다. 인생 전반부의 미션은 육체적·정신적 성숙이다. 교육을 받고, 직장을 구하고, 가정을 이루며, 지위와 인정을 받고, 사회적 성공을 추구하는 것이다. 후반부는 대부분의 사람들이 앞으로 펼쳐질 수십 년의 시간을 그저 그렇게 살아가는 것이 아니라, 인생 여정에서 성장을 통해 새로운 모험을 선택하는 시간이라고 그는 정리하고 있다.

마크 프리드만은 『앙코르 커리어』에서, 증가된 삶의 연장 시간을 일을 통해 바쁘게 사는 것을 미덕으로 삼아야 한다고 주장한다. 그래서 인

---

92) 최재천, 『당신의 인생을 이모작하라』, 삼성경제연구소, 2005년, p.172~173
93) 마크 프리드만, [부제: 오래 일하며 사는 희망의 인생설계, 앙코르], 김경숙 옮김, 프론티어, 2007

생의 2막 또는 '커리어 2.0'을 준비하고 살아가자고 말한다. 은퇴와 함께 생기는 여분의 자유, 즉 시간을 어떻게 보낼지 선택할 자유와 생산성과 헌신을 결합시키는 것이다. 우리나라뿐만 아니라 전 세계에서 고령의 나이로 접어들고 있는 베이비부머가 중심이 되어, 그들이 가지고 있는 경험과 기술을 업그레이드(Up-grade)한 경험경제를 인생 2막에 적용하자는 것이다. 특히, 이 책에서는 인생 2막인 새로운 노년의 사회적 모델을 정립함으로써, 암울하고 불안한 노인 사회를 바꾸어가는 사람들의 여정을 그리고 있다. 다음의 글은 인생 이모작을 준비하는 사람들이 음미할 만한 내용들이다.

"그저 은퇴를 하고 나서 갖는 직업이 아니고, 다른 직업을 찾기 위한 과도기도 아니다. 진짜 일이 끝나고, 진짜 여가 생활이 시작되기 전까지 잠시 스쳐가는 국면도 아니다. 남아도는 시간을 때우기 위한 기간도 아니다. 인생과 일에 있어서 온전한 하나의 단계이지, 거쳐 가는 과정이 아니다. 그 자체로 목적지이고, 하나의 카테고리이다. 이는 눈 밝은 실용주의와 세상을 좀 더 살기 좋은 곳으로 만들고자 하는 결단의 혼성물이며, 오랫동안 자기 분야에서 경험으로 단련된 세대가 갖는 이상주의이다. 사회 변화에 초점을 맞춘 '앙코르 커리어'는 수입과 복지 혜택이라는 현실적인 필요와, 개인의 재능과 경험을 이끌어내는 사회적 영향력이라는 두 요소를 결합한 '해결책'이다. 이제 세상을 바꿀 앙코르 군단에게는 현실적 전망, 즉 사회적 합의가 필요하다."[94]

---

94) 앞의 책, p.175

또한 "앙코르 커리어를 준비하는 사람들은 최초로 장벽을 넘는 사람은 아닐지 몰라도, 개척자임에는 틀림없다. 그들에게는 모든 장애물과 한계를 극복하고 뭔가 새로운 것, 중요한 것의 선봉에 서는 흥분이 있다. 그리고 커다란 무언가의 일부라는 보상이 있다."[95] 라며, 인생이모작에 대한 사람들의 생각과 삶에 대해 새로운 인식을 들려주고 있다.

인생 이모작이나 앙코르 커리어는 사람의 인생을 전반기와 후반기 2부분으로 나누고, 인생에서 후반기는 자기실현을 위한 인생의 또 다른 기회라는 의미이다. 사람들이 이 시기를 어떻게 만들어 살아갈 것인가에 대해, 삶의 진로와 개인들의 정체성 등을 새롭게 확립하자는 것이다. 개인에게 주어진 여분의 자유를 잘 활용해서, 개인에게는 자아실현을, 사회적으로는 생산적인 노년을 보낼 것을 강조하고 있다.

---

95) 앞의 책, p.208

인생을 3구간으로 보는 'The Triple 30's Life'

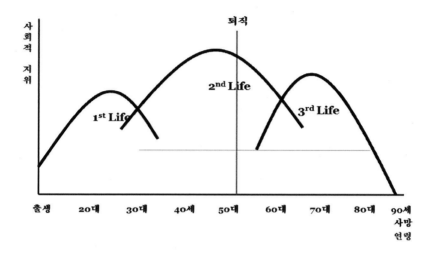

[그림7] The Triple 30's Life로 보는 나이 듦의 사회적 위상

The Triple 30's Life는 사람의 인생을 3단계로 나누어서 보는 삶의 인식이다. The Triple 30's Life는 삶의 시기별로 나타나는 현상에 주목하고, 각 시기에 따라 달라지는 인생의 목적과 삶의 방식에 초점을 둔다. 이 인생관은 적극적으로 변화를 시도하기보다는, 연령에 따른 삶의 고찰을 통해서 정체성을 확립하는 데 중점을 두고 있다. 그래서 종교적인 관점에서 인생의 나이 듦을 바라보는 방법으로 주로 이용된다.

The 1st Life는 태어나서 보통 30세까지로 본다. 이 시기는 배움의 기간으로, 독립적인 생활을 하기 위한 준비 기간이다. 그래서 부모로부터 대부분 'Take', 즉 지원을 받고 성장한다. 다음 인생의 시기에 독립된 개인으로 삶을 살아가기 위해 준비하는 기간인 셈이다.

The 2nd Life는 대략 30~60세까지의 기간이다. 이 시기는 본격적으로 사회에 진출해 경제활동을 시작한다. 개인적으로는 직업을 갖고, 가정을 꾸리며, 자녀를 양육하게 된다. 또한 사회적으로는 입신양명을 추구하고, 경제적인 성공을 꿈꾼다. 이 시기의 삶은 다른 사람들과 'Give & Take', 즉 주고받는 관계로 형성된다. 자녀를 양육하고, 부모를 봉양하며, 그들로부터 감사와 사랑을 받는다. 또한 인생에서 가장 화려한 시기이며, 사회적 지위도 가장 높은 시기라고 볼 수 있다.

The 3rd Life는 통상 60세가 넘는 시기로, 보통 정년퇴직 후에 있는 노년의 생활을 의미한다. 또한 The 3rd Life는 평균수명의 증가로 새롭게 떠오르고 있는 기간이다. 과거에는 오래 산 일부의 사람들만이 이 기간을 맛볼 수 있었다. 하지만 이제는 대다수의 사람들이 영위할 수 있게 되었다.

[표4] The Triple 30's Life

구 분	The 1st Life	The 2nd Life	The 3rd Life
나 이	0~30세	31~60세	61~?
인생의 시기	청소년기	중 · 장년기	노년기
Life condition	출 발	확 대	완 성
Life misson	Take	Give & Take	Give

이 시기는 삶의 여정에서 완성과 마무리를 목적으로 한다. The 2nd Life에서 삶의 정점을 이루었다면, 이제 삶을 관조하고 인생에서 가지는 최고의 목적인 자아를 실현하는 단계이다. 사회적인 관계도 이젠 'Give' 하는 즉, 아낌없이 잘 주는 것이다. 그래서 인생에서 물질적인 성공보다

정신적인 원숙함을 추구한다.

　The Triple 30's Life는 능동적으로 인생의 시기를 개척하기보다는 각 인생의 시기를 관조하면서, 그 시기에 필요한 미션을 수행하는 수동적인 개념이 강하다. 그러나 각각의 시기에 세상과 관계를 맺어, '받고' '주고받으며' '준다'는 개념은 현실의 노인이 세상에 무엇을 주고 갈 것인가에 대해서 시사하는 바가 크다. 또한 노년에 가져야 할 기본적인 마음가짐에 대해 알려주고 있다는 점에서 의미가 있다.

인생의 4계季와 제3연령기(The 3rd Age)

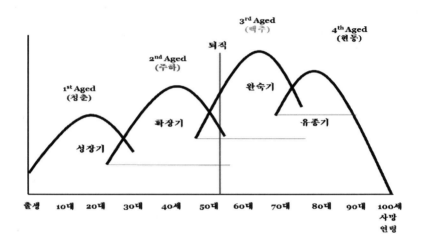

[그림8] 인생의 4계, 제3연령기(The 3rd Age)로 보는 나이 듦의 사회적 위상

　인생의 생애 주기를 4단계로 나누어서 살펴보는 방법은 동양과 서양 모두에서 각기 존재했다. 동양에서 인생을 4단계로 본 것은 인도의 바라문에서 출발한다. 인생에서 모든 욕망을 끊고 진리를 획득하기 위해, 인생을 4단계로 나누어 일생 동안 수행해야 하는 것에서 유래되었다. 이는 학생기學生期, 가주기家主期, 임주기林住期, 유행기遊行期로 나뉜다. 학생기는 교육을 받는 기간이며, 가주기는 가정을 이루고 가장으로서 책임과 의무를 다하는 기간이다. 임주기는 노인이 되어 자식에게 모든 것을 맡기고 숲속으로 들어가 보내는 기간이며, 마지막 유행기는 숲속의 주거지까지 버리고 빈 몸으로 자기 수행을 위해 돌아다니는 기간이다. 오늘날에도 인도에는 철저한 금욕 생활을 하면서 숲속에서 명상 수련을 하거나, 집을 버리고 걸식 생활을 하며 수행하는 수행자들이 있다. 이러한 인생의 구분은 불교에 영향을 주었고, 동쪽으로 전파되었다.

또한 중국에서는 1년의 춘하추동은 각각의 색깔이 있어서, 이를 부르는 호칭을 각각 청춘靑春, 주하朱夏, 백추白秋, 현동玄冬이라 불렀다. 그래서 봄의 색은 푸른색, 여름은 붉은색, 가을은 흰색, 겨울은 검은색으로 보았다. 이러한 계절 구분을 사람의 인생에 적용해서 인생의 봄은 청춘으로, 여름은 주하로, 가을은 백추로, 겨울은 현동으로 나누어 인생을 나누어 고찰했다.

∷ 서양의 4단계 생애 구분

그리스의 철학자 피타고라스는 인생을 4계절로 비유했다. 그러나 현재 가장 많이 이용하고 있는 분류는, 수명 100세 시대에 인생에서 새롭게 나타난 건강한 노년을 인생의 전성기로 간주하는, 인생의 4구분이다. 수명 100세 시대의 인생을 약 25년씩 4단계로 나누어, 각각의 기간별로 수행해야 할 인생의 미션과 개인의 정체성을 정리하고 있다. 특히 인간 수명의 증가에 따른 고령화의 진전으로 인해, 가장 중요하게 떠오르는 시기는 'The Third Age' 또는 '제3의 연령기'라고 부르는 시기이다.

The 1st Age는 **'배움의 단계'**로, 어린 시절과 젊은 시절을 지칭하는 시기이다. 준비 시기로서 학습을 통해 배우고 제 2연령기를 준비하는 기간이다. 가족과 지역사회 내에서 보호받으면서, 미래의 삶에 필요한 기술과 지식을 배운다. 또한 정규 교육을 통해 기술을 연마하고 장래 직업을 선택하는 등, 미래를 준비하는 시기이다.

The 2nd Age는 **'일과 가정을 이루는 단계'**로서, 원숙한 성년으로 성취의 시기이다. 이 연령대가 되면, 대부분의 사람은 부모로부터 독립한다.

직업을 통해 경제활동을 시작하고, 사회적으로 가정을 이루어 정착하며, 인간의 생물학적 본능인 자녀를 낳아 양육하는 시기이다. 사회적 지위의 안정성과 직업인으로서의 성공을 위해 노력하는 시기이다.

The 3rd Age는 **'생활을 위한 단계'**로, 활동적인 노년을 통한 자아실현의 시기이다. 인생의 생애 주기에서 가장 오랜 기간이고, 그 어느 때보다 개인의 인생에서 중요한 의미를 갖는 기간이다. 이 시기는 장수 혁명으로 인해 인류에게 나타난 새로운 생애 시기이며, The 1st Age에 있었던 1차 성장과 다른 2차 성장을 하게 된다. 자녀의 성장과 독립으로 자녀양육의 책임이 어느 정도 해소되고, 사회적으로 1차 퇴직을 통한 역할 변화가 나타난다. 그래서 이 시기는 삶의 의미와 목적, 그리고 The 2nd Age에서 새롭게 발견한 자아의 진정한 의미를 완성하기 위해, 스스로를 성찰하고 자아실현을 추구하는 시기이다.

The 4th Age는 **'노화의 단계'**로, The 3rd Age보다는 덜 활동적이고 덜 독립적이나, 성공적인 나이 듦의 마무리를 실현해가는 과정이다. 이 시기에 도달한 사람은 진정한 노화가 시작된다. 그래서 성공적인 노화와 더불어 삶의 충만함을 느끼면서, 살아온 삶을 정리하는 시기이다. 개인이 살아온 인생을 완성하게 되며, 웰 다잉(Well-Dying)을 준비하게 된다.

∷ The 3rd Age(제3의 연령기)

영국의 역사가 피터 래슬릿(Peter Laslett)은 『새로운 인생지도 : 서드 에이지의 출현(Fresh Map of Life: The Emergency of The Third Age)』에서, 현재

우리가 살고 있는 세계는 이전 세대의 사람들이 전혀 알지 못했던 미지의 세계임을 인식해야 한다고 말한다. 이전 세대 사람들은 어린이가 어른과 노인이 되고, 은퇴를 통해 잠시 발걸음을 멈췄다가, 곧 저 세상으로 간다고 믿었었다. 그러나 현재의 우리는 수명 연장으로 인해 새로운 삶의 지침서가 필요하며, 이를 통해 앞으로 펼쳐질 인생을 이해해야 한다. 이 지침서가 바로 The 3rd Age이다. 이 시기는 인생의 내리막길이 아니라 전성기이다. 또한 50~75세로 정해진 것도 아니다. 수명 연장으로 많은 사람들에게 자아를 실현할 수 있는 기회의 시간인 것이다. 이를 잘 활용하기 위해서는 '생각과 행동의 해방'이 필요하다고 말한다.

윌리엄 새들러(William Sadler)는 『The Third Age, 마흔 이후 30년』[96]에서, 12년간 성공적인 노년을 살고 있는 사람들의 삶을 추적하고, 그들의 특성을 정리했다. 여기에는 마흔 이후 30년의 인생을 중년의 위기라는 허상에 사로잡혀 상실과 허무감으로 지내는 사람과 달리, 활기차고 즐겁게 생을 보내는 사람들이 갖는 2차 성장과 성숙을 위한 6가지 원칙을 정리하고 있다. 첫째, 중년의 정체성을 확립하기, 둘째, 일과 여가의 조화, 셋째, 자신에 대한 배려와 타인에 대한 배려, 넷째, 용감한 현실주의와 낙관주의의 조화, 다섯째, 진지한 성찰과 과감한 실행의 조화, 여섯째, 개인의 자유와 타인과의 긴밀한 관계가 그것이다. 이 6가지 지표는 겉으로 보기에는 반대되는 의미로 보일 수 있다. 그러나 이 요소들은 서로의 조화와 균형을 통해, The 3rd Age의 삶에서 실천에 옮겨야 할 덕목이고, 길잡이임을 강조하고 있다.

---

96) 윌리엄 새들러, 『The Third Age, 마흔 이후 30년』, 김경숙 옮김, 사이, 2006. 3

The 3rd Age의 인생 구분은, 오늘날 노년을 준비하거나 노년을 살아가는 사람들에게 삶에 대한 새로운 통찰을 부여해준다. 이를 통해 어떤 노년의 삶을 선택할 것인가에 대해, 개인이 스스로 정할 수 있도록 하나의 이정표를 제공하는 것은 큰 의미가 있다.

9장 바람직한 나이 듦의 정체성

노인시대의 새로운 노인상

[그림9] 바람직한 나이 듦

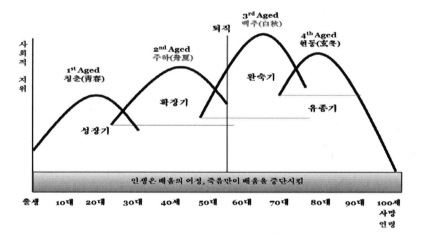

　노년의 고민에 대한 가장 원초적인 질문으로 들어가 보자. 현재 많은 노인들이 노년의 삶에서 제대로 중심을 잡지 못하고, 하릴없이 소일하며 시간을 허비하는 가장 큰 이유는 무엇인가? 이에 대해 수없이 많은 답이 있을 수 있겠지만, 가장 크게 영향을 미치는 부분은 인생에서 나타나는 **'미래의 불확실성'** 때문일 것이다. 여기서 불확실하다는 의미는 지금부터 내가 언제 죽을지 모른다는 것이다. 어느 정도 나이가 되면, 주변에서

잘 알고 지냈던 일가친척이나 친구의 부고訃告를 받을 때마다, 나도 곧 저렇게 될지 모른다는 불안감이 엄습한다. 그래서 '이 나이에 무슨~!' 또는 '이제 죽어야지.' 하는 말이 입에 붙기 시작한다. 불확실한 미래에 대한 불안감이 대부분의 노인들로 하여금 무엇인가 새롭게 시작하고 싶어 하는 동기를 무산시키게 만드는 가장 큰 원인으로 작용하게 된다.

그렇다면 이를 해결하는 방법은 없을까? 그것은 아주 간단하다. 바로 남은 수명에 대한 생각을 바꾸는 것이다. **나는 무조건 100살까지 산다.** 라고 스스로 확정 짓는 것이다. 이렇게 사고를 바꾸면 삶의 불확실성이 사라진다. 또한 새롭게 시작할 수 있는 동기부여의 에너지가 생긴다. 즉 현재 나이가 60세라면, '나의 남은 수명은 40년이다.'라고 생각하는 것이다. 그러면 40년이라는 어마어마하게 많은 시간을 어떻게 보낼 것인가? 하는 고민이 생긴다. 무언가 하려는 마음이 바로 동기부여이다. 간단한 생각의 바꿈으로 '그럼 어떻게 살아갈 것인가?'에 대한 계획과 '그럼 무엇을 하지?'라는 삶의 방식을 선택할 수 있게 되는 것이다.

1960~1970년대까지만 해도 환갑잔치를 했다. 이는 '내 수명은 60세보다 짧다'라는 고정관념이 그 시대를 살아가는 사람들의 무의식 속에 잠재되어 있었기 때문이다. 그래서 60세가 되면 당연히 축하 잔치를 하고, 이를 넘어가는 삶은 여분의 시간으로 생각한 것이다. 오늘날에는 수명 연장으로 만 70세나 80세가 되어도, 사람들을 불러 고희연古稀宴이나 팔순연八旬宴을 거의 치르지 않는다. 또한 상갓집에 가면, 최소한 고인이 80세는 훨씬 넘어야 호상好喪이라고 한다. 이제 기본적으로 80세는 산다는 잠재의식이 우리에게 생긴 것이다. 그러나 현재의 노인들은 과거의 경험

[97)]에 비추어 1960~1970년대의 수명인 60세를 기준으로, 본인의 남은 수명이 여분이라고 인식하고 있다. 이러한 바탕 위에서 70세가 넘고 80세가 넘어도, 현재의 삶은 여분으로 살고 있다고 생각하는 것이다. 그래서 남아 있는 삶에 대해 정당성을 부여하지 못하고, 하릴없이 소일하게 된다.

∷ 개인 수명 100세 시대의 정체성

이제 노인 사회를 출발하는 베이비부머의 수명은 어떻게 될까? 요즈음 '인간 수명 100세'라고 회자되고 있다. 기본적으로 100세는 산다고 보아야 하고, 이를 통해 남은 수명을 보는 것이 타당하다. **나의 수명은 100세!**, 이제 어떤 마음으로, 어떻게 살아야 할까?

첫째, 인생의 가을인 'The 3rd Age'라는 인생의 기간을 나에게 막연하게 다가오는 것이 아니라, 내가 반드시 거쳐야 하는 기간으로 분명히 인식해야 한다. 그래서 이 기간을 인생에서 새로운 기회와 도전의 시간으로 활용할 수 있도록 준비해야 한다. 알고 준비하는 것과 무방비로 맞이하는 것은 막상 그 시기가 다가왔을 때, 엄청난 차이를 가져온다. 특히, 이 기간은 짧은 기간이 아니다. 최소 20년에서 40년의 아주 긴 기간이다. 이를 어떻게 활용하느냐에 따라 남은 인생은 완전히 달라질 것이다.

또한 인생의 여름인 'The 2nd Age'를 화려하고 성공적으로 보냈다고 해서, 무조건 'The 3rd Age'를 잘 보낼 수 있는 것은 아니다. 두 인생 기

---

97) 현재 노인들의 부모님은 거의 60세 이전에 사망했다.

간의 성격은 전혀 다르다. The 2nd Age가 가장이 되어, 가정을 꾸미고 자녀를 양육하면서 자산을 키우는 경제적인 활동이 주류를 이루었다면, The 3rd Age는 가장으로서의 소임을 어느 정도 벗어나, 스스로 이루고 싶었던 꿈이나 개인의 자아실현을 통한 정신적인 완성을 추구할 수 있는 시기이다. 즉 자기만족을 위해 개인의 꿈을 성취하고, 인생의 소명을 찾아 실현할 수 있는 기간인 것이다.

The 3rd Age를 맞이하는 마음가짐을 바꿔야 한다. 그 마음가짐은 The 2nd Age에 있었던 사회 초년병 시절을 반추해보면 된다. 그 시기에는 모든 것이 어설퍼서 상사로부터 엄청 깨졌던 기억들이 있을 것이다. 그래서 정신없이 열심히 일했고, 어느 정도 시간이 지나서야 업무에 익숙해지고, 하는 일도 어느 정도 여유를 갖게 되었을 것이다. The 3rd Age를 맞이하는 지금이 바로 그때와 비슷한 상황이다. 한 번도 경험하지 못했던 시간을 맞이하는 '초심자'로서, 겸손한 마음으로 열심히 배우고 느끼고 노력할 필요가 있는 것이다.

둘째, 이 기간에는 부부가 가장 중요한 인간관계다. 이 시기의 부부는 20대의 청춘처럼 타오르는 횃불이 아니라, 은은히 열을 발산하는 숯불이어야 한다. 나에게 잘 맞는 옷처럼 편안한 관계여야 한다. 그래서 평생을 같이하는 친구가 되어야 한다. 40~50대의 남자들은 직장 생활을 하면서 만나는 사람들이 많다. 그러나 직장에서 정년퇴직을 하면서, 인간관계는 급격하게 좁아진다. 그러나 아내의 상황은 남편과 많이 다르다. 아내는 자녀를 키우면서, 지역사회 사람들과 지속적인 교류를 해왔다. 또한 나이가 들어 남편이 퇴직했어도 일상생활에 별다른 변화가 없다.

정년퇴직 이후의 남편은 초기에 일시적으로 바쁠 수 있다. 하지만 시간이 지날수록 할 일이 없어진다. 그래서 방안에서 구들을 벗삼아 TV를 시청하거나, 심심해서 아내의 일상사에 간여하게 된다. 아내가 한두 달 정도는 같이 동무할 수 있으나, 남편은 점점 더 아내에게 귀찮은 대상이 되어간다. 이 같은 일들이 반복되면 아내는 귀찮아진 남편에 대해 '웬수' 또는 '삼식이'라는 인식이 일상화되고, 남편은 자존심에 조금씩 상처를 받게 된다.

이처럼 점차 악화되는 부부관계를 벗어나기 위해서는, 새로운 부부관계를 만들기 위해 서로가 노력해야 한다. 젊은 시절의 부부가 가정이라는 울타리를 만들어 꾸미고 공유하는 관계였다면, 이제는 서로를 독립된 인격체로 새롭게 정립해야 한다. 부부간에 적절한 거리를 가지면서도 같이 생활하는 관계가 될 때, 우리는 서로에게 상처를 주지 않는 노년의 부부생활을 할 수 있다.

셋째, 건강에 지나치게 신경을 쓰는 것도 문제다. 사람은 언젠가는 죽는다. 그 순간이 언제일지 모른다는 것에 대해 누구나 두려움을 가지고 있다. 나이 먹을수록 이런 두려움은 커질 수밖에 없다. 그래서 노인들은 몸에 좋다면 여러 가지 건강식품을 상용하고, 외국에서 건강에 좋다는 식품까지 구입하게 된다. 또한 조금만 몸에 이상이 있어도 병원이나 약국과 친해지게 된다. 노후의 건강한 삶을 위해서는 40대부터 건강관리를 시작해야 한다. 그러나 '과유불급過猶不及'이라고, 지나치면 역효과가 발생하기 마련이다.

'핀란드 증후군'[98]이라는 말이 있다. 이는 복지 제도가 잘 갖추어진 핀란드 보건성이 실시한 '식사 지도와 건강관리의 효과'에서 만들어진 말이다. 40대의 관리직 1,200명을 골라 A와 B팀으로 나누어, 건강관리에 대한 임상실험을 했다. A팀에게는 정기검진을 통해 술, 담배, 소금, 설탕, 지방 관리, 운동 등, 5년 동안 현대의학에서 요구하는 절제된 생활을 하도록 했다. B팀은 특별한 조치 없이, 그냥 정기적으로 건강 조사표에 답을 기입하도록 했다. 이렇게 건강을 관리하는 팀과 관리하지 않는 팀으로 나누어 추적 조사를 한 결과, 15년 후에 예상과 전혀 다른 결과가 나왔다.

심혈관계 질환이나 암 등 각종 성인병 및 사망률까지, 특별한 관리를 받지 않았던 B팀의 건강이 훨씬 양호했다는 것이다. 우리가 일반적으로 알고 있는 의학 상식과는 정반대의 결과가 나온 셈이다. 건강에 지나치게 신경을 쓰면, 먹고 싶은 것도 맘대로 못 먹고 좋아하는 술과 담배도 즐길 수 없다. 건강을 위해서 운동을 해도, 이 모든 것이 스트레스가 될 수 있다. 그로 인해 건강에 영향을 끼치고 병으로 이어지지 않았을까?라고 전문가들은 추측하고 있다.

넷째, 노년의 건강관리에서, 보통 70세 후반에 시작되는 장애여명 기간에 속하는 노인들의 건강 진단에 대해 생각해볼 필요가 있다. 나이가 많아지면 많아질수록, 사람은 언제 죽을지 모른다는 공포감이 커진다. 이런 상황에서, 장애여명 기간에 건강검진을 통해 암과 같은 '치명적인 질

98) 기와기타 요시노리, 『중년수업』, 위즈덤하우스, 2012. 3, p.220

병'이라는 진단을 받게 되면, 어떤 상황이 벌어질까? 초기에는 수술이나 항암치료가 시작되고, 환자가 된 당사자는 사람들을 만나 술을 한잔 한다든지, 담배를 피우는 등의 지금까지 즐겨온 몸에 해롭다는 모든 행위로부터 떠나야 한다. 이 치료 기간 동안 가장 스트레스를 받는 사람은 본인일 것이다. 그러나 시간이 지날수록 가족의 얼굴에는 우울한 그림자가 조금씩 드리워지기 시작한다. 이제는 병원에서 처방하는 대로 음식을 먹고, 운동하고, 병원으로 통학하면서 살게 된다. 이런 상황에 처하게 되면, 가족들의 걱정은 말할 것도 없고, 본인도 급격히 늙어간다.

실질적으로 장애여명 기간의 노인들은 2~3가지의 만성질환을 가지고 있다고 한다. 이 시기에 암 같은 치명적인 질병으로 진단을 받으면 어떤 삶을 살게 될까? 치료받는 기간동안 회복도 잘되지 않으면서, 여생은 병을 치료하면서 걱정과 스트레스로 보내야 한다. 또한 치료 기간 중 상황이 나빠지면, 인공호흡기로 호흡하고 코로 음식을 삽입하면서 연명하게 된다. 실제로 별 고통 없이 천수를 누린 사람의 사체를 해부한 결과, 암을 앓고 있었던 경우도 드물지 않은 것으로 나타난다. 그래서 사후에 발견된 암을 '천수암天壽癌'[99]이라고 한다. 일부 병원관계자의 이야기로는, 노년에 6개월 또는 1년에 한 번씩 종합검진을 받는 것은 꼭 필요하다고 한다. 그러나 일정한 연령을 넘겨, 장애여명 기간에 접어든 노인들이 노화된 육체 상태에서 발생하는 질병의 유무를 확인하기 위해 큰 비용을 들여 진행하는 건강검진이 정말 필요할까?

---

99) 앞의 책, p.232

건강검진을 통해 병의 유무를 알게 되는 것이 경우에 따라서는, 말년의 노후 생활에 독毒이 될 수 있다. 물론 건강한 상황에서 혹시 모를 질병을 초기에 발견하기 위한 건강검진은 필요하다. 그러나 너무 남용하지는 말자는 것이다. 사람은 어느 정도 인생을 살다 보면, 자기 몸의 상태에 대해 스스로 판단할 수 있게 된다. 꼭 필요한 경우에는 당연히 건강검진을 통해 병의 징후를 알아야 하지만, 일부 병원에서 주장하고 있는 건강검진을 매년 또는 일정 기간을 정해 주기적으로 받는 것은 한번 생각해볼 일이다.

이외에도 노년을 살아가는 데 필요한 마음가짐이나 행동은 다양하다. 그러나 무엇보다 중요한 것은 마음이 젊어야 한다. 불교의 『화엄경華嚴經』에는 세상을 사는 사람의 마음의 중요성을 일깨워주는 말로 '일체유심조一切唯心造'라는 말이 있다. 모든 것이 마음먹기에 달려 있는 것처럼, 우리가 노년을 어떻게 보느냐에 따라 미래는 변할 수 있다. 사무엘 울만(Samuel Ullman)은 '청춘'이라는 시에서, '청춘이란 외모로 나타나는 형태가 아닌, 마음가짐에 있는 것'이라고 했다. 그래서 이 시에 나타난 청춘의 마음으로 다가오는 노년을 살아야 한다.

나이 듦에 나타난 습관

사람은 대체로 나이를 먹을수록 사고가 경직되어간다. 수십 년에 걸쳐 만들어진 사고의 큰 줄기는 옆으로 삐지는 잔 생각들을 하나씩 쳐내는 사고의 가지치기를 한다. 경험을 통해 불필요한 생각들은 아예 사전에 차단해버린다. 이는 가급적 편안함을 좇으려는 사람의 본성 때문이다. 그러다 보면 고정된 관념이 생기는데, 좋게 말하면 가치관이 생긴 것으로서, 이를 일가견—家見을 이루었다고 한다. 하지만 나쁘게 말하면, 편견을 갖게 된 것이고 아집이 생긴 것이다.

생각은 유년 시절에 수증기처럼 가볍다가, 청년 시절에는 물처럼 말랑말랑해진다. 중년을 거쳐 노년이 되면 얼음처럼 딱딱해진다. 이것이 '사고의 고체화'다. 나이가 들수록 보수성이 강해지는 것도 사고의 경직화, 즉 고체화 때문이다. 그래서 하는 일이나 사고가 새롭지 못하고 답답하다는 의미로 노인들에게 '고리타분하다'라는 표현을 하게 된다.

∷ 습관의 힘

노인들이 이렇게 되는 이유를 찰스 두히그(Charles Duhigg)는 『습관의 힘』[100]에서 잘 설명하고 있다. 그는 습관을 "우리 모두가 어떤 시점에는 의식적으로 결정하지만, 얼마 후에는 생각조차 하지 않으면서 거의 매일 반복하는 선택"이라고 말한다. 그러나 습관이 어떻게 작용하는지 이해하면, 습관을 바꿀 수 있다고 한다.

---

100) 찰스 두히그, 『습관의 힘』, 옮긴이 강주현, 갤리온, 2012

습관이 형성되는 과정은 쥐들의 '미로를 통해 초콜릿을 찾아 먹는 실험'에서 잘 나타난다. 쥐들은 초기에는 미로를 통과해서, 건너편의 먹이를 찾아가기 위해 뇌가 활발하게 작용한다. 그러나 반복된 행동으로 미로를 통과하는 법을 터득한 쥐들은 뇌의 활동량이 줄어든다. 의사 결정을 위한 뇌 활동이 줄게 되는 것이다. 이와 비슷한 현상이 사람에게도 일어난다. 뇌 과학에서 뇌는 '신호-반복행동-보상'이 계속 반복되면, 이 고리가 점점 기계적이 된다고 한다. 신호와 보상은 서로 얽히면서, 강렬한 기대감과 욕망까지 나타나 습관이 형성되는 것이다. 사람들의 행동이 이와 같이 기계적인 관례로 변화하는 과정을 '청킹(chucking, 덩이 짓기)'이라고 하는데, 이는 습관이 형성되는 근원이라고 한다.

습관이 형성되는 가장 큰 이유는 우리 뇌가 끊임없이 에너지를 절약할 방법을 찾기 때문이다. 뇌에 어떤 자극도 없으면, 뇌는 일상적으로 반복되는 거의 모든 일을 차별하지 않고, 습관으로 전환시키려고 한다. 습관은 뇌가 휴식할 시간을 주기 때문이다. 활동을 절약하려는 본능으로 인해, 뇌는 에너지를 효율적으로 사용할 수 있게 된다. 이와 같은 뇌의 시스템은 우리가 걷거나 먹는 것 등, 기본적인 행위를 하는 데 필요한 에너지를 줄일 수 있고, 남는 에너지는 다른 활동에 투자할 수 있게 된다.

뇌에 습관이 한번 자리 잡으면, 뇌는 그것과 관련된 행동에 대해 활동하는 것을 멈추거나 의사 결정에 참여하는 것을 중단하고, 다른 일로 관심을 돌릴 수 있게 된다. 그래서 뇌에 한번 자리 잡은 습관을 의식적으

로 떨쳐내기 위해 노력하지 않으면, 그 습관은 자동적으로 전개된다.[101]

이와 같은 내용을 노인에게 그대로 적용하면, 노인들의 사고는 수십 년 동안 길러진 내면적인 습관에 따라 사고하고 의사를 결정한다. 그래서 나이 먹은 뇌는 사고가 경직되고, 변화하는 환경에 쉽게 적응하지 못하게 된다. 그러나 습관은 바꿀 수 있다. 이 책은 습관을 바꾸는 방법에 대해서도 설명하고 있다. 습관을 바꾸는 방법은 새로운 신호와 보상을 통해 나타나는 반복행동을 새롭게 바꾸는 것이다. 그럴 경우, 알코올이나 담배와 같은 중독도 치료가 가능하다고 한다.

그렇다면 노인들의 습관화된 생각이나 사고도 신호와 보상체계를 통한 반복행동으로 바꿀 수 있다. 이제까지 쳇바퀴 돌듯이 살아온 생활을 바꿔보자. 생활환경을 바꾼다거나, 새로운 곳으로 여행을 떠난다거나, 새로운 취미를 찾아보자. 그래서 뇌에 새로운 신호들을 많이 주고, 거기에서 기쁨의 열망을 갖자. 그렇게 하면 노년의 뇌는 다시 활동적으로 변하고, 생활은 훨씬 행복하고 풍요롭게 변하게 될 것이다.

---

101) 위의 책, p.37~40

죽을 때까지 공부한다는 '평생 배움'

현대 경영학의 구루(Guru)[102]라 할 수 있는 피터 드러커(1909~2005)는 기자, 금융인, 저술가, 정치경제학 교수, 컨설턴트, 인문학 교수, 소설가, 사회 생태학자로서 폭넓은 삶을 살았다. 약 40권의 저서를 통해 보여준 시대를 앞서가는 그의 선견先見과 통찰력은 아직까지도 살아 있다. 그는 현재의 산업사회를 대체할 다음 세상은 지식이 주도하는 '지식사회知識社會'가 될 것이라고 했다. 지금까지의 사회가 토지, 노동, 자본의 요소를 통해 경제활동이 주로 이루어졌다면, 이제는 얼마나 창의적인 지식을 가지고 이를 사용하느냐에 따라, 부의 중심이 이동할 것이라는 예측이다.

안상헌은 『책력冊曆』[103]에서 '지식기반 사회'는 '지식을 가진 사람이 정보통신의 발달을 배경으로, 창의적인 아이디어를 통해 높은 부가가치를 창출하는 사회'라고 정의했다. 지식기반 사회에서 자신의 가치를 실현하기 위해서는 첫째, 지식이 있어야 하고, 둘째, 정보통신을 이용할 수 있는 능력을 구비해야 하며, 셋째, 정보를 얻을 수 있는 능력과 시스템을 구비해야 한다고 주장한다.

지식은 책이나 교육을 통해 얻을 수 있다. 그렇지만 지식을 정렬하고 통합하고 분리해서, 가치 있게 가공하는 능력과 정보통신 기술의 사용 능력은 본인의 노력이 가미되어야 키워진다. 즉 지식기반 사회의 힘은 지

---

102) 지혜와 지식을 터득한 현자로서, 힌두교, 불교, 시크교 등 종교에서 일컫는 스승을 일컬음.
103) 안상헌, 『책력冊曆』, 북포스, 200.7, p.87~103

식 그 자체에 있는 것이 아니다. 지식과 정보통신 기술 그리고 현장의 정보들이 합쳐져, 그 사람이 가진 창의적인 아이디어로 발휘되는 '통찰通察'에 있는 것이다. 통찰은 자신 또는 자신을 둘러싼 현상을 직관하고 문제의 본질을 이해하는 능력이다. 자신을 객관적으로 살피고 세상과 소통하는 노력을 아끼지 않는 사람에게 찾아오는, 수준 높은 삶의 경지라고할 수 있다. 그래서 세상 사람들이 어떻게 살고 있고, 무엇을 원하며, 어떻게 살고 싶어 하는지를 통찰을 통해 이해하면, 나만의 새로운 지혜를쌓을 수 있다.

∷ 평생학습

김봉국은 『승자의 안목』[104)]에서 통찰력은 창의적인 상상력, 치밀한관찰력, 예리한 분석력을 통해 향상시킬 수 있다고 했다. 이를 위해서는첫째, 오감을 깨우는 작업을 해야 하고, 둘째, 불편함에 민감해야 하며,셋째, 검색보다는 사색을, 넷째, 인문학과 친구가 되어야 하며, 다섯째로는 미래 보고서를 읽어야 한다고 이야기하고 있다.

지식 사회에서 지식, 정보통신 사용 능력, 그리고 정보를 얻을 수 있는능력들을 통합하는 시스템을 구축하여 통찰력을 발휘할 수 있다면, 누구보다 강점을 가질 수 있다. 이러한 능력을 갖추기 위해 필요한 것이 바로**평생학습**平生學習'이다. 평생학습이란 말은 1970년대 유네스코에서 성인교육을 담당했던 폴 레그라드가 '평생학습의 도입'이라는 정치적 논의에서, 그 용어를 최초로 사용하면서 시작된 말이다. 평생학습은 개인, 시

---

104) 김봉국, 『승자의 안목』, 센추리원, 2013, p.61~62

민, 사회적 고용 관계의 전망 내에서, 지식 훈련 능력의 향상을 위해 일생을 통해 이루어지는 학습 활동 전체를 뜻한다.[105]

:: 노년의 배움

우리가 직면하는 The 3rd Age에는 경제적 독립과 정신적·신체적 건강을 위해 일을 꼭 가져야 한다. 그러나 현재 본인이 가지고 있는 기술이나 지식으로 직장을 가질 수 있을까? 물론 가능하다면, 지난날에 그만큼 노력한 결과일 것이다. 그렇지만 안정된 직업에 종사했던 경제 활동기에, 스스로 학습하고 지식을 키우는 노력을 가졌던 사람들은 그다지 많다고 할 수 없을 것이다. 오늘날 엄청난 속도로 변화하는 기술 변화나 매일 쌓여가는 지식을 따라잡고, 새로운 지식을 얻기 위해서는 시간과 정열을 투자해야 한다. 오늘날 평생학습은 삶을 살아가는 데 필요충분조건으로, 언제 어디서라도 학습을 계속해야 한다. 이게 노인사회를 살아가는 노년의 생존 키워드이다.

또한 노년의 배움은 새로운 지식을 쌓아가는 것도 필요하지만, 삶의 지혜를 배우는 인생 공부도 중요하다. 미국 호스피스 운동의 선구자인 엘리자베스 퀴블로 로스(Elisabeth Kübler-Ross)와 그의 제자 데이비드 케슬러(David Kessler)는 『인생수업』이라는 책을 통해, 죽음을 앞둔 수백 명의 사람들이 가슴속 깊은 곳에서 우러나왔던, '인생에서 꼭 배워야 할 것들'에 대해 이야기하고 있다. 다음의 발췌 문장들은 평생 배움을 통해 노년의 정체성을 깨닫도록 하는 데, 많은 것을 암시한다.

---

105) 김봉국, 『승자의 안목』, 센추리원, 2013, p.61~62

"우리는 배움을 얻기 위해 이 세상에 왔다. 태어나는 순간 예외 없이 삶이라는 학교에 등록한 것이다. 수업이 하루 24시간인 학교에 살아 있는 한 수업은 계속된다. 그리고 충분히 배우지 못하면 수업은 언제까지나 반복될 것이다. 여기서 우리가 배워야 할 과목들은 사랑, 관계, 상실, 두려움, 인내, 받아들임, 용서, 행복 등이다. 나아가 이 수업은 궁극적으로, 나 자신이 진정 누구인가 하는 깨달음으로 우리를 데리고 간다. 그것이 이 수업의 완성이다."

또한 "처음부터 끝까지, 삶은 각자에게 주어지는 시험과 도전으로 이루어진 학교이다. 배울 수 있는 모든 것을 배웠을 때, 또한 가르칠 수 있는 모든 것을 가르쳤을 때, 우리는 집으로 돌아간다. 죽음은 삶의 가장 큰 상실이 아니다. 가장 큰 상실은 우리가 살아 있는 동안 우리 안에서 어떤 것이 죽어버리는 것이다. 죽음의 가장 큰 가르침은 '삶'이다. 살고, 사랑하고, 웃으라. 그리고 배우라. 이것이 우리가 이곳에 존재하는 이유이다."[106]라고 하였으며, 죽음에 대한 그녀의 깊은 통찰은 우리에게 많은 것을 알려주고 있다.

노년이 시작되는 나이에는 지금까지 살아온 삶을 반추하고, 또 한편으로는 '이것이 진정 내가 원하는 삶이었을까?'에 대해 깊이 성찰하는 일이 필요하다. '인생이 짧은 것은 비극이 아니라, 정말 중요한 것이 무엇인가를 너무 늦은 다음에 깨닫는다.'라는 말이 있다. 여기에서 이야기하는 정말 중요한 것은 자신의 정체성을 아는 것이다. 지금 이 순간은 '내가 누구인

---

106) 엘리자베스 퀴블러 로스와 데이비드 케슬러, 『인생수업』, 옮긴이 류시화, 도서출판 이레, 2006

지, 어디서 와서 어디로 가는가?'에 대한 인식이 필요한 시간인 것이다.

오늘날 필요한, 나이 듦의 정체성에 대한 정답은 무엇일까? 지금까지 우리는 나이 듦의 정체성을 알기 위해, 노년에 대한 인식이 중요하고, 새로운 습관을 만들어야 하며, 이를 보충해줄 평생학습이 중요함을 살펴보았다. 이것이 모두는 아닐 것이다. 사람마다 백인백색이듯이, 개인에게 맞는 옷도 모두 다양할 것이다. 분명한 것은, 기존의 생각과 틀로 세상을 재단하면, 현재 우리가 고민하는 문제들에 대한 '**답**答'을 제시하지 못한다는 것이다. 지금까지 알아본 나이 듦의 정체성은, 우리가 노인 사회라는 아무도 가보지 않았던 길을 가고 방향을 정하는 데 필요한 '**나침반**'이 될 것이다.

4부

나이 듦의 새로운 '행동' 편

1970년대만 해도 우리나라는, 65세 이상의 인구 비율이 3.1% 정도밖에 차지하지 않던, 세계에서 가장 젊은 나라 중에 하나였다. 1960년대 이후 기적을 만들었던 경제발전과 보조를 맞추면서 빠르게 진행된 인구 증가와 평균수명의 연장은, 가장 빠른 속도로 우리나라를 노인 사회로 이끌고 있다. 2026년에 초 고령사회가 시작된다는 것은 단지 노인 인구가 UN이 정한 기준 안에 들어갔다는 사실을 말하는 것이지, 노인 문제가 그때부터 시작된다는 것을 의미하는 것은 아니다. 또한 고령화의 문제는 점진적으로 쌓여서 나타나는 현상이지, 어느 날 갑자기 드러나는 것도 아니다.

20세기가 시작되면서, 극동에 위치한 은둔의 나라는 일본으로부터 침탈을 받아 국권이 상실되었다. 35년의 일제 강점기를 지나, 1950년의 전쟁은 그나마 있었던 산업 시설을 황폐화시켰다. 이 당시 사람들은 먹을 것이 부족해서 누런 보리밥, 희멀건 강냉이죽, 꿀꿀이죽 등으로 연명했다. 1953년 1인당 국민소득은 67달러로, 세계에서 가장 가난한 기아와 궁핍의 땅이었다. 그랬던 나라가 2013년에는 1인당 국민소득 26,205달러로, 약 400배 늘어났다. 이제는 지역마다 최첨단 산업 시설과 고층 빌딩으로 이루어진 '한강의 기적'을 일구어낸 것이다. 이러한 일들은 혼자만의 힘이 아니라, 그 당시를 살았던 모든 사람의 땀과 열정을 통해 이루어진 경제적인 기적이다.

현재의 노인들은 바로 그 기적을 만드는 데 초석이 되었던 사람들이다. 젊은 시절에 국내에선 먹고 살기 힘들어, 1960년대에 독일의 광부로 또는 간호사로 떠나 일하면서, 고국의 발전에 디딤돌이 되었다. 베트남

전쟁에서는 피와 목숨을 담보로 달러를 벌어들였다. 1970년대에는 섭씨 40도를 오르내리는 중동 사막의 태양 아래서 땀 흘린 대가로 조국 근대화의 초석을 놓았다. 그랬던 사람들이, 이제 노인이 되었다. 젊은 시절 그처럼 열심히 살았던 사람들이 이제 노인이 되어, 하릴없이 시간만 보내는 신세가 된 것이다.

그렇게 젊은 시절 열심히 살아온 현재의 노인들이, 매일 매일의 시간을 하릴없이 불편한 세월을 보내는 현상이 나타나게 된 이유는 무엇일까? 과거의 어려웠던 경제 환경을 벗어나기 위해, 처한 환경에서 그 누구보다 열심히 살았으나, 시간에 따라 달라지는 변화에 대해 충분히 대비하지 못했기 때문이다. 또한 역사적 경험으로 보았을 때, 오늘날과 같은 상황이 발생할 수 있으리라는 것을 누구도 예측하지 못했다. 역사상 이렇게 고령 인구가 대규모로 생성된 것은 초유의 현상이기 때문이다. 누구도 경험하지 못했고, 누구도 이런 상황으로 발전할 줄 몰랐기 때문에, 현재의 노인들은 미래에 발생할 문제에 대해 생각할 겨를도 없었고, 어떠한 준비도 할 수 없었던 것이다. 단지 과거부터 있어왔던 것처럼 그냥 살고 있을 뿐이다. 그렇다면 미래의 노인인 베이비부머가 노년을 살아가기 위해서는 어떻게 생각하고, 어떻게 행동하면서 살아야 할 것인가?

'나이 듦의 새로운 행동 편'에서는 앞 장에서 살펴본 새롭게 얻은 노년에 대해 새로운 정체성으로 무장하고, 새로운 습관을 체화시키며, 평생 공부를 하면서 쌓아갈 내공을 바탕으로 한다. 이를 통해 노년의 삶을 윤택하게 만들 수 있도록 인간관계, 여가, 취미, 시간 활용, 그리고 일과 수입 등에 대해서 알아보기로 한다.

10장 나이 듦에서 만나는 새로운 사람들

사람에게 인연이란?

옷깃만 스쳐도 인연이라는 말이 있다. 불교에서는 옷깃만 스치는 인연을 만나기 위해 500겁의 인연이 필요하다고 한다. '겁劫'의 의미는 선녀仙女가 가로·세로 80리, 높이 20리인 바위 위를 100년에 한 번씩 내려왔다 올라갈 때, 스치는 옷자락에 다 닳아서 없어지는 세월이라고 한다. 즉, 헤아릴 수 없는 장구한 시간을 말한다. 우리가 지나면서 단순히 스쳐가는 인연이라도, 윤회하는 인생 속에서 무수한 시간을 알고 지냈다는 것이다. 이러한 인연의 소중함을 느낀다면, 우리는 좀 더 상대를 배려하게 될 것이고, 스스로 세상을 향한 몸가짐이 달라질 것이다.

불교의 경전 『범망경梵網經』에는 겁을 통한 사람들의 인연을 다음과 같이 표현하고 있다. 1천겁은 한 나라에서 태어나고, 2천겁은 하루 동안 길을 동행한다. 3천겁은 하루 밤에 한 집에서 잔다. 4천겁은 한 민족으로 태어나고, 5천겁은 한 동네에서 태어난다. 6천겁은 하룻밤을 같이 자고, 7천겁은 부부가 된다. 8천겁은 부모와 자식이 되고, 9천겁은 형제·자매가 된다. 1만겁은 스승과 제자가 된다.

이렇게 한 번 사람들과 인연을 쌓았다는 것은, 기나긴 시간을 걸쳐 만들어진 소중한 관계다. 그러나 사람들은 같이 지낼 때는 가까운 사이로 지내다가, 직업과 사는 지역이 달라지면 점점 멀어진다. 시간이 흐르면 만남도 연례행사가 되었다가, 시들고 잊혀버리는 게 인간사人間事이다. 그러나 노년에는 과거에 맺어진 인연들과 지속적으로 교류하고, 안부를 전하면서, 살아가는 것이 아주 필요하다. 주변에 만나는 사람들이 많으면, 외롭거나 고독하지 않을 것이다. 그러므로 평소에 바쁘게 살더라도, 지인들과 안부 전화도 하고 종종 만나서 회포도 풀면서 살아야 한다.

오늘날에는 정보통신 기술의 발달로, 인터넷이나 휴대용 단말기를 이용해 지인들과 연락할 수 있는 방법이 다양해졌다. 죽지 않고 살아만 있다면, 이러한 수단을 이용해서 언제든지 연결될 수 있고, 안부를 전할 수 있다. 그러므로 과거의 인연들과 자주 연결해야 하며, 만날 수 있다면 만나야 한다. 그래야 노년의 오랜 만의 만남에서 서먹하지 않고, 계속된 만남을 가질 수 있다.

6연緣[107]에 나타난 인연들

사람은 여러 가지 인연을 맺고 살아간다. 지금까지 이러한 인연을 간단히 혈연·지연·학연이라는 말로 정의했다. 그러나 오늘날의 복잡해진 사회에서 사람들은 과거보다 훨씬 다양한 인연들과 접하게 된다. 그래서 이를 좀 더 세분화해서 새롭게 정리한 용어가 '6연緣'이다. 6연緣은 기존의 혈연血緣, 지연地緣, 학연學緣에 사연事緣, 오연娛緣, 여연餘緣을 더하여 통칭하는 말이다.

'혈연血緣'은 같은 핏줄에 의해 연결된 혈족을 뜻한다. 이 인연은 농경사회에서 가장 질기면서도 가까운 관계로, 집성촌과 같이 가까운 곳에서 집단을 이루며 살았다. 그러나 산업화와 도시화로 인해 뿔뿔이 흩어지게 되었다. 그래서 오늘날에는 4촌 이내의 아주 가까운 친척과는 왕래하지만, 이 만남도 거의 명절에나 만나는 연례행사여서 점점 더 멀어지고 있는 인연이다.

'지연地緣'은 같은 지역에서 태어난 인연을 뜻한다. 도道, 시市, 군郡으로 나뉜 동일 지역에서 태어나, 코흘리개 어린 시절에 같은 문화적 경험을 했다. 이 같은 공동 경험은 사람들의 마음속에, 어머니의 품속처럼 포근한 고향이라는 추억 속 공간을 회상시키는 구심점이 된다. 또한 끈끈한 유대감을 형성시키는 힘이 된다. 특히, 고향을 떠나 대도시로 이주한 후에 만나는 지연은 어린 시절에 같은 지역에서 살았다는 것이 향수를 불러 일으키고, 동질감을 느끼게 한다. 그래서 처음 만나는 사람이라도 동향이면

---

107) 엘리자베스 퀴블러 로스, 데이비드 케슬러, 『인생수업』, 옮긴이 류시화, 도서출판 이레, 2006

더 빨리 친해진다. 대도시에는 지연의 확대로 향우회가 조성되기도 한다.

'학연學緣'은 출신학교에 따라 맺어진 인연이다. 같은 학교, 같은 교실에서 학창 시절을 보냈다는 것은 같은 뿌리라는 동질감을 갖게 만든다. 시세말로 국적은 바꿀 수 있지만, 동문은 바꿀 수 없다고 한다. 동문으로 연결된 선후배는 평생을 통해 따라다닌다. 우리나라에서는 사회생활에서 아주 강력한 유대감을 형성하고, 상호간에 강한 영향력을 미치는 관계이다.

'사연事緣'은 일이나 직업에서 만나는 인연이다. 사회생활을 하면서 사람들은 여러 가지 직업이나 다양한 영역에서 일을 하게 된다. 이 시기는 인생의 황금기이기 때문에, 가장 많은 사람들과 접촉하고 다양한 사람들과 새롭게 인연들을 만들어간다. 같은 회사에서 근무하거나, 업무적으로 만나 지속적으로 관계를 맺는 인연이다. 그러나 이 인연은 다른 인연에 비해 연결고리가 약한 편이다. 근무지가 변경되거나 퇴직하고 나면, 시간이 지나면서 점점 멀어지기 때문이다. 물론 전근轉勤이나 이직移職 또는 퇴직退職 이후에도 그 관계가 계속 유지되는 사람들도 있다.

'오연娛緣'은 동호회같이 같은 취미를 갖거나, 좋아하는 일이 비슷한 사람들끼리 만드는 인연이다. 인터넷의 발달로 사람들 간의 거리가 가까워지면서, 최근에 가장 빈번하게 만들어지고 있는 인연이다. 과거에는 대부분의 사람들이 먹고 살기도 바빴으나, 이제는 즐기면서 살려는 사람들이 많아지고 있다. 이 인연은 우리가 노인 사회로 진입하면서, 노년에 특히 관심을 두고 보아야 할 인연이다.

마지막으로 '여연餘緣'이다. 말 그대로 위에서 언급되지 않은 인연이면 전부 포함된다. 남자라면 군대 동기 또는 거주하는 지역의 체육회, 같은 아파트에 사는 부녀회, 같은 교회나 절에 다니는 교우教友 등을 들 수 있다. 이 인연은 살고 있는 지역을 중심으로 주로 만들어지며, 이사를 가거나 이동하면 조금씩 멀어지게 된다.

6가지 인연六緣을 친밀감으로 다시 분석하면, 첫째는 4촌 이내의 혈족으로 핏줄로 이어져 평생 동안 끊어질 수 없는 관계인 친족, 둘째는 오랜만에 만나더라도 허물없이 식사라도 같이 할 수 있는 학창 시절의 친구나 가까운 동료, 셋째는 고향의 지인이나 동호회의 사람들로서 만나면 반갑지만, 사적인 이야기까지 하기에는 데면데면한 지인으로도 나누어 볼 수 있다.

이상과 같이, 사람들은 살아가면서 혈연으로 출발해서 다양한 인연을 맺고 살아간다. 사람의 인연은 청년기, 중년기, 장년기를 거치면서 더욱 많은 인연들을 만들지만, 정년퇴직을 기점으로 기존의 인연들은 조금씩 축소되어간다. 물론 사람의 인연은 회자정리會者定離라고, 만남이 있으면 헤어짐이 있을 수밖에 없지만 말이다. 특히 노후 생활의 행복도를 증진시키기 위해 가장 필요한 것 중의 하나가 **'친구와 동료'**다. 친구 또는 동료와 갖게 되는 긴밀한 유대 관계는 사람들에게 정서적인 안전판을 제공한다. 삶에 있기 마련인 고비가 다가왔을 때, 주변에 아무도 없이 그 시기를 보낸다는 것은 아주 끔찍하고 견디기 힘들다. 그러나 마음을 위로받고 안정감을 얻는 데, 친구나 동료들의 지지는 얼마나 큰 힘이 되는가! (물론 가족의 정서적 지지는 훨씬 더 포괄적이다.)

삶에서 만난 사람들과 계속하는 인연

요즈음 우리 사회에서도, 고령화 현상으로 인한 노년의 불행인 '고독사孤獨死' 또는 '무연사無緣死'가 매스컴에 오르내리면서, 사람들의 관심사로 떠오르고 있다. 이 말은 일본의 NHK 방송국에서 2010년 1월 31일에 특집으로 '무연사회: 무연사 32,000명의 충격'이라는 제목으로 방송하면서 크게 이슈화되었다. 그 내용은 일본에서 연간 발생하는 신원 미상의 자살, 행려 사망자, 아사, 동사 등으로 사망한 사람들을 다루고 있다. 사회와의 인연의 고리가 끊어져, 혼자 고독하게 살다가 죽어가는 사람들을 취재한 것이다.

또한 고독사와 관련해서, 일본에서 소리 없이 늘어가는 장례의 하나로 소개되는 것이 '직장直葬'이다. 이는 영결식과 같은 의례가 없이, 자택이나 입원했던 병원에서 바로 시신을 화장장으로 옮겨 화장하는 장례식이다. 유골을 거두어주는 사람이 없어, 어쩔 수없이 관련 기관에서 직장을 하는 것이다. 근래에는 혼자 사는 사람들이 NPO(Non-Profit Organization) 단체를 통해 직장을 예약하는 사람들도 나타나고 있다고 한다. 이런 장례 문화는 우리보다 고령화 속도가 20년 정도 앞선 일본에서, 현재 일어나고 있는 현상이다. [108)]

∷ 장수의 기본은 '친구親舊'

준비가 없이 노년을 맞이하더라도 초창기에는 바쁠 수 있다. 그동안 만

---

108) 홍성열, 『노향老鄕』, 글로벌문화원, 2013. 1

나지 못했던 친인척들과 만나고, 연락이 뜸했던 지인들과도 만나게 된다. 또한 나가지 않던 동창회도 참석해 동창들을 만나고, 집안의 시제와 같은 행사에도 참여해 일가친척들을 만나기도 한다. 그러나 사회생활을 하면서 지속적으로 교류하지 않았던 관계는 계속 유지되기보다는 단기간에 시들어버린다. 왜냐하면 수십 년간 사회생활을 하면서 지녀온 가치관이나 습관으로 인해, 오랜만에 만나는 지인과 연결되는 고리가 빠져버린 듯한 상황이 연출되기 때문이다. 그래서 과거에 가까웠던 사이라도 오랫동안 교류하지 않았다면, 만남은 서먹해지기 마련이다.

이는 떨어져 살아온 만큼 살아온 방식이 다르고, 공통된 관심사가 적어졌기 때문이다. 그래서 시간이 지날수록 점점 만나는 사람들은 줄어들게 되고, 집안에서 홀로 보내는 시간이 많아지게 된다. 결국에는 집에서 두문불출杜門不出하게 되고, 어쩌다 한 번 연결되는 모임에 참석해 지인들과 안부나 주고받게 된다.

과거의 인연들과 멀어지면, 이를 대체할 새로운 인간관계를 만들기도 만만치가 않다. 본인이 과거에 가졌던 지위에 연연해하거나, 과거에 사람들과 교류를 하면서 만들어진 선입견이 새로운 사람들과의 관계의 진척을 방해하기 때문이다. 그래서 노년의 새로운 만남은 단순히 인사나 하는 관계로 머물게 된다. 이러한 생활을 본인이 좋아한다면 모르겠지만, 사회적 동물인 인간이 타인과 관계를 맺지 않고 혼자 생활하는 것은 심신을 아주 피폐하게 만든다. 더 나아가 우울증 같은 질병을 유발시킨다. 그래서 인생의 낙樂은 없어지고, 급속도로 늙기 시작하며, 나아가 노년의 자살로 연결되기도 한다.

미시간 대학의 한 연구는 사회적 관계망과 관련된 중요한 연구 결과를 발표했다. 연구자들은 은퇴 노인들을 대상으로 육체적 건강, 소득 수준, 최근에 겪은 삶의 고통, 성별, 기타 개인의 행복에 영향을 미치는 요인들을 분석했다. 그 결과, 은퇴 직후 삶의 만족에 가장 영향을 미치는 요인은 건강이나 재산이 아니라, **'사회적인 유대 관계의 폭'**이라는 결과가 나왔다. 즉, 은퇴 후 만나는 사람들의 수와 그들과 연결된 정서적인 유대감이 노년의 건강에 큰 영향을 미친다는 것이다.[109]

그래서 은퇴 이후의 생활에서는 과거의 인연을 포함하는 새로운 인적 네트워크를 형성하는 것이 필요하다. 노년일수록 과거의 인연을 더욱 소중하게 생각해야 한다. 또한 새로운 사람들과 만나 다양한 경험도 쌓고, 지속적으로 교류해야 한다. 기나긴 The 3rd Age를 즐겁고 활기차게 보내기 위해서, 새로운 생각과 목적을 가지고 노력해야 한다. 그래야 과거의 인연들과의 만남에 생동감이 생기고, 새롭게 만나는 사람들과 깊은 유대 관계도 만들 수 있다.

---

109) 미치 앤서니, 『마침표 없는 인생』, 이주형 옮김, 청년정신, 2007, p.139~141

같은 목적을 가지는 사람들과의 새로운 만남

사람과 사귀기에 가장 좋은 방법 공통된 관심사를 갖는 것이다. 노년에 본인이 하고픈 것을 열심히 하다 보면, 비슷한 관심을 가진 새로운 사람들을 만날 수 있다. 근래에는 인터넷의 발달로 취미 생활이나 운동을 같이 하면서 친목을 다지는 모임도 늘고 있다.

세상의 변화는 부지불식간에 나타났다가 사라지며, 빠르게 움직인다. 10년 전만 해도 주말에 여러 노인들이 자전거를 타고 다니는 모습이나, 주말에 캠핑장을 찾는 모습들은 거의 상상할 수 없는 풍경이었다. 그러나 요즈음 주말이 되면, 한강변의 잘 정비된 자전거 길을 이용하여 젊은 사람들과 어울려 자전거를 타는 노인들도 적지 않다. 휴일에는 운동장에 모여 사회인 운동을 하는 모임을 갖거나, 도시 주변의 산을 이용해 등산하는 사람도 많아졌다. 그래서 50대의 농구, 60대의 축구, 70대의 마라톤 등으로 노익장을 과시하는 노인들도 적지 않다. 이와 같은 모습은 사람들이 삶에 여유를 가지려 노력하고, 개인의 건강을 생각하며, 몸과 마음의 치유를 생각하는 변화의 물결이다. 특히 이러한 트렌드를 느낄 수 있게 하는 모습은 TV의 아웃도어 광고다. 과거엔 거의 없었던 광고들이 엄청 늘어난 것을 느낄 수 있다.

세상일은 상상만으로 이루어지는 것은 없다. 움직이고 만나야 한다. 하릴없이 노년의 시간을 허비한다면, 새로운 관계를 창출할 수 없다. 매일 바보상자를 보고 있으면, 바보로 늙어간다. 그러므로 본인이 좋아하는 것들에 관심을 계속 가지고, 지켜보고, 찾아야 한다. 요즈음은 인터넷이나 스마트 폰과 같은 통신의 발달로 취미를 같이하는 사람들과 교류할 수 있는 기회가 엄청나게 많아졌다. 그런데 사람들은 용기가 없어서, 대부분 이 핑계 저 핑계로 세월만 축낸다. 지금은 혼자 독수공방하면서 고민하는 세상이 아니다. 주변을 보라! 나와 비슷한 환경에 있는 사람들이 부지기수다. 특히 노년의 고민은 혼자서 해결할 수 있는 방법이 거의 없다. 나서자! 만나자! 그리고 찾아보자! 나의 새로운 인생을 위해!

평생 공부로 만드는 새로운 동창

근래에 인터넷에 떠돌았던 공부와 관련된 책 제목으로 사람들에게 잠깐의 웃음을 선사했던 유머가 있었다. '10대는 꿈을 위해 공부에 미쳐라', '20대는 공부에 미쳐라', '30대는 다시 공부에 미쳐라', '40대는 다시 공부를 시작하라', 그리고 마지막은 '공부하다 죽어라'라는 내용이었다. 사진으로 보여준 이 글귀가 사람들에게 미소를 띠게 만들었던 이유는, 오늘을 살아가면서 공부에 대해 느끼는 압박감과 계속 공부가 필요하다는 공감을 느꼈기 때문일 것이다.

사람이 하는 공부는 크게 분류하면 2가지로 나눌 수 있다. 하나는 지식이나 기술을 습득하는 일반적인 공부이고, 다른 하나는 나이를 먹을수록 더욱 필요해지는 마음공부이다. 이 두 가지 공부는 개인이 장수 시대를 살아가면서, 평생토록 갈고 닦으며 만들어야 할 어쩔 수 없는 숙제다. 세계적인 경제학자 자크 아탈리(Jacques Attali)는 『미래의 물결』[110]에서 지식과 관련해 다음과 같은 말을 남겼다. "이미 7년마다 지식의 양은 2배로 증가하고 있으며, 이 속도는 점점 빨라지고 있다. 2030년이면 72일마다 지식의 양이 2배로 증가할 것이다".

이와 같이 지식의 양이 엄청나게 늘어나고 빠르게 변화하고 있는 상황에서, 뒤처지지 않고 지속적인 성장의 발판을 만들 수 있는 방법은 계속 채워주는 것일 수밖에 없다. 그래서 현대를 살아가는 모든 사람은 평생

---

110) 자크 아탈리, 『미래의 물결』, 양영란 옮김, 위즈덤하우스, 2007, p.209

토록 공부해야 하는 것이다. 최근에는 노년으로 접어들면서, 대학교에 새로 입학해 새롭게 공부를 시작하는 사람들도 늘고 있다. 경제 활동기에 했었던 직무나 전공과는 전혀 다른 새로운 공부를 시작하는 것이다.

:: 노년의 공부

노년의 공부에 대해 사람들의 편견을 깨는 연구 결과가 있다. 그것은 미국의 심리학자 셰리 윌리스와 그의 남편 워너 샤이가, 1956년부터 20~90세의 다양한 직업을 가진 성인 남녀 6,000명을 대상으로 40년 이상 관찰한 연구 결과다. 복잡한 인지 기술 측정에서 지각 속도와 계산 능력을 제외하고, 어휘, 언어 기억, 공간 정향, 귀납적 추리 등에서 최고의 과제 수행 능력을 보인 연령대는 40~65세였다고 한다. 즉 인간은 나이가 들면서 인지 능력은 떨어지지만, 패턴을 인식해서 핵심을 꿰뚫어보는 능력은 중년의 뇌가 가장 뛰어나다는 것이다.[111] 이 연구 결과를 보면, 나이가 들어서 공부를 하지 않아서 문제이지, 계속 노력하면 젊은 시절보다 문제해결 능력이 더 뛰어남을 알 수 있다. 근래에 노년의 가장 두려운 질병인 치매도 머리를 계속 활용하면, 예방이 어느 정도 가능하다고 하지 않는가?

요즈음 학생들의 부족으로 폐교되는 대학교가 나타나고 있다. 현재의 인구 구조를 보면, 앞으로 이러한 일들은 더욱 많이 발생할 수밖에 없다. 대부분의 대학교들은 학생의 등록금을 재원으로 하여 운영되고 있다. 그래서 학생들의 입학 인원이 학교를 유지하는 재정 기반이 된다. 현재의

---

111) 바버라 스트로치, 『가장 뛰어난 중년의 뇌』, 김미선 옮김, 해나무, 2011

대학교 숫자는 1년에 70만 명 이상이 출생해 대학교에 입학하던 시기에 맞추어졌다. 그러나 현재 태어나는 신생아 수는 약 50만 명 미만으로 줄어들었다. 그래서 대학교로 진학하는 학생의 수는 가면 갈수록 줄어들 수밖에 없다. 앞으로 문을 닫는 대학교는 시간이 지날수록 더 많이 나타나게 될 것이다. 학교마다 사정이 달라 일률적으로 적용하기 힘들겠지만, 학생들이 선호하지 않는 대학교는 대부분 문을 닫아야 하는 상황은 필연적이다.

학교가 지역사회에 이바지하는 부분은 아주 크다. 특히 대학교가 가지는 인프라와 지역경제에 미치는 영향은 작지 않다. 이를 효율적으로 해결하는 방법은 노인들이 제2의 인생을 준비할 수 있도록 대학 교육의 틀을 개선하는 것이다. 등록금을 줄여 노년에 향학의 불씨를 태울 수 있는 교육 구조를 만든다면, 학교와 노년으로 접어드는 개인들은 서로 Win-Win하는 관계를 만들 수 있을 것이다. 학창 시절을 돌이켜보면, 같이 학교를 다녔던 동년배의 동창들은 서로 친구가 되는 것이 어렵지 않았고, 시간이 흘러도 가장 길게 유지되는 관계였다. 노년에 하고 싶은 새로운 공부를 시작해보자. 새로운 수많은 새로운 동창들이 생기지 않겠는가?

지역사회와 같이 사는 법 '봉사 활동'

우리나라는 학구열이 대단히 높은 나라다. 그래서 요즈음 직장인 중에는 대학원을 진학해 석사, 박사 학위를 따는 사람들이 늘어나고 있다. 근자에 우스갯소리로 석사나 박사보다 더 높은 학위를 가진 사람을 '밥사', '술사', '감사', '봉사'라고 한다. '밥사'는 동료들을 위해 밥을 한 끼 사줄 수 있는 사람이고, '술사'는 힘이 들 때 같이 술 한 잔 사면서 고민을 들어주는 사람을 말한다. '감사'는 현재의 것에 만족하고 고마움을 느낄 수 있는 사람이고, '봉사'는 남과 더불어 사는 세상을 만드는 최고의 학위라고 한다.

아인슈타인은 "인간에 대한 봉사보다 더 숭고한 종교는 없으며, 공동의 선을 위해 일하는 것이야말로 가장 고결한 교의다."라는 말을 남겼다. 봉사 활동이나 자선행위를 한다는 것은 타인에게 도움을 주고, 자신은 보람을 얻으며, 사회에 이바지할 수 있고, 개인의 삶을 가장 알차게 보낼 수 있는 활동 중 하나이다. 특히 노년에 개인이 할 수 있는 가장 큰 기부라고 할 수 있다.

근래에 노년의 출발을 'The 2nd Age인 경제 활동기에 가졌던 능력을 지역사회에 기부해, 남들에게 도움을 주는 사람들이 많아지고 있다. 또한 남는 시간을 이용해, 지역사회에 봉사활동을 하는 사람들도 늘고 있다는 반가운 소식이 종종 들려온다. 하려고 하지 않아서 문제지, 남을 도울 수 있는 방법은 관공서나 지역의 복지관을 통해서 또는 주변을 둘러보면 얼마든지 찾아볼 수 있다.

그러나 나이 먹을수록 마음속에 있는 것을 겉으로 내색하지 않고, 하고 싶어도 남의 이목을 따진다. 특히 한국 남자들은 이러한 성향이 강하다. 단지 하느냐 안 하느냐의 문제이다. 그냥 하릴없이 시간을 보내는 것보다, 노년의 남는 시간을 지역사회에 봉사도 하면서 새로운 만남도 갖고, 보람도 얻을 수 있는 일을 하는 것도 노년의 삶을 윤택하게 할 것이다.

분명한 것은, 사람이 나이 들어 혼자 힘으로 거동이 힘들어지면 남의 도움이 필요해진다. 남을 위한 봉사는 본인에게 마음의 평안을 주기도 하지만, 나도 그 수혜자가 될 수 있다. 인생은 'Give & Take'로 살아야 대우를 받지, 'Take'만 하는 삶은 노년의 인간관계에 좋지 않은 영향을 미친다. 그리고 그 보답은 내가 어려운 상황에 처했을 때 돌아온다.

일에서 찾아보는 노년의 인연

일이란 사람이 살아가면서 새로운 인간관계를 만드는 가장 좋은 수단 중에 하나이다. 같은 시공간에서 같이 일을 한다는 것은 사람들의 관계에서 빠르게 친해질 수 있는 지름길이다. 경제 활동기의 경험을 보면, 직장이나 일터에서 처음 만나는 사이라도 같이 일을 한다는 동질감으로 빠른 시간에 친밀감을 느꼈을 것이다. 마찬가지로 노년에 일이 있다는 것은 같이 일하는 사람들이 있고, 시간을 보낼 수 있고, 수입까지 생기는 1석3조의 효과를 볼 수 있다. 현재 The 3rd Age를 시작하는 베이비부머 중에는 이른 나이에 직장에서 퇴직하는 사람들이 적지 않다. 새로운 직장으로 재취업하기에는 어려운 고용 환경이지만, 그래도 새로운 일을 찾아서 계속 일을 해야 한다. 그래야 늙지 않고 건강하면서, 경제적으로도 쪼들리지 않고 생활할 수 있다.

새로운 일을 준비하면서 중간에 일을 하는 것을 '브리지 잡(Bridge job)'이라고 한다. 이는 50세 이상의 근로자들이 퇴직 이후에 시간제 근무나 종일 근무하는 새로운 형태의 일자리를 말한다. 이러한 일자리는 건강하고 근로 의욕이 있으나, 퇴직 이후의 삶에 대해 충분하게 준비되지 않은 퇴직자들이 서비스 산업에서 단순한 일을 계속하는 형태의 일이다.[112] 이러한 일이라도 할 수 있다면 하는 것이 좋다. 일단 일을 하면 건강에 도움이 되고, 일정 수입을 창출할 수 있어, 어느 정도 다음 일을 준비할 수 있는 여유를 가질 수 있다. 그러나 브리지 잡에서 멈춰버리면 안 된다.

---

112) 마크 프리드만, 『앙코르 커리어』, 김경숙 옮김, 프론티어, 2007, p.24

브리지 잡을 계속 직업으로 갖기에는 미래가 불투명하기 때문이다. 이러한 일자리 대부분은 고용이 불안전해, 언제 또 잘릴지 모른다. 또 열악한 작업 환경에 노출되어 있어, 건강에도 좋지 않다. The 3rd Age는 짧은 시간이 아니다. 최소 20~40년의 긴 시간이다. 이 긴 시간을 단순 서비스직이나 일용직 또는 계약직으로 살아가기에는 시간이 너무 길지 않은가?

그러나 현재의 고용 환경은 직장에 있던 사람도 나가야 하는 상황이어서, 노년에 일을 할 만한 곳이 거의 없다. 있다손 치더라도, 기존에 다니던 직장에 비해 너무 열악하다. 그러나 인간의 삶에서 일이 차지하는 비중은 너무 크기 때문에, 노년의 일이 갖는 의미는 12장 '나이 듦에 나타난 노년의 일과 수입'에서 더 자세히 살펴보기로 한다. 또한 노년에 나의 일을 만들기 위한 해결책은 본서의 마지막 주제인 '나이 듦의 새로운 운명 편'에서 더 자세히 살펴볼 것이다.

이외에도 사람들과 관계를 새롭게 맺고 유지하는 일들은 다양하다. 인간이 사회적 동물인 이상, 노년을 외롭지 않고 풍요롭게 보내기 위해서 타인과의 접촉이 계속되어야 한다. 이를 위해서 지금까지 만들어진 개인의 가치관이나 자아에 색인된 경직된 마음을 풀어 헤치고, 열린 마음으로 다른 사람들에게 다가가야 한다. 그래야 노년의 인간관계도 풍족해질 수 있다.

11장 나이 듦의 여가

여가가 주는 의미

여가餘暇란 일, 학업, 가사 등의 일상생활에서 소요되는 시간을 뺀 나머지의 여유로운 시간을 의미한다. 여가는 인류 역사상 오랫동안 일부 지배층인 특권 계급만이 가질 수 있었던 시간이었다. 우리나라는 노비의 노동에 기반을 둔 양반 계층, 유럽에서는 농노에 기반을 둔 귀족 그리고 노예에 기반을 둔 로마의 자유 시민들이 가질 수 있었던 특별한 시간이었다. 그래서 특권 계층의 사람들은 여가시간을 이용하여 정치에 참여하고, 철학을 논하고, 문화 활동을 할 수 있었다. 그리스어에서 여가는 'Schola'이다. 오늘날 이 단어는 학교(영어로 'school', 독일어는 'Schule)라는 단어로 발전했다. 이는 여가가 자기 자신을 단련하고 배우는 시간이었음을 보여준다.

:: 직장과 여가

오늘날과 같이, 보통사람들의 여가가 본격적으로 시작된 것은 직장과 가정이 분리되면서다. 산업혁명 이후, 사람들은 가정을 떠나 직장으로 출퇴근하게 되었다. 그래서 일은 직장에서 하는 것이고, 일하지 않는 시간에 집에서 쉬었다. 이 중 일부 사람들은 쉬는 시간에 마냥 쉴 수도 있지만, 무언가 다른 것을 해보려는 시도가 나타난다. 이것이 오늘날 많은 사람들이 즐길 수 있게 된 여가의 출발이 되었다. 여가라는 단어와 여가 시간의 이용은 이제 우리 생활에 완전히 터를 잡게 되었다.

여가 활동은 기술의 발전과 생산성의 향상 그리고 근로자의 권익 향상을 바탕으로 한다. 그래서 근로 시간의 축소, 가처분 소득의 증가를 통해 전보다 여가 시간은 늘어난다. 오늘날의 여가는 일에서 벗어나 자신이 하고 싶은 활동을 자유롭게 하는 시간의 여유다. 또한 직장에서 쌓인 스트레스를 해소하고 재충전을 갖는 시간의 기회다. 여가는 이제 사람들에게 사회적·문화적인 욕구를 충족시킬 수 있는 중요한 시간이 되었다.[113]

우리나라에서 여가 활동은 언제부터 어떻게 진행되었는가? 과거의 여가 활동은 주말에 영화관을 찾거나, 독서를 하는 등으로 단순했다. 그러나 1980년대 자가용의 증가와 2004년에 주 5일 근무가 시작되면서, 사람들의 여가 활동은 폭발적으로 증가한다. 근래의 여가는 스포츠 활동, 오락 활동, 취미 활동, 자기 충전 활동, 종교 활동, 봉사 활동, 시민단체 활동 등으로 아주 다양해지고 있다. 각각의 여가 활동을 살펴보면, 스포츠는 주로 등산, 낚시, 골프, 수영, 스키, 자전거, 마라톤 등이 주종을 이루며, 취미 생활로 여행, 사진, 그림, 서예, 요리, 음주, 식도락 등을 즐기고 있다. 오락으로는 바둑 게임, TV시청 등이 있으며, 자기 충전을 위해 독서, 명상, 요가 등을 통하여 몸과 마음을 재충전하기도 한다. 이외에도 일을 떠

---

113) [참조] 체육학대사전, 이태신, 민중서관, 2000

나 개인의 목적을 위한 여러 활동들은, 모두 여가에 포함시킬 수 있다.[114]

노년에도 계속 일을 하고 있다면, 여가는 휴식을 취하는 시간이라고 말할 수 있다. 그러나 현실에서 나타나는 노년의 여가는 일을 한 이후의 휴식이 아니다. 그것은 계속되는 매일 매일의 쉬는 시간이다. 매일 주어지는 시간을 어떻게 보낼 것인가 하는 것은 현재의 노인들이 갖고 있는 고민이자 풀어야 할 숙제다. 이를 해결하는 가장 좋은 방법은 여가 시간을 줄이고, 일을 하는 것이다. 건강이 허락하는 한, 평생 현역으로 할 수 있는 일을 만들어, 여가 시간을 줄어들게 하는 것이다. 여기서 일은, 정해진 시간에 가족 부양의 책임으로 스트레스를 받으면서 어쩔 수없이 하는 일이 아니다. 내가 좋아 하고, 하고 싶고, 재미있게 할 수 있는 일이다. 그러면서 내가 좋아하는 것을 여러 수단을 통해 즐기는 것이 노년의 여가가 되어야 한다.

---

114) [참조] 한국민족문화대백과, 한국학 중앙연구원

오늘, 노년을 보내는 고달픔

오늘날 노인들이 가지는 여가는 일을 통해서 갖는 여가라기보다는, 일정하게 주어진 역할이 없는 상태에서 보내는 시간이다. 특히 수도권의 노인들을 보면, 무료로 전철을 이용할 수 있는 '지공파'가 되어, 하루는 북한산에서 산행을, 하루는 춘천에서 닭갈비를, 하루는 온양 온천에서 온천을 하는 등으로 시간을 보내는 노인들이 적지 않다. 현재 노인들의 여가 활용은 어떤 목적이 있어서라기보다, 여가 시간에 무엇을 해야 할지 모르거나, 할 일이 없어 남은 시간을 소일하는 것이다.

오늘날 정년퇴직과 더불어 직장 중심의 사회 관계망에서 떠난 노년의 남성들이 주간에 머무를 수 있는 공간은 거의 없다. 시간을 가장 많이 보내는 집도 편한 장소가 아니다. 전통적으로 집은 여성의 공간이었고, 집안에서 남성의 위치도 크게 약화되었기 때문이다. 그래서 집에서 나와 가까운 산이나 공원 또는 도심의 서점이나 종묘공원같이, 낮의 무료한 시간을 보낼 수 있는 공간들을 찾아 나서게 된다.

노년의 생활은 길고도 오랜 시간을 보내야 한다. 재미가 없으면 무료해지고, 삶의 의욕이 생기지 않는다. 최소 20~40년의 시간을 이렇게 보낼 수는 없지 않은가? 그래서 노년의 여가를 잘 즐길 수 있도록 준비해야 한다. 평생을 즐길 수 있는 재미있고 보람 있는 꺼리를 찾아야 한다. 그럼 무엇을 하면서 즐길 것인가? 사람마다 적성이 다르고, 살아온 환경이 다르고, 건강 상태도 다르다. 또한 그 사람이 처한 사회적·경제적 위치도 전부 달라서 백인백색百人百色이다. 그래서 누가 만들어주는 것이 아니라, 본인 '**스스로**' 찾아야 한다.

:: 현 노인들의 여가

현재 노인들이 즐기는 여가에 대한 준비 상황을 정부의 통계자료를 통해 살펴보면, 그다지 만족스럽지 않음을 보여준다. 2009년 발표된 '한국의 생활시간 조사[115]'에서 한국의 노인들은 하루 평균 6시간 46분을 교제 및 여가에 할애하고 있다. 미국(8시간 19분), 영국(8시간 47분), 네덜란드(7시간 17분)보다 적은 수준이다. 또한 전체 여가 시간 중에서 주로 TV 보기가 3시간 27분으로 상당한 시간을 차지한다. 그 외 교제 활동으로 57분, 스포츠 및 레저 활동으로 47분, 종교 활동은 22분, 신문·잡지·책 읽기는 10분 등으로 활용하고 있다.

TV 보기는 노년의 가장 주된 여가 활동이다. 1주일 동안 TV를 시청하는 시간은 28.3시간이다. 평일에는 3.9시간, 토요일에는 4.3시간, 일요일(공휴일 포함)은 4.5시간으로 나타났다. 이와 같이 TV 시청이 여가를 보내는 하나의 방법이 되겠지만, 매일 바보상자와 씨름하는 모습은 그다지 바람직하지 않은 노년의 여가 생활일 것이다. 그 외에도 우리나라 노인들의 종교 활동 시간은 1일 22분으로, 다른 나라에 비해 높게 나타났다. 반대로, 신문·잡지·책 읽는 시간은 10~20분으로 가장 적게 나타났다. 성별로 구분하면, 여성은 종교 활동과 교제 활동에, 남성은 TV 보기와 스포츠 및 레저 활동에 더 많은 시간을 보내고 있었다.

---

115) [출처] 2009년 「한국 생활시간 조사」, MTUS(Multinational Time Use Study, http://www.timeuse.org/mtus)

취미나 여가 활동의 준비는 정년퇴직 후에 시간이 많을 때 시작해도 된다고, 대부분의 사람들은 생각한다. 그러나 막상 노년에 시작하기란 쉬운 일이 아니다. 그래서 젊은 시절부터 본인에게 알맞은 취미를 찾아 실력을 갈고 닦아놔야, 노년에 즐길 수 있다. 바둑을 두거나 골프를 칠 수도 있고, 수석, 난, 고서, 고화 등을 모으거나, 사진을 찍거나, 그림을 그릴 수도 있다. 그러나 이와 같은 취미들은 하루아침에 즐길 수 있는 수준에 도달하지 않는다. 젊었을 때부터 평소에 갈고 닦은 실력이 있어야, 노년에 제대로 즐길 수 있다. 그러므로 경제 활동기에 퇴근 후 자유 시간이나 공휴일을 통해, 조금씩 그리고 꾸준히 준비할 필요가 있다.

노년의 여유로움 '꺼리'

노년에 여가 시간을 즐길 수 있는 꺼리를 만들기 위해 어떻게 해야 할까? 다음과 같은 점을 참고로 하면 도움이 될 것이다.

첫째, 노년의 여가는 다양한 취미들로 구성해야 한다. 사람은 아무리 맛있는 음식이라도, 삼시세끼를 한 음식만 먹다 보면 싫증이 난다. 마찬가지로 한 가지 취미 생활만 계속하다 보면, 지치고 싫증나기 마련이다. 바둑에 취미를 가지고 있다고, 매일 바둑판만 보고 있을 수 없지 않겠는가? 그래서 취미를 한 가지만 가지기보다는, 여러 가지 다양한 분야에 흥미를 가지고, 시간과 정력을 배분해야 한다.

둘째, 혼자 소일하는 것도 좋지만, 타인과 같이 어울릴 수 있는 취미도 가져야 한다. 나이가 많아질수록, 사람들은 신체적인 노화로 인해 정静적인 활동이 많아지게 된다. 그러다 보면 사람들과 교류도 적어지고, 노화 속도도 빨라진다. 그러므로 계속 사람들과 같이 만나 이야기도 하고, 취미 활동이나 운동도 같이 하다 보면, 또 다른 즐거움이 생긴다.

셋째, 여가의 활용은 즐거움과 더불어 생산적이면 더욱 좋다. 단순한 반복적인 취미나 여가 활동도 필요하지만, 시간이 지남에 따라 성취감을 느낄 수 있어야 한다. 여기에 취미로 인해 일정한 수입까지 생긴다면 금상첨화錦上添花일 것이다.

넷째, 노후 생활의 취미나 여가 활동을 위한 자금도 미리 생각해둬야 한다. 노년의 오락 자금을 생활비에서 조달한다면, 자금에 쪼들려 취미나 여가 활동을 하기 어려워질 수도 있다. 그래서 미리 오락 자금의 용도로 사용할 자금을 만드는 것도 필요하다.

여가가 일상생활이 될 수 있는 노년에 취미를 통한 여가 활동을 할 수 있다는 것은, 노후 생활에서 생길 수 있는 심리적 압박감이나 무기력감을 줄일 수 있는 가장 좋은 방법 중 하나다. 또한 자신에게 맞는 취미 생활은 지루하기 쉬운 노후의 삶을 흥미진진하게 만들어준다. 노후 생활에서 본인이 좋아하는 취미를 즐길 수 있는 '꺼리'를 가진 것과 없는 것은, 노후의 삶의 질에 있어 커다란 차이를 가져올 것이다.

의식주가 아닌 오의식주娛衣食住

사람이 살아가는 데 가장 필요한 3가지 요소를 의식주衣食住라고 한다. 의식주라는 말은 지금까지 인류가 살아오면서 생존을 위해 없어서는 안 될, 가장 필요한 것임을 체험을 통해 알아낸 말이다. 그러나 세상의 변화에 따라, 인간에게 꼭 필요한 요소도 변화하고 있다.

여기서 한번 의문을 가져보자. 왜! 인간에게 가장 필요한 3요소인 '의식주'의 순서를 '식주의' 또는 '주식의'로 하지 않았을까? 여기에서도 인류가 지나온 변천사의 한 단면을 살펴볼 수 있다. 인간의 삶에는 3가지 요소 모두가 반드시 필요하다. 하지만, 의衣가 인간의 삶에서 차지하는 부분은 음식이나 집에 비해 좀 더 시급하고, 필요불가결했다는 것을 의미한다. 그래서 인간은 옷을 통해 추위에도 몸의 온도를 유지할 수 있었고, 신체의 치부를 감출 수 있었으며, 공동체에서 타인과 적절한 관계 거리를 유지할 수 있었다. 다른 한편으로는, 식과 주에 비해 가장 귀했기 때문에 앞으로 나온 것이라고 볼 수 있다. 그래서 옷은 사람들이 외부 활동을 하기 위해서는 반드시 필요하고, 쉬이 구하기도 어려웠던 요소였다고 할 수 있다.

옷이 없다면, 인간은 외부 날씨의 변화에 따라 체온을 빼앗겨 목숨이 위태로울 수 있다. 물론 열대 지방은 옷이 아니더라도 간단한 가림막으로 신체의 일부에 두르면 되지만, 위도가 올라가면 추위에 대비해 체온을 보호할 수단이 필요해진다. 필요는 발명의 어머니인 것처럼, 옷이 그다지 필요 없었던 열대 지방은 의류 산업의 발달이 없거나, 아주 더뎠다.

그러나 온대 지방에서는 방한과 외부 활동을 위해 옷을 만들 수 있는 방직공업[116]이 가장 먼저 발달했다.

과거의 직물은 가내수공업으로 생산되어 공급이 충분하지 않았다. 또한 쉽게 구하기도 어려웠다. 그래서 가격도 상당히 비쌌으며, 신분에 따라 입는 옷도 달랐다. 대부분의 사람들은 가지고 있는 옷가지가 많지 않았다. '흥부전'에 보면, 옷이 없어 화장실도 같이 가고, 이불이 없어 목만 내밀 수 있는 구멍을 뚫어, 밤을 보내는 우스꽝스러운 장면이 나온다. 실제로 그 정도까지는 아니었겠지만, 충분하지 않았다는 것이다. 과거 동서양의 무역로를 '비단길'이라고 칭했던 것은, 의衣가 차지하는 비중이 인간 생활에서 그만큼 컷음을 보여준다.

이런 상황이 변하게 된 계기는 산업혁명이다. 산업혁명은 방직기와 방적기 같은 면방직 기계의 발명과 함께 시작되었다. 이들 기계의 발명은 면방직 산업을 수공업에서 공장제 기계공업으로 전환하였고, 옷감의 대량 생산이 가능하게 만들었다. 이로 인해 섬유 산업이 발달하였고, 의류 산업의 발전으로 이어진다. 이런 과정을 거쳐 의依는 풍부해졌고, 구하기 쉽고, 가격도 저렴해지는 시대가 열린 것이다.

우리나라에서 의류가 풍부하게 된 것은 그리 오래 되지 않는다. 1980년대까지만 해도, 명절 때나 되어서야 '설빔' 또는 '추석빔'으로 새 옷을

---

116) 방직공업은 섬유에서 실을 뽑는 방적공업과 실을 가지고 직물을 짜는 직물공업의 합성어로, 원료의 특성에 따라 면방직, 모방직, 경방, 마방직 공업으로 나뉜다. (출처: 『두산백과사전』)

구입하는 연중 행사였다. 일제 강점기 때까지만 해도, 우리나라의 섬유 산업은 산업이라고 부르기에도 아주 일천한 상태였다. 또한 의류는 부녀자에 의해 소규모로 생산되었고, 일본으로부터 광목을 수입하여 옷을 재단했던 의류 산업의 불모지였다. 그러나 1950년대부터 면방직 산업은 3백三白 산업[117]의 하나로 빠르게 성장한다. 1962년에 시작된 경제개발 계획에 의해 경공업의 하나로 선정되었고, 국가 경제발전 과정에 크게 기여했다. 이러한 발전을 통해 오늘날 우리가 소비하는 재화 중에 의류는 풍부해지고, 가격도 저렴해질 수 있었다.

오늘의 인류는 문명 발달을 통해 어떤 시대보다도 풍족한 시대에 살고 있다. 산업혁명과 농업혁명을 통해 의식주가 일정 부분 충족되었기 때문이다. 그러나 만족을 모르는 인간은 삶을 더 윤택하게 해줄 새로운 무언가를 찾게 된다. 이제 우리나라도 빈한했던 시절을 넘어, 의식주의 부족에서 벗어나게 되었다. 지금까지 발전 목표가 의식주의 해결이었다면, 이제는 의식주를 넘어선 또 다른 무언가가 필요해졌다. 즉 이제 먹고 사는 것이 충족된 상황에서 사람들은 놀고 즐길 수 있는 꺼리, 즉 오락娛樂이 필요해진 것이다. 이것이 바로, 현대를 살아가는 인간에게 필요한 4요소라 할 수 있는 오의식주娛衣食住가 된 이유이다.

---

117) 제분, 제당, 섬유 산업.

12장 나이 듦의 시간

노년의 시간은 단순한 시간이 아니다. 이는 과거의 어떤 나라, 어떤 종교, 어떤 사람도 정복한 적이 없었던 생명의 시간을 정복한 결과이다. 또한 우리 인간의 생물학적인 승리의 결과이다. 이에 대해 미국의 문화비평가 테오도르 로스작(Theodore Roszak)은 노년의 시간을 이렇게 표현한다. "이렇게 얻은 햇수를 자원이라고 상상해보라. 네덜란드 사람들이 황량한 바다에게서 비옥한 땅을 빼앗았듯이, 우리가 죽음에게서 빼앗은 문화·영적 자원이라고 말이다."[118]

우리에게 주어진 노년의 시간은 단순히 선물 받은 것이 아니다. 그것은 인류의 부단한 노력과 수많은 시행착오를 통해 만들어졌다. 노년의 선물인 20~40년의 시간을 갑작스런 행운이라고 생각한다면, 그 고마움을 금방 잊어버린다. 그러나 무수한 땀과 고통을 통해 얻은 노력의 산물이라면, 그에 대한 애착은 남다를 수밖에 없다. 주어진 노년의 시간이 '행운의 선물인가, 아니면 노력의 산물인가'라는 단순한 생각의 차이는, 노년의 삶을 아주 다르게 만들게 된다.

---

118) 프랑크 쉬르마허, 『고령사회2018, 다가올 미래에 대비하라』, 장혜경 옮김, 나무생각, 2005, p.51

지금까지의 삶이 '무엇을 하면서, 어떻게 먹고 살 것인가?'에 대한 고민과 그에 따른 실행이었다면, 노년에 접어들면서는 '왜 사는가?'라는 삶에 대한 성찰이 필요해지는 시기이다. 인간이 피할 수 없는 가장 분명한 사실은 '죽음'이다. 죽음 앞에서 모든 사람은 무능할 수밖에 없다. 왜냐 하면 어떤 수단과 방법을 다하더라도 피할 수 없는 운명이기 때문이다. 노인은 젊은 사람보다 죽음이라는 명제에 훨씬 가깝게 서 있다.

서서히 그리고 조용히 다가오는 죽음 앞에서 노후의 시간을 어떻게 보내야 할까? 답은 사람마다 다를 수 있다. 그러나 가장 근접한 답은 '**나답게**' 사는 것이다. 우리나라 사람 대부분이 그렇듯이, 나보다는 가정, 친족, 지인, 사회, 국가 등, 우리를 둘러싼 환경에서 남을 의식하면서 살아왔다. 그러나 노년의 시간은 내가 하고 싶었던 것들을 하는 시간이다. 노년의 삶이 후회되지 않도록, 주어진 현실에 안주하지 않고, 나만의 존재의 자취를 남길 수 있도록 사는 것이다.

∷ 노년에 주어진 시간

노년에는 주어지는 시간이 아주 많다. 그러면 이 시간을 어떻게 보내는 것이 현명할까? 그것은 젊은 시절부터 계속되어온 생활 패턴을 유지하는 것이다. 이것이 몸과 마음의 건강을 유지하는 첩경이다. 현재 평균 수명으로 50세인 사람의 노년을 35년 이라고 할 경우, 보통 25년은 건강 수명 기간이 되고, 나머지 10년 정도는 장애여명 기간으로 볼 수 있다. 이는 평균적으로 그렇다는 것이지, 개인에 따라 차이가 있을 수 있다. 즉 90세가 되어도 건강하게 활동할 수 있는 사람도 있고, 60세에도 휠체어에 몸을 맡기거나 병상에서 누워 지낼 수도 있기 때문이다.

노후 생활의 시간 관리는 건강수명 기간이냐 장애여명 기간이냐에 따라 각각 달라야 한다. 건강수명 기간의 노인은 신체가 건강해서 활동적이고, 정력적으로 생활할 수 있다. 의학 전문가들은 노년의 건강을 결정하는 것은 개인의 노력이 70%, 유전적 요인이 30% 정도 차지한다고 한다. 그래서 우리 주변에는 개인의 건강을 잘 관리하여, 60~70대의 나이에도 40~50대의 체력을 유지하는 사람들이 적지 않다. 이 시기는 급격한 움직임을 요구하는 운동보다, 현재의 몸이 지속적으로 유지될 수 있도록 관리해야 한다.

건강수명 기간이 지나 신체의 노화가 급격히 진행되는 장애여명 기간이 되면, 몸의 움직임에 장애가 생기기 시작한다. 신체의 활동은 동動적에서 정靜적으로 변하고, 활동 반경과 인간관계가 좁아진다. 또 만일을 대비해 조금씩 신변 정리도 시작해야 한다. 그러나 이 시기에도 최후까지 열정을 가지고, 마음의 활력을 계속 유지할 수 있도록 해야 한다. 개인의 정적인 취미 활동을 통해 마음을 순화시키고, 명상과 적절한 운동을 통해 신체는 불편할지라도 정신 건강은 유지해야 한다.

하루 24시간의 분배('8-12-4'와 '7-17')

신神은 모든 인간에게 공평한 하루 24시간을 주었다. 그러나 이 24시간은 각각의 인생 시기에 따라 다른 의미로 다가온다. 후지와라 토모미가 쓴 『폭주 노인』[119]에는 어린 아이와 노년의 시간 인식에 대한 재미있는 이야기가 소개된다. 10살짜리 아이에게 1년은 인생의 1/10이고, 50세의 장년에게는 1/50이다. 즉 1년이라는 시간은 그 사람의 나이를 분모로 한 만큼, 시간의 느낌이 달라진다는 이야기다. 또 시간을 자동차의 속도에 빗대어, 10세 어린이의 시간은 시속 10km로 느리게 가지만, 50세에는 시속 50km로, 80세에는 시속 80km의 속도로 시간이 빨리 지나간다고 말하기도 한다.

노년에 빠르게 흘러가는 시간에 대한 사람들의 인식과 달리, 하루라는 노년의 시간은 젊은 사람에 비해 넉넉할 만큼 많다. 보통 사람들은 젊어서 하루 24시간을 '8-12-4'로 보내고, 시간 활용에 대해 충분히 준비하지 않은 노년의 하루는 '7-17'로 보내게 된다. 8-12-4의 의미는 8시간의 취침과 12시간의 업무 시간,[120] 그리고 4시간의 자유 시간이다. 7-17은 나이 들수록 잠은 줄어, 7시간의 취침 그리고 나머지 17시간은 비어 있는 자유 시간이다

---

119) 후지와라 토모미, 『폭주 노인』, 이성현 옮김, 좋은책만들기, 2008. 9, p.76
120) 출퇴근 시간을 포함한다.

:: 현 노인들의 시간 활용

2009년 통계청에서 발표한 '생활시간 조사'를 보면, 노년에 약 17~18시간 정도를 집에서 보내는 것으로 나타나고 있다. 경제 활동기에는 보통 8~12시간[121] 정도이나, 노년에는 5~10시간 정도를 집에서 더 보내고 있는 것이다. 물론 노년에 과거보다 외부에서 더 활동적인 사람도 있을 것이고, 반대로 24시간을 집에서 생활하는 사람도 있을 것이다. 분명한 것은 몸도 건강하고 수십 년간 외부에서 활동하던 사람이, 갑자기 집에서 많은 시간을 보내는 것은 고역이 될 수 있다. 또한 평균 6~8시간을 사용하는 교제 및 여가 활동도 뒷산에 오른다거나 공원을 배회하는 등, 단조로운 생활이 대부분이다.

60세 이상 노인들의 일주일은 요일별로 거의 차이가 없었다. 그러나 남성과 여성은 가정에서 보내는 시간에 약간의 차이가 있는 것으로 나타났다. 노년에도 여성의 가사노동 시간은 남성보다 길게 나타나고 있다. 교제 및 여가 활동에서 시간 활용은 남녀 모두 상당한 시간을 사용하고 있으며, 남성이 좀 더 활동적인 것으로 나타났다. 65세 이상 고령자의 생활에서 가장 큰 문제점은 바로, 가정에서 보내는 시간이 너무 길다는 것이다. 이는 현재의 노인들이 노년이 시작되기 전에, 취미나 여가 생활에 충분히 대비하는 준비가 부족했음을 반영하고 있다.

---

121) 12시간에서 4시간은 자유롭게 활용하던 개인 자유 시간을 포함한 수치임. 즉 경제 활동기에 집에 서 있을 수도, 외부에서 활동할 수도 있었던 시간임.

7(취침)-17(자유 시간)으로 하루를 보낼 것인가? 아니면 경제 활동기와 같은 8(취침)-12(활동)-4(자유 시간)의 시간 사용은 아닐지라도, 활동 시간이 약간 줄어든 7(취침)-10(활동)-7(자유 시간)로 보낼 것인가는 본인의 선택에 달려 있다. 앞에 뻔히 보이는 황량하고 재미없는 길을 가고자 하는 사람은 거의 없을 것이다. 경제 활동기의 업무 시간이 줄어 들고, 늘어난 자유 시간을 활용할 수 있는 꺼리를 만드는 것이 노년에는 아주 필요하다. 젊은 시절부터 여유를 가지고 여가를 즐길 수 있도록 준비하는 것이 노년의 시간을 알차게 보내기 위한 첫걸음이다.

노년의 여유 '8만 시간'

노년에 스스로를 위해 투자할 수 있는 시간은 얼마나 될까? 일반적으로 55세에 정년퇴직하고 85세까지 산다면, 30년이다. 이 30년을 건강수명 기간 20년, 장애여명 기간 10년으로 나누어본다면, 노년에 정력적으로 활동할 수 있는 기간은 20년이다. 하루 24시간에서 수면 7시간, 씻고 밥 먹는 시간 등의 일상생활에서 필요한 시간을 넉넉잡아 5시간이라고 한다면, 12시간이 남는다. 하루 12시간은 1년이면 4,380시간이고, 건강수명 기간인 20년은 87,600시간[122]이 된다.

말콤 글래드웰(Malcolm Gladwell)는 『아웃라이어(Outliers)』[123]라는 책에서, 보통사람들의 범주를 뛰어 넘는 아웃라이어가 될 수 있었던 비결에 대해 이야기하고 있다. 그것은 신경 과학자 다니엘 레비틴이 이야기한 **'1만 시간의 법칙'**이다. 이는 어떤 분야에서든 하루 3시간, 1주일 20시간, 10년 이상 꾸준히 노력하면 '달인 또는 전문가'가 될 수 있다는 것이다. 이 책에서 말한 내용을 참고로 한다면, 노년의 8만 시간은 본인이 어떻게 활용하는가의 노력에 따라, 여러 분야에서 달인이나 전문가가 될 수 있을 만큼 충분한 시간인 셈이다.

---

122) 현재 우리가 자주 쓰고 있는 '은퇴 후 8만 시간'은 여가 시간을 11시간으로 20년에 365일을 곱한 80,300시간을 이야기한다. 본저에서 이야기하는 8만 시간은 여가 시간을 12시간으로 보고 있으며, 이는 통계청의 2009년 생활시간 조사의 개인 유지 시간 약 11시간 30분을 뺀 나머지 시간인 12시간 30분을 12시간으로 넉넉하게 잡은 것이다.

123) 본래는 '표본 중 다른 대상들과 확연히 구분되는 통계적 관측치'를 뜻하나, 이 책에서는 특출한 사람들을 뜻하는 말이다. 사례로는 빌 게이츠와 비틀즈 등을 들고 있다.

노년의 시간을 이용해서 전문가가 되거나, 새로운 사업을 창업하여 성공한 사례들이 자기계발 서적이나 매스컴에 자주 오르고 있다. 나이가 인생의 성공을 가로막는 장애물이 아니라는 것을 보여준 대표적인 사람은, 세계적인 체인점 KFC를 창업한 할렌드 샌더스(Harland Sanders, 1890-1980)를 들 수 있다. 그의 학력은 초등학교 중퇴다. 6살에 아버지를 여의고, 10살부터 농장에서 일을 했다. 페인트 공, 타이어 영업사원을 거쳐 유람선에서 일하다가, 29세에 주유소를 차렸다. 그러나 대공황으로 모든 것을 잃게 되는 등 실패의 연속이었다. 그럼에도 65세에 사회보장금으로 지급된 105달러를 이용해서, 레스토랑을 운영하면서 개발한 독특한 조리법을 사용하는 새로운 사업을 시작한다. 결국 1008번의 거절과 1009번째 성공을 통해, 전 세계에 13,000여 개의 매장을 가진 세계적인 기업을 이룬 것이다.

이는 나이를 불문하고 명확한 목표를 가지고 꾸준히 준비하고 실행하면, 본인이 원하는 것을 성취할 수 있음을 알려준다. 이제 노년의 시간은 경제 활동기에 있었던 성공이나 실패의 여부를 떠나, 새로운 도전을 시작할 수 있는 충분한 시간이 있다. 단지 이 시간을 어떻게 이용할 것인가라는 본인의 선택이 남아 있을 뿐이다.

나이들어 젊어질 수 있다면…

젊음은 나이 듦의 희망이자, 언제나 돌아가고 싶은 추억의 안식처일 수밖에 없다. 그래서 어린이는 꿈을 먹고 살고, 노인은 추억을 먹고 산다고 한다. 나이 든 사람에게 가장 좋은 말은 아마 본인 나이보다 10년 정도 젊게 보인다는 말이지 않을까? 그래서 요즘은 안티에이징(Anti-Aging)이라는 트렌드가 대세라고 한다. 이를 위한 노인들의 성형이 상당하다는 이야기도 매스컴에서 종종 접할 수 있다. 그러나 아무리 목살을 잡아당겨 피부를 탱탱하게 펴고, 얼굴의 검버섯을 레이저로 태워도, 청춘의 몸은 돌아오지 않는다. 성숙된 나이 듦이라면, 겉으로 나타난 외면의 젊음보다 청춘의 마음을 가꿔야 하지 않을까?

요즈음 사람들은 본인 나이에 비해 '속이 없다'고 생각하곤 한다. 필자 본인도 마찬가지다. 어린 시절에 크게만 보였던 아버지의 듬직했던 어깨를 생각해보면, 그 당시 아버지보다 더 많은 나이가 되었음에도 불구하고 그렇다는 이야기다. 부모님이 40~50대가 되었을 때는 벌써, 자녀 중 결혼을 통해 손주를 본 경우도 있었다. 또한 완숙한 인생의 장년기로 꽃을 피웠고, 그만큼 대접을 받았다. 그래서 어렸을 때 보았던 아버지를 생각하면, '지금의 나는 왜 이렇게 속이 없나!'라는 자괴감自愧感이 들 수 있다. 우리가 이러한 생각을 갖게 되는 것은 어쩌면 당연한지도 모른다. 부모님이 살던 시대와 다른 환경에서 살고 있기 때문이다.

과거의 농경 사회에서는 세상의 변화 속도가 느리고 생활이 단순했기 때문에, 세상을 살아가면서 습득해야 할 지식이 그다지 많지 않았다. 또한 과거의 어른들은 학력도 높지 않았고, 그에 따라 교육받은 기간도 길지 않았다. 오늘날 성인이 되어 사회생활을 하기 위해서는 유치원 2년, 초등학교 6년, 중·고등학교 6년, 대학 4년이 필요하다. 개인적으로 필요해 대학원 2년을 더한다면, 인생에서 총 20년가량의 적지 않은 시간을 면학으로 보내게 된다. 이 기간에 집중적으로 하는 공부는 인생을 성찰하고 관조할 수 있는 마음공부보다, 현실에서 필요한 실용 학문과 기술적인 부문에 치중한다. 이렇듯 과거에 비해 늘어난 교육 기간은 젊은이들의 사회 진출을 유보시키고, 정신적인 성숙보다는 기술적인 지식 습득에 아주 긴 기간을 보내게 한다.

대부분의 사람들은 나이가 들면서 경륜이 쌓이고, 세상을 보는 시야가 넓어지면서 정신적인 성숙도가 높아진다. 그러나 오늘날의 공부는 정신적인 면보다, 물질적이고 기술적인 부분에 치우쳐 있다. 따라서 자아를 성찰하여 만들어지는 인격의 완성도는 늦춰질 수밖에 없다. 개인마다 차이가 있겠지만, 과거의 어른들과 비추어볼 때, 현재의 본인은 스스로 속이 없다고 생각하게 되는 것이다.

∷ 노년에 갖는 젊음(0.7 나이)

젊게 사는 비결은 아주 간단하다. 바로 본인의 나이를 줄이면 된다. 그럼 어떻게 나이를 줄일 수 있는가? 나이에 0.7을 곱하면 된다. 바로 그 나이가 어릴 때 보았던 조부의 나이와 같기 때문이다. 그 이유는 다음과 같다. 1960년대 우리나라 사람들의 평균수명은 50대 초·중반이었다. 그러나 2011년 통계청에서 발표한 평균수명은 81.2세이다. 사망 연령으로만 비교한다면, 오늘날의 80세는 1960년대의 50대 중반의 나이와 비슷하다고 할 수 있다.[124] 그래서 현재의 나이에서 0.7을 곱하면 과거의 나이와 비슷하게 된다. 즉 현재 나이가 70이라면 어린 시절 보았던 49세의 연령으로 생각하면 되고, 50세라면 과거 35세[125] 정도로 생각하면 된다는 것이다. 그래서 50세인 오늘을, 35세의 마음으로 살아간다면 얼마나 젊어지겠는가?

전술한 바와 같이, 우리나라 사람들은 나이가 한 살 한 살 들어가면서, 공자孔子가 나이에 따라서 행했던 인생의 미션을 실행하고자 하는 사람들이 많다. 그 연령대를 오늘날로 환산해보자. 방법은 '공자의 나이/ 0.7'로 하면 된다. 공자가 학문에 뜻을 둔 나이라는 15세의 지학志學을 이제는 대학생이 되어 본격적인 학문을 닦는 시기인 20세로 본다. 10년 이상의 사회생활을 통해 본인이 세상을 보고 뜻을 세우는 30세 이립而立은 현재의 40세로 본다. 산전수전을 다 겪은 장년으로서 세상의 유혹에 흔들리지 않는 40대의 불혹不惑은 55세로, 이제 세상에 태어난 이유를 깨닫는다는 50대 지천명知天命의 나이는 70세로 본다. 주변의 유혹에 흔들리지 않고 세상을 관조할 수 있는 60대 이순耳順의 나이는 85세로 보고, 마음과 몸이 일치되어 저 세상으로 떠날 때 후회하지 않도록 마음을 정리하는 70세의 종심從心은 오늘날의 100세로 보는 것이다. 이러한 방법으로 본인 나이의 지표를 정하면 나이는 젊어질 것이고, 삶을 대하는 마음도 바뀌면서 남은 인생을 보다 건강하게 살아갈 토대를 마련하게 될 것이다.

---

124) 나이차가 수數적으로는 약25년의 차이지만, 정신적인 성숙도나 세상을 보는 식견 등을 고려해보라!
125) 현재 나이 50 0.7=35

13장 나이 듦에 나타난 노년의 일과 수입

사람에게 일은 무엇인가?

인간에게 일은 어떤 의미일까? 인간에게 일은 단순히 경제 문제를 해결할 뿐만 아니라, 정신적인 욕구까지 충족시키는, 인간에게 반드시 필요한 것이다. 프리드만(E.friedman)과 하비거스트(R.Havighurst)는 일에 대해 다음과 같이 정의했다.

① 일에 따르는 재정적인 보상은 생계유지를 가능하게 해준다.

② 규칙적인 생활이 가능하도록 규제를 가해준다.

③ 일을 행하는 과정에서 자신을 발전시키고, 자신의 적성을 개발시킬 수 있는 경험을 제공한다.

④ 의미 있는 생활의 경험을 제공해준다.

⑤ 사회에서 인간관계를 맺어주는 기본 장소이다.

즉, 일이란 사람이 살아가는 데 있어서 삶의 경제적 기반을 만들고, 살아가는 의미를 제공하며, 인간관계의 원천이 되어준다는 것이다. 그러므로 인간에게 일은 살아 있는 동안 계속되어야 한다. 우리가 알고 있는 은퇴는 하나의 일로부터 퇴직한다는 것이지, 앞으로 일을 하지 않는다는 것이 절대 아니다.

그렇다면 노년에 일의 의미는 무엇인가? 2005년 HSBC가 조사 발표한 '은퇴의 미래(The future of Retirement Study)'에서는 사람들이 노년에도 일하고 싶은 이유에 대해 5가지로 정리하고 있다. 첫째, 돈을 벌기 위해서, 둘째, 정신적으로 계속 자극받기 위해서, 셋째, 신체적으로 움직이기 위해서, 넷째, 타인과의 관계를 지속하기 위해서, 다섯째, 의미 있고 가치 있게 시간을 보내기 위해서이다. 조사된 국가마다 약간의 차이가 있지만, 조사된 나라의 노인들은 이 5가지 요소를 골고루 중요하게 생각하는 것으로 나타났다.[126]

인간이 살아 있는 한 계속 일을 가져야 한다는 것은 분명하지만, 현실은 일을 하고 싶어 하는 노년의 바램을 채울 수 없는 경우가 대부분이다. 이에 대해 버클리대 사회학자 론리(Ron Lee)는 다음과 같은 방법으로, 모든 연령을 초월해 일을 재분배할 것을 제안하고 있다.

"20~40대가 일생에서 가장 생산적인 나이라면서 부담을 지우고, 또 바로 그 시기에 아이들을 키워야 하고 수입을 점점 늘려야만 한다고 압박하다가, 그들이 50을 넘어서기만 하면 일을 그만두라고, 아니면 옆으로 비켜나기라도 하라고 몰아대는가? 공공정책과 투자의 초점을 재조정해서, 아직 아이가 있는 어린 가정과 힘없는 노인층에 대한 지원을 늘리는 대신에, 의미 있는 방식으로 사회에 계속 기여하고 싶어 하는 사람들에게는 기회를 확대하면 어떻겠는가? 우리에게는 일을 계속할 수 없는 사람들의 어려움을 충분히 고려하는 동시에, 지금보다 훨씬 더 나이 들어

---

126) 린다 그래튼, 『일의 미래』, 조성숙 옮김, 생각연구소, 2012. p.374

서까지 생산성을 확대해 나가는 새로운 인생 지도가 필요하다."

사람들에게 일의 종류, 일하는 장소, 일하는 시간에 근본적인 변화가 시작된 것은 산업혁명이다. 아침에 일어나 회사나 공장으로 출근해서 일하고, 저녁이 되면 집으로 돌아온다. 또한 일주일에 하루(현재는 이틀)는 쉬는 날이 된다. 이와 같은 삶의 형태가 사람들에게 지배적으로 나타나게 된 것이다. 이러한 변화는 유럽에서 아시아로, 이제는 전 세계로 확장되었다. 사람들의 삶이 이전의 시대와 완전히 다른 구조와 형태로 변화된 것이다. 이렇게 변화된 형태의 라이프 스타일이 인간의 생활을 장악한 지, 이제 200년밖에 지나지 않았다. 이 기간 동안 엄청난 변화를 통해, 수없이 많은 직업이 만들어지고 사라졌으며 또한 분화되었다. 그러면 앞으로도 현재 형태의 일하는 방식은 계속될 것인가?

:: 일의 미래

린다 그래튼(Lynda Gratton)은 『일의 미래』 [127]에서, 앞으로 다가올 일의 변화와 선택에 대해 몇 가지 중요한 메시지를 던진다. 지난 20년 동안 우리가 당연하게 여겨온 보편적인 근무 방식이 사라지고 있다. 아침에 출근해서 오후 5~6시에 퇴근하고, 회사 정책에 순응하는 사람들과 함께 일하며, 주말에 쉬는 형태가 줄거나 사라지고 있다는 것이다.

'미래의 일은 어떤 형태로 진화할 것인가?'에 대해서 다음과 같이 예견하고 있다. 일의 미래에 가장 큰 영향을 미칠 힘은 ① 기술 ② 세계화의

---

127) 앞의 책

명암 ③ 인구 통계와 수명 연장 ④ 요동치는 사회 ⑤ 에너지 자원이라는 5가지 힘이다. 이 힘들이 만들어내는 일의 미래는 수동적인 시나리오와 긍정적인 시나리오로 나눌 수 있다. 수동적인 시나리오는 개인에게 고립, 파편화, 소외, 자아도취 등으로 나타나고, 긍정적인 시나리오는 창조적 협력과 사회참여, 소 기업가 정신, 창의적인 삶을 살아가는 것으로 나타난다. 개인들은 미래에 하는 일을 긍정적인 시나리오로 만들기 위해서 자신의 가치관, 지식과 능력, 업무 관행 또는 습관을 근본적으로 바꾸어야 하며, 이를 통해 미래의 일은 다음과 같이 변화된다고 한다.

첫째, 함께 생각하면 크게 바뀐다. 기술 발전으로 고도의 연결성과 시간 축적, 사용자 제작의 힘은 전문가들의 예상을 뛰어넘는 집단 지성을 만들고, 세상의 가장 훌륭한 아이디어들을 결합하는 오픈 소스(Open-Source)[128]는 혁신을 이끌게 된다

둘째, 연봉보다 중요한 것을 찾는 사람들의 글로벌 의식이 확산되며, 일과 생활의 균형을 찾으며, 나를 위한 봉사 활동에 합류하는 사람들이 더 많아진다. 또한 일하는 여성들의 삶은 여성 경영자 수가 남성 경영자 수보다 많아질 정도로 괄목할 만한 성장을 이룬다. 그래서 남성 중심의 직장에서 남성적인 문화가 줄고, 남성들도 직장 생활과 가정의 균형을 꾀하게 된다.

셋째, 정년퇴직! 그게 뭔가요? 70대의 1인 기업가의 활력 넘치는 하루

---

128) 리눅스와 같이 새로운 정보공유 체계로 주목받고 있는 인터넷상의 공동체 시스템.

를 소개하면서, 수십 억의 소기업이 탄생하고, 인터넷이라는 생태계에서 소 기업가들의 클러스터가 시장의 향방을 결정하게 된다. 기술과 세계화와 장수의 결합은 노년에도 충분히 소화할 수 있는, 훌륭한 일자리를 만들어준다.

그러므로 향후 가치 있는 일을 하거나, 경력을 쌓기 위해서는 '지적 자본'을 키워야 한다. 개인의 모든 인간관계를 비롯하여, 네트워크의 폭과 깊이인 '사회적 자본'도 넓혀야 한다. 또한 스스로를 이해하고, 자신이 내리는 선택을 성찰할 수 있는 '감성 자본'을 확보해야 한다. 이러한 자본들을 개인이 확보했을 때, 공동 창조, 사회 참여, 창의적인 생활을 할 수 있게 된다. 개인은 이 3가지 자원을 통해 전환을 이루려는 의식적이고, 명확하며, 의도적인 행동이 필요하다. 유연한 전문 능력을 쌓기 위해 집중력과 결단력을 발휘할 준비를 해야 한다. 다양하고 흥미로운 사람들과 풍성한 네트워크를 누리는 혁신적인 연결자가 되기 위해, 에너지와 자원을 동원해야 한다. 돈과 소비를 중시하는 전통적인 업무 풍조보다는, 경험과 열정에 대한 감성적 욕구를 중시하는 풍조로 바뀌어야 한다고 정리하고 있다.[129]

이 책에서 일의 미래와 관련하여, 사람들에게 강조하여 던지는 메시지는 "생각을 바꾸지 않으면 자신의 미래와 우리가 소중하게 생각하는 사람들의 미래가 위험해진다. 일의 미래를 예측하고 직장 생활을 가치 있게 만드는 것은 자신과 자신이 소중하게 생각하는 사람들에게 줄 수 있

---

129) 앞의 책

는 가장 귀중한 선물이다."라는 것이다. 여기서 말하는 일의 미래는 노인 사회에서, 베이비부머들이 노년의 삶을 윤택하게 할 평생 직업을 선택하는 데, 커다란 도움이 될 수 있는 사항이다. 남아 있는 기나긴 여생에서, 본인에게 가장 적합한 일을 찾기 위해 어떤 방향으로, 무엇을, 어떻게 만들어가야 할 것인가에 대해서 음미할 만한 메시지를 담고 있다.

생애로 보는 수입과 지출

고령화에 따른 기대수명의 증가는 각 개인들에게 일생에 걸쳐 발생하는 수입과 지출에 커다란 변화를 가져온다. 수명 증가로 지출은 오랫동안 계속되지만, 수입은 나이를 먹을수록 줄거나 없어지기 때문이다. 수명 증가는 개인에게 자연스럽게 나타나는 변화이나, 수입은 사회 전체가 가지고 있는 경제 구조의 영향을 받게 된다. 따라서 이를 쉽게 바꿀 수 없다. 아래 그림은 개인이 전 생애에 걸쳐 벌 수 있는 수입과 이를 소비하는 지출의 패턴이 과거와 많은 차이가 생김을 보여준다.

[그림10] 생애주기설에 따른 개인의 소득 및 소비지출 패턴

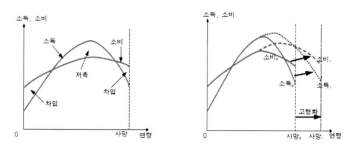

자료: 『고령화 시대의 도래의 경제적 의미와 대책』, 이은미·엄동욱, 삼성경제연구소, 2001

〈그림14〉 '생애주기설(Life cycle Hypothesis)에 따른 개인의 소득 및 소비 지출 패턴'에서, 사람들의 수명은 연장되면서 소비 곡선이 우측으로 길게 연장된다. 그러나 소득은 단기간에 쉽게 변화될 수 없다. 그래서 사람들에게 소득과 지출 사이에 커다란 갭(gap)이 생긴다. 이 갭이 현재 우리 사회에서 고령화로 나타나는 개인의 소득과 지출 간에 나타난 부족분이다.

우리 사회에서 개인이 수입을 통해 재산을 형성할 수 있는 기간은 55세 전후의 정년퇴직까지로, 어느 정도 정해져 있다. 그러나 급격히 길어진 수명으로 인해, 지출해야 할 금액은 엄청나게 늘어난 상황이다. 그래서 경제 활동기에 있는 사람들에게 돈이 최고일 수밖에 없고, 사회 전체가 '숭금주의崇金主義'로 흐를 수밖에 없다. 자본주의 사회에서 돈이란 사람들이 먹고 사는 생존과 직결되기 때문이다.

이를 해결할 가장 좋은 방법은, 표에서 나타난 것처럼 소득 곡선을 길게 늘이는 것이다. 즉 수명이 늘어난 만큼, 소득의 기간 다르게 말한다면 일하는 기간을 늘려야만, 이를 해결할 수 있게 된다. 그러나 현실에서 고령의 근로자가 할 수 있는 일의 종류, 급여, 근로 환경 등은 매우 열악한 상황이다.

:: 노인들의 수입과 지출 현황

[그림11] 라이프 사이클과 '수입'곡선

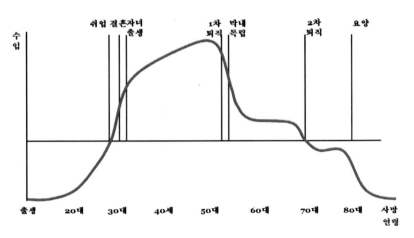

〈그림11〉 '노인들의 수입곡선'은, 오늘날 개인의 Life Cycle에서 나타난 수입의 변화를 보여주고 있다. 대부분 사람의 수입은 50대 중반의 정년퇴직을 하게 되면, 급격히 감소한다. 현재 노인들 중에서 연금을 받을 수 있는 사람은 과거 공무원, 군인, 교직원으로 재직했다가 퇴직한 사람들을 제외하고는, 거의 없다. 그래서 사람들은 건강이 허락하는 한, 열악한 환경과 저임금에도 불구하고 일을 통해 수입을 갖고자 한다. 그래서 2차 퇴직까지 약간이나마 적은 수입이라도 있게 된다. 70대가 넘어서면 수입은 줄고 지출은 늘어, 대부분 노인 가정의 경제수지는 적자로 전환된다. 육체의 노화와 구직의 어려움으로 인해, 근로를 통한 수입은 거의 없어지고, 병원비 등의 지출은 늘기 때문이다. 80대의 장애여명 기간으로 접어들면서, 거동이 불편해지고 요양을 필요로 하게 되면, 노인 가정의 적자폭은 더욱 커지게 된다.

현재 65세 이상인 노인들의 경제적 준비를 보면, 일의 유무에 따라 큰 차이를 보이고 있다. 통계청의 '2009년 사회 조사'에서, 65세 이상의 고령자 중에서 취업 중인 노인들 중 52.3%는 노후 준비가 되어 있다고 했다. 그러나 47.7%는 준비되어 있지 않다고 응답했다. 취업하지 않은 고령자는 노후가 준비되었다는 비중이 34.0% 정도이며, 준비되어 있지 않은 노인은 66%로서 2/3를 차지하고 있다. 이 같은 자료를 비추어볼 때, 일이 있다손 치더라도, 반 정도는 경제적으로 어려운 생활을 하고 있는 실정이다. 더욱이 일을 하지 않는 노인은 누군가 보조해주지 않으면 생활하기 힘들고, 경제적으로 많은 고통을 받고 있음을 짐작할 수 있다.

노년에 근로소득이 없는 상황에서 생활에서 지출되는 생활비는 젊은 시절에 축적한 재산이나 연금으로 지출해야 한다. 현재의 노인들은 준비된 연금이 거의 없기 때문에, 현재 보유한 자산을 이용해 새로운 소득원을 만들기 위한 고민이 자산시장에서 나타나고 있다. 자산의 크기를 감소시키지 않으면서 매월 임대소득을 발생시킬 수 있는 수익용 부동산을 선호하게 되고, 조금이라도 높은 이자 소득을 받기 위해 저축은행 등으로 다리품을 팔고 있다. 그러나 현재 진행되고 있는 자산 가격의 하락과 초저금리의 분위기라면, 소규모의 자산으로 기나긴 노후 생활에 필요한 소득을 만들기가 쉽지 않다. 다행이라면, 2014년7월부터 기초연금 제도[130]를 통해 1인당 최고 20만 원의 기초연금이라도 받을 수 있는 제도가 생겼다. 그러나 이 금액으로 노년의 생활비를 충당하기에는 너무 작다. 또한 상당히 선별적이어서 혜택을 받는 사람도 많지 않다.

---

130) 2014년 7월부터 기초 노령연금 제도가 폐지되고, 기초연금 제도가 실시됨.

노년에 일의 의미는?

통계청이 발표한 '고령자 통계(2009)'에서 55세 이상의 고령자의 취업 의사를 보면, 일자리를 원하는 비율이 57.6%로 나타난다. 특히 55~64세의 젊은 노인은 72.2%로, 대부분이 취업을 원하고 있다. 65세 이상의 노인들도 상당수인 41.8%가 일자리를 원하는 것으로 나타났다. 장래 근로를 원하는 가장 큰 이유는 부족한 생활비를 보태기 위함이다. 또 일하는 즐거움을 갖기 위해서가 19.9%였다.

국민연금공단에서 시행하는 '2009년 국민 노후보장 패널조사'에서 나타난 2009년 퇴직자의 희망 퇴직연령은 평균 66.5세다. 그러나 실제로 퇴직하는 나이는 평균 57.1세다. 이는 일을 하고 싶어 하는 나이와 실제 퇴직하는 시기가 일치하지 않고, 약 10년의 공백이 있음을 보여준다.

여기서 우리는 노년의 경제활동에 대한 인식의 전환이 더욱 필요해진다. 사람은 66.5세가 아니라 언제나 일할 준비가 되어 있어야 하고, 살아 있는 동안 일을 해야 한다. 그러나 많은 사람들은 과거의 관행이나 잘못된 인식으로부터 발생한 '은퇴'라는 허울에 휩싸여 있다. 단지 정년퇴직이란 경제활동기인 주된 직장에서 1차 퇴직일 뿐이지, 결코 일을 하지 않는 것은 아님을 알아야 한다. 즉 노년에도 일은 꼭 필요하고, 또한 반드시 일을 해야 한다.

그러나 현재 노인들이 맞이하고 있는 취업 환경은 아주 각박하다. 즉 정년퇴직을 한 다음, 노년을 맞이하는 젊은 노인들은 계속 일을 하고 싶어도 일자리가 거의 없다. 있다손 치더라도 거의가 생계형 취업이다. 즉 수입은 극히 적고, 근무 환경도 열악하다. 대도시에서 노인들이 지하철을 이용한 노인 택배로 시급 1,000원[131]을 받는다거나, 하루 종일 폐지나 폐품을 주워 동네 고물상에 팔아도 하루 1만 원 벌기가 어렵다. 이 모습이 현재의 노인들이 살아가고 있는 현실이다. 또한 미래의 노인이 될 오늘의 중·장년층도 준비하지 않으면 누구나 이런 상황이 될 수 있다.

∷ 노인과 젊은이의 일

통계청이 발표한 '2011년 사회 조사'에서, 우리나라 사람들이 직업 선택에서 가장 중요하게 고려하는 것은 수입(38.3%), 안정성(29.2%), 적성·흥미(14.1%)로 조사되었다. 또한 60세 이상 노인들의 직업 선택은 수입(39.6%), 안정성(32.6%), 발전성·장래성(4.4%), 적성·흥미(4.0%), 명예·명성(3.6%)으로 나타났다. 이 조사에서 취업하려는 젊은이나 노인이 공히 고려하고 있는 것은 첫째가 수입이고, 둘째는 안정성이었다.

이 같은 결과가 보여주는 것은 같은 일자리를 가지고 세대 간에 경쟁이 있을 수밖에 없다는 사실이다. 일자리는 한정되어 있는 현실에서 앞물결이 흐르지 않고 정체된다면, 뒤에 따라오는 물은 흐를 수가 없다. 이는 고령화 문제를 해결하는 것보다 더욱 큰 문제를 발생시킬 수 있다. 청년 실업의 증가는 만혼의 증가, 저 출산의 증가, 생산가능 인구의 감소 등으로, 노인 사회를 지탱해야 하는 주춧돌이 없어지는 더욱 큰 문제로 연결된다. 또한 젊은 사람들이 일을 하지 않는다면, 국가가 약속한 노인

---

131) [출처] 서울신문, 「시급 1000원 노인 택배」, 2012.7.25

들을 부양할 재원을 마련할 방법이 없다.

이 같은 상황이 반복된다면, 노인들에게 지원할 만한 복지 재원은 갈수록 감소되고, 노인들의 생활은 더욱 악화되는 악순환이 된다. 우리나라의 장기적인 고용 환경을 생각한다면, 60대 전후의 젊은 노인들을 어떻게 활용하느냐에 우리의 미래가 달려 있다고 해도 과언이 아닐 정도로 중대한 문제이다. 그러나 현재의 청년 실업이 극심한 상황에서, 노인 일자리를 새롭게 창출하는 것은 쉬운 일이 아니다. 또한 같은 일자리를 가지고 노인층과 청년층 간에 세대 간 충돌을 가져오는 것은 더욱 바람직하지 않다.

노인들은 오늘날 젊은이들이 원하는 직업을 거쳐 오늘의 이 자리에 와있다. 경제적인 현실은 소득을 필요로 하지만, 같은 자리를 가지고 청년들과 경쟁할 수는 없다. 그러므로 노년에 접어드는 사람들은 기존에 가지고 있던 일에 대한 가치와 일을 통해 이루려고 하는 것을 바꾸어야 한다. 사람은 적성이나 성격 그리고 나이에 따라 쓰임새가 각각 다르다. 나이 먹은 사람들은 그 나이에 맞는 직업관이 필요하다. 고령 근로자도 고령의 직업에 대해 새로운 사고로 접근해야 한다. 이 문제에 대한 해결책은 다음에 나오는 5장 '나이 듦의 운명 편'에서 자세히 살펴본다.

일주일의 시간에서 만드는 일
'토·일·월·화·수·목·금'

주 5일 근무제는 기존의 주당 44시간에서 40시간으로 단축된, 주 40시간 근무 제도를 말한다. 이 제도는 2004년 7월 1일부터 공공·금융·보험 업종 및 1,000인 이상 사업장에서 처음 시행되었다. 이어서 300명 이상 사업장과 모든 공공기관, 100명 이상 사업장, 50명 이상 사업장, 20명 이상 사업장, 5~20인 미만 사업장으로 확대 시행되었다. 이와 같은 과정을 거치면서, 이 제도는 우리나라에서 완전히 정착되었다.[132]

지구는 둥글다. 모든 세계가 하루를 동시에 시작하면 쉬는 날이 같지만, 지구상의 경도의 차이는 하루의 시작을 각각 다르게 만든다. 세계화 시대에 맞추어, 이렇게 비어 있는 날의 업무 공백을 메울 수 있는 방법은 없을까? 이 공백을 노인들이 분담한다면, 적게나마 새로운 자리가 생길 수 있다. 고령의 근로자들이 가진 업무 경험과 변화하는 시장 환경에서, 수십 년간 갈고 닦은 식견을 활용할 수 있다면, 어떻게 활용하는가에 따라 기업은 경쟁력을 한 단계 업그레이드시킬 수 있다.

기존의 업무에서 가졌던 노년의 경험은 기업이 속한 시장의 변화나 사회의 트렌드를 조사하고 취합하는 업무에서, 정보 분석 또는 제공자로서 역할을 할 수 있을 것이다. 이를 잘 활용한다면, 기업의 의사 결정자가 현재 경제 상황에서 나타난 문제 해결이나, 기업이 앞으로 나아갈 진로

---

132) 현재 5인 미만 사업장은 시행이 안 됨.

를 결정하는 일에 도움이 될 수 있다.

그래서 월·화·수·목·금의 일하는 주 5일은 젊은 사람들에게 맡기고, 젊은 사람들이 쉬는 날과 일의 연결을 위해 주중에 이틀정도 노인들이 일할 수 있는 자리를 만들어보자. 토·일요일은 일하고, 월·화요일은 쉬자. 그리고 중간에는 샌드위치 데이도 하루 만들어서, 금요일 정도에 하루를 더 쉬자. 경제활동하는 젊은 시절 주중에 공휴일이 있을 경우, 기분이 어떠했는가? 공짜로 주어진 휴일 같았고, 그래서 그날의 휴식은 꿀맛 아니었던가? 이를 정리하면, 토·일요일은 젊은 사람이 쉬는 공백을 메우고, 이틀 쉬었다가 수요일과 목요일에는 필요한 업무를 확인하자. 주중의 금요일에 하루를 더 쉬면, 노인들에게도 크게 부담되지 않을 것이다. 또한 일하는 시간도 전일 근무가 아닌, 파트타임이나 재택근무로도 할 수 있다.

이런 업무는 고령 근로자를 팀 단위로 구성하고, 정부 기관이나 기업에 필요한 정보 조사나 시장의 트렌드 등에 관련된 자료 수집과 같은 업무 구성이라면 가능할 것이다. 이런 일의 순환이 생긴다면, 기관이나 기업은 노년의 경륜이나 식견을 제공받을 수 있어 좋고, 고령 근로자는 일을 통해 수입이 생겨서 좋다. 고용주와 근로자가 서로 Win-Win할 수 있는 환경이 조성될 수 있다. 그러나 이러한 방법을 모든 기업이나 관공서에서 활용할 수는 없다. 처한 상황이 다르기 때문이다. 단지 현재 정해진 틀에서만 직업을 보지 않고, 이런 방법도 있을 수 있겠구나! 하고 생각했으면 한다.

야간에 만드는 새로운 일

주간은 젊은 사람들이 주로 일을 하는 시간이다. 그래서 업무 시간이 서로 충돌하지 않는, 야간에 노인들이 일을 할 수 있는 자리도 만들어보자. 정보통신 기술의 발달로 전 세계는 연결되었고, 기업도 살아남기 위해 글로벌화의 필요성이 높아졌다. 내수에 전념하는 기업이 아닌 한, 이제 전 세계를 대상으로 24시간 대응 체제를 갖출 필요가 있다. 이 같은 체제가 만들어지려면, 업무공백을 줄이기 위해 더 많은 인력의 채용이 필요하다. 그러나 인건비 부담으로 대부분의 기업들은 손을 놓고 있는 실정이다. 그래서 이러한 시간의 공백을 채울 수 있는 인력으로 젊은 노인들을 활용하는 것이다.

회사의 중요한 의사결정은 할 수 없겠지만, 앞에서 접근했던 주말에 일하는 사례와 연계시킨다면, 업무시간의 공백을 더욱 줄일 수 있을 것이다. 조사 업무나 정보를 분석하는 업무는 고령 근로자도 그 폭넓은 식견과 업무 경험을 통해 충분히 수행할 수 있다. 일정 부분에서는 더 잘한다. 그래서 기업이 야간의 비어 있는 시간에도 필요한 업무를 연속적으로 수행할 수 있다면, 새로운 일자리 창출도 가능해진다.

현재 우리 사회에는 주·야간 업무의 연속성을 유지하고 있는 직업들이 적지 않다. 대표적으로 경찰이나 소방관이 그런 직업에 속한다. 공공의 이익을 위해 1주일 24시간 업무 공백이 없이 계속 근무함으로써, 대부분의 국민들이 안전하고 긴급한 위험에 벗어날 수 있는 사회적 안전판을 제공하고 있다. 또한 일반 기업체에서도 1일 3교대로 24시간, 주말에도 순번을 바꿔가며 계속 가동하는 기업들이 적지 않다. 생각의 폭을 조금 바꾸면 필요한 일이 생기고, 이 일을 수행할 사람의 자리는 만들어지기 마련이다.

사람은 나이가 먹을수록 잠이 없어진다. 노년은 짧아진 잠 때문에, 젊었을 때보다 하루의 시간이 더 길어진다. 노인들이 야간을 이용해 일할 수 있는 직업도 만들어보자. 근무 시간에 따라 2~3교대로 근무한다면, 경험이 충분한 노인들이 일할 수 있는 자리를 약간이나마 마련할 수 있을 것이다. 물론 주말에 일하는 것과 마찬가지로, 야간의 일이 모든 분야에 적용되지는 않을 것이다. 그러나 세상을 보는 시각을 조금 바꾸면, 새로운 일들을 만들어낼 수 있는 여지가 충분하다.

노년의 새로운 삶의 공간 '농촌'

최근 베이비부머의 정년퇴직이 시작되면서, 도시에서 농촌으로 이동하는 귀농이나 귀촌에 대한 관심이 많아지고 급격히 증가하고 있다. 2000년대 초반부터 조금씩 그리고 꾸준히 늘다가, 2010년이 넘어가면서 폭발적으로 증가하고 있다. 귀농歸農이란 도시에서 생활했던 사람이 농촌으로 가서 농작물을 기르거나 가축을 기르는 축산업 등, 1차 산업에 종사하는 것을 말한다. 귀촌歸村은 시골로 내려가, 전원생활을 하는 것이다.

단순히 나타난 사실로만 본다면, 귀농은 과거에도 없지 않았다. 그러나 과거의 귀농은 오늘날과 전혀 다른 배경이었다. IMF 외환위기에 도시에서 실직한 후, 일할 곳을 찾아 사람들이 농촌으로 이동한 것이다. 그당시 귀농은 대부분 먹고 살기 위해 농촌을 선택한 생계형 귀농이라고 볼 수 있다. 그러나 2000년 전후로 경기가 회복되면서, 농촌으로 향했던 상당수의 사람들이 그 지역에서 정착하지 못하고, 대부분 다시 도시로 돌아왔다. 그러나 최근에 나타난 귀농과 귀촌은 과거와 다른 배경에서 출발한다. 베이비부머를 중심으로, 40대에서 20~30대까지 농촌을 선택하고 있다. 이로 인해 농촌에도 새로운 바람이 불고 있다.

농림수산식품부가 2012년에 발표한 '연도별 귀농·귀촌 현황'을 보면, 연도별 귀농 가구 수가 매년 증가하는 것을 볼 수 있다. 2001년 880가구에서 2005년 1,240가구, 2010년에는 4,067가구, 2011년에는 1만 503가구, 그리고 2013년에는 3만 2,424가구가 귀농과 귀촌을 했다. 도시를 떠나 귀농·취촌을 실행하는 사람들이 2010년을 지나면서 급격하게 증가하고 있음을 보여주고 있다.

연령별로 살펴보면, 29세 이하에서 귀농하는 사람들이 약간 늘고 있으나, 가장 많은 수를 차지하는 연령대는 50대로서 1만 420가구(32.1%)이다. 또한 30~40대 이하의 귀농·귀촌 인원도 계속 증가하고 있는데, 2013년에는 1만 2,318가구(38.0%)로 1/3 이상을 차지하고 있다. 2005년까지만해도 1,000가구를 밑돌던 중·장년층의 귀농·귀촌이 이렇게 급증하는이유는 40대의 조기퇴직과 50대의 정년퇴직이 맞물리면서, 노년을 농촌에서 보내려는 사람들이 많아졌음을 보여준다.

현재의 40~50대 중 상당수는 농촌이 고향으로, 어렸을 때 농사를 지었던 경험을 가지고 있다. 또한 현재 농촌에 부모가 살고 있는 경우도 많아, 명절 등을 이용해 자주 방문하곤 한다. 그래서 농촌이 낯설지 않아 정착하기도 수월하다. 이러한 추세로 본다면, 농촌에서 노년을 보내고자 하는사람들은 앞으로 더욱 늘어날 것이다. 또한 현재 60대 이상의 젊은 노인들도 도시보다는 농촌 생활을 선택하는 사람들이 늘어날 것이다.

2013년 지역별 귀촌 가구를 살펴보면, 수도권인 경기도가 8,499가구로가장 많았고, 충북(4,046가구), 강원(2,846가구), 전북(1,782가구) 순으로 나타났다. 또한 수도권에 가까울수록 귀농보다는 전원생활을 위한 귀촌 인구가많고, 수도권에서 멀어질수록 귀농을 목적으로 이동하는 경향이 컸다.

5부

부

나이 듦의 새로운 '운명' 편

'나이 듦의 새로운 운명'이라는 제목으로 이 장을 시작한다. 새로운 운명 편의 주인공은 베이비부머. 우리나라가 노인 사회로 접어들게 되는 2031년이 되면, 65세 이상의 인구비중은 25%를 넘어가게 된다. 달리 말하면, 인구 4명 중 1명은 65세 이상의 노인이 된다는 것이다. 이렇게 고령자 비중이 많아지는 데 가장 큰 공헌을 하는 세대는 베이비부머. 더욱 커다란 문제는 이 세대를 이어 거대한 인구 집단인 '2차 베이비부머', 베이비부머의 자녀인 '에코 베이비부머'가 계속 고령자 대열로 들어서게 된다는 것이다. 세상의 모든 일에서, 첫 단추를 잘못 끼우면 다음 단추부터 모두 엇나간다. 또한 처음에 틀리면 중간에 고치기란 아주 어렵다. 고친다손, 치더라도 엄청난 비용과 시간을 요要하게 된다. 그래서 일이 잘 진행되기 위해, 처음부터 제대로 시작되어야 한다.

세계에서 가장 가난했던 나라 중의 하나였던 한국호韓國號는 수십 년간 피와 땀을 통해 한강의 기적을 만들었다. 국내총생산(GDP) 규모는 1조 3천억 달러(2013년 기준)로 세계 14위, 1인당 국민소득은 2만 5,920달러(2013년 기준)로 세계 46위에 이르렀다. 이제 한국호는 2060년까지 진행되는 노인 사회라는 전혀 새로운 환경에서, 배의 운명을 가름하는 기로에 서 있다. 이 시기의 결정은 앞으로 최소 50년의 긴 시간 동안 한국호가 나아가는 운명을 결정하게 된다. 그 결정의 선두에 바로 베이비부머가 있는 것이다.

지금까지 의식주의 해결을 위한 발전이 화두였다면, 이제 젊은이와 노인, 부자와 빈자, 도시와 농촌 등 각각의 집단들이 어울려 살아가는 '상생相生'을 화두로 삼아야 한다. 신자유주의를 통한 빈익빈 부익부라는 자본주의의 폐해가 전 세계를 휩쓸고 있는 상황에서, 극단적인 양극화는 국론을 분열시키고 집단이기주의로 나타나게 된다. 우리가 가지고 있는 파이는 한정되어 있다. 남이야 어떻게 되든 말든, 나와 내 가족 그리고 내가 속한 집단만을 우선 챙기고 살아간다면, 우리의 미래는 아주 어둡다. 그리고, 더불어 살지 못하는 사회의 불행한 결말은 역사가 알려주고 있다.

새로운 운명의 기로에 서서, 우리의 사명은 조상으로부터 물려받은 유산을 온전히 다음 세대에게 물려주고, 선배들이 이룩한 결실을 기반으로 후배가 도약할 수 있도록 해주어야 한다. 그러나 현재의 진행 방향은 후배의 희생을 담보로 하는 부분이 적지 않다. 우리가 가진 것을 다 쓰고, 부족한 부분은 후배들이 만드는 파이까지 나눠달라는 구조이기 때문이다. 그렇기 때문에, 오늘을 살아가는 우리 스스로가 새로운 파이를 만들어야 한다. 특히 베이비부머가 그 선두에서 첫 단추를 제대로 꿰어 맞추어야 한다.

14장 노인 사회의 해결사! 베이비부머

　우리나라의 베이비부머는 1955~1963년에 태어난 사람들을 일컫는 코호트(Cohort)[133]다. 2010년부터 베이비부머의 맏형인 1955년생이 만 55세가 되면서, 일반 회사에서 정년퇴직을 하고 있다. 막내인 1963년생은 2018년에 정년퇴직을 하게 되는데, 이 시기는 65세 이상 인구가 14%가 넘어 고령사회에 진입하게 된다. 2026년이면 65세 이상 인구가 20% 이상이 되는 초고령사회에 진입하게 된다. 이 무렵 1955년생은 한국 나이로 72세, 막내인 1963년생은 64세가 된다.

[표5] 베이비부머의 출생 연도별 인구(2010년 기준)

(단위: 만 명)

출생 연도	1955년	1956년	1957년	1958년	1959년	1960년	1961년	1962년	1963년
인원	66.2	65.8	73.1	75.0	78.8	86.8	85.0	85.3	78.4

자료: 통계청(2011), '주택인구 총 조사'

---

133) 특정의 경험이나 연령을 공유하는 사람들의 집단을 말한다. 코호트는 사회변동 연구에서 중요한 개념이다. 각각의 코호트는 새로운 사회적 개념과 역사적 상황을 각기의 방식으로 보기 때문에, 문화적 가치나 신념 체계를 재해석하게 되고, 이는 가치관으로 나타난다. (고영복, 「사회학 사전」, 사회문화연구소, 2010)

베이비부머의 나이 듦이 중요한 이유는, 베이비부머라는 거대한 인구 집단이 우리나라를 노인 사회로 만드는 출발선이기 때문이다. 전술한 바와 같이, 우리가 앞으로 맞이하게 되는 노인 사회는 밝고 희망적이기보다는, 회색빛의 암울한 그림으로 그려지고 있다. 베이비부머가 젊은 시절 피와 땀으로 만들었던 한강의 기적이, '한강의 거적때기'[134]가 될 수 있는 위기의 시대가 다가오고 있는 것이다.

우리의 미래는 어떤 모습일까? 그 풍경은 멀리 볼 것도 없이 아주 가까운 곳에 있다. 현재 농촌의 모습이 우리의 미래다. 통계청이 발표한 장래 인구 추계를 보면, 2030년 65세 이상의 노인 인구의 비중은 24.3%이다. 이와 비슷한 인구 비중을 보이는 곳은 바로, 행정구역으로 군郡[135] 지역이다. 현재 이 지역은 농촌이라 불리고 있으며, 65세 이상의 노인들이 차지하는 인구 비중은 평균 25% 정도로 나타난다.

2010년 시행된 인구 총 조사에서, 65세 이상의 노인이 차지하는 비중이 가장 높은 지역은 경북 군위군으로서 39.4%이다. 이어서 경북 의성군으로 38.5%, 전남 고흥군은 38.2%, 전북 임실군은 37.7%이다. 이 지역은 현재, 아이들의 울음소리는 사라지고, 빈 집이 점점 많아져 폐허가 되어가고 있다. 명절을 제외하면 드나드는 사람마저 거의 없다. 그래서 조용하고 평온하기는 하지만, 활력이 없고 생동감이 없다. 오후 6시만 넘으면 이따금 지나는 자동차와 개 짖는 소리만 들린다.

---

134) 헌 헝겊 조각을 일컫는 말로, 한강의 쇠락된 이미지를 은유적으로 표현한다.
135) 대도시의 군郡이나 수도권의 군을 제외한 지역을 말한다.

물론 현재의 농촌은 젊은 사람들이 도시로 떠난 이촌향도의 구조적인 현상에서 나타났기 때문에, 다가오는 노인 사회와 많은 부분에서 다를 수 있다. 그러나 인구 구조만으로 본다면, 현재의 농촌이 우리의 미래상이다. 우리가 만드는 미래는 우리에게만 영향을 미치지 않는다. 우리의 자녀, 자녀의 자녀 그리고 그 후대까지 이어진다. 현재를 선조들에게 물려받은 것처럼, 우리도 후손들이 살아갈 미래의 터전을 만들어주어야 한다. 후손들이 지속 가능한 삶을 살아갈 수 있는 기반을 물려주어야 한다.

　조선 인조 때의 학자 홍만종이 지은 『순오지旬五志』에 "結者解之 其始者 當任期終(결자해지 기시자 당임기종)"이라는 말이 나온다. 그 뜻은 매듭은 맺은 사람이 풀고, 처음 시작한 사람이 그 끝을 책임져야 한다는 것이다. 이 말을 노인 사회에 빗댄다면, 노인 사회를 시작한 세대가 그 해결책도 만들어야 한다는 것이다. 지금 우리에겐 시간도 얼마 남아 있지 않다. 지금 바로 베이비부머부터 제대로 된 해법을 만들어, 당장 시작해야 한다.

세계의 베이비부머

베이비부머라는 말의 기원은 1920년 4월 미국의 오하이오 주에 있던 코스혹튼 트리뷴(Coshocton Tribune, 1909~1960)이라는 신문사가 당시 런던의 출산율 증가를 표현하기 위해, 베이비 붐(Baby Boom)이라는 단어를 처음 썼던 데서 시작되었다. 1950년대 뉴욕 포스트의 실비아 포터 기자는 2차 세계대전 이후로 급속히 증가한 출산율을 설명하기 위해, 붐(Boom)이라는 단어를 다음과 같이 사용했다. "1950년 미국에서 태어난 3,548,000명의 아이들을 하나로 묶어 미국이라는 국가를 뛰어다니게 하라. 이것은 무엇을 뜻하는가? '붐(Boom)'이다. 이는 역사적으로 가장 크고, 가장 강력한 폭발인 것이다."[136]

베이비부머는 2차 세계대전이 휩쓸고 지나간 대부분의 나라에서 발생한 거대한 인구 집단이다. 전쟁 이후에 인구가 급증하는 이유는 다음과 같은 원인이 중첩되어 발생한다. 전쟁터로 나갔던 군인들이 귀국하면서 떨어져 있던 부부들이 다시 만나고, 몇 년 동안 결혼하지 못했던 사람들이 단시간에 서로의 짝을 찾게 된다. 경제적으로도 출산에 긍정적인 환경이 조성된다. 줄어든 인구로 인해 '맬더스 트랩'[137]에서 벗어난 지역은 자녀 양육에 필요한 경제적인 부담이 줄어들고, 정부도 부족한 노동력을 채우기 위해 출산을 적극적으로 장려한다. 이러한 여러 원인들이 중첩되면서 자녀의 출산은 급격하게 증가하고, 의료 기술의 발달은 영유아의

---

136) 오희철 외 8인, 『베이비붐 세대의 건강실태 분석 및 미래 보건의료 사전 대응체계 구축 기초연구』, 2010

137) 필연적으로 기술적 진보를 통한 소득 증가는 인구 증가로 인해 그 효력이 상쇄되고 만다는 뜻이다.

사망률을 크게 줄게 만든다. 그래서 짧은 기간에 베이비부머라는 거대한 인구 집단이 전 세계에 만들어진 것이다.

:: 각 나라의 베이비부머

미국의 베이비부머는 1946~1964년에 태어난 사람들을 말한다. 이전에는 매년 약 250만 명 정도의 신생아가 태어났다. 그러나 이 시기에는 매년 약 400만 명 정도가 태어났고, 1957년에는 430만 명까지 태어난다. 그래서 미국 베이비부머의 총인원은 약 7,700만 명에 이른다. 베이비부머의 마지막 해인 1964년에는 20세 미만의 인구 비중이 미국 인구의 40%를 차지할 만큼 커다란 비중을 차지하게 된다. 현재 이 세대의 위상은 미국 전체 자산의 67%를 차지하고, 1인당 평균 자산이 86만 달러에 달한다. 현재 이들은 미국의 정치·경제·사회·문화 등 모든 부문에서 중추적인 위치를 차지하고 있다.

일본의 베이비부머는 다른 나라와 달리 2차례에 걸쳐 나타났다. 1931년 만주사변을 통한 대륙 침략의 성공과 경제성장에 고무되어, 사회 전반적으로 출생률이 급증한다. 1930년대에만 1년 평균 200만 명 이상으로, 2,148만 명의 신생아가 태어난 것이다. 이 세대가 1차 베이비부머다. 이 세대가 1990년부터 60세가 넘어가며 본격적인 정년퇴직으로 이어진다. 이 세대의 정년퇴직과 더불어 본격적으로 시작된, 일본의 고령화는 오늘날 일본 경제에서 나타난 '잃어버린 20년'의 출발선이 된다. 두 번째 베이비부머는 단카이 세대라 불리는 1947~1949년생으로 평균 270만 명, 약 800만 명이다. 일본은 다른 나라에 비해 2차 세계대전 이후에 생긴 베이비부머의 출현 기간이 아주 짧다. 그 이유는 1950년부터 출생하는 신생아가 급격하게 줄어들기 때문이다. 일본은 1948년에 우생보호법(優生保護法)이 제정되면서, 피임·중절·불임 수술이 제한적으로 용인되었고, 1949년에는 임신 중절도 합법화되었다.

유럽의 베이비부머는 2차 세계대전 이후 출산율이 증가했다가, 1950년대 중반에는 어느 정도 떨어지고, 1960년 전후로 다시 올라간다. 그래서 실질적인 유럽의 베이비부머는 1960년대 전후를 통해 나타나며, 경우에 따라서는 아주 길게 이어진다. 그래서 유럽의 노인 인구는 완만하게 증가한다. 영국의 베이비부머는 2차 세계대전 직후인 1946년부터 1963년까지 태어난 1,490만 명으로, 전체 인구 6,220만 명 중 24%를 차지하고 있다. 프랑스의 베이비부머는 다른 나라보다 상당히 길게 나타난다. 이들은 1946~1974년에 태어난 약 2,400만 명으로, 전체 인구 6,200만 명의 38%를 차지한다. 전후부터 매해 인구가 1%씩 증가했고, 베이비붐이 끝난 이후에도 조금씩 인구가 증가했다.[138] 독일의 베이비부머는 1960~1964년에 태어난 사람들로서, 1964년에 절정을 이룬다.

호주의 베이비부머는 1946~1961년까지 출생률 증가와 이민자 증가로 나타난다. 인원은 약 560만 명으로, 호주 전체 인구의 1/4을 차지한다. 호주의 특징은 베이비붐을 겪지 않은 국가로부터 호주로 이민 온 사람들에게 있었던 출생률 증가도 호주 베이비부머의 한 축을 이루고 있다는 점이다.[139]

---

138) 앞의 책, p.116
139) 앞의 책, p.113

:: 베이비부머가 각 나라에 미치는 영향

일본의 1차 베이비부머는 우리보다 약 25년 정도 일찍, 다른 나라보다 15년 이상 빠르게 나타났다. 그래서 세계 어느 나라보다 고령화의 영향을 일찍부터 경험하고 있다. 미국의 고령화는 우리보다 약 10년 정도 일찍 시작되었다. 그러나 미국은 고령화의 영향이 그리 크게 나타나지 않고 있다. 미국은 아직까지 가장 젊은 OECD 국가로 손꼽히는데, 그 이유는 해외로부터 젊은 이민자를 계속 받아들였기 때문이다. 그렇지만 고령화에 대한 관심은 아주 크다.

서유럽의 베이비부머는 국가별로 약간 상이하게 나타나는데, 우리보다 약간 빠르거나 비슷하다. 이들 국가들은 정도의 차이가 있으나, 공통적으로 베이비부머 세대 이전에 이미 상당한 고령화가 진행되었다는 점이다. 그래서 고령화로 인한 사회적 충격은 우리에 비해 그다지 크지 않다. 그러나 현실의 고령화 정도는 우리보다 높기 때문에, 경제적인 부담은 현재 진행형이다. 현재 유럽의 고령화 정책은 각 국가마다 상이하며, 베이비부머의 정년퇴직이 미치는 영향도 다양하게 나타나고 있다.

서구와 우리나라 베이비부머가 처한 현실은 상당한 차이가 있다. 서구의 노인들은 개인주의와 합리주의를 근간으로 하는 자본주의 경제 체제가 몸에 체득되어 있다. 또한 장기간에 걸쳐 고령화가 점진적으로 진행된 까닭에 노인복지 인프라가 충분히 확충되어 있어, 우리나라와는 달리 부모 봉양의 부담이 그렇게 크지 않다. 그러나 우리나라의 베이비부머는 노부모를 봉양하고, 자녀를 양육하고, 본인의 노후를 스스로 준비하는 3중의 부담을 어깨에 짊어지고 있는 상황이다.

베이비부머, 그들은 누구인가?

정년퇴직이 시작된 베이비부머 한 사람 한 사람이 살아온 여정을 살펴보면, 누구나 소설 속의 주인공이다. 각각이 삶의 고비를 넘고 넘어 현재에 이른 드라마틱한 삶의 스토리를 가지고 있다.

[그림12] 베이비부머의 어제와 오늘 그리고 내일

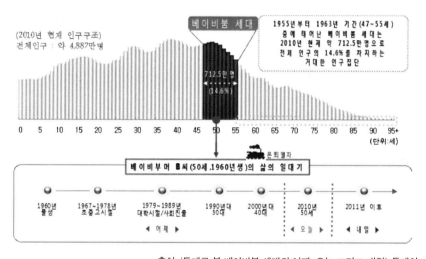

출처: '통계로 본 베이비붐 세대의 어제, 오늘 그리고 내일', 통계청

이 세대는 태어나면서 지금까지, 우리나라 정치·경제·사회·문화 등 모든 부분에 아주 커다란 영향을 미쳐왔다. 그래서 이들은 '최초'라는 단어와 아주 친숙하다. 왜냐하면 태어나면서부터 지금까지, 우리나라의 인구집단에게 발생했던 모든 신기록을 갈아치우며 지나왔기 때문이다.

:: 베이비부머의 성장

베이비부머의 성장 환경을 보면, 대부분이 농촌에서 태어났다.[140] 초등학교를 다닐 때는 한 반에 70명씩, 거기에 2부제 수업을 하는 콩나물 교실에서 공부했다. 이 중 상당수는 부모의 교육열을 기반으로, 대도시의 중학교와 고등학교에 진학했다. 그래서 홀로 자취 생활을 한 사람들도 적지 않다. 중학교는 1969년에 도입된 무시험으로 입학했다. 고등학교는 1974년 대도시부터 시작된 고교 평준화로 인해, 세대 내에서도 평준화와 비평준화가 혼재하고 있다. 대학교는 전부 진학할 수는 없었다. 형제 중에서 공부를 잘하는 1명 정도가 대학을 갔고, 나머지는 대학 진학의 꿈을 접고 취업 전선에 뛰어들어야 했다. 공부 잘하는 형제 1명을 위해, 다른 형제자매들이 상급학교 진학을 포기했기 때문이다.

고등학교를 졸업하면서, 4명 중에 1명 정도가 입시 경쟁을 통해 대학에 입학했다. 그 당시 대학에 보내기 위해 농촌에서 가장 중요했던 재산인 소를 팔아 학자금을 마련하곤 했는데, 거기서 '우골탑牛骨塔'이라는 신조어도 만들어졌다. 가난한 집안 살림으로 인해, 대학에 못 가는 사람들은 공업고등학교와 상업고등학교로 진학했고, 졸업과 동시에 취업 전선에 뛰어들었다. 이 세대는 학구열이 아주 높아 낮에는 공장에서, 밤에는 회사에서 만든 산업체 학교를 다녔다. 또한 직장 생활을 하면서 공부를 계속해, 대학 이상의 학력을 소유한 이들도 상당하다.

---

140) 오늘날에 대도시가 되었다 해도, 당시의 도시들은 대부분 도농 복합도시여서, 농촌과 크게 다르지 않았다.

[그림13] 베이비부머와 경제 환경

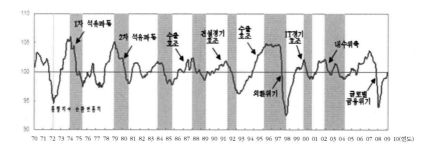

출처: '통계로 본 베이비붐 세대의 어제, 오늘 그리고 내일', 통계청

베이비부머의 대학 시절은 대학가요제를 즐기고, 기타를 쳤고, 막걸리를 마시며 학창 시절을 보냈다. 또한 정치 부조리에 대항해, 현 민주주의의 발판을 만든 세대이기도 하다. 1980년대에 학교를 졸업하고, 대부분 직장을 찾아 대도시에 정착했다. 당시 수출 호조와 해외건설 활황으로 많은 기업들이 많은 수의 사원을 모집했기 때문에, 취업에 큰 어려움은 없었다. 주로 건설, 무역, 제조, 금융 회사 등에 취업했다. 결혼은 선배들에 비해 약간 늦어, 28세(여성은 25세) 전후에 가장 많이 했다.

이 당시 대도시 특히, 서울은 주택이 부족해 상당수가 신혼 생활을 단칸방에서 시작했다. 결혼 초기 집이 없어 느껴야 했던 셋방살이의 서러움은 최우선적으로 '내 집 마련'이라는 가족의 안식처를 만드는 데 총력을 기울이게 만들었다. 그러나 주택 부족으로 단기간에 집을 마련하기는 쉽지 않았다. 그래서 그 당시 대량 공급되었던 소형평수의 아파트를 분양받아 입주하면서, 내 집을 마련하게 된다. 이 당시 아파트를 분양받기 위해 추운 겨울날 철야로 날을 새면서, 분양 창구에서 줄을 서서 기다리기도 했다.

또한 아파트를 평수를 키우는 재테크의 수단으로 활용하기도 한다.

1990년대에는 자녀의 출생으로 가족이 늘어, 소형 주택보다 방 3개짜리 국민주택 규모인 85㎡(33평형) 아파트를 선호하게 된다. 그래서 1990년대에는 이 평수의 아파트 가격은 크게 상승한다. 2000년 이후에는 자녀의 성장과 자산 축적으로 40평 대 이상의 중대형 아파트를 선호하였고, 2005~2006년의 중대형 아파트의 가격 상승으로 연결된다.

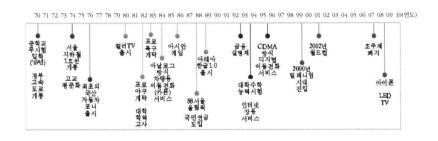

[그림14] 베이비부머와 사회 변화
출처: '통계로 본 베이비붐 세대의 어제, 오늘 그리고 내일'. 통계청

베이비부머는 '둘만 낳아 잘 기르자'라는 가족계획에 적극 협조하여, 자녀가 2명인 핵가족으로 거의 굳어진다. 자녀들이 성장해서 대학교를 다니거나 졸업할 때가 다가오니, 어느새 머리에 하얀 서리가 내리고 있다. 마음은 20대의 청춘이나, 몸은 어느새 50대가 된 것이다. 이제 현직에서 물러나는 정년퇴직이 시작되고 있으나, 아직도 자녀교육은 끝나지 않았다. 주택 가격은 수년째 주춤하고, 대출 원리금과 이자는 계속 지출된다. 시골에 계신 부모님은 거동이 점점 불편해지고, 본인은 노후 문제에 대한 고민으로 이마에 주름살만 늘고 있다.

:: 베이비부머의 특징

베이비부머는 어린 시절의 배고팠던 보릿고개에서 국민소득 2만 달러 시대까지, 수없이 많은 변화와 역경을 넘기고 오늘에 이르렀다. 이런 생애경험을 가진 베이비부머가 가진 특징은 다음과 같이 정리할 수 있다.

첫째, 베이비부머는 대도시보다 농촌 출신들이 많다. 그래서 학업을 위해, 어린 시절부터 대도시에 나와 혼자 또는 형제자매들과 자취 생활을 했다. 그래서 독립심이 강하고, 성취동기가 크다.

둘째, 상아탑象牙塔이 아닌 우골탑牛骨塔이라는 말이 있을 정도로 부모의 교육열이 높았다. 또한 개인들의 학구열도 커, 학력이 상당히 높다. 또한 직장이나 조직 사회에서 좁은 승진의 문을 통과하기 위해, 직장 동료 또는 선배들과 오랜 시간을 경쟁 환경 속에서 생활했다.

셋째, 베이비부머는 약 30년 정도를 직장 생활이나 자영업을 영위하면서, 한강의 기적을 만드는 데 일조했다. 그래서 저개발 국가에서 선진국 경제까지 이른 경제성장의 압축 경험을 가지고 있다.

넷째, 지금까지 모아놓은 재산은 살고 있는 집과 약간의 금융자산이다. 일부는 국민연금, 퇴직연금, 개인연금의 3층 보장을 준비한 사람도 있으나, 국민연금조차 받을 수 없는 사람이 상당수를 차지한다. 그래서 노년에 필요한 경제적 준비에 아주 취약한 사람들도 적지 않다. (다음 장에서 자세히 살펴본다.)

다섯째, 자녀는 대부분 20대 전후로 독립할 시기가 얼마 남지 않았으나, 완전히 독립하기에는 아직도 몇 년은 남아 있다. 또한 노후 자금도 충분하지 않아, 계속 수입이 있어야 한다. 그래서 반드시 일을 해야 한다.

여섯째, 일에서 떠나가기에는 너무 젊다. 일할 의욕과 앞으로 20~30년 정도 더 일할 수 있을 만큼 건강하나, 현실적으로 일할 기회는 많지 않다. 또한 창업을 하기에는 가지고 있는 자금이 충분하지 않다.

일곱째, 사람마다 어느 정도의 차이는 있으나, 오랜 직장 생활을 통한 전문적인 업무 능력이 있다. 또한 오랜 직장 생활을 하고 퇴직했기 때문에, 폭넓은 인맥을 가지고 있다. 그러나 수없이 많은 사람들과 만나고 헤어졌지만, 현직에서 물러나 야인이 되었을 때, 맘 편히 만나서 소주라도 할 수 있는 사람이 얼마나 있을까?

베이비부머가 준비한 노년의 현실

현재 노인들의 경제 상황은 대부분이 새로운 수입을 통해 생활비를 충당하는 구조가 아니다. 지금껏 모아놓은 재산을 헐어 쓰거나, 자녀의 지원을 통해 생활하고 있다. 그러나 이제 노년으로 접어드는 베이비부머는 부양해줄 자녀수도 적고, 노년에 지급받을 수 있는 연금도 충분하지 않다. 이러한 상황에서, 베이비부머가 현재 노인들의 경제생활 방식을 따른다면, 경제 활동기에 상당한 자산을 준비해야 한다.

그러나 현실에서 나타난 베이비부머의 소유 자산은 그렇게 많지 않다. 2012년 6월 발표된 통계청의 '가계금융 복지조사로 본 자영업자 가구의 현황 및 특징'에 따르면, 베이비부머가 세대주인 가구의 총자산은 다른 세대에 비해 약간 큰 금액을 보유하고 있으나, 노년을 보내기에는 충분하지 않다. 총자산은 전체 가구 평균보다 약간 높은 4억 127만 원이고, 부채는 7,209만 원, 저축은 7,891만 원으로, 순자산은 **'4억 899만 원'**이다. 이 중 부동산이 70% 이상을 차지하고 있는데, 그 부동산은 거의 살고 있는 주택이다. 정년은 시작되고, 수십 년의 삶이 기다리고 있는 상황에서, 노년을 위해 준비한 경제적인 안전판은 상당히 취약한 셈이다.

∷ 베이비부머의 노후 준비

노년의 경제준비로 가장 대표적인 재원은 바로 국민연금이다. 베이비부머는 국민연금을 노년에 몇 명이나 받을 수 있을까? 국민연금 공단에서 2011년 11월에 발표한 '베이비부머 노후 준비 표준인은?'에 의하면, 국민연금을 받을 수 있는 베이비부머는 그리 많지 않다. 국민연금은 100인

이상 사업장을 대상으로 1988년부터 실시되었으나, 실질적으로 전 국민으로 확대된 시점은 2005년이었다. 그래서 베이비부머의 국민연금 가입률은 상당히 낮아, 10년 이상 가입하여 노령연금을 받을 수 있는 자격이 되는 사람은 33.8%에 불과하다. 10년 미만은 40.9%, 전혀 가입 이력이 없는 사람도 25.3%에 달하는 것으로 조사되었다.

베이비부머는 국민연금을 얼마나 받을 수 있을 것인가? 국민연금 연구원에서 2013년 12월에 발표한 『패널 자료를 이용한 노후 소득원 추정』에 나타난 내용을 살펴보면, 베이비부머가 받을 수 있는 국민연금은 부부가 전부 대상인 경우라도, 받을 수 있는 금액은 약 99만원 정도이다. 이 금액은 간신히 최저 생계비[141] 정도밖에 되지 않는다. 국민연금을 제외하면, 베이비부머가 노년의 경제 준비로 이용할 수 있는 연금은 퇴직연금과 개인연금이다. 2009년 한국보건사회연구원의 한국 복지패널 5차 연도에서 나타난 '연령대 별 공적/사적 연금 가입률'[142]에서, 50대의 개인연금 가입자는 22.64%이고, 퇴직금 또는 퇴직연금을 받을 수 있는 비중은 17.45%로 나타나고 있다.[143] 이와 같은 연금 가입률이라면, 베이비부머 중에 노년의 생활비를 연금으로 준비한 사람은 아주 소수이다. 그래서 연금을 통한 노년의 경제적 준비는 아주 열악하다고 볼 수 있다.

그러면 노년의 경제적 부족분을 해결할 수 방법은 무엇이 있을까? 답

---

141) 보건복지부가 발표한2014년 최저 생계비는 1인 가족 60만 3,403원이며, 2인 가족 97만 4,232원, 4인 가족 154만 6,399원이다.

142) 재인용, 이은영, 『패널 자료를 이용한 노후 소득원 추정』, 국민연금연구원, 2013

143) 이 자료는 1950~1959년을 대상으로 한 조사이기 때문에 모든 베이비부머의 통계는 아니지만, 참고할 만한 자료라고 할 수 있다.

은 오직 한 가지다. 이 책에서 계속 강조하는 내용이지만, 노년에도 계속 일을 하는 수밖에 없다. 그러나 현실에서 노년의 취업은 극히 어렵고, 했다손 치더라도 너무 열악하다. 그래서 현재의 경제 시스템이 이런 상황이라면 판을 바꿔야 한다. 그 방법은 새로운 사고와 방법으로 일자리를 창조하는 것이다. 혼자서? 아니, 같이 만들어야 한다. 누구와? 바로 주변에 같은 처지에서 같은 고민을 하고 있는 동년배들이다. 이제, 그들과 같이 노년의 삶을 알차게 만드는 방법은 다음 장에서 자세히 살펴본다.

15장 나이 듦의 Solution, '노협창조경제老協創造經濟'

인류사에서 협동이란?

찰스 다윈은 진화론을 통해, 지구상의 생물계와 인간의 본성이 생존을 위한 투쟁과 이기적 유전자라고 제창했다. 그러나 『초 협력자(Super Cooperators)』의 저자인 마틴 노왁(Martin Nowak) 하버드대 교수는, 최후의 승자는 "이기적인 유전자가 아니라 협동하는 우리들이고, 협동이야말로 혁신의 힘이자 진정한 진화의 설계자"라고 했다. 또한 "인간은 태어나면서부터 상호적이고, 협동은 진화의 산물이다. 다만 최근의 300년 동안, 인간은 이기적이라는 주장이 세상을 지배했다. 그리고 이러한 주장이 세상을 주도했을 때, 세상은 파탄이 생겼다."[144]라고 협동의 진실과 현실의 문제점을 통렬하게 비판한다.

산업혁명 이후, 자본주의는 인간의 이기심에 근거한 경쟁을 통해 꽃을 피웠다. 특히 최근 30년 동안에는, 극단적인 경쟁과 시장의 효율성을 더욱 중시하는 신자유주의의 열풍이 몰아치면서, 사람들이 더욱 탐욕에 물들었다. 이로 인해 세상은 경제 위기와 양극화가 더욱 심화되고 있다.

---

144) 정태인·이수연, 『협동의 경제학』, ㈜레디앙미디어, 2013. 4, p.42

가장 최근에 발생한 위기는 2008년의 글로벌 금융위기라고 할 수 있다.

인간은 생물학적으로 홀로 존재하기에 아주 무력한 존재이다. 사자의 이빨도 없고, 독수리의 날개도 없다. 코끼리의 커다란 몸도 없으며, 북극 곰처럼 두꺼운 가죽도 가지고 있지 않다. 피부는 연약하며, 개와 같은 후각도 없고, 치타처럼 빠르지도 않은 인간이 어떻게 지구 생태계의 최정점에 설 수 있게 되었는가? 인간이 만물의 영장이 될 수 있었던 배경에 대해서는 인류가 만들어온 온갖 학문마다 다르고, 또한 수 없이 많은 요인으로 설명할 수 있다. 그러나 그 중에서 가장 큰 영향을 미친 것은 바로, 원하는 바를 성취하기 위해 다른 사람들과 힘을 모으는 행동인 '**협동協同**'이라고 할 수 있다. 즉 다른 사람들과 같이 어울려서 무엇인가 도모할 수 있다는 것은 인간이 가지고 있는 가장 큰 장점인 것이다.

∷ 뇌의 진화와 협동

A.K. 프라딥의 『바잉브레인(The Buying Brain)』 [145]에는, 인간의 두뇌를 연구하는 신경과학을 통해 뇌의 발달과 진화의 단면을 어느 정도 이해할 수 있게 되었다고 한다. 현생 인류의 뇌가 다른 동물보다 큰 이유는 살아남기 위한 진화의 결과다. 포식동물에 비해 약한 인간들이 살아남기 위해, 정교한 손놀림으로 무기와 연장을 개량하고, 비밀 무기를 개발했다. 인간의 발성은 기관이 목 안으로 들어가 더욱 명확해졌으며, 의사소통은 더욱 효과적인 수단이 되었다. 의사소통은 사회 체계의 진화에 더욱 가속도를 붙게 했고, 인간의 협력을 더욱 용이하게 해주었다. 인간

---

145) A.k. Pradeep, 『바잉브레인(The Buying Brain)』, 한국경제신문, 2010, p.21~25

은 개인이 아닌 집단으로 협력해서 사냥하고, 계획을 세우고, 기억하는 등, 새롭고 중요한 기술들이 수용되도록 두뇌가 커졌다. 그래서 인류는 먹이사슬에서 점점 위로 이동할 수 있게 되었다.

인간의 뇌는 몸무게의 3% 정도밖에 차지하지 않는데, 에너지는 20%를 사용한다. 뇌의 진화는 두 가지 방식으로 진화했다. 스스로 접히기 시작해 두개골 안에 들어맞도록, 홈과 골짜기를 만들었다. 아기들은 엄마의 골반을 통과할 수 있도록, 머리가 작을 때 태어난다. 인간은 태어날 때부터 상당기간 동안, 세상과 직면해서 살아갈 수 없는 무기력한 상태다. 아기가 독립해서 살 수 있기 위해서는 상당히 긴 기간 동안의 돌봄이 필요하다. 그래서 아기들은 살아남기 위해 엄마가 필요하고, 엄마와 아기를 부양할 아버지가 필요하다. 이러한 사실은 인간이라는 종족이 유지되기 위해서 반드시 협력이 필요하다는 것을 말해준다. 사회 구조가 발달할수록 협력의 중요성은 더욱 커진다. 결론적으로 인간의 두뇌는 더욱 복잡해진 사회 집단에서, 서로 협동하면서 살아가야 할 필요에 의해 진화하고 크기가 커진 것이다.

∷ 사회 구조의 발달과 협동

시간의 흐름에 따라 인간 사회는 복잡해지고, 집단의 크기도 확대된다. 인구 규모뿐만 아니라 인구 밀도도 높아진다. 그래서 식량을 비롯한 생필품의 생산이 증가하고, 정치적 의사 결정도 집중되며, 사회 계층도 더욱 복잡해진다. 제러드 다이아몬드는 『어제까지의 세계』에서, 엘만 서비스(Elman Service)가 인간 사회를 분류했던 무리, 부족, 군장 사회, 국가라는 4가지 유형으로 인간 사회는 발달한다고 소개하고 있다.

'**무리**'는 수십 명의 인원으로 이뤄지며, 대다수의 구성원은 하나 혹은 서너 확대 가족에 속한다. 유목 생활을 하는 수렵 채집인 또는 소규모 밭농사에 의존하는 농경민들은 무리를 이루었다. 이러한 무리 사회가 좀 더 크고 복잡한 유형의 사회로 진화하면, '**부족 사회**'가 된다. 부족 사회는 적어도 1만 3,000년 전에 나타났다. 그 구성원은 씨족이라 일컬어지는 친족들이 모인 수백 명의 집단이다. 부족 사회는 농경민이나 목축인 또는 둘 모두인 경우가 많다. 생산성이 좋은 수렵 채집인에서도 부족 사회는 나타난다. 대부분 정착 생활을 했고, 밭과 목초지 또는 어장 근처의 마을에서 살았다.

부족 사회가 커지면, 조직적으로 복잡해지고 인구가 수천 명에 이르는 '**군장 사회**'가 나타난다. 군장 사회는 BC 5,500년경에 나타난 것으로 보이며, 경제가 세분화되는 초기 단계다. 군장과 관료처럼 식량 생산에 직접 참여하지 않는 전문가들에게 제공할 잉여식량의 생산이 필요해지고, 정착 생활을 위해 저장 시설을 갖춘 마을과 촌락을 형성한다. 군장은 지도자로서 결정을 내리고, 공인된 권위를 지닌다. 필요한 경우에는 사회 구성원들에게 무력을 사용할 독점적인 권한을 행사하고, 구성원들 간의 다툼을 중재하기도 한다.

'**국가**'는 BC 3,400년경에 나타났다. 정복과 합병으로 땅을 넓히고, 인구도 많아지며, 종족이 다양해진다. 분야별로 전문화된 관료층이 필요해지고, 상비군도 조직되며, 도시화가 진행된다. 국가로 발전하면서 금속 도구, 정교한 기술, 경제의 전문화, 개인들 간의 불평등도 꾸준히 증가하고, 문자도 발달한다.

이와 같이 무리·부족·군장 사회·국가로의 변천은 소집단에서 대집단으로, 대집단에서 거대 집단으로 규모가 커짐을 의미한다. 이러한 인구 집단의 증가는 협동과 전문화를 통한 새로운 형태의 경제 시스템과 정치 체계의 발달을 가져온다. 그러한 결과들이 모여 인간은 자연 환경을 극복하고, 문명을 발달시켰으며, 생태계의 최정점에 서게 되었다.

노년의 협동 '노협老協'

정태인·이수인은 『협동의 경제학』에서 시장경제가 이제 한계에 왔고, 그 자체로 실패할 수밖에 없다고 주장한다. 그래서 대안으로 시장경제와 더불어, 협동에 기반을 둔 사회적 경제, 공공경제, 생태경제가 가진 각각의 원칙들을 고루 발전시켜야 한다고 주장하고 있다.

[표6] 시장경제, 공공경제, 사회적 경제, 생태경제 비교[146]

구 분	시장경제	공공경제	사회적 경제	생태경제
인간 본성	이기성 (Homo economics)	공공성 (Homo publicus)	상호성 (Homo reciprocan)	공생의 본능 (Homo symbious)
상호작용 기제	경쟁(등가 교환)	합의(민주주의)	신뢰와 협동 (공정성)	공존(세대 간·국가 간 정의)
목표	파레토(효율성)	평등	연대	지속 가능성

각각의 경제에서 나타난 인간의 본성이나 상호작용 기제는 위의 〈표6〉 '시장경제, 공공경제, 사회적 경제, 생태경제 비교'에 나타난 것처럼 각기 다르다. 각각의 경제가 처한 환경에서 골고루 발전될 때, 건강한 국가 경제구조가 만들어진다. 특히 인간이 자발적으로 협동하고, 협동의 강화와 촉진을 위해 신뢰를 사회 규범으로 삼아야 한다. 이를 통해 소통을 촉진하고 집단 정체성을 강화해야 한다. 협동의 보수가 높아지고 배반의 보수가 낮아지도록, 제도를 만들어야 한다. 또한 보상과 응징을 강화해,

---

146) 정태인·이수연, 『협동의 경제학』, ㈜레디앙미디어, 2013. 4, p.179

협동의 경제가 현실에서도 가능하도록 만들어야 한다.

또한 하버드대학교 교수 마틴 노박(Martin Nowak) 박사는 인간이 협동하는 5가지 조건을 '**혈연 선택, 직접 상호성, 간접 상호성, 네트워크 상호성, 집단 선택**'으로 정리하고 있다. 혈연관계가 가까울수록, 어떤 사람을 다시 만날 확률이 높을수록, 사람들의 평판이 잘 알려질수록, 만나는 주변 사람이 적을수록, 집단의 구성원이 적고 집단의 수가 많을수록 협동의 가능성은 높아진다. 이러한 조건을 활용하고 반영하여, 협동을 유도할 수 있는 사회 규범, 법률, 제도를 만든다면, 우리 사회에서 협동의 가능성은 더욱 높아질 것이다.[147]

∷ 상호성, 신뢰 그리고 노협老協

지속적인 협동은 '**상호성**相互性'에 기반을 둔 신뢰를 통해 이루어진다. 상호성이란 남이 잘해주면 나도 잘해주고, 남이 잘 대해주지 않으면 나도 잘 대해주지 않는 것이다. 즉 받은 만큼 베푸는 것이라고 할 수 있다. 이러한 상호성은 현대와 같이 복잡한 인간관계에서 누구나 느끼는 기본적인 인간성의 발로라고 할 수 있다. 부모나 가족과 같은 이타적인 관계에서는 상호성이 크게 영향을 미치지 않는다. 그러나 대부분의 사람들은 상호성을 기반으로, 세상 사람들과 관계를 맺으며 살아간다.

인간이 공동체의 일원으로 살아가면서 어떤 거래를 하더라도, 신뢰라는 믿음이 바탕이 된다. 음식점에서 음식을 먹을 때, 주인을 믿지 않으면

---

147) 앞의 책, p.117

어떻게 음식을 먹을 것인가? 시장에서 물건을 살 때도, 그 물건이 기본적으로 내가 원하는 욕구를 채워줄 수 있을 것이라는 믿음이 기저에 깔려 있기 때문에, 그 거래는 가능해진다. 더 나아가, 국민으로 살아가면서 국방·교육·납세·근로의 의무를 행하는 것은, 국가가 나에게 국민으로서 살아갈 수 있는 기반을 충분히 보호해줄 것이라는 믿음이 있기 때문이다.[148] 이와 같이 신뢰란 불확실한 상황에서, 상대방이 공동체의 보편적 규범에 따라 협동할 것이라고 믿는 믿음이라고 할 수 있다. 이러한 신뢰도가 높을수록 상호성을 기반으로 하는 인간관계는 협동을 많이 하게 되고, 계속 유지될 가능성이 높아진다. 사회적으로 신뢰도가 높아지면, 사회적 자본은 크게 성장한다.

캠브리지 대학의 파샤 다스굽타(Partha Dasgupta)는 "신뢰란 이타심과 이기심 사이의 어딘가에서 발생하는 것이다. 사회적 자본은 합의된 상호 강제 구조를 통해서, 다른 사람이 약속을 지킬 것이라는 믿음을 유지하고, 발전시킬 수 있도록 하는 사람들 사이의 네트워크"라고 정의하고 있다. 이는 사람들 사이의 관계나 상호작용이 신뢰를 촉진시킨다면, 그것은 신뢰의 네트워크이며 사회적 자본이라는 말이다.[149]

개인의 영달과 가족의 보존을 위한 개인주의의 팽배, 경쟁과 효율만을 따지는 경제 구조로 인한 위기에서 벗어날 수 있는 방법은 무엇일까? 그

---

148) 대한민국이 그렇게 해줄 수 없을 것이라고 생각하는 사람들은 당연히 이민을 갈 수밖에 없다. 특히 자녀 교육을 위해 이민 가는 사람들은 대한민국의 교육이 나의 자녀들의 성장에 걸림돌이 되거나 도움이 되지 않는다고 생각하는 사람들이다. 또한 교육에 신뢰가 없는 사람들은 자녀를 조기유학 보내기도 한다.

149) 앞의 책, p.159

것은 바로, 진화의 역사 속에서 인간의 유전자에 깊이 새겨진 협동이다. '협동이란 무엇인가?'에 대해 『위키백과』는 '2명 이상의 사람이 어떤 목표를 공유하고, 함께 힘을 합해 활동하는 것'이라고 정의한다.

노인 사회에서 노년의 삶을 살아가기 위해서는 협동이 어느 때보다 중요하다. 현재의 경제 상태에서 노인은 쓸모없어진 기계의 나사가 아니다. 남아 있는 기나긴 시간을 건강한 노년으로 살아가기 위해서는 노인들 스스로 협동의 기반 즉, **노협**老協을 가지려고 노력해야 한다. 서로간의 상호성에 기반을 둔 개인의 본성을 협동으로 이끌고, 이러한 노년의 협동을 신뢰에 기반을 둔 사회적 자본으로 키워야 한다.

이렇게 함으로써 베이비부머가 만들어가는 노인 사회는 본인에겐 희망이요, 또 다른 목표를 향해서 도약할 수 있는 동기가 될 수 있다. 또한 후손에게 부담이 되지 않고, 세상을 새롭게 만들어갈 수 있는 기반이 될 것이다. 그래서 노협은 베이비부머가 노인 사회의 파도를 넘기 위해, 다음 장에서 이야기하는 창조성과 더불어, 가장 필요한 덕목이라고 할 수 있다.

:: 협동할 수 있도록 만드는 공간

근자에 협동은 사회적 의제가 되었고, 많은 사람들이 관심을 갖게 되었다. 그래서 사람들이 협동을 기초로 새로운 활동을 할 수 있도록 법과 제도를 하나씩 구비하고 있다. 2012년 12월 '협동조합 기본법'이 시행되어, 조합의 설립 요건을 대폭 완화했다. 2014년 1월에는 협동조합의 설립과 운영을 활성화할 수 있도록 일부 개정되어, 2014년 7월 22일에 본격적으로 시행되었다.

정부는 협동조합을 지원하기 위해 기획재정부 소속으로 협동조합법 준비기획단을 설립했다. 서울시는 협동조합의 설립에서 운영까지 지원하기 위해, 한국협동조합연구소를 통해 서울시 협동조합 상담지원센터를 운영하고 있다. 이와 같은 협동조합에 대한 지원들은 오늘날 자본주의 시장경제의 단점이 부각됨에 따라 나타나는 공동체를 위한 새로운 시도라고 볼 수 있다. 그러나 이 같은 지원에서 좀 더 생각해봐야 할 점이 있다. 현재의 지원들은 협동조합을 생각하고 준비하는 사람들이 이를 활용할 때, 어느 정도 혜택을 받을 수 있다. 그러나 이를 이용하는 사람들은 노년 사회의 미래를 준비하기에 상당히 미흡한 숫자이다. 좀 더 근본적인 전략과 대책이 필요하다.

한국 사람들은 혼자서는 잘하지만, 같이 하는 것에는 익숙하지 않다고 한다. 지나온 세월 동안 경쟁을 통해 독자 생존의 길을 모색해왔기 때문이다. 대부분의 사람들은 퇴직 이후에도 지속적인 사회적 관계를 갖기 희망한다. 또한 통신 기술의 발달로 언제 어디서나 사회적 네트워크에 접근이 가능해졌다. 그러나 시간이 지날수록 삶은 개인화되고 있으며, 특히 노년의 삶은 홀로 각개전투各個戰鬪를 하고 있는 상황이다. 고령화된 한국 남성의 생활 영역은 사회 중심에서 가족 중심으로 그리고 개인으로 점점 더 협소해지고 고립되어간다. 이러한 노년의 삶의 궤적을 바꿀 수 있는 방법은 없을까?

경제활동을 하면서 적극적으로 노년의 삶을 준비했던 사람들도 막상 닥치면 어려움이 생기는데, 막연히 어떻게 되겠지 하면서 노년을 맞이하는 대부분의 사람들은 어떤 시도도 도전도 없이 세월만 흘려보낸다. 경제 활동기의 왕성한 활동력을 보였던 사람조차도 정년퇴직만 하게 되면, 활동이 줄고 소극적으로 변하게 된다.

이에 가장 심층적인 영향을 미치는 요인은 바로, **'노년에 갈 곳이 있는가와 없는가?'**의 차이이다. 퇴직한 대부분의 남성들은 직장에서 가정으로 돌아간다. 경제 활동기에는 직장이라는 갈 곳이 있었지만, 이젠 주간에 갈 곳이 없다. 이것이 가장 큰 문제인 것이다. 초기에는 일 때문에 만나지 못한 과거의 인연들과 시간을 가질 수 있으나, 오랜만의 만남도 같이 통하는 바가 적으면 시들해진다. 그래서 점점 더 가정에 있는 시간이 길어지게 되고, 일정 시간이 지나면 반대로 나가는 것이 두려워진다. 이것이 현재 노년의 삶이다.

그렇다면 새로 진입하는 노년이나 정년퇴직자들에게 필요한 것은 무엇인가? 바로 갈 곳을 만들어주는 것이다. 앞에서 이야기했던 협동조합의 경우도 마찬가지다. 협동조합의 설립 요건은 최소 5명이다. 경제 활동기에 5명이 모이는 것은 그다지 어렵지 않다. 하지만 정년퇴직 후의 5명이라는 인원은 엄청나게 많은 숫자다. 각각의 개인화된 삶에서, 5명이 모여 미래의 일을 준비한다는 것은 결코 쉬운 일이 아니다.

그러므로 준비된 사람들뿐만 아니라, 준비되지 않은 사람들이 모여서 미래를 준비할 수 있는 공간을 만들어보자. 모임 집단의 성격에 따라 수없이 많은 경우의 수가 생기겠지만, 일정 인원과 자격이 되면 사무실이나 공간을 만들 수 있는 경제적, 행정적 지원을 해보자. 그런 공간이 지금 살고 있는 지역의 가까운 곳에 만들어진다면, 현재 가정에서 독수공방하고 있는 젊은 노인들이 집에서 탈출할 수 있는 돌파구가 만들어진다. 그래서 같은 고민을 가진 동년배의 인연들과 함께 고민하면서, 새로운 해결 방법을 강구할 수 있게 된다. 더 나아가, 집단 지성을 이용해 새로운 미래를 만들어볼 수 있는 기회의 장을 연출할 수 있게 된다. 물론 정부나 지방자치 단체의 재원으로 원하는 모든 공간을 마련해주는 일은 쉽지 않다. 그러나 그 집단의 구성원들에게 무겁지 않은 일정 부담과 책임을 지우고, 일선 행정 기관을 이용해 운용의 묘를 찾는다면, 꼭 어려운 일도 아닐 것이다.

우스갯소리로 들릴지 모르지만, 우리보다 고령화가 빠른 일본에서는 '은퇴한 가장 좋은 남편은 어떤 남편일까?'라는 질문에 대해 '건강한 남편', '집안일 도와주는 남편', '요리 잘하는 남편'이 아닌, **'집에 없는 남편'**이라고 답한다고 한다. 남편이 주간에 나갈 수 있는 공간이 있다면, 고령의 가정에서 부인에게 천덕꾸러기가 되어 잔소리 듣지 않는 남편이 될 것이다. 또한 노년의 남편에게 가장 불행한 소식인 황혼 이혼을 방지할 수 있는 방편이 되어줄 것이다.

현재 우리나라에는 이와 비슷한 공간이 엄청나게 많이 있다. 바로 경로당이다. 경로당은 노인들이 모여 여가를 선용할 수 있도록 만들어진 사회복지 시설의 한 형태로서, 현재 그 수가 약 36,000개 정도에 이른다. 숫자로만 볼 때, 우리나라는 세계에서 가장 많은 경로당을 가지고 있다. 도심의 경로당은 대부분 공원이나 아파트 단지 내 구분 건물로 위치하고 있다. 그러므로 경로당 시설을 확대해 젊은 노인들이 모일 수 있는 공간을 만들 수도 있다.

또한 친목 도모를 위한 사공간도 우리 사회에는 엄청나게 많다. 동창회관, 향우회관, 부녀회사무실 등의 오피스는 대부분 온전히 사용되지 않는다. 행사나 모임이 있을 때만, 1회성으로 사용하는 경우가 대부분이다. 이러한 공간도 충분히 활용할 수 있을 것이다. 공간 확보의 또 다른 방법은 경기 침체로 인해 변두리에 늘어나고 있는 공실空室인 사무실을 이용하는 것이다. 엘리베이터가 없어 임대료가 저렴한 높은 층의 사무실을 활용한다면, 적은 비용으로도 어느 정도 공간 확보가 가능할 것이다.

새로움의 창조創造프로세스

21세기를 지나면서 미래의 인간에게 가장 필요한 능력은 무엇인가를 이야기할 때, 항상 빠지지 않고 나오는 것이 '**창조성創造性**'이다. 창조성(또는 창의성)이란 새로운 생각 혹은 개념을 찾아내거나, 기존에 있던 생각이나 개념들을 새롭게 조합해내는, 정신적이고 사회적인 과정이다. 이는 의식적이거나 무의식적인 통찰에 힘입어 발휘되는 능력이다.[150]

이러한 창조성이 경제적으로 효과를 내는 경로는 2가지로 볼 수 있다. 하나는 예술 분야처럼 '**무無에서 유有**'를 창조하는 것이다. 또 하나는 기존의 것을 조합하거나 융합하여 새로운 가치를 창출하는 '**유有에서 유有**'를 창조하는 것이다.

'필요는 발명의 어머니'라는 말은 필요가 창조성을 키우는 기본적인 바탕이라는 말이다. 무엇인가 새로운 것의 탄생은 세상을 단순하고 피상적으로 보고 살아갈 땐 일어나지 않는다. 변화하는 인간의 욕구를 잘 살피고, 불편함에 대해 민감해야 하고, 다가올 미래에 필요한 것은 무엇인가를 항상 궁구해야 한다. 그럴 때 창조의 출발은 가능해진다. 창조성이란 아무것도 없는 상황에서 발휘할 수 능력이 아니다. 기본적인 내공을 닦아야 한다. 그 내공의 기초는 중단 없는 앎의 확장과 문제에 대한 해결 능력을 키우는 것이다. 이를 기반으로 했을 때 통찰력은 키워지고, 나아가 창조로 연결된다.

---

150) [출처] 위키백과

:: 앎의 프로세스

[그림15] 앎의 프로세스

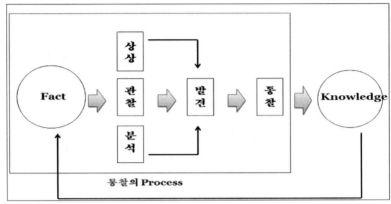

〈그림15〉 '앎'의 프로세스는 개인이 필요한 지식을 확장시키기 위한 프로세스이다. 이는 개인이 직면하는 새로운 현상이나 사실을 판단하여, 본인만의 의사 결정 도구를 갖기 위한 것이다. 사람이 살아가면서 기존에 알지 못했던 새로운 현상을 접할 때, 어떤 생각을 하는가? 단순히 '그냥 그렇구나.' 하고 지나간다면, 더 이상의 발전은 있을 수 없다. **'왜 그렇지?**(Why so?)'라는 의문이 시작되고, 이를 알고자 하는 동기가 유발되면서 앎의 여정은 시작된다.

새로운 사실이나 현상에 대해 '왜 이런 일이 생겼지?'라는 의문과 함께, 그에 대해 면밀한 관찰과 날카로운 분석, 풍부한 상상력을 통한 사유의 과정을 지나면서, 그 이유에 대해서 알게 되는 것이 **'발견**'이다. 발견은 현상이나 사실에 대한 의문이 풀린 것이지, 그 사실이나 현상이 앞으로 미치게 될 영향이나 미래의 모습을 전부 안 것은 아니다. 발견에 대해 개인적인 지식과 경험을 통해 해석하고, 계속된 연구를 통해 전체적으로 이해하고 체득해야 한다. 이것이 바로 **'통찰'**이다. 통찰은 간단히 터득할 수 있는 경지가 아니다. 끊임없는 궁구와 사색 그리고 체험들을 통해 얻을 수 있는 능력이다. 통찰의 과정을 거치면, 이제 나만의 세상을 보는 직관이 생기고, 그 분야에 대한 식견을 가질 수 있게 된다. 그리고 누군가에게 이야기를 하더라도, 풍부한 사례와 설득이 가능한 전문가의 대열에 설 수 있게 된다.

근래에 우리 주변에는 커피를 전문적으로 판매하는 커피 전문점이 우후죽순처럼 생기고 있다. 이러한 사실에 대해 여러분들은 어떻게 생각하는가? 그냥 집 주변에 새로 생겼구나! 하고 지나친다면, 통찰로 연결되기는 거의 어렵다. 이에 대해, 왜 이렇게 커피 전문점이 많이 생기지? 하는 의문을 가질 때, 그 현상에 대한 앎은 시작된다. 그 다음으로 필요한 것은 커피 전문점이라는 현상에 대한 관찰과 분석 그리고 상상이다. 여기서 관찰은 단순히 커피 전문점을 둘러보는 것이 아니다. 많은 커피 전문점이 새롭게 문을 여는 이유에 대해 경제·사회·문화·환경 등을 다방면으로 조사하고, 그 배경이나 원인에 대해서 분석해야 한다.

또한 대상에 대한 직접적인 관찰도 필요하다. 여기서 관찰은 시각만을 통한 관찰이 아니라, 오감을 이용한 관찰이다. 이렇게 나타난 자료들을 분석하고 상상함으로써, 커피 전문점이 골목마다 나타나는 현상에 대해 어느 정도 윤곽을 잡을 수 있게 된다. 만약 커피 전문점을 새롭게 창업하려고 한다면, 이러한 관찰과 이를 기반으로 하는 분석과 상상을 통해 경쟁력을 가진 커피 전문점을 발견할 수 있게 된다.

더 나아가 과거 소자본 창업의 유행을 선도했던 노래방이나 PC방 등과 비교하면서, 커피 전문점의 미래가 어떻게 진행될까? 라는 의문에 대한, 스스로의 직관이 생긴다. 이 같은 과정을 통해 커피 전문점이 생기는 새로운 현상에 대한 통찰을 가질 수 있게 되고, 그것은 본인의 살아 있는 지식이 된다. 더 나아간다면, 커피 전문점에 대한 통찰을 통해 소자본으로 창업하려는 사람들에게 전문가로서 자문이 가능하게 되고, 커피 전문점 창업 컨설팅이라는 '**업**業'을 만들 수 있는 기반이 된다. 이와 같은 과정은 우리 주변에서 벌어지는 새로운 사실이나 현상을 해석하는 데 필요할 뿐만 아니라, 새로운 지식을 알아가는 공부에도 필요한 프로세스이다.

:: 문제 해결의 프로세스

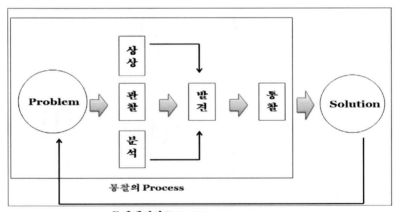

[그림16] 문제 해결의 프로세스

문제 해결의 프로세스도 앎의 프로세스와 거의 비슷하다. 삶에서 또는 하고 있는 업무에서 문제가 발생했을 때, 가장 먼저 이를 반드시 해결해야겠다는 동기로부터 문제 해결의 프로세스는 시작된다. 직면하는 문제는 하나의 원인에 의해서 발생할 수도 있지만, 대부분 여러 가지 원인이 중첩되어 있다. 이러한 상황은 시간이 흐르면서 일정 수준의 임계점臨界點을 넘어가게 되고, 현실에서 문제로 표출된다.

나타난 문제에 대한 원인을 알아야 하는데, 그 원인에 대한 배경을 찾는 것이 관찰이다. 관찰에서 원인이 한둘일 경우에는 간단하게 파악할 수 있지만, 여러 원인이 복잡하게 얽히고설키면 더욱 면밀한 관찰이 필요하고, 시간이 많이 소요될 수 있다. 관찰을 통해 나타난 여러 원인들에 대해 경중을 확인하고, 직간접적인 영향을 알아내기 위해 날카로운 분석이 필요해진다. 여기에 풍부한 상상력을 통해 그 윤곽을 잡을 수 있게 된다. 이러한 관찰과 분석 그리고 상상을 통해 문제에 대해 전체적인 시각으로 볼 수 있는 발견에 이른다.

이러한 과정을 거치면서, 나타난 문제에 대해 전반적으로 아우를 수 있는 통찰을 갖게 된다. 통찰의 과정이 오면 당면한 문제에 대한 전체의 프레임을 그림으로 그릴 수 있게 되고, 해결책을 찾을 수 있는 단초를 얻게 되는 것이 문제 해결 프로세스이다.

:: 창조의 프로세스

[그림17] 창조의 프로세스

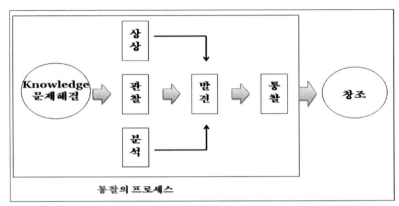

창조의 Process

　앎과 문제 해결의 프로세스가 생활이 되고 습관이 되어 쌓이면, 자연스럽게 통찰력은 크게 신장된다. 창조 프로세스는 앎과 문제 해결 프로세스의 연장이다. 앎이라는 지혜가 많아지고 문제 해결 능력이 커지면, 당연히 사고의 폭이 넓어지고 사물에 대한 이해력이 커지며 세상을 보는 통찰력이 높아지면서, 창조의 능력을 갖추게 된다.

　모든 일에 적용되겠지만, 창조 프로세스에는 주의할 사항이 있다. 바로 서두름이다. 『논어論語』의 자로 편子路篇에 '욕속부달 욕교반졸欲速不達 欲巧反拙'이라는 말이 있이 있다. 빨리 하려고 욕심을 내면 오히려 도달하지 못하고, 잘하려 하다가는 오히려 망쳐놓는다는 뜻이다. 어떤 아이디어가 떠올라 창조의 프로세스를 너무 급하게 진행하려고 하면, 원하는 바를 이루지 못하고 사장되거나 남 좋은 일이 될 수도 있다. 시야를 넓게 가지고 천천히, 찬찬히 그리고 꼼꼼히 준비한다면, 나만의 새로운 것을 창조할 수 있게 될 것이다.

21세기의 화두 '창조경제'

:: 창조경제의 배경

인간 사회에서 20세기를 이끌었던 경제활동의 중심에는 '산업경제'가 자리 잡고 있었다. 산업경제는 노동과 자본을 이용해 대량 생산과 대량 소비라는 구조를 만들고, 이를 통해 세계가 통합되고 연결되는 경제라고 할 수 있다. 이 경제는 자동차, 철강, 정유 등과 같은 중후장대重厚長大형의 중화학 공업을 중심으로 발달했다. 산업경제는 20세기 말에 컴퓨터 및 정보통신의 발달과 더불어 '지식정보 경제'라는 새로운 경제 구조로 바뀌게 된다.

이 산업의 중심은 IT와 반도체 그리고 정보통신이라고 할 수 있다. 정보통신의 발달은 전 세계를 실시간으로 연결시켰고, 인터넷은 모든 사람에게 지식과 정보에의 접근을 일반화시키는 변화를 가져왔다. 그러나 지식 정보화는 전체 산업에 영향을 미쳐 새로운 경제 기반을 만들기보다, 인터넷과 디지털에 기반을 둔 정보통신 산업이라는 협소한 영역만을 발달시켰다. 또한 새로운 부가가치를 생산하는 것이 아니라, 이를 만들어내기 위한 수단에 불과하다는 것을 사람들은 깨닫게 되었다. 특히 지식과 정보로 무장한 금융 자본은 전 세계에 거품경제를 만들었다, 이는 경제 위기로 나타났고, 양극화를 심화시켰으며, 사람들의 삶을 황폐화시켰다. 이로 인해, 실물경제를 통하지 않는 경제발전은 사상누각에 불과하다는 것을 사람들은 알게 되었다.

[표7] 창조 사회의 이미지[151]

구 분	농경 사회	산업사회	정보사회	창조사회
발전 동인 (물결)	농업혁명 (제1의 물결)	산업혁명 (제2의 물결)	정보혁명 (제3의 물결)	창조혁명 (제4의 물결)
시 대	BC 3000년	18세기	20세기 후반	21세기
인간 기능기구	다리	손, 팔	눈, 귀, 입	두뇌(창조력)
인간 활용도구	철, 연장	기계	컴퓨터	콘셉터 (발상지원 시스템)
사회 척도	곡물 수확량	칼로리	비트	창발량
국력 척도	군사력	정치력	경제력	문화력
특 성	토지, 도구, 공동, 봉건	기계, 에너지, 집중, 집권	정보, 데이터, 분산, 분권	창조, 아이디어, 개성, 최적
핵심단어	오곡풍성 (五穀豊盛)	중후장대 (重厚壯大)	경박단소 (輕薄短小)	낙미애진 (樂美愛眞)[152]
가치	공동화	표준화	시스템화	네트워크화
주도국	중국, 이집트	영국	미국	-

자료: '창조의 전략 - 창조화 시대 경영과 노하우'. 노무라 연구소. 1990.

이와 같은 지식정보 경제의 한계가 나타나자, 전 세계는 새로운 성장 동력을 찾게 된다. 이를 뒷받침하면서 떠오르는 화두가 바로 '창조경제創 造經濟'이다.[153]

---

151) 재인용, 이민화·차두원, 『제2한강의 기적 창조경제』, 북콘서트, 2013. 6, p.43

152) 낙樂은 쾌적함, 휴식 등 삶의 시간과 공간 품질의 향상, 미美는 예술이 첨단 기술과 접목되는 예술의 산업화 방향, 애愛는 개인과 개인, 조직과 조직, 조직과 개인 간 커뮤니케이션과 교류의 중시, 진眞은 과학 자체가 산업화되는 사회 전개 과정을 뜻함.

153) 김기현·김헌식, 『창조경제란 무엇인가』, 북토리아, 2013, p.28~29

:: 창조경제의 의미

창조경제를 한마디로 정의하기는 쉽지 않다. 20세기 말부터 창조경제라는 이름으로 많은 연구가 진행되었고, 여러 나라에서 창조라는 이름으로 경제 정책을 발표하면서, 나름대로 정의를 내리고 있다. 하지만 이를 포괄하여 명확한 정의를 내리기에는 시간이 아직 더 필요하다.

창조경제의 의미는 크게 개인과 정책 2가지로 구분할 수 있다. 개인에게는 본인이 가진 창조적인 아이디어와 혁신을 활용하여, 새로운 경제적 가치를 창출하는 것이다. 정책 면에서는 새로운 아이디어가 사장되지 않도록 하고, 산업의 울타리 안에서 고용을 창출하고, 가치를 증대시키는 것이다. 더 나아가, 새로운 경제성장 동력으로 발전할 수 있는 인프라를 만드는 것이라고 할 수 있다.

[그림18] 창조경제의 구성 요소와 창조 생태계[154]

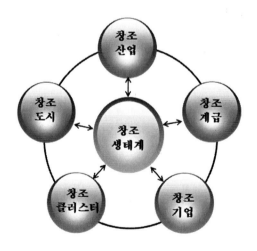

---

154) 이민화·차두원, 『제2한강의 기적 창조경제』, 북콘서트, 2013. 6, p.51

창조경제가 구현될 생태계는 〈그림18〉 '창조경제의 구성 요소와 창조 생태계'에 나타난 것처럼, 하위 구조인 창조산업, 창조도시, 창조 클러스터, 창조기업, 창조계급으로 구성되어 있다. 창조산업이란 창조성, 문화, 경제, 기술의 접점이다. 이를 통해 경제적 가치를 창출할 수 있는 잠재력과 사회 통합, 문화적 다양성, 인간 개발을 촉진하는 것이다. 또한 지적 재산을 창조하고 순환시킬 수 있는 산업을 말한다.

'창조도시'는 창조산업이 도시 경제의 주요 기반이 되는 도시이다. '창조 클러스터'는 창조산업 관련 기업, 인재, 연구 기관과 대학 등이 집적하여 상호 시너지를 창출할 수 있는 공간이다. 즉 창조산업이 집중된 지역이라고 할 수 있다. '창조기업'은 자신만의 창조성, 기술 및 재능을 기반으로, 지식 재산의 생성과 이용을 통해 경제적 가치와 일자리의 창출이 가능한 기업이다. '창조계급'은 리처드 플로리다(Richard florida)가 쓴 『신 창조계급』[155]이라는 책에서 나온 개념으로, 개인의 창조적 아이디어를 통해 경제활동의 핵심적 역할을 수행하는 주역들을 말한다.[156]

∷ 창조경제의 연구와 정책

초기 창조경제를 표방하면서 꽃을 피운 분야는 문화예술 분야로, 창조라는 화두로 새로운 경제적 가치를 창출했다. 이제 창조산업은 전 산업분야로 확대되고 있다. 창조경제와 관련된 논의는 20세기 말부터 시작되었다. 최초로 경제계에서 창조라는 개념을 소개한 것은 1990년

---

155) 리처드 플로리다, 『신 창조계급』, 이길태·한세희 옮김, 북콘서트, 2011. 12.
156) 이민화·차두원, 『제2한강의 기적 창조경제』, 북콘서트, 2013. 6, p.51

일본 노무라 연구소에서 발표한 『창조의 전략- 창조화 시대 경영과 노하우』란 보고서를 통해서이다. 미래에 예상되는 고령화, 에너지 무기화, 국가 간의 경제 마찰 등을 극복하고, 당시 순조롭던 내수 주도형의 일본 경제성장을 21세기에도 그 지속성을 확보하기 위한 대안으로 나온 것이다. 또한 정보 사회에 이어 창의성이 중시되는 창조 사회의 도래를 예견했다.[157]

∷ 각국의 창조경제 현황

영국은 국가 이미지 제고와 국가 경제의 활성화를 위한 전략으로 1980년대 후반부터 창조적 영국을 표방했다. 1997년 노동당 집권 이후부터 창조 관련 정책을 본격적으로 추진하게 된다. 1998년에는 『창조 영국: 새로운 경제를 위한 새로운 재능(creative Britain: New Talents for the New Economy) 전략』에서 8개 부문, 26개 정책 과제를 발표했다. 창조산업을 개인의 창조성, 기술, 재능에 기원을 두는 산업과, 지적 재산의 형성과 이용을 통해 경제적 가치와 일자리 창출이 가능한 산업으로 정의했다. 또한 창조산업을 핵심 창조 분야와 문화 산업으로 나누고, 광고, 건축, 미술품·골동품, 공예, 디자인, 패션, 영화, 비디오·사진, 출판, 소프트웨어 컴퓨터 게임, 음악·시각·공연 예술, 텔레비전, 라디오 등 13개 분야를 제시했다.

영국의 경영 전략 전문가인 존 호킨스(John Howkins)는 2000년 『창조 경제(The Creative Economy)』에서 창조성과 경제의 관계를 매슬로우가 이

---

157) 앞의 책, p.41~42

야기한 '인간의 욕구 5단계 이론'을 바탕으로 분석했다. 인간의 욕구는 생리적 욕구, 안전의 욕구, 애정과 소속의 욕구, 존경의 욕구, 자아실현의 욕구로 이루어져 있다. 각 단계가 충족되면, 하위 단계에서 상위 단계로 올라가면서 새로운 것을 추구하게 된다. 산업화된 국가에서 소비자들이 추구하는 욕구는 자아실현의 욕구이며, 삶의 가치를 고양하는 창조 상품과 창조 서비스 시장이 형성된다. 또한 창조경제는 제조업이나 서비스 산업보다 2~4배 정도 빠르게 성장한다고 했다.[158]

창조경제에 대해 유엔(UN)에서도 큰 관심을 가지고 있다. 유엔무역개발협의회(UNCTAD)는 2008년부터 매년 창조경제 보고서를 펴내고 있다. 2008년 보고서에서, 창조경제는 소득과 일자리를 창출하고 수출 증진을 촉진할 수 있으며, 사회적 통합과 문화적 다양성 및 인간 계발을 이룰 수 있게 한다, 또한 기술, 지식 재산, 관광 산업이 상호작용하는 경제적·문화적·사회적 측면을 포함한다고 했다. 더 나아가, 개발 차원과 거시적·미시적 수준에서 각각 경제에 개입하는 지식 기반의 경제적 활동이라고 정의했다. 2010년 창조경제 보고서에서는, 창조경제의 개념은 지속적으로 진화하는 주관적 개념이다. 적절하게 양육된 창조성은 문화에 기운을 불어넣고, 인간 계발을 하며, 일자리를 창출하고, 혁신과 무역을 가능하게 한다. 그 가운데 사회적 통합과 문화적 다양성 및 환경적 지속가능성을 이루는 것이 창조경제라고 정의했다.[159]

---

158) 앞의 책, p.141
159) 앞의 책, p.45~46

국제연합 교육과학 문화기구인 유네스코(UNESCO)는 전 세계 약 60여 개의 도시가 창조도시의 여건을 가지고 있다고 발표했다. 또한 이 도시들을 연결하는 작업을 통해 유네스코 창조도시 네트워크를 구축했다. 이 네트워크는 창조도시들이 창조산업을 통해 지역사회 발전을 성취한 노하우, 경험, 실행 전략을 서로 공유할 수 있도록 하고, 전 세계적으로 문화적 집단을 형성하고자 하는 목적을 가지고 있다. [160]

최근 창조경제에 관심이 많아지는 이유는, 후발 산업국들이 노동과 자본집약 산업경제에서 값싼 노동력과 자원을 바탕으로 경쟁력을 갖추게 되었기 때문이다. 이러한 경제 환경은 선진 산업국들에게 위기라는 인식을 심어주었다. 그래서 선진국들은 새로운 성장 동력으로, 후발 산업국이 쉽게 따라올 수 없는 차별화된 경제 환경을 창출하고자 한다. 전 세계적으로 창조경제에 대한 관심이 많아지고 있는 가운데, 우리나라도 예외는 아니다. 현재 우리나라는 앞선 일본과 뒤를 쫓아오는 중국 사이에 있다. 이러한 위기를 돌파하고 새로운 성장을 위한 방법으로 제시되고 있는 것이, 우리나라의 창조경제라고 할 수 있다.

이외에도 창조경제에 대해, 수많은 사람들이 저서나 연구들에서 언급하고 있다. 대표적인 것으로는, 콜레드 헨리의 『창조산업과 기업가 정신(Entrepreneurship in the Creative Industry: An International Perspective)』, 리처드 플로리다의 『창조계급의 부상(The Rise of the Creative Class)』, 찰스 랜드리의 『창조도시(The Art of City-Making)』, 에드워드 글레이저의 『도시

---

160) 앞의 책, p.48~50

의 승리(Triumph of the City)』, 빌 게이츠가 2008년 다보스 포럼에서 이야기한 '창조자본주의(Creative Capitalism)' 등이 있다. 앞으로 창조경제와 관련된 정의와 사례 및 진행 방향 등에 대해, 앞으로 더욱 더 많은 담론들이 진행될 것이다. 또한 세계의 각 나라와 도시 및 기업들도 창조경제를 통한 새로운 성장 동력을 만들기 위해 변화와 노력들을 계속 진행할 것이다.

마지막으로, 존 호킨스(John Howkins)는 『창조 생태학(Creative Ecologies)』에서 창조 시대에서 성공하기 위한 10가지 규칙을 소개한다. 이는 베이비부머가 창조경제에서 새로운 아이디어를 찾고, 그 아이디어를 실행하는 데 도움이 될 만한 내용이다.

① 자기 자신을 창조하라.

② 자료보다 아이디어를 더 중요하게 생각하라.

③ 떠돌아 다녀라.

④ 자신의 생각으로 자신을 규정하라.

⑤ 끝없이 학습하라.

⑥ 명성을 얻어서 활용하라.

⑦ 친절하라.

⑧ 성공은 공개적으로 축하하라.

⑨ 야망은 많이 가져라.

⑩ 무엇보다 즐겨라.[161] 이 외에도 더 자세한 부분을 알고 싶다면, 위의 책을 참고하면 도움이 될 것이다.

---

161) 앞의 책, p.144

노년의 해법 '노협창조경제老協創造經濟'

우리나라의 베이비부머들은 전술한 바와 같이, 1960년대의 가난한 어린 시절을 보냈다. 그리고 커가면서 산업화, 민주화, 외환위기, 글로벌 금융위기 등 급격하게 변하는 환경 속에서, 국가의 성장 동력으로 전 세계를 누볐다. 또한 가족의 버팀목으로, 부모 봉양과 자녀 양육에 힘쓰며 살아왔다. 압축 경제성장의 산 증인으로 수많은 경험을 가지고 있고, 몇 십년 동안 회사원이나 공무원으로 생활하면서, 조직에서 단련된 인간관계의 경험도 아주 풍부하다. 그래서 누구를 만나도 폭넓은 지식과 지혜를 통해, 적절한 관계를 형성할 수 있는 기본적인 소양을 가지고 있다.

그러나 조직에서 일정 나이가 되었으니 더 이상 여기서 일할 수 없다는 정년으로 말미암아, 일터에서 떠나고 있다. 그래서 기계가 오래되고 쓸모없는 폐품이 되듯이, 본인의 신세가 폐물이 되어 떨어져 나왔다는 심리적인 박탈감 위에 서있다. 베이비부머의 상당수는 노년에 대한 준비가 제대로 되지 않은 상태에서, 앞으로 수십 년을 더 살아가야 한다. 그래서 불안한 노후를 극복하기 위해 매일매일 고민하고 있다. 마음은 아직 20대와 같이 팔팔하고, 수십 년 더 활동할 수 있는 건강도 가지고 있는데 말이다.

∷ 자영업 창업의 허실

누구나 경험을 통해 알고 있듯이, 조직의 일원으로서 일한다는 것은 업무를 수행하는 데 큰 힘이 된다. 조직이라는 안전판이 뒷배를 봐주고 있다는 사실은, 혼자서 일처리를 하고 모든 책임을 홀로 지는 부담에서 벗어나게 해준다. 업무를 진행하면서 조직의 도움을 받을 수 있고, 실패를 해도 다시 시작할 수 있는 기회가 있음을 무의식적으로 느끼고 있기 때문이다. 이러한 조직의 힘은 조직원 개인이 업무를 수행하거나 문제를 해결하는 데, 자신감과 의욕을 북돋아준다.

그러나 정년퇴직을 한 개인은 조직에서 떨어져 나와, 허허벌판에 홀로 있는 듯한 심리적인 불안감이 항상 뇌리에 존재한다. 드높았던 자존감은 바닥으로 떨어지고, 의욕이 없어지며, 자신감은 점점 쪼그라들게 된다. 그러나 아직도 어깨에 짊어진 경제적인 부담과 삶에 남아 있는 많은 시간으로 인해, 무언가 해야 한다는 심리적인 강박감에 쫓긴다. 주변에서 나오는 이야기에 귀가 얇아지고, 내가 하면 잘할 수 있겠다는 막연한 희망도 생긴다. 그래서 충분한 경험이 없는 생면부지의 분야에 전 재산을 투자해 성급히 계약서를 작성하고, 경제 활동을 시작하게 된다.

개업을 하고, 며칠 반짝하는 매상으로 풍족하고 행복한 미래를 꿈꾼다. 그러나 하루하루 줄어드는 매출과 매월 인건비, 임대료, 운영비 등의 제반 경비지출로, 있는 자금 없는 자금 다 끌어다 쏟아 붓는다. 어느 순간 금융 기관에서 대출 이자 독촉이 시작되면, 앞으로 막고 뒤로 돌려막는다. 그러다가 남겨지는 것은 빚과 신용불량 딱지다. 배우자와 가족은 생활고에 시달리고, 축 늘어져 힘이 없어진 어깨는 인생을 마지막으로 내몰리게 하는 비참함을 맛볼 수밖에 없게 만든다. 이젠, '다시 한번 더!'라는 기회를 가질 수 없는 경제적인 나락으로 떨어진다. 그 많던 친구와 동료들은 서서히 연락이 끊기고, 저물어가는 낙조에 홀로 깡 소주를 마시며, 탄식과 후회로 기약 없는 하루 해를 마감한다. 이것이 현재 자영업에 진출하는 대부분의 베이비부머가 지나는 현주소다.

:: 베이비부머와 SWOT 분석

노협창조경제는 오늘의 베이비부머가 노년을 살아가기 위한 하나의 방법으로 제시되는 개념으로, 필자가 정한 용어이다. 노년을 위해 어떻게 생각하고, 준비하며, 행동할 것인가에 대한 하나의 솔루션인 셈이다. SWOT 분석을 통해, 베이비부머가 가지고 있는 내부의 강점과 약점 그리고 외부의 기회와 위협을 알아보자.

[표8] 베이비부머의 SWOT 분석

강 점	약 점
• 건강하다. • 충분한 시간이 있다. • 일할 의욕을 가지고 있다. • 성취감과 독립심이 강하다. • 경제 성장기의 압축 경험을 했다. • 농촌과 도시 생활의 경험을 가지고 있다. • 사회적 네트워크가 많다. • 자녀의 독립이 얼마 남지 않았다.	• 수동적이고 권위적이다. • 자녀 양육, 부모 봉양의 부담을 가지고 있다. • 자본력이 부족하다. • 노후 자금이 충분하지 않다. • 노후의 수입은 적거나 불안정하다. • 잘하는 것도 없고, 못 하는 것도 없다.
기 회	**위 협**
• 개인의 아이디어에 기반을 둔 창조사회로 변화하고 있다. • 같은 처지에 있는 동년배가 많다. • 삶의 다양성에 대한 욕구가 커지고 있다. • 정부 또는 공공 기관의 다양한 지원이 있다. • 웰빙 힐링 등의 삶의 질에 대한 관심이 크다.	• 노인들이 많아져 희소성은 떨어지고 사회적 지위가 하락하고 있다. • 초 저금리가 계속되고 있다. • 일할 수 있는 자리가 거의 없다. • 자산 중 부동산 비중이 크다. • 자산의 양극화, 소득의 양극화가 심화되고 있다. • 자산 하락기에 유동성과 환금성이 떨어진다. • 경기 침체로 통상적인 기회가 적어지고 있다.

〈표8〉에 나타난 베이비부머의 SWOT 분석을 바탕으로, 강점과 기회를 살리고 약점과 위협 요인들을 줄이거나 없앤다면, 새로운 경제활동을 시작하는 데 도움이 될 것이다. 먼저 내부적인 환경으로서 강점과 약점에서 알 수 있는 것은 다음과 같다. 베이비부머는 충분한 업무 경험, 폭넓은 인적·사회적 네트워크, 일을 하고자 하는 의욕, 충분한 시간 등을 가지고 있다. 그러나 혼자서 창업하기에는 자본이 적고, 안정적인 조직에서 오래 생활해서 수동적이며, 조직의 상위 직급으로 퇴직해서 권위적이다. 또한 노년의 경제적 준비가 충분하지 않아, 일을 해야 한다는 것은 선택이 아닌 필수이다.

외부의 기회와 위협에 있어서는 시대적인 흐름이 창조사회로 변하므로, 창조적인 아이디어를 창출하고 잘 활용하면 새로운 기회를 만들 수 있다. 일을 하고자 하는 동년배가 많아 충분한 인력을 활용할 수 있다. 또한 정부에서 추진 중인 여러 지원책 등을 활용하면, 적은 자금으로 새로운 경제적 기회를 창출할 수도 있다. 그러나 현재의 경제 환경에서는 베이비부머가 일할 만한 자리는 없거나, 있어도 평생직장은 되지 않는다. 또한 보유하는 자산이 부동산에 너무 편중되어 있어, 요즈음과 같은 자산 가격 하락기에는 소유 자산의 가치 하락과 더불어 유동성과 환금성도 떨어진다.

∷ 퇴직한 베이비부머가 활용하는 새로운 경제활동의 이정표

현재 베이비부머가 처한 환경에서 새로운 경제활동을 위한 방향을 정리하면 다음과 같다.

첫째, 창조력을 길러야 한다. 현재의 경제 시스템에서 정년퇴직을 경험했다. 이것은 현재 존재하는 기업에서 일할 수 있는 기회가 거의 사라졌다는 것이다. 물론 정부의 고위직이나 대기업 임원이라면, 하부 기관이나 연관 업체에 재취업이 가능할 수 있을 것이다. 그러나 그 자리도 일정 기간 전관예우가 끝나게 되면, 다시 원점으로 돌아오게 된다. 대부분의 사람들에게는 그런 기회조차 거의 없다. 이런 상황에서 경제활동을 계속하기 위해서는 전혀 다른 시각에서 새로운 경제활동 공간을 창조해야 한다.

둘째, 혼자 하지 말고, 같이 해야 한다. 베이비부머가 가지고 있는 가장 큰 자산은 물질적인 자산이 아니다. 무형자산인 풍부한 인맥과 다양한 경험이다. 50년 이상을 살아온 시간은 많은 사람과 만나고, 헤어지고 또다시 새로운 사람들과 만나는 일의 연속이었다. 이 인연들이 단순히 과거의 경험들을 회고하는 친목회나 동창회 정도로 진행된다면, 별로 도움이 되지 않는다. 그저 만나서 소일하는 비생산적인 모임이 될 수밖에 없다. 대부분, 노년의 소비적인 모임은 시간이 지날수록 참석 인원이 줄어든다. 그러다 보면 어느새 참석 인원은 손꼽게 된다. 그러나 생각을 바꾸면 생산적인 모임으로 전환될 수 있다. 참석한 사람들은 비슷한 나이대로, 과거의 공통된 경험들을 공유하고 있다. 또한 기회만 있다면 활동하고자 하는 의지를 가지고 있다. 이러한 인맥들과 집단 지성을 통해 창조적인 아이디어를 만들고, 이를 통해 새롭게 생산적인 일을 할 수 있다.

셋째, 창업을 위한 자금은 최소의 자금으로 최대의 효과를 낼 수 있어야 한다. 수십 년 동안의 경제활동 결과는 간신히 살고 있는 집 한 채에 약간의 국민연금 그리고 퇴직금(퇴직연금일 수도 있다)과 기존에 펀드나 적금으로 모아놓은 소액의 금융자산이다. 물론 이 자금도 자녀 교육이나 주택 대출을 상환하면 거의 없어질 수도 있다. 이런 상황에서 동원할 수 있는 모든 자금으로 자영업을 창업해서 원금이라도 보존할 수 있다면 다행이지만, 현실은 대부분 실패로 돌아간다. 사업이 잘되어 확장을 위해 자금을 동원한다면 좋은 일이고 축하할 일이다. 그러나 현상유지 또는 적자로 인해, 운영자금의 부족분을 금융권에서 자금을 융통한다면, 일찍 정리하는 것이 좋다.

넷째, 초기 투입자금이 큰 제조업보다는, 자금이 적게 드는 사업을 선택해야 한다. 제조업은 기본적으로 설비 투자가 필요하다. 어떤 사업이든지 설비 투자를 위한 자금은 적지 않은 금액이 필요하다. 거기에 그 설비가 정상적으로 가동하기 위해서 운영자금과 인건비가 계속 들어간다. 또한 제품을 만들어 매출이 있다손 치더라도, 업계의 관행상 외상매출은 있을 수밖에 없다. 중소기업을 운영하는 사람들의 가장 큰 애로사항은 제품이 팔리지 않는 것보다, 자금이 원활하게 돌지 않아 어려움에 닥치는 경우인데, 그런 일들은 허다하다. 거기에 대기업의 하청 업체라면, 근래에 문제가 되고 있는 갑과 을의 불공정한 관계가 이를 더욱 심화시킨다.

다섯째, 정부, 공공기관, 지방자치 단체에서 지원되는 것들을 잘 활용해야 한다. 새로운 아이디어를 통해 사업을 시작하기 위해서는 면밀한 사업계획이 필요하고, 해당 사업에 대해 충분한 경험이 뒷받침되어야 한다. 혼자 이러한 것을 모두 준비하기에는 많은 시간과 비용이 소요된다. 현재 고령자의 취업이나 사업을 위해, 고용노동부나 지방자치 단체, 행정 각 부처별 또는 산하단체에서 수없이 많은 교육과 지원을 하고 있다. 이를 적극적으로 활용한다면 거의 무료로 이용 가능한 곳도 있고, 비슷하게 생각하는 동년배들을 많이 만날 수 있어 경험을 공유할 수도 있다. 또한 그 분야의 전문가들을 통해 도움도 얻을 수 있어, 시행착오를 많이 줄일 수 있다.

결론적으로, 현 경제가 돌아가는 시스템과 일에 대한 미래까지 감안한 다면, 베이비부머가 적성에 맞으면서 안정되고 수입이 어느 정도 보장되는 직장을 얻기는 아주 어렵다. 또한 내 사업이 아니기 때문에, 다시 조직의 일원이 되어 일을 해도, 언젠가는 퇴직하고 제자리로 돌아올 수밖에 없다. 수십 년간 조직의 일원으로 지내왔으니, 이제 내가 주인이 되어 업을 창조하고 싶은 마음을 모두가 가지고 있을 것이다. 그렇다면 내가 가진 자원을 최대한 활용해서, 나에게 맞는 일을 만들어야 한다. 또한 노년의 고민을 혼자 고독을 씹으면서 고민하지 말고, 마음에 맞는 동료들과 같이 집단 지성을 이용해 창조성을 발휘하자. 그래서 동료들과 충분히 준비한다면, 노년을 보다 알차게 보낼 수 있는 새로운 업을 창조할 수 있을 것이다.

16장 노년의 삶! 어디서 어떻게 살 것인가?

도시에서 만드는 '노협창조경제'

:: 나이 듦과 도시

지금까지 우리는 나이 듦의 역사를 알아보고, 노년의 정체성을 확립하며, 창조와 협동을 기반으로 하는 새로운 삶의 비전을 만들기 위한 여정을 가져왔다. 이것은 이미 노년의 삶을 시작했거나, 앞으로 노년의 삶을 맞이하게 될 베이비부머가 자아실현과 더불어 미래를 새롭게 창조하기 위한 디딤돌이 될 것이다. 베이비부머는 이제 제3연령기(The 3rd Age)를 맞이하고 있다. 제3연령기에 알맞은 삶의 정체성을 확립하고, 건강하게 활동할 수 있는 기간인 20~40년을 어디서 무엇을 하면서 살아갈 것인가?

도시는 인류를 현 상태에 이르게 만든 발전의 공간이다. 에드워드 글레이저(Edward Glaeser)는 『도시의 승리(Triumph of the City)』[162]에서 "도시는 인류의 가장 중요한 창조물인 지식의 공동 생산이라는 협력 작업을 가능하게 해주는 장소이다. 인간의 협력을 통해서 나오는 힘은 문명의 발전을 가져온 가장 중요한 진실이자, 존재의 주된 이유이다. 인접성,

---

162) 에드워드 글레이저, 『도시의 승리(Triumph of the City)』, 이진원 옮김, 해냄, 2011

혼잡성, 친밀성이라는 특징을 가지고 있는 도시는 문자의 발명부터 현대의 스마트 폰까지 인류의 위대한 성과들을 이루어냈다. 또한 인재, 교육, 기술, 아이디어, 기업가 정신과 같은 인적 자본을 한 곳으로 끌어들였다. 그래서 도시는 혁신의 중심지로 등장했으며, 도시와 국가의 번영은 물론, 인간의 행복에 중대한 영향을 미친 곳"이라고 정의하고 있다.

도시는 자본이 있고, 노동력이 풍부한 곳이다. 전통적인 도시의 입지는 농수산물 등의 먹거리가 풍부하고, 교통이 좋은 평야나 강을 낀 지역에 위치했다. 이러한 환경에서, 사람들은 자연스럽게 점점 더 모여 살게 되었고, 경제발전에 필요한 자본과 노동의 결합으로 2차 성장을 했다. 산업화된 도시는 중화학 공업단지와 같은 중후장대형 산업의 입지가 유리한 해안에 위치한 경우가 많다. 또한 이 도시들은 기존의 도시에서 벗어난 지역으로, 정부의 정책적인 지원과 산업 시설의 유치를 통해 만들어졌다.

기업은 제품생산을 통해 매출을 발생시키고, 노동력을 제공한 사람들에게 급여를 준다. 근로자는 개인과 가족의 생활을 위해 받은 소득을 사용한다. 사람들이 모인 도시에는 주민들에게 필요한 서비스를 제공하는 서비스 산업들이 발달하게 된다. 생산, 소득, 소비 그리고 재생산으로 순환되는 경제 시스템이 완성되고, 도시는 지속성을 가지고 계속 성장하게 된다.

도시의 성장은 사람들을 끌어 모으면서 시작된다. 농촌에서 가난한 사람들은 일자리를 찾아서, 젊은 사람들은 더 나은 삶의 기회를 만들 수 있는 교육과 취업을 위해 도시로 이동한다. 도시는 농촌에 없는 욕망과 화려함으로 사람들을 유혹하는 페로몬을 계속 흩날리고, 사람들은 그 냄새에 취해 도시로 이동한다. 젊은이에게 도시는 기회의 공간이다. 그러나 노인에게 도시는 이정표와 오아시스도 없는 황량한 사막이 될 수 있다. 왜냐하면 현대 도시는 젊음을 찬미하고, 젊은이의 삶에 맞추어 구성되었기 때문이다.

우리나라의 도시들은 20세기 내내 농촌의 사람들을 도시로 흡수했다. 특히 수도권에는 현재 대한민국 인구의 약 1/2이 살고 있다. 그래서 도시화율은 1960년 39.1%에서 1970년 50.1%, 1980년 68.7%, 1990년 79.6%, 2000년 88.3%, 2010년에는 91.0%에 다다른다. 이제 국민 10명 중 9명은 도시에 살게 된 것이다.

⁘ 같이하는 도시의 '노협창조경제'

베이비부머가 수십 년을 살아온 도시에서 노년의 삶을 아름답게 만들 기회는 없을 것인가? 또한 도시에서 베이비부머가 생산적이고, 재미있고, 즐겁게 살기 위해서 어떻게 살아야 할까? 그것은 베이비부머의 SWOT 분석을 통해 나타난 특성과 현재 가지고 있는 여러 자원을 활용해, **'같이 살고'**, **'같이 놀고'**, **'같이 공부하고'**, **'같이 새로운 가치를 만드는'** 4가지의 기본 전제를 통해 만들어가는 도시의 삶이다.

사람마다 가치관도 다르고 처한 환경이 다르기 때문에, 모든 사람을 만족시킬 수는 없다. 그렇지만 여기서 제시하는 방법은 베이비부머와 이를 잇는 세대가 창조적이고 미래 지향적인 노년의 삶을 만들어갈 수 있는 하나의 방법으로 제시하는 것이다. 또한 다른 노년의 삶을 살아가는 사람들일지라도, 이런 방법으로 살아갈 수도 있겠구나라는 인식이라도 가졌으면 하는 것이, 필자의 바람이다.

∷ '같이 살자'

노후 생활에서 가장 애로사항으로 다가오는 것은 전술한 바 있는 '인생의 4고苦'인 가난, 질병, 고독, 역할 상실이다. 이 중 노년의 가난은 로또와 같이 하늘에서 뚝 떨어지는 행운이 있다면 모르겠지만, 짧은 시간에 부富를 성취하기 쉽지 않다. 또 갑자기 찾아오는 질병도 어쩔 수 없다. 그러나 고독과 역할 상실에 가장 특효약은 바로, 가까운 지역에 잘 아는 사람들이 많이 사는 것이다. 가까운 사람들이 주변에 있으면 노년의 생활은 훨씬 윤택해진다.

여기서 '같이 살자'는 한 집에서 같이 사는 것이 아니다. 멀지 않은 가까운 곳에서 살자는 의미이다. 같은 대도시에 살아도 한 번 만나는 데 1시간 이상이 걸린다면, 같은 지역에 산다고 할 수 없다. 특히 서울은 워낙 넓고 교통이 정체되는 경우가 많아, 지방에 사는 것보다 훨씬 멀리 느껴질 수 있다. 그럴 경우 만남은 연례행사가 될 수밖에 없다. 사람이란 눈에서 멀어지면 마음에서도 멀어진다. 가까운데 살면서 자주 봐야 없던 정도 생긴다.

보통 정년이 지나면, 알고 있던 사람들을 가장 많이 만나는 행사는 간혹, 지인들에게 발생하는 애경사哀慶事이다. 이 시기에 발생하는 애경사는 주로 부모의 장례와 자녀의 결혼이다. 이런 일이 발생하면, 오랜 만에 지인들과 만나 서로 안부도 전하고, 다시 본인의 일상생활로 돌아간다. 또한 이제부터 지인들의 부고訃告도 종종 들려오기 시작한다. 오랫동안 알고 지냈던 지인의 부고는 마음에 뭔가 모를 울적함을 선사한다. 비슷한 나이에 같은 세상을 보고 살았던 사람이 세상을 떠났다는 지인의 부고는 죽음이 남의 일이 아니라, 내 곁에 와 있음을 가장 피부로 느낄 수 있는 경험이다. 그러나 이는 특별한 사건일 뿐이다. 대부분의 경우, 며칠 지나지 않아 잊어버리고, 다시 평범한 일상사로 복귀하게 된다.

50대가 넘어가는 베이비부머의 가정은 빈 둥지가 되기 시작한다. 빈 둥지라는 것은 자녀들이 성장하여 직업을 갖거나 새로운 가정을 이루면서, 부모로부터 독립해 떠나는 것이다. 그래서 대부분의 빈 둥지에는 부부만이 살게 된다. 가장 좋은 평생의 친구는 배우자임이 틀림없다. 하지만 둘이서 얼굴만 보며 살 수는 없다.

지금까지 베이비부머의 주거지는 대부분 자녀의 교육 여건에 맞추어 정해진 바가 컸다. 그러나 자녀가 떠난 후엔 더 이상 그럴 필요가 없다. 특히 도심지의 비싼 주택에서 이자 또는 임대비용을 안고, 빈 둥지에서 외로움을 느끼며 사는 것은 너무 비용이 크다. 차라리 도시의 외곽으로 이동해 주거비를 줄이고, 가까운 사람들과 근거리에서 어울려 살아간다면, 사람 사는 냄새가 더 날 것이다.

삶은 어쩔 수 없이 혼자 가는 길이지만, 같이 가줄 수 있는 사람이 많을수록 더 힘이 된다. 현재 노인들 중에는 함께하는 사람이 없어서 무연고의 고독사孤獨死가 종종 발생하고 있다. 전국적으로 한 해에 1,000건으로 매일 3건 정도, 수도권에서는 1일 2건 정도 있다고 한다. 주변에 가까운 사람이 있다면 생길 수 없는 죽음이다. 멀리 있는 사촌보다 이웃사촌이 더 가깝다. 젊은 시절부터 잘 알고 있고 마음이 통하는 지인들과 가까이 산다는 것은 노년을 살아가는 데 커다란 힘이 된다.

:: '같이 놀자'

사람은 나이가 많아질수록, 동적인 생활보다 정적인 생활에 더 쉽게 적응한다. 대부분 의욕이 줄고, 몸은 쉽게 피로해지며, 체력이 떨어진다. 그러나 고령의 나이에도 젊은 시절보다 훨씬 더 활동적이면서, 노익장을 과시하는 사람들도 적지 않다. 노는 것도 정적인 놀이 있고, 동적인 놀이 있다. 정적인 놀은 독서. 서예, 사진, 그림, 바둑[163]과 같이 앉아서 즐길 수 있는 취미 생활이다. 동적인 놀은 등산과 자전거 타기와 같이 혼자서 할 수도 있고, 베드민턴과 골프처럼 팀을 이루어 같이 할 수도 있다.

사람마다 선호하는 바가 다르기 때문에 호불호好不好를 따질 수 없으나, 하나의 취미만 가지고 주야장천晝夜長川 보내면 곧 흥미를 잃게 되고 싫증나게 된다. 그래서 혼자 하는 취미도 만들고, 같이 하는 취미도 가져보자. 특히 같이 즐길 수 있는 취미를 갖게 되면, 그 행위로 인해 자주 만나게 되고, 인연의 실이 점점 더 굵어지게 된다.

물론 혼자서 하는 놀도 꼭 필요하다. 이는 혼자만의 시간을 통해 자기완성의 길을 만들어갈 수 있기 때문이다. 그러나 절이나 산에 들어가 도

---

163) 요즈음은 컴퓨터로 바둑이 대세다.

를 닦는다면 모르겠지만, 속세에서 매일 삼시세끼를 먹으면서 혼자 사는 것은 빨리 돌아가는 지름길이다. 노년의 4고(苦)에서 이야기한 외로움은 노년의 삶을 아주 재미없게 만든다. 전술한 '같이 살자'고 한 것도, 자주 그리고 같이 놀 수 있기 때문이다.

근래에 중년의 나이를 넘어선 사람들은 개인의 건강관리에 관심이 많다. 그래서 젊은 시절에 좋아했던 술이나 담배를 멀리한다. 그런데 우리나라 사람들이 만나서 할 수 있는 가장 대표적인 것으로 남자들은 같이 술 한잔하는 것이요, 여성들은 같이 밥 한 끼 하는 것이다. 그래서 남자들이 오랜만에 만나면 술 한잔하는 것은 한국 사람이 갖는 당연한 코스이다. 이런 일이 반복되면서 사람들의 관계는 돈독해지고, 일상에서 쌓인 스트레스를 해소하면서 사는 재미를 느끼게 된다. 물론 사람에 따라 본래 음주를 안 한다거나 젊은 시절에 지나친 음주로 건강을 해친 사람이라 할지라도, 같이할 수 있는 방법은 얼마든지 있다. 그리고 그 정도 연배가 되면 억지로 권하지도 않는다. 단지 사람들과 같이 어울리려는 마음이 중요하다.

동년배들은 공유하는 경험이 많기 때문에 가장 이야기도 잘 통하는 좋은 친구가 될 수 있다. 그러나 동년배라도 자주 만나야 상대방의 취미도 알고, 취향도 알게 된다. 오랜만에 만난 지인과 한두 번은 반가운 마음에 술 한 잔 같이 즐길 수 있다. 그러나 세월의 간극에 따라 취미도 다르고 삶의 방식도 달라졌다면, 같이할 수 있는 것이 별로 없어진다. 그래서 만나는 횟수고 줄고, 다시 원상태로 돌아가게 된다. 이 만남을 유지할 수 있는 지름길은 같이 놀 수 있는 꺼리를 만드는 것이다. 친구 따라 강남 가는 이유도 다 여기에 있다. 그래야 같이 즐기면서, 오랫동안 재미있게 살아갈 수 있지 않겠는가.

:: '같이 공부하자'

사람이 생각을 하지 않고, 과거의 경험을 통해 만들어진 습관을 통해 살아가는 순간부터 진짜 노인이 된다. 생각하기 위해서는 항상 공부해야 한다. 공부를 한다는 것은 학교에서 책상에 앉아 교과서를 통해 학습을 하자는 의미가 아님은 누구나 다 알 것이다. 여기서 공부는 항상 호기심을 가지고 세상을 보자는 의미이다. 호기심 있는 사람만이 젊게 살 수 있다. 호기심이야말로 뇌의 건강을 지킬 수 있는 특효약이다.

현재 노인들에게 가장 공포스러운 병은 치매이다. 치매는 가지고 있던 기억이 조금씩 사라져가는 질병이다. 기억이 퇴색함에 따라 시간에 대한 관념이 줄고, 마주 대하는 세상을 보는 판단력도 없어지며, 의사 결정 주체로서의 기능이 사라진다. 그러나 호기심을 가진 사람의 뇌는 쉴 틈이 없다. 계속 움직이게 된다. 세상은 아는 만큼 보이고, 본 만큼 안다고 했다. 공부를 계속하는 것은 개인은 물론 가족, 더 나아가 세상에 도움을 줄 수 있는 노년을 보내는 최선의 방법 중에 하나이다.

근래에는 아침에 조찬회 등의 모임이 많이 이루어지고 있다. 새벽부터 모임에 참석해서 새로운 정보도 얻고, 새로운 생각도 접하며, 다른 사람들은 또 어떻게 생각하는지 알고 싶어서일 것이다. 현대 사회는 'Know-How'의 지식 사회와 'Know- Where'의 정보 사회를 지나, 이제 'Know-Who'라는 창조 사회로 접어들었다. 많이 아는 것과 내가 필요한 지식이 어디 있는지 아는 것도 중요하지만, 이제는 누구를 아는가가 가장 중요한 화두로 떠오르고 있는 것이다.

우리는 정보를 검색하기 위해 인터넷을 가장 많이 이용한다. 대부분이 느끼겠지만, 인터넷에서 얻을 수 있는 지식은 단순히 데이터 수준이다. 살아 있는 지식은 거의 없다. 내가 필요한 것은 어떤 현상을 이해하거나 문제에 대한 의사 결정에 필요한 지식이다. 그러나 데이터 수준의 피상적인 나열은 정보의 홍수에 휩쓸리게 되고, 많은 시간을 투자해도 얻을 수 있는 것이 별로 없다. 차라리 내가 알고자 하는 내용에 대해, 전문가에게 자문을 구하는 것이 개인의 의사 결정에 훨씬 도움이 된다. 세상의 모든 지식을 알고, 이를 통해 올바른 결정을 내릴 수 있는 존재는 오직, 신神밖에 없을 것이다. 한계의 존재인 인간이며, 그 중 일개 개인이 모든 것을 알 수는 없다. 그래서 Know- Who라는 전문가가 필요하고, 이러한 사람들을 많이 아는 것이 경쟁력인 시대가 된 것이다.

노년에는 공부가 필요하다는 인식이 약해진다. 의욕이 있다 해도, 쉽게 피로해지고 지친다. 그러나 주제를 가지고 사람들을 만나 토론이나 주제 발표 등을 통해 같이 공부한다면, 사람과의 관계도 돈독해진다. 또한 본인이 생각하지 못했던 다른 사람들의 생각도 알게 되며, 색다른 아이디어도 얻을 수 있다. 노년의 공부는 새로운 지식을 얻는 공부도 중요하지만, 인생을 통해 얻어진 지혜를 통한 마음공부에도 힘써야 한다. 마음공부는 본인의 성찰을 통해서 얻을 수 있지만, 사람들과 부대끼면서 얻을 수 있는 부분도 크다.

∷ '같이 가치를 만들자'

하나의 업業을 만든다는 것, 즉 창업을 한다는 것은 쉬운 일이 아니다. 수많은 생각과 가능성과 땀이 모여 업을 만들고, 위태로운 고비 고비를 넘나들면서 안정적으로 조금씩 자리를 잡아가게 된다. 사업체가 넘어지고 쓰러져 다시 일어서지 못한 경우도 많으나, 성공한 사람들은 다시 일어나 과거의 경험을 발판 삼아 성공을 이루었다. 이와 같은 과정은 고래古來로부터 사업가들이 창업하여 성공으로 가는 과정에 발생되는, 거의 필연적인 수순이다. '같이 가치를 만들자'고 하는 것도 같은 수순을 밟게 될 것이다. 그러나 앞에서와 다른 점은 혼자 하지 말고, 집단 지성을 활용하고, 위험을 최대한 줄이면서, 같이 업을 창출해보자는 것이다.

그럼, 무슨 업을 어떻게 만들 것인가? 우리가 접하는 업業이라는 한자는 다음과 같이 표현할 수 있다.

[그림19] 업業**의 도해**

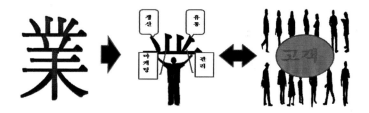

업業이라는 한자는 사람이 두 팔을 벌리고, 넓은 판을 기반으로, 네 개의 기둥을 떠받치고 있는 모습으로 볼 수 있다. 시장이라는 기반 위에 생산, 유통, 마케팅 그리고 이 모두를 총괄하는 관리라는 네 개의 기둥이 서 있는 것이다. 이 업을 통해 만들어지는 재화나 용역은 고객에게

물질적인 편익이나 서비스로 제공된다. 고객의 선택을 받은 재화나 서비스는 고객에게 도달하고, 매출이라는 결과물로 창출된다.

자본주의 경제는 경쟁과 효율을 통한 이윤 극대화를 운영 원리로 삼아 20세기의 번영을 이루어냈다. 그러나 베이비부머가 만드는 업의 운영 원리는 달라야 한다. 시장경제의 기업들과 동일한 재화나 서비스를 고객에게 제공하는 업을 창업해서는 기존 기업들과 경쟁에서 살아남기 어렵기 때문이다. 또한 베이비부머에게는 그럴만한 충분한 자금도 없고, 가고자 하는 방향도 전혀 다르다.

베이비부머가 만드는 새로운 업은 창조와 협동을 기반으로 삼아야 한다. 창조와 협동이야말로 베이비부머의 가장 큰 자산이며, 이를 이용하는 것이 가장 안전하면서 경쟁력 있기 때문이다. 창조라는 의미는 기존에 없는 새로운 제품이나 서비스일 수도 있다. 하지만 현재 영위하고 있는 업에서도 새로운 가치와 운영 원리로 접근하면 새로운 기회를 만들수 있다. 협동은 혼자 업을 만들어 운영하는 것보다 여러 사람이 같이하자는 것이다. 자본력은 부족하지만, 시간도 있고 일이 필요한 동년배의 인력이 수없이 많다. 또한 정년퇴직이라는 같은 경로를 거치면서, 무언가 하기 위해 비슷한 고민을 하고 있다.

베이비부머의 새로운 업은 기본적으로 시장경제와 다른 가치와 비전을 가져야 한다. 과거 경제 활동기의 직장인은 조직에서 승진과 급여 인상이 가장 커다란 목표였다. 그래서 더 많은 급여와 더 높은 지위를 위해 동료 및 선후배와 경쟁하면서, 일정 지위에 도달해 정년을 맞이했을 것이다. 베이비부머가 하고자 하는 일은 성공의 계단을 힘겹게 오르는 것이 아니다. 대신 상생을 찾고, 돈이나 명예가 아닌 의미를 추구하고, 개인의 인생에서 가장 중요한 자아를 실현하는 것이다. 그래서 바라는 업業의 가치는 사회적 가치에 기반을 둔 '**공존**共存**과 지속 가능**'이다.

이 업은 기존의 경제 환경에서 발생한 소비자의 불만을 해소하거나, 꼭 필요하지만 공급의 제약으로 부족한 서비스를 충족시키며, 더불어 사는 사람들에게 공동의 사회적인 가치를 제공해야 한다. 그러면서도 업이 지속적으로 존속하기 위해 어느 정도의 이윤도 창출해야 한다. 또한 베이비부머가 만드는 업은 사람이 중심이어야 한다. 인간이 가지는 욕구들을 잘 관찰하고, 이를 기반으로 날카로운 분석과 풍부한 상상을 통해, 고객이 원하는 것을 채워줄 수 있는 방법을 새롭게 창조해야 한다.

보통 자영업은 가게를 임대해서 고객을 기다리는 업종이 대부분이다. 가게를 찾는 고객이 많아질수록 그 업종은 번창할 것이고, 그렇지 않은 곳은 대부분 몇 개월 안에 업종이 바뀌거나 사람이 바뀐다. 그러나 베이비부머가 모여서 같이 한다면 사람은 충분하다. 그렇다면 고객이 찾아오도록 하는 것이 아니라, 찾아가는 방법은 없을까? 이와 같은 역발상으로 접근하는 것도 하나의 방법일 수 있다.

근래 먹거리에 대한 사람들의 불안은 상당하다. 먹거리를 유통하는 사람들에 대한 신뢰가 부족하기 때문이다. 이러한 사회 현상에서 사람들의 불안이나 불만을 해소할 수 있는 방법은 없을까? 먹거리의 대부분은 농어촌에서 생산되어 도시로 유입된다. 그런데 농어촌에서 도시의 가정까지 도달하는 과정에서 여러 유통 단계를 거치게 된다. 유통 단계별로 마진이 붙다 보니, 현지의 생산자 가격과 도시의 소비자 가격에는 엄청난 가격 차이가 발생한다. 중간의 유통 단계가 많고, 각각의 단계를 거칠 때마다 이익을 남겨야 하기 때문이다. 또한 먹거리에 생산지 표시가 의무화되어 있어도, 워낙 장난하는 업자들이 많아 믿을 수 없다. 그래서 먹거리를 신뢰하지 못하는 소비자들은 공신력 있는 백화점이나 대형 마트 같은 곳에서, 가격이 다소 비싸더라도 믿을 수 있는 곳에서 먹거리를 사먹는다.

이러한 소비자의 불만과 생산자의 저가 수매에 대한 해결책은 없을까? 혼자라면 어렵겠지만, 여럿이 힘을 합친 베이비부머는 가능하다. 현재 살고 있거나, 잘 아는 지역에서 먹거리에 대한 불만을 해소할 수 있는 업을 시작하는 것이다. 여러 사람들이 있으니 각각 잘할 수 있는 부분을 분담해서 운영할 수 있다. 현지 매입부터 시작해 유통, 손질, 판매, 배달 서비스까지 전부 다 하는 것이다.

이러한 시스템이 만들어진다면, 유통 단계는 오직 하나만 남게 된다. 그래서 생산자는 제 값에, 소비자는 신뢰할 수 있는 먹거리를 싼 가격에, 이 업에 종사하는 사람들은 적정 이윤을 창출할 수 있다. 그리고 팔고 남은 먹거리는 같이 일하는 사람들이 많으니 자체 소비할 수 있고, 지역의 독거노인이나 소년소녀 가장에게 지원해주면 더 좋은 일이다.

이러한 업의 형태로 가장 알맞은 조직은 협동조합을 통한 사회적 기업이라고 할 수 있다. 협동조합이나 사회적 기업에 대한 자료는 '서울시의 협동조합 상담지원 센터' 등을 활용하면 많은 도움을 받을 수 있다. 또한 사회적 기업과 관련된 아이디어는 '희망 제작소' 같은 곳에서 진행 중인 사업들을 참고하면, 다양한 아이디어를 얻을 수 있을 것이다.

우리나라 사람들은 동업에 대해 여러 좋지 않은 감정들을 가지고 있다. 시장경제에서 동업은 이익 분배로 인해, 거의 좋지 않은 결과를 가져왔다는 관념이 우리를 지배하고 있기 때문이다. 그러나 '같이 새로운 가치를 만드는 것'은 이익을 많이 내자는 것이 아니다. 베이비부머가 일할 수 있는 공간을 만들고, 이를 통하여 적정 이윤을 얻고, 지속가능한 시스템을 만들며, 사회적 공헌을 하자는 것이다. 무엇보다도 투명하고 즐겁게 그리고 맘에 맞는 사람들과 함께 하는 업을 창조하자는 것이다.

●● 같이하는 노년의 삶

정년퇴직으로 인해, 다양한 생애경험을 가진 사람들이 나이가 들어 직장에서 가정으로 돌아가게 된다. 호주머니는 가벼워지고, 점점 더 지인들과 연락도 뜸해진다. 개인의 활동 반경도 좁아지면서 집에서 머무는 시간이 점점 길어진다. 농촌에서야 텃밭이라도 가꾸는 소일거리라도 있지만, 도시는 우중충한 콘크리트 더미로 구역을 쪼개어, 다른 사람들과 분리시키는 소외된 공간의 집합이다.

같이 살고, 놀고, 공부하고, 가치를 만들기 위해 필요한 프로세스의 첫 단추는 무엇일까? 또한 이를 위해 선택할 수 있는 방법으로는 어떤 것이 있을까? 먼저 도시에서 같이하는 삶을 만들기 위해 가장 필요한 것은 마음이 맞는 사람들끼리 서로가 얼굴이라도 보면서, 편히 만날 수 있는 공간이다. 즉 멍석이라도 깔아야 사람들이 모일 자리가 만들어진다. 짧은 용무를 위한 만남이라면, 도시의 곳곳에 있는 카페 같은 시설을 이용할 수 있지만, 여기서 말하는 공간은 집에서 나와 언제라도 편하게 머물 수 있는 장소이다. 또한 개인적으로 독서를 한다거나 연구를 할 수 있고, 더 나아가 사람들을 만날 수 있는 공간이다.

도심지의 사무실 임차 비용은 상당하지만, 도시의 변두리에서 계단을 오르내리는 상부 층의 사무실 임차 비용은 그다지 많이 들지 않는다. 지인들 몇몇이 같이한다면, 개인들의 용돈으로도 충분히 감당할 수 있을 정도로 부담이 그다지 크지 않다. 또한 변두리의 사무실은 주차 공간이 넓고, 도심의 교통지옥을 벗어나 있어, 외부로 드나들기도 편하다.

노년의 도시 생활에서 커다란 애로사항 중에 하나는, '15장의 협동할 수 있도록 만드는 공간'에서 이야기 한 것처럼, 집에서 나오면 마땅히 갈 곳이 없다는 것이다. 그래서 늦은 아침을 먹고 집에서 나와, 막연히 거리나 산이나 공원으로 나간다. 그러나 갈 곳이 있다는 것은 노년의 생활에 아주 커다란 힘이 된다. 거기에 같은 처지에 서로를 잘 아는 지인들이 있으니, 노년의 4대 애로사항인 가난, 질병, 고독, 역할 상실 중 고독이나 역할 상실은, 거의 해결된다.

또한 경제적인 문제도 마찬가지다. 집에서 혼자 아무리 고민해보았자 답은 별로 없다. 그러나 마음에 맞는 또래 친구들이나 지인들이 같이 모일 수 있는 공간이 있다면 달라진다. 같은 처지에 있는 사람들이 모이면 집단 지성이 발휘될 수 있는 여지가 충분해지기 때문이다. 또한 건강은 혼자 있을 때보다 훨씬 좋아질 가능성이 높다. 물론 사람들이 여럿 모이면 인간관계에 따른 스트레스는 있을 수 있다. 그렇지만 노년의 생활에서 같이 이야기할 수 있고, 같이 놀고, 같이 공부하는 이익이 훨씬 크다. 또한 모이는 사람들은 노년을 같이할 사람들이고, 수십 년을 같이 알아온 사람들이다. 약간의 감정적인 엇박자는 충분히 헤쳐 나갈 수 있는, 연륜과 경륜을 가진 성숙한 나이 듦의 사람들이다.

공간이 만들어지고 사람들이 모이게 되면, 같이 살고 놀고 공부할 수 있게 된다. 더 나아가 생산적인 일들도 만들어질 수 있다. 기업체를 운영하다 보면 가장 부담이 큰 비용이 인건비인데, 여러 사람이 자발적으로 모였다는 것은 인건비의 부담을 상당히 줄어들게 해준다. 이러한 과정을 통한다면, 서로가 가진 삶의 경험과 지혜를 이용해, 사회에 공헌하면서도 개인들에게는 약간의 수입이라도 만들 수 있는 생산적인 일을 만들수 있는 것이다.

앞으로 남아 있는 노년의 많은 시간을 생산적인 일도 하면서, 지인 또는 친구들과 같이 있을 수 있다는 것은 그만큼 개인의 건강에도 플러스가 되고, 노년의 삶도 그만큼 윤택해질 것이다. 여기에 정부나 지방자치 단체의 지원이 있다면, 훨씬 더 이러한 공간을 만들기에 수월할 것이다. 이러한 공간이 많아질수록, 노인 사회의 어두움은 조금씩 밝아질 것이다.

홀로 서기 '1인 기업'

새로운 업을 창조하는 데 있어서, 사람에 따라서는 동료들과 하는 것보다 혼자 하는 것이 더 효율적일 수 있다. 그래서 이를 더 선호하는 사람도 있을 수 있다. 이때 생각해볼 수 있는 업의 형태는 '**1인 기업**'이다. 1인 기업이란 나 홀로 독립적으로 활동하면서, 개인이 가진 핵심 역량을 토대로, 지속적으로 고객에게 제품이나 서비스를 제공하는 기업이라고 정의할 수 있다. 이는 유급의 상근 근로자를 두지 않는 형태로, 철저한 아웃소싱 및 네트워킹을 활용한다. 또한 개인이 가진 전문적인 노하우와 사업 아이디어 등을 활용하여, 고객에게 팔릴 만한 제품이나 서비스를 계속 생산하는, 영속성 있는 법적 기업이다.[164]

사업이 잘된다면 별 문제가 아니지만, 창업할 때 가장 두려운 것이 실패하거나 소기의 성과를 내지 못하는 것이다. 그래서 투자 원금을 까먹게 되고, 더 나아가 새로운 부채까지 안게 되는 것이다. 베이비부머는 어느 정도 연령이 있기 때문에, 한 번의 실패만으로도 개인의 경제력이 커다란 타격을 받을 수 있다. 따라서 이를 보완하기 위한 방법으로 제시될 수 있는 업의 형태가, 바로 1인 기업인 것이다.

앞 장에서 보았던 것처럼, 업業은 사업의 커다란 기둥인 생산, 유통, 마케팅과 이를 아우르는 관리의 집합이다. 각각의 업무는 독립적이기 때문에, 이 모든 것을 혼자 한다는 것은 쉬운 일이 아니다. 그래서 개인이 하

---

164) 이갑수, 『일자리 창출의 틈새시장 '1인 기업'』, 삼성경제연구소, 2009. 6

지 못하는 부분은 아웃소싱(Outsourcing) 하게 된다. 아웃소싱이란 기업 업무의 일부 프로세스를 경영 효과 및 효율의 극대화를 위해, 제3자에게 위탁해서 처리하는 것을 의미한다.

∷ 베이비부머가 만드는 1인 기업

1인 기업을 준비하기 위해 가장 먼저 해야 할 일은 업業의 선택이다. 인생 후반기에 내가 만드는 일은 당연히, 내가 가장 좋아하고 하고 싶은 일일 것이다. 그래서 이 업은 내가 가장 잘 알고, 잘할 수 있고, 하고 싶은 일을 선택해야 한다. 다음으로 필요한 작업은 선택한 업의 생산부터 판매, 사후 관리까지 프로세스를 꼼꼼히 챙기는 것이다. 전반적인 업의 프로세스를 파악하면, 내가 할 일과 외부에 아웃소싱 할 분야가 정해진다.

1인 기업의 종류와 업태는 아주 다양하다. 정보통신의 발달로 1인 기업의 영역은 점점 더 넓어지고 있다. 이 중 창조산업의 일부로 조명받는 출판 산업에서, 1인 출판을 한다는 가정 아래 프로세스를 만들어보자. 출판 사업은 출판사를 만들어 운영하는 프로세스와 책이라는 상품을 기획해서 마케팅 및 사후 관리까지 진행하는 상품의 프로세스로 나눌 수 있다.

출판사의 창업 프로세스[165]는 출판사 이름 정하기→출판 등록→사업자 등록→유통업체 선정→물류업체 선정→ISBN 발급→도서 릴리스 납본으로 이뤄진다. 책이라는 상품의 프로세스는 출판사마다 약간씩 다를

---

165) 북페뎀편집위원회, 『출판창업』, 한국출판마케팅연구소, 2006

수 있으나, 대략적인 프로세스는 다음과 같다. 원고 의뢰(편집 기획), 원고 완성(작가), 외서→출판 기획→일정 수립→디자인 섭외 및 착수→샘플 원고, 샘플 시안→원고 편집→교열 및 교정→제목 및 카피, 디자인 완성→화면대조, 수정→표지 카피 작성 및 표지 시안 확인→지류 선택 및 인쇄작업 의뢰→필름대조→보도자료 및 소개 글 작성→마케팅, 출고→판매→사후 관리의 과정 등이다. 이러한 과정을 거쳐 한 권의 책이 독자의 손에 들어가게 된다.

각각의 과정마다 세부적인 작업 매뉴얼이 필요하다. 그래야 일이 순조롭게 진행되는지 점검할 수 있고, 과정에서 실수를 줄일 수 있다. 사업에서 실수는 거의 비용과 직결된다. 그러므로 최대한 실수를 줄이고, 업무가 매끄럽게 진행될 수 있도록 매뉴얼을 통한 관리 감독이 필요하다. 업무 분장을 통해, 내가 할 일을 정하고 외부에 아웃소싱 할 부분이 정해지면, 어떤 외부 업체와 거래할 것인가를 정해야 한다. 이를 위해서 내가 원하는 일을 정확하게 진행해줄 외부 업체의 명단이 필요하다. 또한 외부에 의뢰를 보내는 양식이 필요하고, 비용 책정 및 일정 등 모든 프로세스가 1인 기업주의 관리 하에 있을 수 있도록 준비해야 한다.

윤석일의 『1인 기업이 갑이다』[166]에 나오는 1인 기업의 9가지 조건은 1인 기업을 꿈꾸는 베이비부머가 참고할 만한 내용이다.

---

166) 윤석일, 『1인 기업이 갑이다』, 북포스, 2013. 9

첫째, 기적의 비전 선언문을 작성한다.

둘째, 스피치를 꾸준히 연습하라.

셋째, 하루 2시간은 자기계발에 투자하라.

넷째, 내 이름으로 된 저서를 가져라.

다섯째, 철저한 자기관리를 하라.

여섯째, 새벽형 인간이 되라.

일곱째, 지독한 책벌레가 되라.

여덟째, 지식 상품을 만드는 노하우를 익혀라.

아홉째, 강점이 되는 스토리를 개발하라. 이외에도 더 자세한 내용은 1인 기업에 관련된 자료들이 시중에 많이 나와 있으므로, 이들을 참고하면 도움이 될 것이다.

도시에서 꿈꾸는 농업

도시 농업은 도시 내부에서 소규모 농지를 이용해 농사 활동을 하는 것이다. 즉, 도시의 척박한 콘크리트 환경에서 농작물을 생산하는 것이다. 농작물을 가꾼다는 것은 생육 과정을 보고, 즐기고, 먹는 즐거움을 누리는 인간 중심의 생산적 여가 활동이다. 그래서 사람들에게 몸과 마음에 건강을 주고, 행복함을 느끼게 해준다.

치열한 경쟁과 빠른 변화에 지친 도시인들은 건강과 여유를 찾고, 안전한 먹거리에도 관심을 갖게 된다. 특히 어린 자녀가 있는 가정은 안전한 먹거리에 대한 관심이 아주 크다. 그래서 내 손으로 가꾼 농산물을 내 가족에게 먹이고 싶은 욕구를 충족시키기 위해, 베란다나 옥상 또는 도시의 자투리땅을 이용해 채소와 같은 농작물을 심고 가꾸는 것이다.

도시에서 농지는 신선한 농산물을 공급하는 역할을 할 뿐 아니라, 아스팔트와 콘크리트로 땅 위를 방수한 도시에, 빗물을 흡수시켜 순환을 촉진한다. 또한 도시의 칙칙한 공기를 정화하고 도시의 복사열을 감소시켜, 온난화를 어느 정도 방지하는 기능도 있다. 농촌진흥청에서 펴낸 『도시 농업의 매력과 가치도시 농업』은 대도시에서의 농업이 주는 매력을 다음의 5가지로 요약하고 있다.

[그림20] 도시 농업의 5대 매력

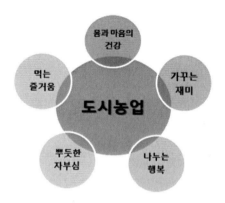

자료: 『도시 농업의 매력과 가치도시 농업』. 농촌진흥청. 이병서 외 4인. 2011. 2.

첫째, 몸과 마음의 건강이다. 농사를 통하여 땀을 흘리는 육체노동의 즐거움을 느낄 수 있다. 자연 속에서 맑은 공기를 마시며 생명체와의 교감을 통해 정신적 안정을 이룰 수 있다.

둘째, 가꾸는 재미이다. 싹이 트고 조금씩 자라는 것을 매일 관찰함으로써 변화하는 생명의 성장의 신비를 느낄 수 있으며, 과정의 중요성을 일깨워준다.

셋째, 나누는 행복이다. 척박한 도시 환경에서 이웃과 함께 작업하면서 함께하는 즐거움을 느낄 수 있다. 내 손으로 직접 정성 들여 가꾼 생산물을 이웃과 나누는 행복이다.

넷째, 뿌듯한 자부심이다. 가족들의 건강을 위해 직접 기른 신선한 채소를 식탁에 올리는 자랑스러움이 있다. 가정의 행복과 도시 환경을 지키는 도시 농부로서의 뿌듯함을 느낄 수 있다.

마지막으로, 먹는 즐거움이다. 직접 생산한 안전하고 신선한 먹거리를 밭에서 바로 수확하여 맛보는 즐거운 경험이다.

도시 농업을 베이비부머가 이용한다면, 얻을 수 있는 이점은 다양하다. 베이비부머 중에는 노년의 삶으로 농촌 생활을 원하는 사람들이 적지 않다. 그러나 수십 년을 도시에서 생활하다가, 농촌에서 농사지으며 전원 생활을 하기란 쉬운 일이 아니다. 그래서 집의 옥상이나 베란다 또는 도시 텃밭을 이용해 도시 농업을 해본다면, 전원생활에서 경험하게 될 농사짓는 일을 미리 경험할 수 있다. 또한 도시 텃밭을 활용하면, 손주들의 교육에 이바지하는 바도 크다. 옥상 정원이나 텃밭은 아이들에게 자연에 대한 이해와 즐거움을 주는 최고의 학습 장소이자, 천혜의 놀이터이기 때문이다. 또한 할아버지 할머니와 텃밭을 가꾸는 과정에서 자연스럽게 자주 만날 수 있어, 친밀감이 더해진다. 어린 세대에게 자연과 삶의 지혜를 전해줄 수 있으며, 애들은 어른들에 대한 존경심을 가질 수 있는 산교육의 장場이 된다.

현재 도시에서 살고 있는 노인들의 생활상은 너무 단조롭고, 하는 일이 거의 없다. 그런데 도시 농업을 하게 되면, 여가 시간을 활용할 수 있는 하나의 꺼리가 생기게 된다. 도시에서 노인들이 용돈이나 생계비를 충당하기 위해 폐지를 줍거나 지하철 택배 같은 일을 하고 있지만, 수입은 1일 1만 원을 벌기도 어렵다. 도시와 농촌의 생활비를 비교할 때, 농촌이 도시보다 생활비가 약 2/3 정도로 줄 수 있는데, 그 가장 큰 이유가 텃밭이다. 도시 농업을 이용해 먹거리를 준비하면, 먹는 비용을 상당히 줄일 수 있기 때문이다.

마지막으로, 도시 농업은 심리 불안이나 치매를 예방하는 대안 치료의 한 수단이다. 농사짓는 것으로 운동과 정서적 안정을 찾게 되고, 그것을 통해 정신 및 지체 장애인의 증세가 호전된다는 연구 결과들이 많다. 또한 정신분열, 치매 환자는 꽃 가꾸기 같은 원예 치료 프로그램을 통해, 인지 능력과 기억력이 개선된다고 한다.

도시 농업은 여러 장점에도 불구하고, 우리나라에서는 아직 충분히 알려지지 않았다. 이제 조금씩 인지도를 넓혀가고 있다. 도시 빌딩의 옥상에 도시 텃밭을 만들거나, 대도시의 변두리에 조그만 도시 텃밭들을 만들어, 농산물을 심고 가꾸는 모습들이 조금씩 늘어나고 있다. 약간의 시간을 투자해서 몸을 움직인다면, 도시에서 작게나마 나만의 텃밭을 만들 수 있다. 도시의 공지, 주택의 옥상, 아파트 및 공공건물의 옥상, 아파트의 베란다 등을 이용하면 충분히 가능하다. 아무것도 하지 않는 것보다, 한번 시도해보는 것이 삶의 색다른 재미를 느낄 수 있도록 해줄 것이다.

장애여명 기간의 노년에는 어디에서 살까?

WHO(세계보건기구)는 건강을 '질병이 없거나 허약하지 않을 뿐 아니라 육체적, 정신적, 사회적으로 완전한 안녕 상태'라고 정의하고 있다. 평균수명이 그 해에 태어난 신생아들이 앞으로 살 수 있는 기대수명이라면, 건강수명은 평균수명에 수명의 질質인 건강 상태를 반영한 것이다. 건강수명은 평균수명에서 질병이나 부상으로 인하여 활동하지 못하는 기간을 뺀 수명이다. 즉 얼마나 많이 살았느냐가 아니라, 건강하게 사는 기간이 얼마인가를 나타낸 말이다.

현재 우리나라 평균수명 및 건강수명 추이는 계속 증가하고 있다. 2011년 12월에 발표한 보건사회연구원의 『지역별 0세시 건강수명 형평성 분석과 정책과제』에 따르면, 우리나라의 건강수명은 71.29세로, 남자는 69.54세이고 여성은 72.99세다. 지역적으로는 서울이 73.89세로 가장 높고, 전남이 68.34세로 가장 낮다. 건강수명과 반대 개념은 장애여명으로, 거동이 불편하고 병치레를 하면서 사는 기간이다. 제주도가 9.72년으로 가장 길고, 대전이 6.37년, 서울이 6.51년이었다. 이 자료만으로 본다면 서울이 기대여명, 건강수명이 가장 길고 장애여명도 낮아, 노인들이 살기에 가장 나은 환경으로 나타난다.

사람들의 주거는 나이 듦의 연령에 따라 달라진다. 젊은 시절의 주거지는 활동적이어서, 보통 교통이 편리한 도심지의 역세권이나 직장과 가까운 직주 근접을 선호하게 된다. 시간이 지나 조금 더 나이가 들고 자녀가 성장하게 되면, 경제력 상승과 더불어 자녀의 교육 환경을 고려하게 된다. 과거에는 학군을 따랐으나, 근래에는 학원가나 특목고 등의 주변에 둥지를 튼다. 중년이 되어 자녀가 성장하고 대학에 입학한 이후에는, '웰빙'과 같은 삶의 쾌적함을 찾게 된다. 노년이 되어 자녀가 독립하면, 공기 좋고 산도 가까운 도시의 외곽 지역으로 이동하거나, 한적한 대도시 주변으로 이동한다.

노년의 주거 입지는 앞에서 이야기했던 60~70대의 건강수명 기간과 신체적 노화로 거동이 불편해지는 장애여명 기간에 따라, 선호되는 거주 지역은 달라진다. 건강수명 기간에는 활동이 가능하기 때문에, 자녀들과 그리 멀리 떨어지지 않으면서 개인적인 취미 생활이나 여가를 쉽게 즐길 수 있는 지역을 선호하게 된다. 그러나 장애여명 기간에 가장 필요한 편의시설은 병원이다. 병원도 개인병원보다 종합병원을 선호하게 된다. 종합병원에서 가까운 지역은 장애여명 기간에 달한 노인들에게 심리적 안정감을 준다. 신체적인 제약이 있는 장애여명 기간의 노인들에게 갑작스러운 병의 악화나 응급 상황이 발생할 경우, 종합병원이 가까이 있으면 짧은 시간에 의료 시술을 통해 도움을 받을 수 있기 때문이다. 또한 노인들은 주로 이용하던 병원을 잘 바꾸지 않으려고 한다. 그래서 한 번 이용했던 병원은 특별한 상황이 아니면 계속 그 병원을 이용하고, 같은 담당의사에게 치료받으려는 경향이 강하다.

도시에서 종종 구급차가 골목길을 출입하는 응급 상황이 연출되곤 한다. 본인이 다니는 병원이 가까운 곳에 위치하고 있다면, 빠른 시간에 병원에 도착해 치료를 받을 수 있다. 또한 본인이 가지고 있는 기존의 병력이나 치료받았던 기록 등이 그대로 보존되어 있어, 환자의 상태를 가장 빠르게 파악할 수 있다. 거기에 비싼 비용이 드는 검사도 일부 생략할 수 있어, 치료비의 부담도 줄일 수 있다. 필요하다면 본인이 가장 편안하게 느끼는 집에서 통원 치료도 가능하기 때문에, 장애여명 기간의 주거지는 종합병원에서 가까운 지역을 선호할 수밖에 없다. 그러므로 종합병원 주변의 주거지는 장애여명 기간의 노인[167]들에게 선호되는 주거 지역이 될 것이다.

---

167) 여기서 말하는 장애여명 기간의 노인은 스스로 어느 정도의 활동이 가능하면서 계속 병원을 이용하는 노인들은 말한다. 또한 와병 상태의 노인이라도 자택에서 도움을 받으면서 살아가는 노인들도 해당된다.

농촌에서 마음맞는 인연과 살아간다면…

최근 베이비부머의 퇴직이 시작되면서 떠오르는 화두는 '어디서 어떻게, 누구와 무엇을 하면서 살 것인가?'에 대한 진지한 물음이다. 그 중에는 황량한 도시를 떠나, 노년을 농촌에서 전원생활로 보내려는 사람들이 많아지고 있다. 현재 도시 노인의 삶은 빈부의 차이에 따라 극과 극을 달린다. 경제적으로 풍족한 노인은 어느 누구보다 편안하고 안락한 여생을 즐길 수 있다. 그러나 가난한 노인들이 설 자리는 점점 더 줄어들고 있다.

2000년대 이후 귀농·귀촌歸農歸村 인구가 급격히 늘어나고 있다. 그러나 도시의 인구는 충남 당진시[168], 경기도 평택시, 경기도 화성시와 같이 서해안의 일부 성장하는 도시를 제외하고, 대부분이 정체 또는 줄어들고 있다. 이는 대도시가 과거와 같은 성공과 기회의 땅이라는 가치가 많이 떨어졌기 때문이다.

한국농촌경제연구원의 발표에 따르면, 2010년 기준으로 도시로의 이동 인구는 약 83만 명이고, 농촌으로 이동하는 인구는 약 93만 명이다. 통계 결과로 보면, 농촌으로 이동하는 인구수가 약 10만 명 정도 많다. 이와 같은 현상으로 알 수 있는 것은, 이제 도시로 사람들이 이동하는 현상은 끝나고, 귀농·귀촌을 통해 도시에서 농촌으로 인구가 이동하는 패러다임으로 바뀌었음을 보여준다.

---

168) 2012년 1월 군에서 시로 승격됨.

귀농·귀촌이 발생하는 원인은 퇴직한 베이비부머들 중, 도시에서 계속 생활하는 것보다, 농촌에서 노년을 보내는 것이 더 유리하다고 생각하는 사람들이 늘었기 때문이다. LG경제연구원은 60세 은퇴 시점에 필요한 노후 자금을 대도시와 농촌인 군郡으로 구분하고, 노후생활수준을 평균, 품위, 풍족으로 나누어, 필요한 노후 생활비를 비교 정리했다. 여기에는 농촌에서 생활하는 비용이 대도시의 약 60% 정도로 나타나고 있다. 근래에 귀농·귀촌을 통해 도시에서 농촌으로 내려가서 살려는 사람들이 많아진 것도, 이와 같은 이유가 크게 작용했다고 볼 수 있다.

은행 대출까지 있는 아파트 한 채를 소유한 상태에서, 일할 수 있는 고용의 기회도 거의 없어진 도시에서, 퇴직한 사람들이 더 이상 설 자리가 줄었기 때문이다. 또한 기나긴 노후 생활을 특별한 수입도 없이, 소비만 하는 도시에서 생활한다는 것은 쉽지 않다. 이런 상황에서 도시 생활을 지속한다면, 시간이 지날수록 그나마 있는 재산마저도 줄어들고, 노년의 삶은 더욱 피폐해질 것이다. 그래서 귀농을 통해 먹거리를 충당할 수 있고, 생활비나 집값을 줄일 수 있는 농촌을 선택하는 것이다. 또한 인력이 부족한 농촌에서 새로운 일을 찾으려는 사람들이 많아진 것이다. 다른 한편으로는 귀촌을 통해, 도시의 화려하고 숨 가쁜 삶보다는, 유유자적하면서 삶의 여유를 찾기 위해 대도시 주변의 한적한 곳이나 농촌으로 귀향하는 사람도 적지 않다.

현재 도시에서 살고 있는 베이비부머의 약 70%는 살아온 도시에서 계속 살고자 한다. 반면에 30% 정도는 귀농·귀촌에 대해 긍정적이다. 그러나 도시에서 살다가, 수십 년 만의 귀향을 선택하기 위해서는 충분한 검토와 준비가 있어야 한다. 마음만 앞서 무턱대고 실행하다가는 반드시 실패하게 된다. 농촌 생활에 적응하지 못하고, 다시 도시로 회귀하게 될 지도 모른다.

:: 노향老鄉

고향이 태어나고 추억이 남아 있는 정든 곳을 상징하듯이, 노향은 노년의 삶을 보낼 고향과 같이 안온한 노년의 이상향을 의미한다. 그래서 노향은 6연緣과 함께하는 노후 생활로 도시에서 살다가, 귀농·귀촌을 통해 농촌에서 살려고 하는 베이비부머에게 제시하는 하나의 솔루션이다. 또한 농촌에서 노년을 건강하고, 재미있고, 생산적이면서, 더불어 사는 삶의 방법이다.

귀농을 하게 되면 손에 익지 않은 농사도 지어야 되고, 지역사회에도 적응해야 한다. 초기에는 주변에 지인이 거의 없어, 외로운 시간을 보내야 한다. 이러한 생활에 적응하지 못해 다시 도시로 회귀한다면, 개인과 지역사회 모두에게 손해이다. 그래서 이를 해결할 수 있는 방법으로 제시되는 것이다. 노향의 개념은 도시에서 노협창조경제를 만드는 것과 일맥상통한다. 그래서 '**같이하는 노년**', '**생산적인 노년**', '**건강한 노년**', '**적게 드는 노후자금**'의 4가지 테마 아래, 도시가 아닌 농촌에서 나이 듦의 이상향을 만드는 솔루션이라 할 수 있다.

첫째, 도시와 마찬가지로 농촌에서도 혼자 하는 노후 생활이 아닌, '**같이하는 노년**'이다. 어렸을 때는 부모의 보살핌을 받다가, 경제 활동기에는 가정을 꾸려서 자녀를 양육하는 가족 중심의 생활이었다. 노후 생활에서는 혼자가 아닌, 잘 아는 인연들과 '따로 또 같이' 생활하는 기반을 갖춤으로써 노년의 경제 문제, 건강 문제, 심리적인 문제 등을 지인들과 같이 해결한다는 것이다.

둘째, **'생산적인 노년'**을 갖자는 것이다. 누차 강조하지만, 사람은 평생을 통해 일을 해야 한다. 막연히 세월을 보내는 것은 본인에게나 사회, 국가적으로 모두 손해다. 일을 갖는다는 것의 의미는 아주 크다. 본인에게는 노년에 일을 하게 됨으로써 수입이 생긴다. 국가적으로는 노인복지에 지출되는 경비 등을 줄일 수 있고, 그 재원을 더욱 생산적으로 활용할 수 있게 된다.

셋째, 심리적 육체적으로 **'건강한 노년'**을 갖자는 것이다. 경제 활동기의 생활처럼, 일을 열심히 하다가 휴식을 취하는 것은 꿀맛이다. 그러나 하릴없이 매일 쉬고 또 쉰다면, 정신적으로 권태롭고 황폐해진다. 그 결과 육체도 메말라간다. 경제 활동기와 같은 왕성한 활동을 하지 못해도, 그냥 흙으로 돌아갈 날만 기다리기에는 너무 젊다. 그래서 일을 갖고, 취미 생활도 하면서, 동료들과 즐겁고 건강하게 살아보자는 것이다.

넷째, **'적게 드는 노후 자금'**이다. 현재 금융권에서 이야기하는 노년에 필요한 자금은 아무것도 하지 않고 무위도식無爲徒食한다는 가정 아래 만들어져 있고, 그 금액도 너무 과장되어 있다. 이 정도의 재산은 만들기도 어렵거니와, 가지고 있는 사람도 드물다. 그래서 단기간이 아니라 충분한 시간을 가지고, 적은 자금으로 스스로 자립하는 노년 생활을 할 수 있도록 준비하자는 것이다.

:: 베이비부머의 노향老鄉

농촌에서 6연緣과 함께하는 노후 생활을 모든 사람이 선택할 수는 없다. 그러나 농촌에서 동료들과 같이 일을 하면서 건강한 노후 생활을 준비하거나, 현재 노후 생활을 하면서 새로운 길을 모색하는 사람들이라면 가능할 것이다. 또한 시간을 갖고 최소한의 자금으로 노후 생활을 도시가 아닌, 시골에서 준비하려는 다음과 같은 사람들이다.

첫째, 현재 40~50대로서 은퇴 준비에 관심이 많은 사람들이다. 베이비부머는 일명 **'낀 세대'**라고 불린다. 자녀 양육과 부모 봉양으로 인해 충분한 노년의 경제적인 준비를 하지는 못했으나, 아직 젊다고 생각하고 있고, 무언가를 계속하고자 하는 정열을 가진 사람들이다.

둘째, 많은 사람들은 노년에 가지고 있는 개인 자산이 별로 많지 않아 '노후를 어떻게 보낼까?' 하는 불안감을 가지고 있다. 그래서 도시보다는 농촌에서 새로운 일을 통해 이를 해결하기 위해 고민하는 사람들이다.

셋째, 본인의 노후를 남의 도움으로 살아가기보다는, 독립적으로 노후의 생계를 꾸려나가려는 사람들이다. 자녀나 외부의 지원을 받아 생활하는 노년보다는, 스스로 노후를 준비하고자 하는 사람들이다. 물론 현재와 같은 불황의 경제 상황에서, 자녀가 부모를 봉양한다는 것은 쉬운 일이 아니다.

넷째, 노후 생활에서도 과거에 지속되었던 6연緣과 관계를 지속적으로 갖고, 같이 어울리기를 좋아하는 사람들이다.

다섯째, 노후의 생활 근거지를 도시보다는 시골에서 갖고자 하나, 혼자서 시도하는 시골 생활에 대한 두려움을 갖는 사람들이다.

이외에도 노향을 만들어 가기를 원하는 사람들은 더 있을 곳이다. 노향을 통한 농촌의 삶과 노협창조경제를 통한 도시의 삶은 공간적으로만 떨어져 있지, 실질적으로 같은 목적을 가진 일란성쌍둥이라고 할 수 있다. 그러므로 노년의 삶을 농촌과 도시 중, 어디에서 살 것인가의 선택은 사람별로 마음에 드는 기호에 따르면 될 것이다.

:: 노향을 만들어가는 길

농촌에서 6연緣과 함께하는 노후 생활의 모든 것을 한꺼번에 이루기에는 자금이나 시간적으로 부담이 크다. 그러나 목표를 세워서 한 계단 한 계단 오르다 보면, 노년을 보낼 수 있는 근거지부터 노후에 필요한 소득까지 만들어갈 수 있다. 모든 사람들이 이러한 단계를 모두 밟지는 않더라도, 아래 제시하는 단계들을 참고로 차근차근 만들어갔으면 한다. 더 자세한 내용은 본 저자의 전작인 『노향老鄕』[169]에서 더 자세히 살펴볼 수 있다.

1단계: 노후 생활을 같이 하고자 하는 동료들을 찾기
2단계: 동료 간 각각의 역할 분담 및 공동자금의 관리
3단계: 동료들의 생활 기반을 반영한 지역 입지 선택
4단계: '6연緣과 함께하는 노후 생활'을 위한 토지 확보

---

169) 홍성열, 『노향老鄕』, 글로벌문화원, 2012. 12.

5단계: 확보한 토지에 작물 재배 및 식수植樹

6단계: 생산된 농산물의 관리 및 유통

7단계: 소유 토지 인근 적합한 토지의 지속적 매입 또는 임대

8단계: 소유 토지의 형질 변경 및 건축 인허가

9단계: 먼저 퇴직하는 사람부터 주택을 건설하고 입주

10단계: '6연緣과 함께하는 노후 생활' 주거지 완성

11단계: '6연緣과 함께하는 노후 생활'에 필요한 정부나 지자체의 지원 확보

각 단계별 주의 사항으로는

① 각 단계별로 검토 및 피드백을 지속적으로 실시해야 하고,

② 단기가 아닌 장기적으로 접근해야 하며,

③ 꼭 새로운 주택을 짓는 것이 능사가 아니라, 상황에 맞추어 기존의 농어가 건물을 활용할 수도 있다.

④ 단계별 들어가는 비용은 동료들 간의 합의를 통해 비용을 분담할 수 있도록 한다.

::: 노향의 이점

6연緣과 함께하는 노후 생활이 정착됨에 따라 다양한 효과를 볼 수 있다. 물론 단점이 없는 것은 아니다. 여러 사람들의 의견을 조율하여 합의가 필요하기 때문에, 신속한 의사 결정이 어려울 수 있다. 또한 장기간에 걸쳐 일을 진행하다 보면, 동료들 간에 의견의 불일치나 불협화음이 있을 수 있다. 그러나 수십 년 동안 쌓아온 경륜이나 식견을 가지고, 혼자 생각해서 결정하는 것이 아닌 동료들과 함께 고민하고 연구하는, 집단 지성(Collective

Intelligence)을 통해 어려움을 이겨낼 수 있을 것이다.

첫째, 단기간에 노후 생활을 하려는 지역을 선택하고, 바로 살 수 있는 주거지를 만드는 것은 상당한 자금이 소요된다. 그러나 시간을 가지고 조금씩 만들어간다면, 적은 자금으로도 가능해진다. 바로 시간의 이익을 통해 적은 자금으로 미리 준비할 수 있게 되는 것이다. 또한 사는 지역을 선택하고 그 지역을 꾸준히 살피면, 경매나 공매를 통해서 토지나 주택을 싸게 구입할 수 있어 자금을 절약할 수도 있다.

둘째, 혼자가 아닌 여러 사람이 같은 지역에서 동일한 일을 하기 때문에 생산성이 높아지며, 농촌에서 인력 부족으로 하지 못했던 일들도 추진할 수 있게 된다. 그래서 단순히 농산물을 생산하는 단계를 넘어, 이를 가공한 산출물을 만들어낼 수도 있다. 또한 도시에서 오래 살았던 경험으로 도시인들의 생리를 잘 알 수 있어, 판로를 개척하기에도 유리하다. 이러한 일련의 과정을 통해, 생산품의 판로를 확보할 수 있게 되며, 고정적인 새로운 수입원을 확보할 수 있게 된다. 또한 노후 생활비를 어느 정도 확보할 수 있는 생산적인 노후 생활이 가능해진다.

셋째, 혼자 시골에서 농사지으며 살아가는 것은 쉽지 않다. 도시에서 수없이 많은 사람들과 부대끼며 살다가 갑자기 혼자 살면, 영국의 작가 다니 엘 디포가 쓴 소설의 주인공인 로빈슨 크루소처럼 무인도에서 사는 것과 진배없다. 과거에도 전원생활을 통한 노후 생활을 계획하고 실행에 옮기는 사례가 있었으나, 거의 대부분이 실패로 끝났다. 실패의 가장 큰 이유는 혼자라는 외로움과 현지인과 정서적인 불협화음이었다. 초기에는 만나는 사람도 별로 없고, 막상 하는 일도 거의 없다. 또한 농촌에서 살았던 사람들은 도시의 이웃과 사뭇 다르다. 그래서 농촌 생활에 적응하지 못하면, 노후 생활이 심심하고 건강에도 좋지 않은 영향을 미친다. 그러다가 다시 도시로 회귀하게 된다. 그러나 혼자가 아니고, 기존에 잘 알던 지인들과 동일 지역에서 같이 생활한다면, 심리적으로 안정되고 생활에 대한 만족감도 형성될 것이다. 그래서 노년의 심신心身이 건강해진다.

넷째, 고령자들이 계속할 수 있는 일이 생기고, 이에 따라 하루, 일주일, 월 등으로 탄력적인 시간의 활용이 가능해진다. 농촌에서 하는 일은 하면 할수록 할 일이 많아지고, 하지 않으려면 할 일이 없다고 한다. 그래서 농촌에서의 생활은 어느 정도 탄력적으로 시간을 사용할 필요가 있다. 사람은 일을 하면서 적당히 쉬기도 해야 한다. 함께하는 동료들과 노후 생활이 시작되면, 일하는 날과 쉬는 날을 정할 수 있고, 하루 중 일하는 시간도 동료들과 협의해서 정할 수 있게 된다.

다섯째, 오늘날 청년 실업이 심각한 사회 문제가 되고 있다. 통계청의 발표를 보면, 2014년 9월 현재 청년(15~29세) 실업률은 8.5%로 나타나고 있다. 청년 실업률의 비중에서 25~29세의 실업이 가장 큰 문제다. 비경제 활동 인구 중 취업 준비생까지 포함하면, 그 비율은 10%를 훌쩍 넘긴다. 현재와 같은 고용구조에서 기업들은 신입사원의 채용을 줄이고 있다. 그래서 적은 일자리에 세대 간의 일자리 다툼이 일어날 수 있다. 그러나 농촌은 젊은이들이 취업하는 분야와 전혀 다른 분야이므로, 세대 간에 불필요한 취업 다툼을 방지할 수 있다.

여섯째, 고령인구의 계속적인 증가는 노인복지에 필요한 금액을 급증하게 만든다. 그러나 노인들이 생산 활동에 참여함으로써 수입이 생긴다. 더불어 일을 함에 따라 신체의 노화 속도도 늦출 수 있다. 그래서 국가가 지원하는 노인복지에 소요되는 자금이나 건강보험의 지급 보험금이 줄어들게 된다. 이와 같이 사회 총량적으로 지출되는 노인복지에 대한 제반 비용을 줄일 수 있고, 노인복지 비용의 증가 속도도 감소시킬 수 있다.

일곱째, 고령화된 농촌 인구를 대체할 수 있도록 농촌에 신규 인력이 공급되면, 이들의 생산 활동을 통해 도시민에게 안정적인 먹거리를 제공할 수 있다. 현재 농어촌의 고령인구 비중은 아주 높다. 서울을 비롯한 대부분의 광역시는 65세 이상 노인의 비율이 약 10%이고, 지방의 도시들은 15% 내외를 차지한다. 그러나 전국 86개 군은 대부분이 25%를 넘어가고 있으며, 이도 매년 증가 추세에 있다. 이 같은 시골 지역의 인구 구성이 5년, 10년, 20년이 지나게 되면 어떻게 될까? 현재 농촌에서 대도시로 먹거리를 공급하고 있는 사람들은 대부분 노인들이다. 그런데 시간이 지나도 새로운 인력의 공급이 없다면, 이들의 수는 시간이 지날수록 급감한다. 농촌에서 고령인구의 대부분이 논농사보다는 밭농사에 종사하고 있어서, 노인들의 감소는 도시의 먹거리 공급에 심각한 타격을 주게 된다. 그래서 6연緣과 함께하는 노후 생활을 통한 농촌 인구의 유입은 우리의 먹거리를 계속 공급할 수 있는 기반이 된다.

여덟째, 수도권에 집중되어 있는 인구의 분산을 통해, 국토의 균형 발전에 조력할 수 있다. 우리나라는 수도권을 중심으로 인구의 약 1/2이 집중되어 있다. 우리나라와 같은 수도권, 즉 '**1극 중심**'의 인구 집중은 많은 사회적인 비용을 발생시키고 있다. 교통 문제, 환경 문제, 주택 문제, 교육 문제 등에서 많은 비경제적인 외부 효과를 발생시킨다. 그러나 대도시에서 농촌으로 인구가 분산됨에 따라 수도권 집중을 완화시키고, 적게나마 지방 경제의 활성화를 이룰 수 있게 된다. 그래서 인구 분산을 통한 전국토의 균형 발전을 만드는 시금석이 될 수 있다.

국경을 넘어가는 노년의 삶

외국을 여행하다 보면, 우리나라의 국력이 신장된 것을 극명하게 느낄 수 있다. 과거에는 외국으로 여행하기 위해서 비자 발급부터 출입국 수속까지 복잡한 데다, 언어도 통하지 않은 외국이라는 선입감 때문에 두려움을 갖게 만들었다. 그러나 오늘날에는 제주도에 비행기를 타고 여행하듯이, 외국과 아주 가까워졌다. 여권과 비행기 표만 있으면, 각 나라마다 체류할 수 있는 기간이 약간 다르지만, 보름 이상 체류하고 돌아올 수 있게 된 것이다. 필리핀 같은 나라는, 우리나라에서 4시간밖에 걸리지 않으면서, 30일간 무사증(무비자)으로 체류가 가능하다. 거의 제주도같이 가까운 지역이 된 것이다. 이 같은 상황은 노년에 또 다른 기회로 다가올 수 있다.

경제 활동기에는 직장이나 업무에 쫓겨 그동안 외국을 갈 만한 시간적인 여유도 없었고, 심리적으로도 외국은 멀게만 느껴졌다. 그러나 퇴직한 베이비부머는 전혀 다른 세계에서 새로운 경험을 가질 수 있는 충분한 시간이 있다. 해외여행이 좋다고 많은 돈을 들여서 흥청망청 즐기기보다는, 이를 생산적으로 활용할 수 있는 방법을 찾아보자.

좁은 국내에서 업(業)을 만들어 새롭게 시작하는 것도 좋지만, 해외로 눈을 돌려보는 것도 하나의 방법이 될 것이다. 국내에서도 실패할 확률이 높은 데, 언어도 잘 통하지 않는 외국에서 성공한다는 것은 더욱 어렵다. 그러나 잘 준비하면 기회는 얼마든지 있다. 그 이유는 다음과 같다. 우리나라는 압축 성장을 통한 경제발전을 이룩했지만, 가까운 동남아 국가들은 이제 경제발전의 초기 단계에 진입하고 있고, 우리가 경험했던 길을 따라오고 있기 때문이다. 이러한 환경을 잘 활용한다면, 압축성장의 과정에서 풍부한 경험을 했던 베이비부머에게 새로운 기회의 장이 주어질 수 있다. 왜냐하면, 경제발전의 방향을 경험을 통해 알고 있기 때문에, 그 나라가 나아갈 방향을 어느 정도 짐작할 수 있고, 경제발전 단계에서 나아가는 길목을 선점할 수 있는 기회를 포착할 수 있기 때문이다.

그러나 주의할 사항은, 해외의 국가들은 언어를 필두로 해서 정치·경제·사회·문화·기술·환경 등 처해진 상황이 우리와 전혀 다르다는 점이다. 이러한 차이를 조금이라도 줄일 수 있는 방법은 그 나라의 언어와 역사를 공부하는 것이다. 우리는 지금까지 경제발전을 위해 서구를 따라잡고자 하는 추적자(Fast Follow) 전략을 써왔다. 그래서 선진국을 대상으로 언어와 역사를 공부해왔다. 그러나 이제 우리에게 필요한 것은 선도자(First Mover) 전략이다. 이를 위해 우리를 따라오는 나라의 언어와 역사를 배워 현지화한다면, 베이비부머에게 새로운 삶을 위한 기회의 장으로 창출될 수 있을 것이다.

현재 우리나라에서 진행되고 있는 가장 큰 트렌드는 고령화와 저출산이고, 웰빙(Well-Being)과 힐링(Healing)이다. 이는 건강, 잘 먹고 잘살자, 도시 생활의 경쟁에 지친 심신을 치유하고자 하는 욕구가 아주 크다는 것을 보여준다. 이를 채울 수 있는 방법을 찾는 것은 국내에서 뿐만 아니라, 해외에서도 다양한 기회를 만들어 낼 수 있을 것이다.

해외창업을 위한 준비를 모두 혼자 할 수도 있으나, 저개발 국가의 언어와 역사는 국내에서 배울 수 있는 곳이 거의 없다. 그래서 도움이 될 만한 교육 과정으로, 중소기업청의 소상공인 연합회에서 진행하는 과정인 **'해외 소자본 창업교육'**을 활용하는 것도 하나의 방법이다.

이 교육은 국내 자영업 시장의 포화 상태에 따라, 해외에서 소자본으로 창업할 수 있도록 4주, 20일, 120시간 동안 언어 교육과 현지 전문가를 불러 교육을 진행하는 과정이다. 교육비는 5만 원으로, 비용의 부담은 거의 없다. 해외 창업에 관심을 가지고 있는 사람이라면 누구나 들을 수 있는 과정이다. 또한 국내 교육을 이수하면 현지 워크숍도 있다. 적은 비용으로 현실적인 사례를 접할 수 있고, 현지 경험을 약간이나마 할 수 있어 도움이 될 것이다. 그러나 진행되는 교육 과정이 자주 있지 않기 때문에, 소상공인 연합회에 일정을 확인해야 한다.

현재 정부 공공단체, 지방자치 단체에서 고용 및 창업과 관련된 많은 교육을 진행하고 있고, 지원책도 다양하다. 적극적으로 참여하고 이용하면, 개인이 혼자 준비하는 것보다는 훨씬 적은 비용으로 다양한 경험을 얻을 수 있다. 또한 이 책에서 계속 이야기한 것처럼 동료들과 같이 한다면, 미지의 인생행로를 걸어가는 데 서로 위로와 힘이 될 것이다.

참고자료

해외에서 소상공인 창업을 하거나, 새로운 해외 경험을 쌓기 위해서 외국을 자주 드나들게 된다. 이때 비자(사증) 없이 입국이 가능한 국가[170]로 어떤 나라들이 있는지 정리한 내용이다.

사증면제 제도란? 국가 간 이동을 위해서는 원칙적으로 사증(입국 허가)이 필요하다. 사증을 받기 위해서는 상대국 대사관이나 영사관을 방문하여, 방문 국가가 요청하는 서류 및 사증 수수료를 지불해야 하고, 경우에 따라서는 인터뷰도 거쳐야 한다. 사증면제 제도란 이런 번거로움을 없애기 위해, 국가 간 협정이나 일방 혹은 상호 조치에 의해 사증 없이 상대국에 입국할 수 있는 제도이다.

2013년 7월 현재, 협정에 의해 일반여권으로 무사증 입국이 가능한 국가는 독일, 프랑스, 이스라엘, 태국, 튀니지 등 64개국이며, 일방 혹은 상호주의에 의해 입국이 가능한 국가는 53개 국가로, 총 117개국이다.

---

170) [출처] 외교부 홈페이지/비자/사증 면제 & 현황(http://www.0404.go.kr/)

[표9] 비자(사증) 면제 국가 현황

(2013년 8월 19일 현재)

적용대상			국가명
외교관/ 관용/ 일반 (64개국)	90일 (64개국)	아주 지역 (4개국)	태국, 싱가포르, 뉴질랜드, 말레이시아
		미주 지역 (25개국)	바베이도스, 바하마, 코스타리카, 콜롬비아, 파나마, 도미니카(공), 도미니카(연), 그레나다, 자메이카, 페루, 아이티, 세인트루시아, 세인트키츠네비스, 브라질, 세인트빈센트그레나딘, 트리니다드토바고, 수리남, 안티구아바부다, 니카라과, 엘살바도르, 멕시코, 칠레, 과테말라, 베네수엘라(외교 · 관용 30일, 일반 90일), 우루과이
		구주 지역 (30개국)	쉥겐국[171](26개국 중 슬로베니아 제외)]그리스, 오스트리아(외교 · 관용 180일), 스위스, 프랑스, 네덜란드, 벨기에, 룩셈부르크, 독일, 스페인, 몰타, 폴란드, 헝가리, 체코, 슬로바키아, 이탈리아, 라트비아, 리투아니아, 리히텐슈타인, 포르투갈(60일) (이하 180일 중 90일) 에스토니아, 핀란드, 스웨덴, 덴마크, 노르웨이, 아이슬란드
			[비쉥겐국]영국, 아일랜드, 불가리아, 루마니아, 터키
		중동 · 아프리카 지역(5개국)	모로코, 라이베리아, 이스라엘, 튀니지(30일), 레소토(60일)

※ 이탈리아: 협정상의 체류 기간은 60일이나, 상호주의로 90일간 체류 기간 부여 (2003. 6. 15)

※ 쉥겐국 중 네덜란드, 룩셈부르크, 스위스, 라트비아, 슬로바키아, 프랑스, 포르투갈, 슬로베니아, 리히텐슈타인은 26개 쉥겐국 합산, 최초 입국일로부터 180일 중 90일 체류 가능(쉥겐 협약 우선 적용)

[표10] 한국인의 무사증 입국이 가능한 나라(53개 국가 또는 지역)

구분	가능한 나라
아주(11)	동티모르(외교·관용 30일), 마카오(90일), 라오스(15일), 홍콩(90일), 몽골(30일, 최근 2년 이내 4회, 통산 10회 이상 입국자에 한함), 베트남(15일), 브루나이(30일), 인도네시아(외교·관용14일), 일본(90일), 대만(90일), 필리핀(21일, 2013. 8.1부로 30일)
미주(7)	미국(90일), 캐나다(6개월), 가이아나(90일), 아르헨티나(90일), 에콰도르(90일), 온두라스(90일), 파라과이(30일)
구주(16)	사이프러스(90일), 산마리노(9일), 세르비아(90일), 모나코(90일), 몬테네그로(90일), 슬로베니아(90일/�솅겐국), 크로아티아(90일), 안도라(90일), 보스니아·헤르체고비나(90일), 우크라이나(90일), 조지아(360일), 코소보(90일), 마케도니아(1년 중 누적 90일), 알바니아(90일), 영국(최대 6개월)*, 키르기즈(60일)
대양주(12)	괌(15일/VWP 90일), 북마리아나 연방(45일/VWP 90일), 바누아투(1년 내 120일), 사모아(60일), 솔로몬 군도(1년 내 90일), 통가(30일), 팔라우(30일), 피지(4개월), 마샬 군도(30일), 키리바시(30일), 마이크로네시아(30일), 투발루(30일)
아프리카 중동(7)	남아프리카 공화국(30일), 모리셔스(16일), 세이쉘(30일), 오만(30일), 스와질란드(60일), 보츠와나(90일), 아랍에미리트(30일)

※ 미국: 사증 자체는 필요 없으나, 비자 면제 프로그램에 의해 전자 여권으로 http://esta.cbp.dhs.gov 에서 전자 여권을 미리 받아야 함.
※ 영국: 무사증 입국 시 신분증명서, 재정증명서, 귀국 항공권, 숙소 정보, 여행 계획 등 제시 필요. (주 영국 대사관 홈페이지 참조)

사증 면제국가 여행 시 주의할 점은 다음과 같다. 사증 면제 제도는 대체로 관광, 상용, 경유일 때 적용된다. 사증 면제 기간 이내 체류할 계획이라 하더라도, 국가에 따라서는 방문 목적에 따른 별도의 사증을 요구하는 경우가 많다. 그러므로 입국 전에 꼭 방문할 국가의 주한 공관 홈페이지 등을 통해 확인이 필요하다. 특히 미국 입국 시에는 ESTA라는 전자 여행허가를 꼭 받아야 하고, 영국 입국 시에는 신분증명서, 재직증명서, 귀국 항공권, 숙소 정보, 여행 계획을 반드시 필히 준비, 지참해야 한다.

부록

부록

1. 늙어가는 한국, 노인 사회가 초래하는 현상

고령화의 현주소

1985년 이전에 태어난 인구는 3,371.1만 명으로, 우리나라의 총인구 4,799만 명[171] 중 70.2%를 차지한다. 0~24세의 인구수는 1,428만 명으로 29.8%를 차지하고 있고, 연평균 인구수는 57.1만 명이다. 이 인원도 출산율의 저조로 인해, 매년 줄고 있는 형편이다.

[그림1] 주요 연령 계층별 인구 구성비

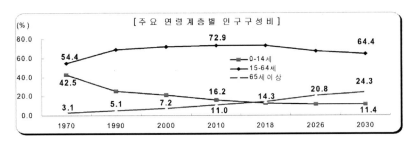

이러한 인구 구조가 지속되어, 2030년이 현실이 되었을 때 어떻게 변하게 될까? 〈그림1〉'주요 연령 계층별 인구 구성비'에 나타나 것처럼, 2030

---

171) 이 인구수는 2010년 내국인의 총 인구수임. 인구수에 있어 통계청과 행정안전부의 인구수는 약간 차이가 있음. 통계청은 5년마다 실시하는 인구주택 총 조사를 기반으로 추계 인구수를 나타내고, 행정안전부는 주민등록 인구를 기초로 인구수를 발표함. 행정안전부가 발표한 인구 5,000만은 2010년 국내 거주 외국인과 주민등록 말소자를 포함한 인원임.

년의 중위[172]로 추계된 65세 이상 노인들의 수는 1269.1만 명이다. 이는 총인구의 24.3%를 차지하게 된다. 이 인구를 먹여 살릴 수 있는 인구, 즉 생산가능 인구수는 3289.3만 명으로, 64.4%를 차지한다.

[그림2] 노인 부양비 및 노령화 지수

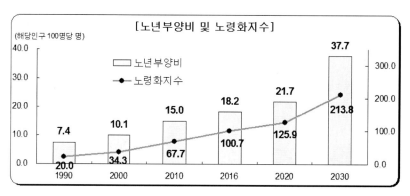

생산가능 인구는 2016년 3703.9만 명을 정점으로, 2030년까지 매년 29.6만 명 정도 줄게 된다. 그래서 〈그림2〉'노인 부양비 및 노령화 지수'에서 보이는 것처럼, 2030년의 노인 부양비는 37.7%로, 생산가능 인구 2.6명이 1명의 노인을 먹여 살려야 하는 구조가 된다. 그러나 2030년이 끝이 아니다. 65세 이상 노인 인구의 정점은 2049년에 1799.6만 명이다. 2030년 이후에도 고령인구는 매년 27.9만 명 정도가 늘어난다. 반면에 생산가능 인구는 2049년에 2,565만 명으로, 2030년 이후 매년 38.1만 명

---

172) 중위(Medium), 저위(Low), 고위(High): 인구변동 요인(출산, 사망, 국제이동)의 장래 수준을 중위, 고위, 저위로 설정. 인구 성장(규모) 측면에서 중위 가정의 조합을 중위, 가장 큰 시나리오인 경우 고위, 가장 작은 경우 시나리오인 경우 저위로 설정. 즉 인구를 가장 많이 성장시키는 가정을 고위, 가장 낮은 성장을 저위, 현재의 추세를 따라 성장할 경우 중위 가정임. 기본 가정은 중위 가정임.

정도 준다. 즉 2049년에는 생산가능 인구 1.4명이 1명의 노인을 먹여 살려야 한다. 더 나아가 2060년에 고령인구의 비중은 40.1%로, 거의 2명 중 1명이 노인이 되고, 생산가능 인구 1명은 거의 1명을 부양해야 된다.

열악한 노후 준비

누구나 노년은 안락하고, 편안하고, 걱정 없이 살아가고 싶어 한다. 기왕이면 경제적으로도 풍족해서, 가보고 싶었던 여행도 마음껏 하고, 바빠서 하지 못했던 취미 활동도 하고 싶다. 가수 남진이 부른 '푸른 초원 위에 그림 같은 집'을 짓고 전원생활도 하고 싶은 것은 누구나 갖는 노년의 소망이다. 하지만 현실에서 기대되는 노년의 삶은 결코 희망적이지 않다.

[표1] 월 생활비 별 준비 금액

(단위: 원)

월 생활비 수준	부부 생활비(30년)	부인 생활비(10년)	합계
100만 원	3.1억 원	0.8억 원	3.9억 원
200만 원	6.2억 원	1.6억 원	7.8억 원
300만 원	9.3억 원	2.4억 원	11.7억 원
400만 원	12.4억 원	4.0억 원	19.6억 원

※부인 생활비는 부부 생활비의 70%, 물가 상승률 3% 적용. (자료: 삼성생명)

근래에 매스컴이나 신문에서 개인의 재무적인 은퇴 준비를 위해, 금융 상품을 이용해 노후의 경제 준비를 해야 한다고 안내하고 있다. 그렇다면 개인이 노후 생활을 위해 얼마나 필요할까? 위의 〈표1〉 '월 생활비

별 준비 금액'은, 삼성생명에서 발표한 노년의 월 생활비 별 준비 금액이다. 남편이 55세인 부부가 30년을 같이 살고, 배우자가 10년을 더 산다고 가정한 금액이다. 매월 100만 원의 생활비를 쓴다면 약 3.9억 원, 월 300만 원 정도 쓴다면 약 11.7억 원이 필요하다고 한다. 노년에 필요한 생활비의 크기에 따라 정리된 이 금액은 다른 수입이 없이 노년을 보낸다고 했을 때, 필요한 금액을 보여주는 통계이다. 하지만 기본적으로 살고 있는 집이 있고 금융자산이 3.9~19.6억 원이라는 액수는 일반인이 생각하기에 엄청나게 큰 금액이다.

10억이라는 돈을 은행에 정기예금하고 연 2%의 이자를 받을 경우, 이자 소득세 15.4%[173]를 제외하면 연 1,670만 원의 이자 소득이 발생한다. 월로 환산하면, 월 139.2만 원[174] 정도의 금액밖에 되지 않는다. 그나마 집 있고 금융자산 10억 원의 재산을 소유한 사람이, 우리나라에 얼마나 있을까? 이 정도 재산을 가지고 있다면, 자산 규모별로 줄을 세웠을 때 우리나라 재산 순위에서 상위10%에 속하는 사람들이다. 주변의 지인 10명 중, 간신히 1명 정도나 이만큼의 자산이 있을까 말까 할 정도로 큰 금액이다. 그런데 금융회사들은 개인이 경제 활동기에 노후의 경제 준비를 위해, 이 정도의 금액은 반드시 준비해야 된다고 하는 것이다.

이 금액은 보통의 샐러리맨이 준비하기에 턱없이 높다. 그러나 금융회사의 정보를 신뢰하는 사람들은 이 정도의 금액은 당연히 노후 자금으로 준

---

173) 주민세를 포함한 금액임.
174) 다른 상품의 수익률은 더 높을 수 있으나, 가장 안정적인 정기예금을 예로 함.

비해야 된다고 믿고 있다. 일반 봉급쟁이가 노년을 위해 이 정도의 금액을 준비한다는 것은, 거의 불가능하다. 또한 이 금액을 준비하지 못하는 사람들은 노년에 어떻게 살아야 하나 하는 생각에, 엄청난 스트레스를 받는다. 그 때문에 사람들의 가치관은 '돈이 최고'라는 숭금崇金주의로 흐르게 되고, 엄청난 사회적인 비용을 발생시킨다. 근래에 공직자에게 나타나는 비리나 뇌물 등은 이러한 사회적 비용으로 발생한 현상이라고도 볼 수 있다. 그러나 대부분의 사람들은 노년의 경제 준비를 거의 포기하고, '그 때가 되면 무슨 수가 생기겠지!' 하면서 시간만 보내게 된다.

현재 노년을 보내고 있는 노인들은 무슨 자금으로 살아갈까? 통계청이 발표한 '2011년 고령자 통계'를 보면, 2010년 현재 65세 인구 중 국민연금, 공무원연금 등의 공적 연금을 받는 노인의 수는, 총 527.9만 명 중에서 160.6만 명이다. 매년 연금을 받는 사람들은 증가하는 추세이나, 전체 노인 인구 중 30% 정도밖에 되지 않는다. 나머지 70%는 공적 연금이 없이 생활하고 있다. 그나마 받고 있는 연금은 노령연금이 88.5%이고, 유족연금은 10.9%이다. 또한 노인들의 노후 준비 여부에 대한 질의에, 2009년 현재 노후 준비가 되어 있다는 노인은 39.0%정도밖에 되지 않았다. 그리고 나머지 61.0%인, 3명 중 2명의 노인은 노후 준비가 되어 있지 않다고 응답하고 있다.

연금 재원의 고갈과 건강보험의 적자 증가

2000년대 이전부터 인구 고령화에 대한 문제는 언론이나 방송을 통해 꾸준히 제기되어 왔다. 그래서 정부는 국민들의 노년을 위한 준비 수단으로 1988년부터 국민연금 제도를 도입했다. 초기에는 100인 이상 사업장에서 시작해서, 2005년부터 전 국민을 대상으로 확대했다. 여기에 봉급생활자의 추가적인 은퇴 준비 수단으로, 2005년 12월에 퇴직연금을 도입했다. 그래서 우리나라는 국민연금, 퇴직연금과 개별적으로 준비하는 개인연금을 포함하는 '3층 보장'이라는 노년의 경제적 기반을 마련하는 제도의 틀을 완성했다.

그러나 전 국민을 대상으로 하는 국민연금은 기금 운용과 연금 지급에 많은 문제점이 있어왔다. 기존의 정부는 국민연금의 재원을 정부의 가용 자원으로 이용해왔으며, 기금 운용은 원칙에서 벗어난 적이 많았다. 또한 연금 지급은 과거의 고성장 경제를 전제로 계획되었기 때문에, 향후 지급해야 할 연금은 기하급수적으로 늘어난다.

이와 같은 상황에서 기금 운용을 아무리 잘한다고 해도, 향후 지출되는 연금의 지급 규모에 비해 준비된 기금은 턱없이 부족할 수밖에 없다. 그래서 정부는 연금 고갈을 미연에 막기 위해, 국민연금의 지급 시기를 늦추고 있다. 현재 60세에 연금이 지급되고 있으나, 연령별로 늦춰져 1969년에 태어난 사람들부터 65세에 연금을 지급받게 된다. 이와 같은 처방에도 불구하고, 2053년이면 기금의 고갈이 예상된다. 2031년부터 연금급여 지출이 보험료 수입을 넘어서고, 2041년에는 총지출이 총수입을 넘어서는 수지적자가 발생할 것으로 예측되고 있다.

국민연금의 또 다른 문제로 지적되는 것은 개인의 정년 시점과 연금 지급 시기의 불일치다. 현재 국민연금의 지급 시기는 태어난 시기별로 60~65세이다. 그러나 현재 일반 급여 생활자의 정년퇴직은 55세이다. 그러면 개인별로 짧게는 5년, 길게는 10년 동안 연금을 받을 수 없는 기간이 발생하게 된다. 그래서 이 시기를 요즈음 '**은퇴의 크레바스**(crevasse)'라고 부른다. 크레바스란 빙하가 갈라져서 생기는 좁고 깊은 틈을 말한다. 연금 지급 시기의 불일치로 인해 생길 수 있는 헤어 나올 수 없는 암울한 시기를 암시하고 있는 것이다. 정부는 나름대로 이 시기를 대비하기 위해 퇴직연금, 개인연금, 주택연금 등으로, 노년에 경제적으로 부족 부분을 보충할 수 있는 제도를 만들었다. 하지만 아직까지 이를 활용해서 노후에 경제생활을 할 수 있는 사람들은 그다지 많지 않다.

∷ 건강보험의 적자 증가

통계청이 발표한 '2011년 사회 조사'에서는 연령이 높을수록, 유병률, 평균 유병 일수, 평균와병 일수가 증가하고 있는 것으로 나타났다. 2010년 현재, 60세 이상의 노인이 질병을 갖는 비율인 유병률은 45.8%이다. 이는 2008년에 비해 3.2% 증가한 수치다. 또한 도시보다는 농촌 지역이, 만성질환이 많은 여성이 남성보다 높게 나타났다. 2주일 평균 유병 일수는 9.6일이며, 입원을 포함하여 반나절 이상 누워 있어야 하는 와병 일수는 0.7일로 나타났다. 70세가 넘어가는 노인들은 평균적으로 만성질환을 2개 이상 가지고 있으며, 와병 일수는 더욱 길다.

건강보험의 적자에 가장 큰 영향을 미치는 부분은 65세 이상 노인의 의료비 증가이다. 노년의 수명은 건강수명 기간[175]과 장애여명 기간[176]으로 나뉘는데, 의료비 대부분이 장애여명 기간에 집중된다. 통계청이 발표한 2010년 생명표를 보면, 현재 60세 노인의 기대수명[177]은 남성이 17.4년, 여성은 21.9년이다. 평균적으로 20년 정도 더 산다고 볼 수 있다. 그렇다면 건강하게 살 수 있는 기간은 얼마나 될까? 2007년 기준으로 건강하게 생활할 수 있는 건강수명[178]은 71세이다. 통계 결과로 보면, 남녀 평균 80세까지 생존한다고 볼 때, 나이가 60세인 사람은 평균 11년을 건강하게 생활하고, 나머지 9년은 노화로 인해 점점 신체 활동이 불편해지고 만성질환에 시달리면서, 마지막은 와병 상태로 이어진다.

노인의 수는 많아지고, 나이가 들수록 평균적으로 유병률이 높아지며, 진료비는 급증한다. 2010년의 총 진료비는 2005년에 비해 1.76배 증가했지만, 같은 기간에 65세 이상의 노인 진료비는 2.28배 증가했다. 또한 전체 진료비에서 노인 진료비가 차지하는 부분은 1.3배가 증가한 것으로 나타났다.

---

175) 수명의 질이라고 할 수 있으며, 건강하고 일상생활을 하거나 살아가는 데 불편함이 없는 노년의 시기. 현재 통계청에서 발표된 자료는 2007년 것밖에 없어 여기서는 이를 사용함.

176) 신체 기관이 제 기능을 하지 못하거나 정신 능력에 결함이 있는 노년의 시기.

177) 2011년 현재 특정 연령까지 생존한 사람이 앞으로 더 생존할 것으로 예상되는 수명.

178) 평균수명에서 질병이나 부상으로 인하여 활동하지 못하는 기간을 뺀 기간. 얼마나 많이 살았느냐가 아니라, 건강하게 사는 기간이 얼마인가를 나타낸다.

[표2] 건강보험 재정 추계 결과표

(단위: 억 원)

구 분	전체 수입	보험료 수입	국고 지원	기타 수입	전체 지출	보험 급여비	관리 운영비	기타 지출	당기 수지
2015	516,501	425,987	85,197	5,317	527,073	513,436	12,841	796	-10,572
2020	672,081	554,651	110,930	6,500	744,249	728,439	14,887	923	-72,168
2030	977,299	807,277	161,455	8,567	1,263,542	1,242,294	20,006	1,241	-286,242
2040	1,257,564	1,039,519	207,904	10,140	1,738,486	1,709,932	26,887	1,668	-480,922
2050	1,500,225	1,240,667	248,133	11,425	2,049,819	2,011,444	36,134	2,241	-519,594

자료: 박일수 등, '미래 환경변화에 따른 건강보험 중장기 재정 추계 연구', 건강보험연구원, 2011.

상기 〈표2〉'건강보험 재정 추계 결과표'는 미래 환경 변화에 따른 건강보험 재정수지를 시뮬레이션을 통해 추계한 결과표이다. 건강보험 재정 수입 및 지출을 인구, 소득, 정책변화 등을 고려하여, 재정수지를 작성한 것이다. 위의 표는 보험료와 수가를 인상하지 않은 가장 기본적인 가정 하에 작성되었다. 이 결과를 종합하면, 건강보험 재정수지 적자 규모는 2015년은 1조 6백억 원, 2030년은 28조 6천억 원이고, 2050년에는 51조 9,600억 원으로서 기하급수적으로 증가하게 된다.

세대 간의 일자리 갈등

에코 베이비부머 세대는 1차 베이비부머의 자녀인 세대이다. 이들은 1978~1985년에 태어났으며, 인구는 약 510만 명이다. 이 세대는 성장하면서 Y세대, N세대 등으로 불리며, 사회적 관심의 대상이 된 적도 있었다. 그러나 오늘날에는 연애, 결혼, 출산을 포기한 세대라는 '3포 세대'라고 불리기도 한다. 현재 이 세대의 연령은 30대로 접어들어 사회에 진출하고 있다. 일반적으로 사회생활을 위해서는 제대로 된 직업을 가져야 한다. 그러나 이들의 상당수는 정규직으로 취업하지 못하고, 아르바이트를 하고 있거나 실업 상태에 있다. 미래 사회의 기둥이 되어야 할 청년들이 제자리를 잡지 못하는 사회 문제로 떠오르고 있는 것이다. 아버지는 정년퇴직을 되도록 미루려 하고, 자녀들은 취업을 하고 싶어도 일자리가 없어, 서로 일자리를 다투고 있는 형국이라고 할 수 있다.

우리나라의 급여 체계는 대부분 근속 연수와 연공서열에 의해 결정된다. 업무에 따라 임금이 결정되는 서구 기업과는 다른 구조이다. 한국노동연구원에 따르면, 우리나라에서 20년 이상 근속한 근로자의 임금은 신입사원에 비해 상당히 높다. 관리직의 급여는 근속 연수가 1년 미만인 사원에 비해 218%에 달하고, 생산직은 241%에 달한다. 또한 노동연구원의 다른 조사에서는 55세 근로자의 임금이 34세 근로자의 3배이나, 생산성은 60% 수준이다. 그래서 현행의 급여 체제로 본다면, 고령 근로자 1명을 퇴직시키면, 3명의 젊은 사람을 고용할 수 있게 된다.

'고용상 연령차별 금지 및 고령자 고용촉진에 관한 법률'에 따르면,

2016년부터 300인 이상 기업과 공기업의 정년은 만 60세로 연장된다. 이 법에 따르면, 60세에 도달되지 않은 근로자를 해고하면 부당해고로 간주하며, 사업주는 처벌받게 된다. 이와 같은 정년 연장은 40대 이상의 중년층에게는 희소식이지만, 젊은 세대에는 불편한 소식일 수도 있다.

삼성경제연구소에서 2011년 8월에 발표한 '고령화에 따른 노동시장 '3S' 현상 진단'에는, 세대 간의 고용 다툼이 어느 정도 나타나고 있는 것으로 보인다. 20대의 고용률 하락은 청년층에 대한 노동시장의 구조적인 요인과 일자리 창출력 저하에 기인한다. 또한 베이비부머의 50대 진입과 기업의 금융위기 이후 구조조정 자제 분위기 확산으로, 세대 간에 고용률 격차가 발생하고 있다는 것이다. 그래서 2000년대 중반까지 유사한 흐름을 보였던 20대와 50대의 고용률은, 2005년부터 상반된 흐름을 보이는 것으로 나타났다.

이 같은 세대 간의 일자리 경쟁은 베이비부머가 정년퇴직이 완료되는 2018년까지 지속될 것이다. 그 시기를 지나면 50대의 인구증가 속도가 어느 정도 둔화되고, 20대 인구의 감소폭이 확대되면서, 노동 수급의 불균형은 어느 정도 완화될 것으로 예측된다. 그러나 2016년부터 실시되는 고용 연장으로 인해, 세대 간의 일자리 경합은 좀 더 지속될 것으로 보인다.

남성상의 끝없는 하락

요즈음 우스갯소리로 '집에서 삼시 세 끼를 해결하는 남편은 삼식三食이'라고 부른다. 이런 삼식이는 황혼 이혼의 1순위라고 한다. 정년퇴직 후, 별다른 일이 없어 집에서 두문불출하고 있는 남편을 빗대는 우울한 용어이다. 이와 비슷한 말로, 일본에서는 정년퇴직 후 할 일이 없어 부인을 졸졸 따라다니는 사람을 빗대어 '젖은 낙엽'이라고 한다. 마당을 쓸 때, 비에 젖어 빗자루에 달라붙어 떨어지지 않는 낙엽에 비유한 표현이다.

직장에서 정년퇴직한 남성의 생활 근거는 직장에서 주거지로 갑자기 바뀐다. 매일 새벽에 출근해서 저녁에 들어오다, 이제는 집에서 보내는 시간이 많아진다. 남편은 변화된 생활 환경에 적응하기 위해서 상당한 시간이 필요하다. 그러나 전업주부였던 여성의 생활은 과거와 별로 차이가 없다. 그래서 남편이 정년퇴직 후의 시간 활용에 대한 충분한 준비가 되지 않았다면, 배우자에게 더부살이하는 꼴이 된다. 이런 경우 시간이 흐를수록 가정 내에서 힘의 추는 여성 쪽으로 더욱 기울어진다.

또한 자녀와의 관계도 마찬가지다. 경제 활동기에는 아침에 일찍 나가고 저녁에 늦게 들어왔기 때문에, 자녀와 마주칠 시간이 거의 없었다. 그러나 정년퇴직 후, 아버지는 자녀와 접하는 시간이 많아지게 된다. 아버지는 과거에 사회 활동을 했던 경험에 비추어, 자녀가 잘되었으면 하는 마음에서 던지게 되는 충고가, 자녀에게는 스트레스로 작용한다. 쉬는 날에도 피곤하다고 잠만 자던 아버지가 이제는 집안에서 잔소리꾼이 된 것이다. 그동안 자녀에게 못 해주었던 것들을 해주려는 시도는 자녀들을 아버지로부터 점점 더 멀어지게 만드는 원인이 된다. 이와 같은 상황들이 쌓이면서, 퇴직한 남성은 집안에서 설 자리가 점점 더 좁아지고, 아버지의 상像은 바닥으로 점점 추락한다. 경우에 따라서는 천덕꾸러기가 되어버린다.

∷ 남성의 입지 하락과 여성의 경쟁력

오늘날에는 고령의 남성뿐만 아니라, 젊은이의 남성상도 과거에 비해 많이 추락하고 있다. 개인에 따라 천차만별이겠지만, 사회 전제적으로 과거의 강한 남성상을 갖기엔 삶의 환경이 많이 바뀐 결과이다. 또한 서비스 산업의 발달로 여성 취업의 증가와 남성의 경쟁력 저하 때문이다. 이 같은 현상은 여러 분야에서 나타난다.

산업사회에서 남성은 여성에 비해 육체적 능력이 우수하고 활동적이어서, 경제생활을 하는 데 경쟁력을 가지고 있었다. 그러나 21세기는 과학기술이 발달하고, 정보화 시대가 되었다. 이러한 시장에서 여성의 노동력은 정적이고, 감성적이며, 섬세하고 서비스에 탁월하기 때문에, 남성보다 더 선호된다. 통계청이 발표한 2000년 이후의 업종별 종사자의 추이에서, 여성이 남성보다 경쟁력이 더 있다고 볼 수 있는 사회 간접자본 및 기타 서비스업에 종사하는 사람의 비중은 꾸준히 증가하고 있다. 반대로 남성이 경쟁력이 더 있었던 농림, 어업, 제조, 광공업에 종사하는 사람은 지속적으로 줄고 있다.

[그림3] 성별 취업자의 직업 분포[179)]

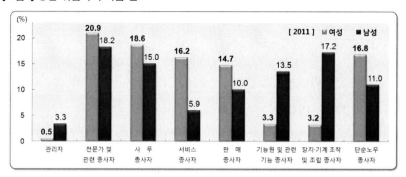

자료: 통계청 '경제활동 인구 연보' 각 연도

또한 〈그림3〉'성별 취업자의 직업 분포'에서 보면, 2004년 대비 여성
취업은 관리자, 전문가, 사무 종사자와 같은 화이트칼라의 사무직에서도
증가하고 있다. 또한 여성들의 취업이 증가함에 따라, 기존에 남성이 주
류를 차지했던 직업에 여성이 늘어나고 있음을 보여준다.

[그림4] 성별 대학 진학률[180)]

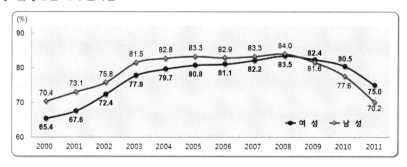

자료: 교육과학기술부 한국교육개발원, '교육통계연보' 각 연도

179) [출처] 「2012 통계로 보는 여성의 삶」, 통계청, 2012
180) [출처] 앞의 출처

〈그림4〉'성별 대학 진학률'에서도, 2009년부터 여학생의 대학 진학률이 남학생을 앞질렀다. 이와 같이 여러 분야에서 나타나고 있는 남성의 경쟁력 약화는 결혼을 할 만하지 않은 남성들의 증가로 이어진다. 반면에 여성들은 능력 있는 '골드미스'들의 증가로 이어지며, 저 출산이 확대되는 하나의 요인으로 작용하기도 한다. 결론적으로, 21세기에는 시간이 지나갈수록 여성의 취업 비율이 더욱 커지고, 여성의 힘이 더욱 높아질 가능성이 높다. 그러나 남성은 현상 유지에도 벅찬 한 세기가 될 가능성이 아주 높다.

금융자산의 수요 증가

통계청이 발표한 '우리나라 가구별 자산부채의 유형별 가구당 보유액 및 보유가구 비율'을 보면, 부동산이 평균 21,907만 원으로 73.6%, 금융자산은 6,903만 원으로 23.2%, 자동차와 같은 기타 실물자산은 955만 원으로 3.2%를 차지하고 있다. 그래서 각 가구당 순자산은 24,560만 원으로 나타난다.[181] 이와 같은 자산 비중은 단기간에 정해지는 것이 아니라, 수십 년 동안 진행된 결과이다. 즉 자산 운용에서 가장 유리했던 자산으로 개인의 자금이 집중된 것이다. 개인에게 부동산이라는 자산이 다른 자산에 비해 수익이 컸고, 지난 기간 동안 가장 애용했던 자산이었음을 보여주는 내용이다.

그러나 개인 자산의 구성이 조금씩 변화되고 있다. 순자산의 크기는 그다지 달라지지 않으나, 부동산의 비중은 줄고 금융자산의 비중은 늘고 있다. 거기에 부채도 조금씩 늘고 있다. 이와 같은 변화는 고령화의 진척, 불황으로 인한 개인소득이 정체, 미국 발 서브프라임 사태 이후 침체된 부동산 시장으로 인해 개인들의 자산 구성이 바뀌고 있음을 보여준다. 또한 저금리가 지속됨에 따라, 자산의 수익률과 안전성을 높이기 위해 개인자산관리 시장이 확대되고 있다. 개인들이 변화하는 시장 환경에서, 저축을 통해 모은 종자돈을 단순히 부동산에 묻어놓기보다는, 자산을 다양하게 분산하여 포트폴리오를 만드는 선진국 형 개인자산 운용 형태로 진화하고 있는 것이다.

---

181) 현 개인의 자산 크기가 이 정도인 상황에서, 노후에 필요한 자산의 크기가 집 있고 10억 또는 5억이 어떻게 가능하겠는가?

:: 노년의 자산관리

노년이 되면 의외로 지출이 많아진다. 매월 생활비에 의료비, 경조사비, 활동비 등으로 상당한 금액이 필요하다. 들어오는 수입은 없거나 적어지는 상황에서, 매월 지출해야 하는 비용은 꾸준히 발생한다. 기나긴 노년의 생활비를 충당하기 위해 일자리를 찾고 있으나, 현재 노인들은 일할 수 있는 직업도 한정되어 있고, 일할 만한 곳도 거의 없다. 그러나 노년에 부족한 자금을 충당하기 위해서는 보유한 재산에서 조금씩 헐어 쓸 수밖에 없다.

노년의 삶이 언제까지 갈지 모르는 상황에서, 그나마 있는 재산이 계속 줄어드는 것을 반가워하는 사람은 없다. 그래서 노년의 수입을 충당하기 위해 가장 선호되는 방법은 소유 자산을 이용해 수입을 만드는 것이다. 일을 통해 발생하는 근로소득이 아닌, 기존의 자산을 통해 소득을 만드는 방법을 찾는 것이다. 그래서 소유한 자산을 임대소득이 발생하는 부동산, 이자소득이 발생하는 금융자산 등, 불로소득不勞所得이 발생하는 자산으로 이동시키게 된다.

자본 이득이 발생하는 부동산보다 수익용 부동산에 대해 관심이 커지고, 이를 더 선호하게 된다. 금융자산도 0.1%라도 이자가 큰 금융회사를 찾는다. 또한 부동산을 정리해서 보험회사에 일정 금액을 일시금으로 맡기고 종신토록 연금으로 지급받는 상품에 가입하거나, 보유한 주택을 이용해 매월 생활비를 받을 수 있는 주택연금과 같은 수입원도 만들게 된다. 노인은 나이가 있다 보니, 언제, 어떤 일이 있을지 모른다. 경기침체로 실물자산에 대한 수요가 줄어든 상황에서, 재산세와 같은 보유 비용이 계속 발생하는 부동산의 선호도는 떨어질 수밖에 없다. 그래서 환금성이 떨어지는 부동산보다, 필요할 때 언제든지 쓸 수 있는 금융자산의 비중이 갈수록 커질 수밖에 없다. 결론적으로, 개인들의 자산 구성은 부동산과 같은 실물자산의 비중이 줄어들고, 금융자산의 비중이 커지는 방향으로 조금씩 진행되고 있는 것이다.

이외에도 늙어가는 한국에서 노인 사회가 초래하는 불편한 현상들은 여기서 정리한 것보다 더욱 다양하게 나타나고, 나타나게 될 것이다.

2. 웰다잉(Well-Dying)

웰다잉(Well-Dying)이란?

우리에게 죽음은 어떤 의미일까? 삶의 의미는 행복이고 기쁨이고 사랑이고 도전이고, 죽음의 의미는 이별이고 슬픔이고 고통이고 절망이기만 할까? 죽음을 안다는 것은 삶을 보다 잘 알 수 있도록 해준다. 그래서 삶과 죽음은 서로 마주 보는 거울이라고 한다. 우리가 아는 죽음은 얼마나 될까? 우리가 죽음에 대해 아는 3가지를 뽑으라면, 다음과 같을 것이다. '반드시 죽는다'는 것이요, '혼자 죽는다'는 것이며, '아무것도 가져갈 수 없다'는 것이다. 또한 우리가 죽음에 대해 모르는 3가지를 뽑으라면 언제, 어디서, 어떻게 죽을지 모른다는 것이다.

2차 세계대전이 끝난 후, 폴란드 마이데넥의 유대인 수용소 내부 벽에는 곳곳에 손톱이나 돌 조각으로 새긴 나비 그림이 그려져 있었다. 지옥 같은 수용소에서 죽음을 맞이해야 했던 사람들이 벽에 그린 그림이 왜 나비였을까? 그 이유는 나비가 번데기에서 탈피해 하늘로 날아오르는 것처럼, 죽음은 영혼을 감싸고 있는 허물을 탈피해 환생하는 것이라고 생각했기 때문이다. 이는 죽음에 대한 최고의 전문가였던 엘리자베스 퀴블러 로스(Elizabeth Kubler Ross)가 삶과 죽음에 대해 눈뜨게 되는 내용이다. 미켈란젤로는 죽음에 대해 다음과 같은 말을 남겼다. "삶이 즐겁다면 죽음도 그래야 한다. 그것은 같은 주인의 손에서 나오기 때문이다." 이는 태어남이 우리에게 삶, 행복, 사랑, 그 이상의 것을 가져다주었듯이, 신이

죽음을 끔찍한 경험으로 만들지 않았을 것이라는 말이다.[182]

2009년 2월 선종하신 고故 김수환 추기경의 죽음과 함께, 우리나라에는 웰다잉(Well-Dying)이라는 용어가 크게 유행하고 있다. 우리나라 사람들이 생각하는 좋은 죽음은 어떤 죽음일까? 조사에 따르면, 부모로서할 바를 다하고 비명횡사하지 않고 편안하게 적절한 수명을 살고, 자식보다 먼저 가면서 '고맙다고 사랑한다고' 작별인사를 하면서, 고통 없이외롭지 않게 편안히 죽는 것이라고 한다.

∷ 퇴계 이황 선생의 고종명

고종명考終命은 인간이 바라는 조건인 5복福 중의 하나다. 이는 하늘이 부여한 천명을 살다가 죽는 것이다. 조선의 정치가이자 철학자였던퇴계 이황(1501~1570년) 선생의 고종기考終記는 우리에게 웰다잉(Well-Dying)에 대해 많은 것을 시사하고 있다. 『퇴계집』退溪集에 나오는 퇴계 이황의 고종기는, 돌아가시기 한 달 전인 11월 9일 종가의 제사에 참여하면서 걸린 감기가 악화되어, 그해 12월 9일에 떠나기까지의 과정을기록한 것이다.

---

182) 엘리자베스 퀴블러 로스와 데이비드 케슬러, 『인생수업』, 류시화 옮김, 도서출판 이레, p.258

[그림5] 황희 정승의 초상화

출처: 국립중앙박물관

퇴계 이황 선생의 고종기를 정리하면 다음과 같다.

- 1570년 11월 15일 기대승(奇大升, 1527~1572)이 보낸 편지에 답장(8년간
  에 걸친 사단칠정四端七情)에 대한 논쟁에서, 자신의 일부 주장이 잘못되었음을
  시인하는 내용)을 자제로 하여금 정사하여 보냄.

- 12월 2일 병세가 악화, 장인의 제삿날이니 고기반찬을 내놓지 말 것
  을 지시.

- 12월 3일 자제들을 불러, 타인의 서적을 잃어버리지 말고 남김없이
  돌려줄 것을 지시.

- 12월 4일 조카로 하여금 사후의 일에 관하여 유계遺戒를 받아쓰게
  하고, 유언을 함.

- 12월 7일 제자 이덕홍에게 서적을 맡아달라고 당부.

- 12월 8일 아침 아끼는 매화에 물을 주게 하고, 침상을 정리한 후 부
  축하여 일어나, 앉은 채로 조용히 세상을 떠남.

이와 같이 퇴계 이황은 자신의 삶을 마무리하면서 학문에 관한 것, 조상에 관한 것, 가족들과 제자들과 이별을 준비하고, 유언을 다하고 세상을 떠났다. 이것이 인간이 가질 수 있는 최고의 웰다잉(Well-Dying)의 한 예가 아닐까 싶다.[183]

---

183) 최진호, 『퇴계退溪와 인仁 : 윤리도덕을 자신의 밖이 아닌 안에서 구하다』, 월간조선

사전 의료 의향서

인생에서 가장 돈이 많이 드는 날은 언제일까? 병원에서 제왕절개를 통해 출산을 한다면 상당한 금액이 들어간다. 그러나 가장 많은 비용이 드는 날은 죽는 날일 것이다. 미국의 보건복지부 장관은 1990년대 초에 "인생에서 가장 많은 돈이 드는 날은 죽는 날이다. 노인의 건강복지 비용으로 14달러가 지출되는 데 반해, 아동 1인당 지출 비용은 겨우 1달러에 불과하다. 이 비용 중 생의 마지막 몇 달에 70~90%가 소비된다. 또한 미국에서 암환자 1명이 말기에 소비하는 비용이 약 3천 달러다. 그 중 30%가 마지막 한 달에 지출되었고, 48%가 마지막 두 달 동안 지출되었다."[184]고 했다.

국내의 장례비용 통계를 보면, 화장에는 2,032만 원, 매장에는 2,229만 원 정도의 비용이 소요되는 것으로 조사되었다. 구체적으로 보면, 장례식장 사용료 196만 원, 장례용품 527만 원, 접객 비용 740만 원, 장지 비용 580만 원, 기타 87만 원 정도의 비용이다. 요즈음 장례식은 보통 3일장으로 이루어진다. 이 3일장의 이유는 『예기禮記』의 문상편에 나와 있다. 이는 돌아가신 분이 다시 살아날지 모르기 때문에, 만 2일이 지난 3일째에 입관을 한다는 것이다. 이제 사람들은 병원에서 태어나 생을 출발하고, 생의 마무리인 죽음도 병원에서 이루어진다. 과거에 죽었다 살아난 사람들이 있었다는 이야기가 종종 있지만, 오늘날에는 그런 일이

---

184) 재인용, 프랑크 쉬르마허, 『고령사회2018, 다가올 미래에 대비하라』, 장혜경 옮김, 나무생각, 2005, p.179

발생하지 않는다고 한다. 왜냐하면 시신은 바로 병원의 냉장고로 들어가기 때문이라는 것이다.

우리가 갑자기 사고가 나거나 아플 때 찾아가는 곳은 병원의 응급실이다. 그렇다면 삶과 죽음의 중간에서 대기 중인 사람이 가장 많은 곳은 어디일까? 바로 병원의 중환자실이다. 중환자실은 중환자를 효과적으로 치료하기 위해, 24시간 의사와 간호사가 대기하면서 환자를 돌보는 병실이다. 아무리 심각한 중환자일지라도, 회생이 가능하다면 당연히 치료가 계속되어야 한다. 그러나 문제는 '**연명 치료**延命治療'다. 연명 치료라는 것은 환자가 더 이상 치료가 불가능한 사망의 단계가 임박했을 때, 기계 호흡이나 심폐 소생술을 통해 단순히 생명을 연장하는 치료이다. 현행법에서는 안락사가 허용되지 않기 때문에, 대부분 연명 치료를 하게 된다. 이러한 연명 치료가 죽어가는 환자에게 의미 있는 삶의 연장일까, 아니면 고통 받는 기간의 연장일까?

요즈음 연명 치료를 거부하고 존엄한 죽음을 원하는 사람들이 많아지고 있다. 이때 준비하는 것이 '**사전 의료 의향서**死前醫療意向書'이다. 다른 말로 '안녕 카드' 또는 '존엄한 죽음을 위한 선언서'라고 한다. 사전 의료 의향서는 죽음을 앞둔 상황에서, 의학적 조치에 대한 자신의 바람이나 가치관을 미리 밝혀두는 행위이다. 죽음이 임박한 환자에 대해 의료진이 회복 가능성이 없다고 판단하는 경우, 불필요한 연명 치료를 받지 않겠다는 스스로의 의사 표시이다. 환자의 뜻을 알게 되면, 의료인은 환자의 가치관에 따라 기도삽관, 기관지 절개, 인공영양, 혈액투석 및 인공호흡 등의 의료 행위를 하지 않을 수 있다. 그래서 사전 의료 의향서는 환자의 자기 결정권을 실현하는 것으로 인정받고 있다. 환자의 가족과 의료진이 환자의 권리를 존중하는 것이다.

사전 의료 의향서를 준비하면, 본인은 연명 치료의 고통에서 해방될 수 있다. 남은 가족들에게 사랑을 남겨둘 수 있고, 의료비용을 줄일 수 있다. 또한 연명 치료를 하지 않은 유족에게 생길 수 있는 죄책감을 덜어주고, 치료하는 의료진에게도 수고로움을 덜어주며, 국가의 의료보험 비용 또한 낮출 수 있는 방법이다. 그래서 생전에 이를 작성하여 보관하는 사람들이 많아지고 있다. 다음은 사전 의료 의향서 전문이다.

사전 의료 의향서

저는 제가 병에 걸려 치료가 불가능하고 죽음이 임박한 경우를 대비하여 저의 가족, 친척 그리고 저의 치료를 맡고 있는 분들께 다음과 같이 저의 희망을 밝혀두고자 합니다.

이 선언서는 저의 정신이 아직 온전한 상태에 있을 때 적어놓은 것입니다. 따라서 저의 정신이 온전할 때에는 이 선언서를 파기할 수 있겠지만, 철회하겠다는 문서를 재차 작성하지 않는 한 유효합니다.

저의 병이 현대의학으로 치료할 수 없고 곧 죽음이 임박하리라는 진단을 받은 경우, 죽는 시간을 뒤로 미루기 위한 연명 조치는 거부합니다. 다만 그런 경우, 저의 고통을 완화하기 위한 조치는 최대한 취해주시기 바랍니다. 이로 인해, 예를 들어 마약 등의 부작용으로 죽음을 일찍 맞는다 해도 상관없습니다. 제가 몇 개월 이상 식물인간 상태에 빠졌을 때는 생명을 인위적으로 유지하기 위한 연명 조치를 중단해주시기 바랍니다.

이와 같은 저의 선언서를 통해 제가 바라는 사항을 충실하게 실행해주신 분들께 깊은 감사를 드립니다. 아울러 저의 요청에 따라 진행된 모든 행위의 책임은 저 자신에게 있음을 분명히 밝히고자 합니다.

년   월   일

작성자 이름   서명

사전 장례 의향서

사망 이후에 망자가 원하는 장례에 대해서도 미리 준비할 수 있다. 그것은 '사전 장례 의향서'이다. 이는 자신의 장례를 어떻게 치를지 미리 후손에게 알려주는 문서이다. 망자가 원하는 장례 형태, 비용, 사후의 안식처 등, 사후에 유족에게 원하는 바를 미리 전달할 수 있는 장점이 있다. 그래서 사전 장례 의향서를 미리 작성한다면, 자녀들의 장례 준비나 절차에도 도움이 될 것이다. 또한 본인이 생전에 원하던 의사를 제대로 전달할 수 있다.

사전 장례 의향서의 내용은 작성자가 부고訃告의 범위, 장례 형식, 부의금, 조화를 받을지의 여부, 염습, 수의, 관의 선택, 화장이니 매장의 장례 방식 등, 당부 사항을 미리 적어놓은 일종의 유언장이다. 법적인 구속력은 없으나, 후손들이 작성자의 뜻에 따라 장례를 간소하고 엄숙하게 치를 수 있게 된다.[185] 다음은 사전 장례 의향서의 형식이다.

---

185) [출처] 시사상식사전, PMG지식엔진 연구소, 박문각

사전 장례 의향서 事前葬禮意向書[186]

나에게 사망진단이 내려진 후 나를 위한 여러 장례 의식과 절차가 내가 바라는 형식대로 치러지기를 원해, 나의 뜻을 알리고자 이 사전 장례 의향서事前葬禮意向書를 작성한다. 나를 위한 여러 장례 의식과 절차는 다음에 표시한 대로 해주기 바란다.

1. 기본 원칙

(1) 부고

(1).1 나의 죽음을 널리 알려주기 바란다. ( )

(1).2 나의 죽음을 알려야 할 사람에게만 알리기 바란다. ( )

(1).3 나의 죽음은 장례식을 치르고 난 후에 알려주기 바란다. ( )

(2) 장례식

(2).1 우리나라 장례 문화를 바르게 이해하고 전통 문화를 계승하는 차원에서 해주기 바란다. ( )

(2).2 나의 장례는 가급적 간소하게 치르기 바란다. ( )

(2).3 나의 장례는 가족과 친지들만이 모여 치르기 바란다. ( )

2. 장례 형식

2.1. 전통(유교)식 ( )   2.2. 천주교식 ( )   2.3. 기독교식 ( )

---

186) [출처] 조선일보, 2013.4.12

2.4. 불교식 ( ) 2.5. 기타(지정) ( )

3. 부의금 및 조화

3.1 관례에 따라 하기 바란다. ( )

3.2 일체 받지 않기 바란다. ( )

4. 음식 대접

4.1 음식 등을 잘 대접해주기 바란다. ( )

4.2 간단히 다과를 정성스럽게 대접해주기 바란다. ( )

5. 염습

5.1 정해진 절차에 따라 해주기 바란다. ( )

5.2 하지 말기 바란다. ( )

6. 수의

6.1 사회적인 위상에 맞는 전통 수의를 입혀주기 바란다. ( )

6.2 검소한 전통 수의를 선택해주기 바란다. ( )

6.3 내가 평소에 즐겨 입던 옷으로 대신해주기 바란다. ( )

7. 관

7.1. 사회적인 위상에 맞는 관을 선택해주기 바란다. ( )

7.2. 소박한 관을 선택해주기 바란다. ( )

8. 시신 처리

8.1 화장해주기 바란다. ( )

8.2 매장해주기 바란다. ( )

8.3 내가 이미 약정한 대로 의학적 연구 및 활용 목적으로 기증하기 바란다. ( )

〈화장하는 경우 유골은〉

 ① 봉안장 ( ) ② 자연장 ( ) ③ 해양장 ( ) ④ 기 타 ( )

〈매장하는 경우〉

 ① 공원묘지 ( ) ② 선산先山 ( ) ③ 기타 ( )

9. 삼우제와 사십구재

9.1 격식에 맞추어 모두 해주기 바란다. ( )

9.2 가족끼리 추모하기 바란다. ( )

9.3 하지 말기 바란다. ( )

10. 기타

영정 사진, 제단 장식, 배경 음악 등에 대한 나의 의견

_____

_____

_____

_____

_____

이상은 장례 의식과 절차에 대한 나의 바람이니, 이를 꼭 따라주기 바란다.

년   월   일

작성자 이름   서명

조선의 양반 계급에서의 상례喪禮[187]

조선에서 양반의 죽음은 유난히 길고 복잡했다. 약 25개월의 긴 시간 동안 벌어지는 모든 일을 '상례喪禮'라고 칭했다. 상喪이라는 말은 울 곡哭과 망할 망亡자가 합해져서 만들어진 글자로, 사람이 죽어 우는 모습을 표현한 글자이다. 그래서 상례는 죽은 사람을 장사 지낼 때 수반되는 모든 의례라고 할 수 있다. 이는 초종初終에서 장례葬禮를 거쳐 탈상脫喪까지, 오랜 시간이 소요되는 단계별 의식을 총칭하는 말이다. 조선 중기 문신이며 학자인 김성일의 시문집인 『학봉집鶴峯集』에 나타난 상례의 순서는 다음과 같다.

1) 솜으로 숨이 끊어졌는가를 살펴보는 속광屬纊

운명할 기미가 보이면 그를 깨끗한 옷으로 갈아입히고, 가족들이 모여 임종을 지켜본다. 삶의 마지막 호흡이 끊기면, 입이나 코에 솜을 대어 숨이 끊어졌는가 확인한다. 그리고 망자의 숨이 끊기면, 시신을 동쪽으로 눕힌다. 동쪽은 생성과 재생의 방위로, 시신이 되살아나기를 기대했기 때문이다.

2) 혼을 부르는 복復

복은 죽은 자의 혼을 부르는 의식으로 『예기禮記』의 '예운禮運'과 '의례儀禮' '사상례士喪禮'에 나와 있다. 사람이 죽으면 지붕 위에 올라가, 죽은

---

187) 위 내용은 [허인욱, 『옛 그림 속 양반의 한평생』, 돌베개, 2010. 9]의 내용 중 7장. 삶과 죽음의 갈림길을 토대로 상례를 요약한 글임. 더 자세한 사항을 알기 위해서는 위의 책을 참고하기 바람.

이의 옷을 가지고 혼을 부르며, '아무개여 돌아오라'고 3차례 반복한다. 초혼 절차는 지방마다 다소 차이가 있으나 크게 다르지 않았다. 사용되는 죽은 이의 옷은 '복의復衣'라고 했다.

3) 발상發喪

자손들이 상제喪制의 모습을 갖추고, 초상난 것을 외부에 알리는 것이 발상이다. 남자는 머리를 풀고, 여자는 머리에서 금이나 은 또는 동비녀를 빼고, 나무비녀를 꽂고 곡을 한다. 곡哭은 흑흑 울거나 소리 없이 우는 것이 아닌, 큰 소리로 우는 것이다

4) 입이 다물어지지 않도록 하는 설치楔齒

입에 뿔로 만든 숟가락을 넣어 이를 받치는 것을 설치라 한다. 이는 이가 다물어지지 않아야 구슬을 물릴 수 있기 때문이다. 그렇게 함으로써 반함할 때, 입이 굳게 닫혀 열지 못하는 일이 생기지 않게 하려는 것이다.

5) 망자를 씻기고 수의를 입히는 습襲

시체가 굳기 전에 몸을 펴서 반듯이 눕혀놓고 묶는 것을 습이라 한다. 다른 이름으로 수시收屍, 천시遷屍, 또는 수세 걷음이라고 한다. 손톱을 자르고, 머리를 빗질하고, 목욕을 시킨 후, 옷을 입힌다. 옷을 입힐 때는 속에는 연복燕服을, 겉에는 정복正服을 입힌다. 그리고 나서 건巾을 씌우고, 대帶를 띠우고, 신발을 신긴다.

6) 상주喪主와 주부主婦를 세움

습이 끝나면 자손들은 장식품을 몸에서 떼어내고 집안의 화려한 장식을 치운 다음, 흰옷으로 갈아입고 상주와 주부를 세운다. 상주는 죽은 사람의 맏아들이 하는데, 맏아들이 먼저 죽은 경우에는 맏손자가 맡는다. 주부는 죽은 이의 아내가 맡는데, 아내가 죽은 경우에는 맏며느리가 맡는다. 그리고 남자들은 상복을 벗고 심의深衣나 직령直領을 비뚤게 입으며, 머리를 풀어헤치고, 맨발로 천하고 흉측한 모습인 역복易服 차림을 한다. 이는 부모가 돌아가셨을 때, 후손들이 당황스럽고 정신이 아득하여 제대로 된 복장을 갖출 수 없다고 여겼기 때문이다.

그리고 부고를 알리거나 장례 때까지 일을 봐줄 수 있는 호상護喪을 세웠다. 호상은 상례에 밝은 자로, 죽은 이의 친지와 친구들에게 그의 죽음을 알린다. 발인 일시와 장지, 하관 일시가 정해지면 부고訃告를 작성하여 발송하는 일을 맡았다. 또한 습이 끝나면 홑이불로 시체의 전신을 덮고 병풍으로 가린 다음, 염을 할 때까지 넣어둔다. 그리고 문 앞에 '사잣밥'을 내놓았다. 사잣밥은 나찰반이라고도 했다.

사잣밥은 대광주리나 함지박에 밥과 나물, 짚신과 동전을 넣어 문 밖에 두고 저승사자를 대접하는 것이다. 저승사자들이 죽은 자를 데리러 대문으로 들어오기 때문에, 그 앞에 밥 세 그릇, 짚신 세 켤레, 그리고 돈과 간장을 올려 상을 잘 차려놓는다. 잘 모셔가라는 뇌물인 셈이다. 간장을 놓은 이유는, 저승사자들이 짜게 먹으면 저승사자들이 가다가 물을 먹기 위해 쉬어가게 되기 때문이라고 한다. 죽은 사람이 저승길을 갈 때 지치지 않게 하려는 노력인 셈이다.

7) 구슬과 쌀을 입에 채우는 반합飯含

구멍이 없는 구슬을 입 안의 좌우에 두고, 깨끗하게 씻은 쌀을 입 속에 조금 채우는 것을 반합이라 한다. 이는 자식이 어버이의 입속을 차마 비워둘 수 없기 때문이다. 반합은 소렴을 행할 때 한다. 반합한 물건은 죽은 사람의 영혼이 저승까지 가는 동안 여비와 음식이 된다. 이렇게 함으로써 죽은 사람이 고이 잠들 수 있다고 생각한 것이다.

8) 사자의 시신에서 이탈한 혼이 깃든 혼백魂帛과 그 혼백을 올려놓는 자리인 영좌靈座의 설치

초혼에 사용한 옷을 상자에 담고, 비단을 묶어서 신神이 의지하게 하는 혼백을 설치한다. 혼백은 사자의 시신에서 이탈한 혼이 깃들게 하는 물건이고, 영좌는 그 혼백을 올려놓는 자리다. 목욕·습·반합이 시신에 대해 행하는 절차라면, 영좌와 혼백은 혼에 대해 행하는 절차이다.

9) 명정銘旌 설치와 치관治棺

명정은 죽은 사람의 관직과 성씨 등을 적은 기를 말한다. 일정한 크기의 긴 천에 글씨를 쓴다. 보통 다홍 천에 흰 글씨로 쓰며, 장사 지낼 때 상여 앞에서 들고 간 뒤, 널 위에 파묻는다. 영좌 설치와 명정 세우기는 망자가 살아 있을 때를 형상화한 것이다. 이어서 관을 만드는데, 관은 소나무나 삼나무로 만들어, 견고하고 치밀하게 옻칠을 한다. 관은 통나무를 미리 구해놓았다가 임종 후 만들었으나, 때로는 먼저 관을 짜서 습기를 피해 곡간이나 헛간에 두기도 했다.

10) 시신을 옷과 이불로 싸는 소렴所殮과 입관하는 대렴大殮

소렴은 사람이 죽은 다음 날에, 대렴은 죽은 지 사흘째 되는 날에 행한다. 소렴은 기체를 옷과 홑이불로 싸서 묶는 것이고, 대렴은 망자를 관 속에 넣는 의식이다. 사망한 지 사흘 후에 입관하는 것은 그 사이에 망자가 살아날지도 모른다고 생각했기 때문이다.

11) 성복成服

성복은 상주들이 상복을 입는 절차를 말한다. 상복을 입고 나면 성복제成服祭를 지낸다. 성복제는 각각 기복忌服 차림으로 집사가 잔을 올리고, 항렬 순 연장자 순으로 복을 입는다. 상주의 옷은 오복도五福圖의 다섯 가지 양식에 의해 지어 입는다. 상주의 굴건屈巾과 두건頭巾은 질이 나쁜 삼베로 만든다. 상복은 고인의 8촌까지 입는데, 직계 비속을 상제라 부른다.

12) 천구遷柩와 발인發靷

관을 방에서 들고 나와 상여로 옮기는 것을 천구라 하고, 상여가 상가를 떠나 장지로 출발하는 것을 발인 또는 출상出喪이라 한다. 발인 시에는 견전제遣奠祭를 지낸다. 견전제는 노전路奠 또는 노제路祭라고도 한다. 견전제는 간단하게 제물을 차리고, 발인 축祝을 읽고, 맏상주가 두 번 큰절을 한다. 발인 후 상여를 장지로 운반하는 것을 운구運柩 또는 운상運喪이라 한다. 운두를 담당하는 일꾼은 상두꾼이라 하고, 상여 노래의 앞소리를 하는 사람을 선소리꾼이라 한다. 운상 때는 맨 앞에서부터 방상씨方相氏, 명정銘旌, 영여靈轝, 만장輓章, 운아삽雲亞翣, 상여喪轝, 상주, 백관, 조문객의 차례로 줄을 잇는다.

13) 장사葬事 산역山役과 반혼返魂

무덤을 파고, 관을 묻은 다음, 봉분을 완성하기까지의 일을 통틀어 산역이라 한다. 여기에 동원되는 일꾼을 산역꾼이라 한다. 산역의 순서는 토지신에게 제사 지내는 사후토社后土와 묘역을 처음 파는 개영역開塋域을 하는데, 이때는 개토제開土祭를 지낸다. 이후 구덩이를 팔 때 길이와 너비를 금정金井이라는 나무틀을 이용해서 판다. 그리고 관을 구덩이 속에 내려놓고, 그 사이를 석회로 메워 다지는 회격灰隔을 하고 관을 묻고, 다시 회격을 하고 흙을 채우는 순서로 이어진다. 그리고 봉분을 만들고, 봉분이 완성되었을 때, 술, 과일, 포를 차려 영혼의 평안과 안정을 기원하는 평토제平土祭를 지낸다. 평토제를 지내고 나면 집사가 영좌를 철거하고, 상주는 상여에 혼백을 모시고 왔던 길을 되돌아 집으로 온다. 이때 망자의 옷가지나 상여나 상례에 사용한 기구는 불에 태운다.

14) 반혼返魂 후 삼우제三虞祭

되돌아올 때 상주들은 상여를 따르는데, 이를 반혼返魂이라 한다. 집에 돌아오면, 안 상주들이 곡하면서 혼백을 맞이한다. 혼백은 빈소에 모셔지고, 망자에게 반혼을 고하는 반혼제返魂祭를 지내게 된다. 집에서는 우제虞祭를 지내는데, 우제를 3번 지내어 이를 삼우제라고 한다. 반혼한 혼백을 빈소에 모시며 지내는 초우제初虞祭라 하는데, 초우제와 반혼제는 같이 지내는 경우가 많다. 초우제는 장사 당일 지내며, 초우제를 지내고 상주 이하 상제들은 목욕을 할 수 있지만, 빗질은 하지 못한다. 재우제再虞祭는 초우제를 지내고 난 다음 날 또는 그 하루를 거른 다음날 아침에 지낸다. 삼우제는 재우제 바로 다음 날 아침에 지낸다, 삼우제를 지내고 나면, 상주는 비로소 묘역에 갈 수 있다.

15) 졸곡제卒哭祭

삼우제를 지내고 3개월 이후 졸곡제를 지내고, 다음에는 부제祔祭를 지낸다. 졸곡제는 삼우제를 지낸 뒤에 곡을 끝낸다는 제사[188]이고, 부제는 망자의 신주를 조상 신주 곁에 모시는 제사이다. 사당이 있는 경우 망자의 신주를 모시고, 이미 봉안되어 있는 선망신위先亡神位들과 존비·위차에 맞게 자리매김하여 제사를 모신다. 그리고 철상 후, 빈소로 신주를 다시 모셔온다.

16) 1년 후 소상小祥

3년상 중에는 매월 음력 1일과 15일에 위패 앞에서 제사를 지낸다. 소상은 사망 1주기가 되면 지내는 제사로, 제사 방식은 우제와 비슷하다. 먼 친척도 오고 문상객도 많이 오므로, 음식을 충분히 장만해 대접한다.

17) 2년 후 대상大祥

대상은 사망 후 2년 만에 지내는 제사로, 소상과 같은 방식으로 지낸다. 보통 대상이 끝나면, 사당이 있는 경우 신주는 사당에 안치하고, 영좌는 철거한다. 담제를 따로 지내지 않는 경우에는, 이날 바로 탈상하고 상기喪期를 끝내기도 한다.

18) 담제禪祭

담제는 대상을 치른 다음다음 달 하순의 정일丁日이나 해일亥日에 지내는 제사로서, 이제 상이 끝났으므로 상주는 육류를 먹을 수 있게 된다.

---

188) [출처] Naver 국어사전

19) 길제吉祭.

담제가 끝난 후 탈상을 하고 사당 고사를 한 번 더 지내는데, 이를 길제라 한다. 이후의 제사는 기제사로, 이는 제례祭禮에 포함시키고 상례喪禮에는 포함시키지 않는다.

이와 같이 담제까지 해서 3년 동안의 상을 마치게 된다. 공자가 3년상을 하는 이유는 자식이 태어나고, 3년이 된 뒤라야 비로소 부모의 품을 떠나기 때문이라고 한다. 그래서 3년상은 천하의 공통된 법이라고 했다. 즉, 3년상은 자식이 태어나 혼자 먹고 활동할 수 없는 아기였을 때, 어버이가 품안에서 길러준 은혜에 대한 보답으로 생각한 것이다.

이와 같이, 조선의 관혼상제 중 상喪에 대한 전반적인 과정을 두루 살폈다. 관혼상제에 대한 폐해는 논외로 하고, 유교에서 차지하는 조상에 대한 의례를 이렇게 복잡하고 각각의 의식마다 곡절이 있음은, 바로 부모에 대한 효의 실천과 이를 넘어서는 조상에 대한 공경을 나타내주는 증거라고 할 수 있다.

저자 후기

　향후 우리가 겪게 될 노인 사회에서 살아가기 위한 솔루션을 나름대로 정리해보았다. 수없이 많은 자료를 찾고, 지인들과 의견을 주고받으며 이 원고를 만드는 일은 지난한 작업이었다. 그러면서도 한편으로는 뿌듯한 마음을 가질 수 있었다. 우리가 가는 미래에 약간이나마 보탬이 될 수 있는 글을 쓴다는 즐거움을 누리는 시간이었기 때문이다.

　노인 사회의 문제 제기부터 시작해서, 나이 듦의 역사와 정체성 그리고 행동을 거쳐, 편으로 마무리를 지으면서, 하나의 솔루션을 세상에 선보였다. 하지만 이것이 앞으로 발생할 노인 사회의 모든 문제를 해결해주리라 생각한다면, 그것은 저자의 오만일 것이다. 단지, 이러한 생각과 삶의 방법이 있겠구나, 더 나아가 이런 노년의 삶도 가질 수 있겠구나 하는 독자가 있다면, 저자의 즐거움은 배가 될 것이다.

　사람이 인생을 살아간다는 것은 하나의 책이나 영상으로 축약할 수 없는 수없이 많은 사건들의 집합이다. 그러한 사람들 수천, 수만 명이 이제 같은 길로 들어서고 있다. 그들은 열심히 살아왔고, 저마다의 사연들을 간직하고 있을 것이며, 앞으로도 그렇게 살아갈 것이다.

사는 사람은 즐겁게 살아야 하고, 그러면서 미래의 후손들에게 조상들로부터 받은 만큼은 돌려주어야 하는 것이 현생을 살아가는 사람들의 의무일 것이다. 그 의무를 다하기 위해서 가장 좋은 방법은 무엇일까? 그에 대한 답으로 가장 적절한 것은, 아마 빚을 남기지 않고 살다 가는 것일 것이다. 풍족하고 윤택한 자산을 물려준다면, 더할 나위 없이 좋을 것이다. 하지만 현재 우리가 만드는 미래는 후손들이 충분히 만족할 만한 유산을 남기는 것을 허락하지 않고 있다.

미래의 빚을 만들지 않으려면, 현생을 살아가는 사람들이 먹고, 쓰고, 살아가는 것을 스스로 해결하는 수밖에 없다. 이를 위해 살아가는 사람들끼리 서로 '상생相生의 길'을 가야 한다. 상생의 길은 아주 쉬우면서도 어려운 숙제이다. 개인들이 가지고 있는 이기적인 욕심을 줄이는 사회적 합의가 이루어져야 하기 때문이다. 개인은 나이 듦에 따라 욕심으로부터 어느 정도 거리를 둘 수 있다. 하지만 여러 사람이 모여 하나의 목적을 달성하기 위해 움직이는 것은, 사람의 수만큼 개인의 생각이 다르고 행동이 달라지기 마련이므로, 아주 어려운 난제이다.

다가오는 노인 사회라는 파도에 맞서 순항하기 위해서는 창조와 협동으로 새로운 항로를 개척할 수밖에 없다. 그 항로를 쉬 찾을 수는 없겠지만, 동시대에 태어나 같이 살고 있다는 것을 인식하고, 서로를 배려하는 마음들이 조금 더 생긴다면, 그 항로가 드러나게 될 것이라고 의심치 않는다. 우리가 바라는 미래가 만들어지기를 기대하면서, '나이 들면 고목을 보라'라는 자작시로 긴 글을 마무리하고자 한다.

나이 들면 古木을 보자

나이 들면 古木을 보자
살아오면서 모진 세파 없었을 리 없건만
세월의 흐름을 인고로 이겨내고
늠름한 자태를 보여주고 있다.

나이 들면 古木을 보자
밑동은 움푹 파여 썩어 문드러지고
모진 바람에 푸르렀던 팔이 뜯겨나가도
봄이 되면 다시 새싹을 피워내고 있다.

나이 들면 古木을 보자
태어나면서 부여받은 생육번식의 사명
하늘을 받치고 땅을 디딤돌 삼아
탄생에 부여된 천명을 지키고 있다.

나이 들면 古木을 보자
생명의 유한함에 생동하는 젊음은 사라졌지만
오늘도 제자리에 우뚝 서서
살아 있는 존재감을 세상에 드러내고 있다.